FT

奇譚

アレクシア女史、埃及《エジプト》で木乃伊《ミイラ》と踊る

ゲイル・キャリガー

川野靖子訳

早川書房

7074

日本語版翻訳権独占
早　川　書　房

TIMELESS

by

Gail Carriger

Translated by

Yasuko Kawano

First published 2012 in Japan by

HAYAKAWA PUBLISHING, INC.

This book is published in Japan by

arrangement with

LITTLE, BROWN, AND COMPANY

New York, New York, USA.

through TUTTLE-MORI AGENCY, INC., TOKYO.

謝辞

この最後の本を執筆の最中に読んでくれたフラニッシュ。出産の一週間後に読んでくれたレイチェル。イスラエルから戻ったばかりで家さがしに忙しいなか、外出もせずに目を通してくれたイズ。そんな、わたしよりはるかに大人の女友だちへ。あなたたちがその貴重な人生の時間を――最後にもういちど――わたしのために割いてくれたことに、この物書き狂は永遠の感謝を捧げます。そしてわたしの〈パラソル保護領〉へ。ありがとう。いつか、きっと、またどこかで。

目次

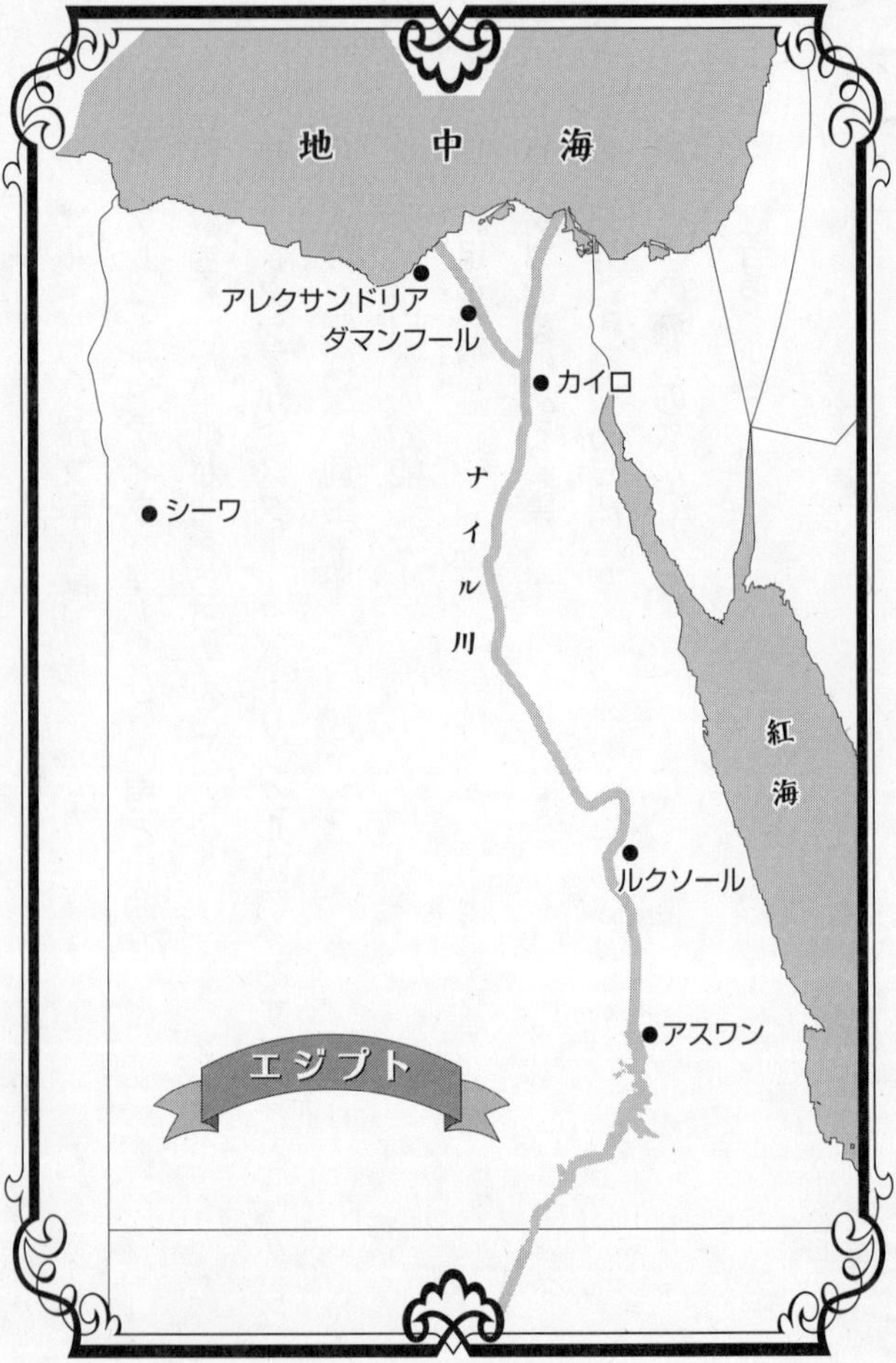
地　中　海
アレクサンドリア
ダマンフール
カイロ
ナイル川
シーワ
紅海
ルクソール
アスワン
エジプト

アレクシア女史、埃及《エジプト》で木乃伊《ミイラ》と踊る

登場人物

アレクシア・マコン……………〈魂《ソウルレス》なき者〉
コナル・マコン卿………………ウールジー人狼団のボス《アルファ》
プルーデンス……………………アレクシアとマコン卿の娘
ランドルフ・ライオール………マコン卿の副官《ベータ》
アケルダマ卿……………………ロンドンで最高齢の吸血鬼
ビフィ……………………………ウールジー人狼団の新入り。もと
アケルダマ卿のドローン
ジュヌビエーヴ・ルフォー……男装の発明家
アイヴィ・タンステル…………アレクシアの親友
フルーテ…………………………執事
シドヒーグ………………………キングエア人狼団のアルファ
ナダスディ伯爵夫人……………ウールジー吸血群の女王

1 かろうじて風呂に入れ、決然と劇場に向かうこと

「そんなことを言った覚えはないがな」新品のイブニング・ジャケットを無理やり着せられたマコン卿はぼやき、いかにも不快そうに高い襟と窮屈なクラバットの下で首をひねった。フルーテはご主人様のむずむずが治まるのを辛抱づよく待ってからジャケットを整えた。人狼であろうとなかろうとマコン卿の身なりは完璧だ。アルジャーノン・フルーテの手にかかれば――これが彼のフルネームだが――完璧でないはずがない。

「いいえ、たしかに言ったわ、あなた」レディ・アレクシア・マコンはロンドンでもマコン卿に口答えできる数少ない一人だ。彼の妻という立場を考えると、むしろ口答えの達人と言ってもいい。妻のほうはすでに身じたくをととのえ、ただでさえ優雅で威厳のある姿に、パリから届いたばかりの栗色のシルク地にオレンジ色の襟とアジアふうの袖と黒いレースのついたイブニング・ドレスをまとい、まばゆいばかりの美しさだ。「はっきり覚えてるわ」アレクシアは携行品を黒ビーズのハンドバッグに移すのに忙しいふりをしながら続けた。「あ

たくしが〝パトロンたるもの、初日の舞台には夫婦そろって顔を出すべきよ〟と言ったら、あなたはうむとうなったもの」

「ああ、それで謎が解けた。あれは不満のうむだ」フルーテが巨体のまわりを一周しながら最新型の蒸気制御式空気しわとり器で、ありもしないパンくずを吹き飛ばすあいだ、マコン卿はすねた子どものように鼻にしわを寄せた。

「いいえ、あなた。あれは間違いなく承諾のうむだったわ」

この言葉にマコン卿は動きを止め、驚きの目で妻を見た。「こいつは驚いた。よくそんなことがわかるもんだな？」

「もう結婚して三年よ。いずれにしても今夜は九時きっかりにアデルフィ劇場のボックス席に行くと返事をしたの。夫婦そろって。いまさら断わるわけにはいかないわ」

マコン卿はあきらめのため息をついた。しかたない——もはや妻と執事によってすっかり正装させられてしまった。逃れる道はない。

マコン卿は観念したかのように妻の身体をぐいと引き寄せ、首のにおいをかいだ。フルーテの手前、アレクシアは笑みを隠し、迷惑そうな表情をよそおった。

「すてきなドレスだ、マイ・ラブ、よく似合ってる」

ほめ言葉にアレクシアは夫の耳を軽く噛んだ。「ありがとう、あなた。でも、このドレスのもっともすばらしいところは、驚くほど脱ぎ着が楽だってことよ」

フルーテがわざとらしく咳払いした。

「妻よ、その真偽は劇場から戻ったあとで確かめよう」

アレクシアは夫から身を離し、これみよがしに髪をなでつけた。「助かったわ、フルーテ。いつもながらおみごとね。ほかの仕事を中断させてごめんなさい」

老齢の執事は無表情でうなずいた。「ご心配なく、奥様」

「なにしろ取り巻き《ドローン》が一人も見あたらなかったものだから。みんなどこに行ったのかしら？」

フルーテはしばし考えてから答えた。「今夜はお風呂の日かと存じます、奥様」

アレクシアは恐怖に青ざめた。「あら、大変。そうとなればさっさと出かけなきゃ、コナル、ぐずぐずしてたら家を出そびれて劇に遅れてしま――」

アレクシアの恐怖に呼び寄せられたかのように、アケルダマ卿の三番目に立派なクローゼットの扉を叩く音がした。

　そもそもマコン夫妻がどうしてアケルダマ邸の第三クローゼットに住むようになったかについては、この事実を知る者たちのあいだでちょっとした物議をかもした。なかには、足首カバー《スパッツ》と引き替えに糖蜜タルト一日一個の盟約がなされたのではないかと推測する者もいた。しかし、そんなまわりの困惑をよそに、この取り決めは当事者たち全員にとって実にうまく機能し、吸血群がこの事実に気づかないかぎり現状のまま続くと思われた。いまやアケルダマ卿は自宅のクローゼットに反異界族を住まわせ、隣に人狼団を住まわせているわけだが、ご近所づきあいに関するかぎり、彼と彼のドローンたちはもっと過酷な状況を切り抜けた経験がある。もし噂が本当ならば、アケルダマ卿はかつて反異界族よりはるかにショッキングな生き物をクローゼットに住まわせたことがあるらしい。

この約二年間、マコン夫妻は隣の人狼屋敷に住んでいるふりを続け、アケルダマ卿はいまもすべてのクローゼットを使っているふりを続け、ドローンたちは人狼団の全員の身なりに独創的センスの目を光らせているわけではないふりを続けた。この茶番において何より重要なのは——これはのちに判明したことだが——アレクシアが子どものそばにいて、いざとなったらすぐに養育者たちの救出に駆けつけられるということだ。計画当初は予想だにしなかったが、超異界族が住む家には反異界族が必要で、反異界族がいなければ夜も日も明けないことが日ごとに明らかになった——とりわけお風呂の夜は。

アレクシアがクローゼットの扉を大きく開けると、見るも哀れな姿の紳士が立っていた。アケルダマ卿のドローンは服飾界でも社交界でも認められた伊達《だて》男集団である。ロンドンファッション界の襟先とスパッツの流行を決めるのは彼らだ。目の前に立つハンサムな若者もまた、ロンドン社交界でもとびきりエレガントな服に身を包んでいた。優美な紫紺色の燕尾服。襟もと高く結んで滝のように垂らした白いクラバット。耳もとできれいに巻いた髪。それがいまは全身から石けん泡がしたたり落ち、クラバットはほどけかけ、襟先は悲しげにうなだれている。

「あら、まあ、こんどは何をやらかしたの？」

「とても口では言えません、マイ・レディ。すぐに来ていただいたほうがよろしいかと」

アレクシアはおろしたての美しいドレスを見下ろした。「でも今夜はお気に入りのドレスなのよ」

「アケルダマ卿がうっかりお嬢様に触れられました」

「まあ、なんてこと!」アレクシアは扇子とオペラ用ギョロメガネと〝エセル〟こと二十八口径コルト・パターソン小型拳銃の入ったビーズのハンドバッグとパラソルをつかみ、ドローンのあとから階段を駆け下りた。前をゆくドローンは気の毒に、ぴかぴかに磨き上げた靴をぐしょぐしょいわせている。

「それはやめとけと警告したんじゃなかったか?」マコン卿がうなるようにつぶやくと同時に絶望的な衝撃音が聞こえた。

アケルダマ卿は一階の予備の客間を養女のための浴室に改造した。そしてほどなくこの入浴が、選りすぐりのドローン数名を配備できるだけの広さが必要な一大事業であることが明らかになった。しかしそこはアケルダマ卿――たとえ赤ん坊の身体を洗うための部屋であっても〝実用性〟という名の殺風景な祭壇に優雅さを捧げることは許さなかった。

床には羊飼いの少女たちがたわむれる図柄の分厚いジョージ王朝ふうの絨毯《じゅうたん》が敷きつめられ、壁は淡いブルーと白に塗りわけられ、天井のフレスコ画には、このやんちゃ娘が好きになるとはとても思えない海の生き物たちが描かれていた。頭上に陽気なカワウソや魚やイカ・タコ類がいれば喜んで風呂に入るだろうという思惑《おもわく》だったが、当のプルーデンスにとっては〝何やらぬめぬめした不気味なもの〟以外の何物でもなかった。

部屋の中央には猫脚つきの金色の浴槽がでんと置かれていた。赤ん坊には大きすぎるが、アケルダマ卿は何ごとも徹底的に行なう主義だ。たとえそのために経費が三倍かかったとしても。浴室には暖炉が備えつけられ、その前にずらりと並ぶ金色の物干しラックには肌ざわりのいい吸水性抜群のタオルと、ちっちゃなチャイニーズシルクのローブがかかっている。

室内にはアケルダマ卿と召使と乳母のほかに、少なくとも八人のドローンがいたが、いざ入浴となったが最後、プルーデンス・アレッサンドラ・マコン・アケルダマには誰も太刀打ちできない。

浴槽はひっくり返り、美しい絨毯は石けん水でびしょびしょ。数名のドローンもびしょ濡れで、一人はあざのできたひざをさすり、一人は切れた唇を押さえ、アケルダマ卿は全身に泡のついた小さな手形をつけている。物干しラックのひとつは横倒しになり、タオルは暖炉の火で焦げ、召使は片手に固形石けん、片手にチーズ一切れを握って口をぽかんと開けて突っ立ち、乳母は長椅子に倒れこんで涙を浮かべていた。

実際のところ、この部屋でケガもなく濡れてもいないのはプルーデンスだけだ。プルーデンスは赤々と燃える暖炉のてっぺんに危なかしげにちょこんと座り、こう叫んでいた――真っ裸で、小さい顔に険しい表情を浮かべて。「ノー、ダマ。ぬれるの、いひゃ。ノー、ダマ！」牙のせいで発音が不明瞭だ。

アレクシアは呆然と戸口に立ちつくした。

アケルダマ卿がその場ですっくと背を伸ばした。「おまえたち、ここは作戦第八――包囲と囲いこみだ。さあ、心の準備はいいかね、ボーイたち。行くぞ」

ドローン全員が背筋を伸ばして拳闘士の構えを取り、占拠された暖炉のまわりをゆるやかに囲みはじめた。全員の視線がプルーデンスに集中した。しかし恐るべき幼児は少しもひるまず、陣地を固守するつもりらしい。

アケルダマ卿がプルーデンスに飛びかかった。吸血鬼の動きはすばやい。アレクシアがいままで出会った生き物のなかでも最速だ。これまで一度ならず吸血鬼に襲われた経験から言うのだから間違いない。しかし、目の前の状況にかぎっていえば、アケルダマ卿の動きはふつうの男となんら変わらなかった。そしてこれこそが目下の大問題——すなわちアケルダマ卿がいま現在ふつうの人間に戻っていること——だった。顔は完璧な不死者のそれではなく、ちょっと女っぽく、どこかすねたような表情だ。動きは相変わらず優雅だが、あくまでも人間の優雅さで、残念ながら人間なみの速度しか出ない。

プルーデンスが高速のカエルよろしく炉棚から床に飛び降りた。小さくて短い脚は異界族らしく強靭《きょうじん》だが、まだ幼いせいで安定が悪い。思いきり床にぶつかり、一瞬、痛みに泣き叫んだが、すぐに迫りくるドローン円陣の隙間をねらって駆けだした。

「ノー、ダマ。ぬれるの、いひゃ」そう叫ぶや、小さな牙を剝き出し、ドローンの一人に突進した。おのれの異界族の力を知らないプルーデンスは哀れなドローンの脚にぶつかって股のあいだをくぐり抜け、開いた扉に向かった。

しかし実際のところ扉は開いてはいなかった。そこにはプルーデンスが唯一、恐れ、かつ世界じゅうでいちばん好きな人物が立っていた。

「ママ!」プルーデンスはうれしそうな声を上げ、愛する母親の背後にマコン卿のぼさぼさ頭がぬっと現われたのを見て「ダダ!」と叫んだ。

アレクシアが両腕を差し出すと、プルーデンスはチビ吸血鬼が出せる最高速度で母親の腕に飛びこんだ。その衝撃にアレクシアは〝ぐふっ〟となってよろよろとあとずさり、背中から夫の広くたくましい腕に寄りかかった。

アレクシアの剝き出しの腕に抱かれたとたん、プルーデンスはただの身をよじる裸の幼児に戻った。

「まあ、プルーデンス、いったいこの騒ぎは何?」アレクシアが鋭く問いつめた。

「ノー、ダマ。ぬれるの、いや!」発音を邪魔する牙が消えたいま、プルーデンスの説明は明快だ。

「今夜はお風呂の日よ。必ずお風呂に入る日なの。本物のレディはきれいなレディよ」アレクシアがさとすように言って聞かせた。

だが、プルーデンスには通じない。「い・や」

アケルダマ卿が近づいた。いつもの青白い顔に戻り、動きもすばやく、切れがいい。「すまない、ちっちゃなお団子ちゃんよ。プルーデンスはあそこにいるブーツの手をすり抜け、いきなりぶつかってきて、よけるまもなかった」そう言って細く白い手でプルーデンスの顔にかかった髪をやさしくかきあげた。アレクシアがしっかり抱いているときは触れても安心だ。

プルーデンスは疑わしげに目を細めて繰り返した。「ぬれるの、いや、ダマ」

「まあ、うっかりは誰にでもあるし、この子の性質は百も承知だけど」アレクシアが娘をじろりとにらむと、プルーデンスは少しもひるまずにらみ返した。アレクシアはいらだたしげに首を振った。「コナルと一緒に劇場に出かけるところなの。あたくしがいなくてもお風呂をすませられる？　それとも取りやめたほうがいいかしら？」

この申し出にアケルダマ卿は肝をつぶさんばかりに驚いた。「なんと、まあ、とんでもない、**バターカップ**よ、何をバカなことを！　観劇を取りやめるだと？　めっそうもない。いや、これからはきみなしでも完璧にやりおおせてみせる。おチビちゃんのご機嫌も治ったはずだ、そうだろう、プルーデンス？」

「ノー」と、プルーデンス。

アケルダマ卿はプルーデンスからあとずさり、「これ以上は近づかんよ、何があろうとも」そしてこう続けた。「人間に戻るのは一晩に一度で充分だ。まったくもって**気が変になりそう**だよ――きみの娘との接触は。きみに触れるときとはまったく違う」

娘の奇妙な能力に関してはなんども似たような状況に置かれたことのあるマコン卿がいつになくアケルダマ卿に同情し、「いやはや、まったくだ」と力をこめてうなずいた。そして母親に抱かれている今がチャンスとばかりに娘の髪をいとおしげにくしゃくしゃとなでた。

「ダダ！　ぬれるの、ない？」

「風呂は明日の晩に延ばしちゃどうだ？」娘のすがるような目にほだされたマコン卿が提案した。

アケルダマ卿も顔を輝かせた。

「絶対にダメ」しかしアレクシアは言下に反対した。「これは生活の基本よ、二人とも。規則正しい生活こそが大事なの。医者はみな幼児の健康と正しい道徳教育には規則正しい生活が不可欠だと言ってるわ」

二人の異界族は視線を交わした。二人とも引き下がるときを知っている。

これ以上ぐずぐずしている時間はない。アレクシアは、いつのまにか立てなおされ、ふたたびお湯が張られた浴槽に抵抗する娘を連行した。いつもならこの手でぼちゃっとつけるところだが、今夜はドレスを濡らすわけにはいかない。アレクシアはプルーデンスをミスター・ブーツに手渡し、濡れないよう浴槽からあとずさった。

母親ににらまれていてはしかたがない。プルーデンスはさも不快そうに鼻にしわを寄せ、お湯にぽちゃんと肩までつかった。

アレクシアがうなずいた。「まあ、いい子ね。さあ、かわいそうなダマのためにお行儀よくしてちょうだい。あなたにはずいぶん手を焼いているんだから」

「ダマ！」プルーデンスがアケルダマ卿を指さしながら答えた。

「そう、その調子」アレクシアは戸口に立つ夫とアケルダマ卿を振り返った。「くれぐれも用心してちょうだい、二人とも」

アケルダマ卿がうなずいた。「いやはやまったく。正直なところ、ライオール教授が最初に養子縁組を提案したときは、まさかこんな困難が待ち受けているとは予想だにしなかった」

「まったく、アレクシアがおとなしい子を産むと思ったわれわれがバカだった」問題児の父親も同意した。すべての欠点は母親のせいで、マコン家の血筋にはおとなしくて従順な子どもしか生まれないとでも言いたげだ。

「まさか吸血鬼の手にも余るとは」

「それを言うなら吸血鬼と人狼団の手にも余る」

アレクシアが二人をじろりとにらんだ。「あたくしのせいだけじゃないわ。シドヒーグはマコン家の血筋の例外とでも言いたいの？」マコン卿は首をかしげ、いまやキングエア人狼団のボス《アルファ》で、何かというとライフル銃を構え、小型葉巻を吸いたがる自分の曾々孫娘を思い浮かべた。「こいつは一本とられた」

そのとき、バシャーンというすさまじい水音が聞こえ、三人は口をつぐんだ。見ると、プルーデンスが——異界族の怪力もないのに——一人のドローンの半身を浴槽に引きずりこんでいた。救出に駆けつけた仲間たちは、犠牲になったドローンの災難とびしょ濡れになった袖口を見て一様に嘆きの声を上げた。

プルーデンス・アレッサンドラ・マコン・アケルダマは超異界族の能力がなくても充分に手に負えない子どもだったかもしれない。しかし、この歳にして早くも不死者になれる子を持つ苦労はなみたいていではなかった——たとえ隣接する二軒の異界族の屋敷が総力を上げて臨んでも。プルーデンスには異界族の能力を盗み、盗んだ相手を夜どおし人間にしてしまう力がある。もしアレクシアが介入しなかったら、夜が明けるまでアケルダマ卿は人間で、プルーデンスは牙を持つ幼児のままだっただろう。この現象を打ち消せるのは、いまのところ母親もしくは別の反異界族だけだ。

　マコン卿は大いにぼやきつつも、娘に触れるのは母親に抱かれているときか、もしくは昼間だけという約束を守った。抱きたがりのマコン卿にとって、好きなだけ娘を抱けないのはなんとも残念だ。しかし、この状況を誰より苦々しく思っているのはアケルダマ卿だった。なにしろ正式な養父となり、その養育の大半をになっているのに、実際には一度も身体で愛情表現することができないのだから。プルーデンスがほんの赤ん坊のころは、革の手袋と分厚いおくるみごしにかろうじて抱くこともできたが、それでもときに間違いは起こった。プルーデンスの動きがますます活発になった今では、当然ながら危険は増大した。じかに触れたら確実に超異界族の力を発揮し、ときには服ごしにも可能だ。もう少し本人が大きくなってものがわかるようになったら能力分析テストをしてみるつもりだが、いまのところ屋敷の住人は生き延びる努力をするしかなかった。どんなにアレクシアが言い聞かせようとしても、このおてんば娘は科学的発見の重要性にはまったく興味を示さない。まったく困った性格だ。

　最後にもういちどプルーデンスがしっかりお湯につかっているのを見届けてから、アレクシアは夫を引きずるようにして部屋を出た。マコン卿は必死に笑いをこらえていたが、二人してウェスト・エンドに向かう馬車に乗りこんだとたん、とてつもない高笑いを上げた。アレクシアもこらえきれず、くすくす笑いだした。「かわいそうなアケルダマ卿」

マコン卿は涙をぬぐいながら言った。「いやいや、楽しんでるさ。この百有余年のあいだ、これほど興奮したのは初めてだろう」

「本当にあたくしがいなくて大丈夫かしら?」

「出かけるといってもほんの二、三時間だ。あれ以上ひどいことは起こらんだろう」

「不吉なこと言わないで、あなた」

「そんなことより、われわれの命のほうが心配だ」

「あら、それってどういう意味?」アレクシアは背を伸ばし、不安そうに馬車の窓から外を見た。たしかに、乗り物のなかで最後に命を狙われてから数年がたつ。しかし、これまでの経験からして、襲撃は忘れたころにやってくるものだ。アレクシアはいまだに馬車が信用できなかった。

「いや、そうじゃない、マイ・ディァア。きみが無理やりわたしを引っ張ってゆこうとしている芝居の話だ」

「あら、よく言うわね。あたくしがあなたをどこへ引っ張ってゆけると言うの? あたくしの二倍の重さがあるくせに」

口ではかなわない夫は無言で妻を見返した。

「アイヴィが言うには、今夜の劇は感動の物語をみごとに舞台化したもので、団員たちもヨーロッパ公演を終えたばかりで最高に充実しているらしいわ。たしか、《スウォンジーに降る死の雨》とかいう題名だったと思うけど。タンステルのオリジナル脚本で、とても芸術的で斬新な心理描写で演じられるそうよ」

「妻よ、きみはわたしを地獄にみちびく気か？」マコン卿は片手を頭に載せ、芝居がかったしぐさでクッションのいい馬車の壁に寄りかかった。

「あら、変なこと言わないで。きっとすばらしい劇に違いないわ」

マコン卿の顔には、これからの数時間に耐えるくらいなら死か、せめて決闘のほうがましだというような表情がありありと浮かんでいた。

マコン夫妻は上流階級にふさわしい優雅さで劇場に到着した。最新のフランスふうドレスに身を包んだレディ・アレクシア・マコンはきらびやかで、りりしいという声さえ聞こえてきそうだ。そして、今宵ばかりはマコン卿も伯爵然としていた。髪はほぼなでつけられ、イブニング・ジャケットの着こなしもほぼ完璧。〝もとウールジー人狼団の見た目と礼儀作法はロンドン移住によって大いに向上した〟というのが、最近の世間一般の評価だ。アケルダマ邸の隣に住むようになったからだと主張する声もあれば、都会的な環境のせいでおとなしくなったと言う声もあり、どちらにも納得できない者はレディ・マコンの教育の賜《たまもの》だと考えた。実のところ、この三つはどれも正しかったが、変化をもたらした真の要因はアケルダマ卿擁するドローンたちの鉄の拳《こぶし》――というより鉄のカールごて？――だった。なにしろマコン卿ひきいる人狼団の誰かの乱れた髪が視界に入ろうものなら、五、六人のやかましいめかし屋たちが、まるで見栄えの悪い不運なパン切れに集まるマガモの大群のように群がってくるのだから。

アレクシアは夫をしたがえ、決然とボックス席に向かった。マコン卿は恐怖のあまり白目を剝いている。

《スウォンジーに降る死の雨》は美しい吸血鬼女王に恋をした悩める人狼と、二人を引き裂こうとたくらむ卑劣な悪漢の物語だ。吸血鬼を演じる俳優はみな大仰なにせ牙をつけ、あごに赤い塗料らしきものを塗りたくっている。人狼役の衣装はまだまともだが、頭に毛深い大きな耳をふたつ、ピンクの蝶リボンでくくりつけていた。あのリボンはアイヴィの影響に違いない。

吸血鬼女王を演じるのはアレクシアの親友アイヴィ・タンステルだ。舞台を縦横無尽に動きまわっては失神し、ほかのどの吸血鬼より大きい牙をつけているせいでまともに発音できず、セリフの大半は吐き捨てるようなささやき声にしか聞こえない。女王であることを示すためか、帽子はボンネットと王冠をかけ合わせたような形で、色は黄と赤と金色。かたや悲恋に悩む人狼役のアイヴィの夫タンステルは、狼の跳躍を喜劇的に解釈した動きで舞台を跳ねまわり、大いに吠え、なんども鮮やかな決闘シーンを演じてみせた。

アレクシアがいちばん滑稽だと思ったのは、休憩の直前の夢幻的なくだり――マルハナバチを思わせる縦縞ベストつきの半ズボンをはいたタンステルが愛する吸血鬼女王の前で短いバレエを踊る場面だった。吸血鬼女王はシェイクスピア劇ふうの高い襟と緑色のコルセット（緑色の扇子つき）のついた黒いたっぷりしたシフォンドレスを着て、丸くふくらませた髪をクマの耳のように頭の両脇に結い上げ、しかも両腕を剝き出している。まあ、剝き出しだなんて！

この時点でマコン卿がこらえきれずに震えだした。

「これはおそらく許されぬ恋の不条理を象徴しているんだと思うわ」アレクシアがまじめな口調で説明した。「とても哲学的なのよ。マルハナバチは生命の循環と不死の終わりなき羽音を、オペラの踊り子のようなアイヴィのドレスは、愛なき存在として踊ることのむなしさを表現してるんじゃないかしら」

マコン卿は痛みをこらえるかのように無言で震えている。

「扇子とあの耳の意味はよくわからないけど」アレクシアは手にした扇子で自分の頰を思案げに叩いた。

マルハナバチの衣装を着たヒーローが愛する吸血鬼女王の足もとにひれ伏したところで第一幕が終わり、カーテンが降りた。と同時に客席からは割れんばかりの拍手がわき起こり、コナル・マコン卿はとどろくような高笑いを上げた。その声は劇場じゅうに朗々と響きわたり、誰もが眉をひそめて声の主《ぬし》を見上げた。

まあ、とにかく――アレクシアは思った――休憩まで我慢できただけでも上出来だわ。

マコン卿がようやく笑いをこらえて言った。「こいつはすばらしい！　来るのをしぶって悪かった、妻よ。こんなに笑えるとは思わなかった」

「ちょっと、お願いだからそんなことタンステルに言わないでちょうだい。今のは感動の場面よ。笑うところじゃないわ」

そのときボックス席の扉をおずおずと叩く音がした。

「どうぞ」なおも笑いを噛みころしながらマコン卿が答えた。

カーテンを開けて現われたのは、こんなところで会うとは夢にも思わなかった人物——ジュヌビエーヴ・ルフォーだ。

「こんばんは、マコン卿、アレクシア」

「ジュヌビエーヴ、まあ、驚いたわ」

マダム・ルフォーは今夜もみごとな着こなしぶりだった。ウールジー吸血群と暮らすようになってからも服の趣味は変わらない。さすがのナダスディ伯爵夫人もこの新入りドローンの身なりを正すことはできなかったらしく、ルフォーは相変わらずとびきりおしゃれな男装の麗人だ。趣味はいまもさりげなく優雅で、クラバットや袖ボタン《カフリンクス》にも吸血鬼ふうの派手さはまったくない。そして、あのクラバットピンや懐中時計がただのクラバットピンと懐中時計ではないことをアレクシアは嫌というほど知っていた。

「楽しんでる？」ルフォーがたずねた。

「ええ、とても。コナルはまじめに見ていないけど」

マコン卿は不満そうに頬をふくらませた。

「あなたは？」アレクシアはかつての友人にたずねた。ルフォーがロンドンの街を暴れまわって吸血鬼ドローンになって以来、二人のあいだには少なからぬ気まずさが生じた。あれから二年以上がたっても、知り合ったころの親密さは取り戻せないままだ。ルフォーは獰猛《どうもう》な巨大自動タコ《オクトマトン》を作って友情を壊し、アレクシアはルフォーに六年間の年季奉公を言いわたして友情に終止符を打った。

「なかなかおもしろいわ」ルフォーは当たりさわりなく答えた。「プルーデンスはどう？」

「相変わらず手を焼いてるわ。ケネルは？」

「似たようなものよ」

二人はぎこちなく笑みを交わした。わだかまりはあっても、アレクシアはルフォーが好きだ。この女性にはどこか惹かれるものがある。それにルフォーには恩義もあった。プルーデンスが大いに迷惑なタイミングでこの世に現われたとき、助産婦役をつとめたのはほかならぬルフォーだ。それでも信用はできない。ルフォーはつねに――ドローンになった今も――自分の目的を最優先し、〈真鍮タコ同盟《OBO》〉を第二に考える。かりに、いまなおアレクシアに対していくばくかの誠実さと愛情を抱いているとしても、優先順位はかなり低いはずだ。

アレクシアは世間話を切り上げ、ずばりとたずねた。「伯爵夫人はどう？」

ルフォーはフランスふうに小さく肩をすくめた。「相変わらずよ。今夜は彼女の代理で来たの。あなたに伝言を渡すよう命じられて」

「あら、どうしてここにいることがわかったの？」

「タンステル夫妻が新しい芝居を上演する。そしてあなたはタンステル劇団の支援者。でも、まさかあなたまでご一緒とは思いませんでしたわ、マコン卿」

マコン卿は狼ふうににやりと笑った。「無理やり連れてこられたんだ」

「伝言って？」アレクシアは片手を差し出した。

「いいえ、書面ではないの。吸血群も同じあやまちは繰り返さないわ。伝言は口頭よ。ナダスディ伯爵夫人のもとに命令書が届いて、あなたに会いたいそうよ、レディ・マコン」

「命令書？　命令書って、誰から？」

「それはわたくしの知るところではないわ」と、ルフォー。

アレクシアは夫を振り返った。「ウールジー群の女王に命令するなんて、いったい誰？」

「あら、違うわ、アレクシア。そうじゃないの。命令書は伯爵夫人に届いたけど、内容はあなたあてよ」

「あたくし？　あたくしあてですって！　どうして……」アレクシアは意外な答えに言葉を失った。

「残念ながらわたくしが知ってるのはここまでよ。今夜、芝居が終わったあとに来ていただけるかしら？」

アレクシアは大いに好奇心をかきたてられ、うなずいた。「今夜はお風呂の日だけど、アケルダマ卿とドローンたちがなんとか切り抜けてくれるわ」

「お風呂の日？」ルフォーが興味を示した。

「お風呂の日はプルーデンスがいつもよりさらに言うことをきかないの」

「ああ、わかるわ。きれいになるのを嫌がる子どもはいるものよ。ケネルしかり。知ってのとおり、あの子の身だしなみは少しもよくならないわ」ルフォーの息子がいつも薄汚れていることは有名だ。

「それで、ケネルはうまくやってる？　吸血鬼たちとの共同生活はどう？」

「ますます元気よ。まるでちっちゃなモンスター」

「プルーデンスと似たようなものね」

「まったくだわ」そこでルフォーは首をかしげ、「それで、わたくしの帽子店はどんなふう？」

「ビフィがとてもうまくやってるわ。いちど立ち寄ってみたら？　今夜はいるはずよ。あなたが訪ねたらきっと喜ぶわ」

「そうしようかしら。最近はロンドンに出てくる機会もめったにないから」ルフォーは灰色のシルクハットをかぶりながらゆっくりとカーテンに向かい、挨拶をして出ていった。

マコン夫妻は困惑して黙りこんだ。ルフォーの謎めいた伝言のせいで、正直なところ第二幕は——マルハナバチによる求婚の場面がなかったこともあいまって——第一幕ほどは楽しめなかった。

2 コリンドリカル＝バンクランチャー夫人が帽子を買わないこと

「お嬢様にはこちらのほうがお似合いだと思いますが」ビフィは主義を曲げない男だ。だからその主義にもとづき、娘の帽子を買いに来たコリンドリカル＝バンクランチャー夫人に、滝のようにこぼれ落ちるカーネーションとブラック・カランツと黒玉《ジェット》のカットビーズで飾りたてた三色づかいの大きな縁なしフエルト帽《ピフェラーノ》を売るのを拒んだ。ミス・コリンドリカル＝バンクランチャーは地味な――気の毒なほど地味な――娘で、いま母親が買おうとしている帽子をかぶれば、それはもう〝装飾〟というより〝侮辱〟と言うにふさわしい。たしかにピフェラーノは最高におしゃれだが、ミス・コリンドリカル＝バンクランチャーには金色の小ぶりな麦わら帽のほうがはるかによく似合う。帽子に関するかぎり、ビフィが見立てをあやまったことはいちどもない。問題は、この事実をコリンドリカル＝バンクランチャー夫人にどう納得させるかだ。

「ごらんください、マダム、この洗練されたエレガンスはお嬢様のきめ細かなお肌をますます引き立てます」

コリンドリカル＝バンクランチャー夫人は、しかし麦わら帽には目もくれず、まったく聞く耳を持たなかった。「いいえ、それはけっこう。あのピフェラーノをお願い」

「申しわけございませんが、それはできかねます、マダム。あの帽子はすでに売約ずみでして」

「だったら、なぜ並べてあるの？」

「手違いでございます、ミセス・コリンドリカル＝バンクランチャー。申しわけございません」

「わかったわ。どうやらここに来たのが手違いだったようね！　娘の帽子は別の店で買うわ。いらっしゃい、アラベラ」コリンドリカル＝バンクランチャー夫人は娘を引きずるように憤然と店の玄関に向かった。娘は母親の背後で小さく〝ごめんなさい〟とつぶやき、小ぶりな金色の麦わら帽をなごり惜しそうに見て出ていった。かわいそうに——ビフィは娘に同情し、ピフェラーノと麦わら帽を鎖に戻した。

店の玄関につけた銀の鈴がちりんと鳴り、新たな客が入ってきた。忙しいときは、この鈴が鳴りやまない夜もある。さっきのように、ときに店主が販売を拒否するにもかかわらず店の人気はうなぎのぼりで、ビフィは〝いっぷう変わった人物〟の評判を取りつつあった。以前の店主ほどではないが、それでもハンサムな若い人狼に帽子を売るのを拒否されたくて、はるばる遠方からやってくるレディもいるほどだ。

見上げるとマダム・ルフォーが立っていた。かすかにロンドンの悪臭とバニラと機械油のにおいが混じった独特の香り。郊外の暮らしが身体に合っているらしく、とても元気そうだ。

身なりやしぐさは、ビフィやその仲間たちほどダンディとは言えないが、マダム・ルフォーはくすんだ青と灰色の着こなしを実によく知っている。彼女が普通の服を着たら、どんな雰囲気だろう？　またしてもビフィは想像をめぐらした。女性のファッションを愛するビフィには、あれだけいろんなドレスが着られる女性に生まれながら、男の服を着て男のように生きる道を選ぶことが不思議でならない。

「また一人、お客様を満足させたようね、ビフィ？」

「コリンドリカル＝バンクランチャー夫人の趣味は、育ちの悪い生煮えポテトなみです」

「まったく鼻持ちならない女性《ひと》ね」ルフォーはにこやかに応じ、「しかも彼女のドレスはいつも仕立てがいい。だからなおさらしゃくなのよ。彼女の娘がファンショー大尉と婚約したこと、知ってた？」

ビフィが片眉を吊り上げた。「しかも彼女の婚約は今回が初めてではないとか」

「あら、ミスター・ビフィ、あなたがゴシップに興じるなんて」

「誤解です、マダム・ルフォー。ぼくは噂話はしません。観察するだけです。そして観察したことを皆さんに伝えているだけです」

ルフォーがえくぼを浮かべてほほえんだ。

「今夜は何をお探しですか？」ビフィは店主に戻ってたずねた。「新しい帽子《シャポー》ですか、それとも装飾品か何か？」

「ええ、まあ、そんなところかしら」ルフォーはあいまいに答え、かつての自分の店を見まわした。

　ビフィはルフォーになったつもりで店内を見た。大きな変化はない。いまも帽子は長い鎖の先からぶらさがり、客は揺れる帽子の渦をかきわけて奥に進む。しかし、秘密の扉は以前より厳重にカーテンの奥に隠れており、つい先ごろ売り場を広げ、男性用の帽子と装飾品コーナーをオープンさせたばかりだ。

　ルフォーはミッドナイトブルーのビロード地のシルクハットに近づき、しげしげとながめた。

「お肌の色によく合うと思いますよ」つばの折り返しをなでるルフォーにビフィが声をかけた。

「ええ、そうね、でも今夜はやめておくわ。ちょっと昔の店に立ち寄っただけだから。よくやってくれてるようね」

　ビフィは小さくお辞儀した。「ぼくはあなたの理想の店を管理しているだけです」

　ルフォーは愉快そうに吹き出した。「口が上手ね」

　マダム・ルフォーにどう接するべきか、ビフィはいまだにわからない。これまで出会った人種とはあまりに違いすぎた。発明家で、科学者で、中流階級で、明らかに若い女性との付き合いを好み、服の趣味は過激なのに上品でさりげない。ビフィは謎めいた人物が嫌いだ。いまどき謎なんてはやらない。

「ついさっき劇場でマコン夫妻と会ったところなの」

ビフィは軽く話を合わせた。「おや、そうですか？　てっきり今夜はお風呂の日とばかり」

「アケルダマ卿が奮闘しているらしいわ」

「おやおや」

「ふと思ったんだけど、立場が入れ替わったようなものね――あなたとわたくしは」

フランス人というのは実に哲学的だ。「どういう意味です？」

「わたくしはやむなく吸血鬼のドローンになり、あなたはマコン家の暖かい団らんに加わった」

「おや、まるで以前は団らんに加わっておられたような口ぶりですね？　そこまで深い付き合いだったとは思いませんでした。初めからそんな気もなかったのではありませんか？」

ルフォーが笑い声を上げた。「一本とられたわ」

ふたたび玄関の鈴が鳴った。新月にしては忙しい夜だ。ビフィは目を上げ、自分が魅力的に見える得意の笑みを浮かべた。しかも今夜の服は上等の茶色いスーツ。正直なところ、クラバットの結び目はもう少し複雑なほうが好みだし――新しい世話人《クラヴィジャー》には修行が必要だ――髪は少しもつれている。近ごろはボンド・ストリートの最高級ポマードをどんなにたっぷりつけても、つねに少しもつれぎみだ。しかし人狼たるもの、これくらいの試練には耐えなければならない。

フェリシティ・ルーントウィルがラズベリー色のタフタドレスを軽やかにひるがえし、妙に親しげな様子で入ってきた。つけすぎたバラの香水と睡眠不足のにおいがする。ドレスはやけにフランスふうで、髪はいかにもドイツふう、靴はどうみてもイタリアふうだ。さらにビフィの鼻は魚油のにおいをとらえた。

「ミスター・ラビファーノ、よかったわ、いてくださって。それにマダム・ルフォー、まさかこんなところでお会いするなんて！」

「これはミス・ルーントウィル、ヨーロッパ旅行からお戻りですか？」ビフィはレディ・マコンの妹が嫌いだった。吸血鬼に首をさらしたかと思うと、次の瞬間には煙突掃除屋に足首をさらすようなタイプの女性だ。

「ええ。まったく退屈だったわ。二年間も外国で暮らしたのに、なんの収穫もなかったんですもの」

「あら、思いこみの激しいイタリアの伯爵どのやフランスの侯爵どのに言い寄られなかったの？　それはショックね」ルフォーが緑色の目を皮肉っぽくきらめかせた。

ふたたび玄関がちりんと鳴り、ルーントウィル夫人とレディ・イヴリン・モントウィーが店に現われた。イヴリンはさっそく薄黄緑と深紅の派手な帽子に向かい、ルーントウィル夫人はフェリシティのいるカウンターに近づいた。

「ああ、お母様、ミスター・ラビファーノを覚えてる？　アレクシアお姉様の屋敷に住んでいるかたよ」

ルーントウィル夫人はビフィをうさんくさそうに見た。「あら、そうだったかしら？　お会いできて光栄ですわ。さあ、いらっしゃい、フェリシティ」

ルーントウィル夫人はルフォーには見向きもしない。

熱心に帽子を物色する三人のレディの横でビフィは首をかしげた。いったい何の用だろう？

ルフォーがビフィの考えを代弁した。「本当に帽子を買いに来たのかしら？」

「レディ・マコンはルーントウィル家の人間を拒否しています。おそらく情報を探りに来たんでしょう」ビフィはルフォーをいぶかしげに見やった。「フェリシティが戻ったとなると……またウールジー吸血群に加わるつもりでしょうか？」

ルフォーは肩をすくめた。「さあ、それはどうかしら。ロンドン郊外に転居した吸血群にそれほど魅力があるとは思えないわ。上流階級の小娘たちがどんなものか知ってるでしょ？あの子たちは不死者たちのきらびやかな一面に憧れてるだけよ。フェリシティのことだから、そのうち別の吸血群を見つけるんじゃない？　もしくは結婚相手を」

フェリシティが止める母親の手を振りきってカウンターに戻ってきた。「ミスター・ラビファーノ、いとしいお姉様はお元気？　最後に会ってから信じられないほど長い時間がたってしまったわ」

「お元気です」ビフィはそっけなく答えた。

「子どもはどう？　あたしのかわいい姪っ子は？」

ビフィはフェリシティの顔が険しくなったことに気づいた。せんさく好きのやかまし女が何かを聞きだそうとするときの表情だ。「お子さんも元気です」

「ではマコン卿は？　いまも妻と娘をねこかわいがりしてるの？」

「ええ、おっしゃるとおりです」

「あら、ミスター・ラビファーノ、あなた、あの事件以来やけにつまらなく、そっけなくったのね」

ビフィは目をきらめかせ、小ぶりな金色の麦わら帽子を指さした。「この帽子などいかがでしょう、ミス・ルーントウィル？　とても上品で粋《いき》だと思いますが」

フェリシティはあわててあとずさった。「あら、よしてちょうだい、そんな帽子、地味すぎてあたしの美貌には合わないわ」そう言って後ろを振り返った。「お母様、イヴィ、なにかお気に入りが見つかった？」

「今夜はなさそうね」

「あたしもないわ、フェリシティ。あの緑と赤の縁なし帽は悪くないけど」

フェリシティがルフォーに振り向いた。「あなたが店主でなくなって残念だわ、マダム・ルフォー。どうみても店の質が落ちたみたい」

ルフォーは無言で、ビフィはフェリシティの皮肉にも微動だにしなかった。

「どうかくれぐれもお姉様とマコン卿によろしく伝えてちょうだい。二人の仲むつまじい幸せな暮らしを心から祈ってるって——あのいちゃいちゃぶりは傍目《はため》には見るに耐えないけど」そしてルフォーに向きなおり、「それから、もちろん伯爵夫人にもよろしく伝えて」

それだけ言うとフェリシティはバラの香りをまき散らしながら振り返りもせず、母親と妹とともに夜の街へ消えた。

ビフィとルフォーは目を見交わした。

「いまのはいったい何？」ルフォーが首をかしげた。

「一種の警告でしょう」

「それとも申し出かしら？　そろそろウールジー群に戻ったほうがよさそうね」

「優秀なドローンになりつつあるようですね、マダム・ルフォー？」

ルフォーは店の扉に向かいながら、〝あえてそう思わせているの〟と言いたげな視線を向けた。ビフィは今夜のことを胸におさめた。次にレディ・マコンに会ったら報告することが山ほどありそうだ。


アレクシアとコナルはすぐにウールジー吸血群を訪ねるべく劇場から自宅に戻った。いまだかつてナダスディ伯爵夫人の招待を無視した者はいない――たとえ世襲貴族であろうと。アレクシアははやる気持ちを抑え、タフタドレスをはためかせて金ぴかの馬車から降りると、バッスルを前後に大きく揺らし、急ぎ足で屋敷に向かった。マコン卿が後ろからそれをにんまり見ている。片手にちょうどおさまりそうな絞りこまれたウェストが、なんとも魅力的だ――とくにマコン卿ほど大きい手を持った者には。アレクシアは玄関口で振り向き、夫をじろりとにらんだ。

「ああ、もう急いでちょうだい」二人はいまもマコン邸に暮らしているふりを続けている。服を着替えるためにはすばやく階段をのぼって秘密の跳ね橋を渡り、アケルダマ邸へ移動しなければならない。

フルーテが奥の応接間からこざっぱりとした顔をのぞかせた。「奥様？」

「止めないで、フルーテ。呼び出しがあったの」

「ヴィクトリア女王ですか？」

「もっと悪いわ――もうひとりの女王よ」

「列車になさいますか、それとも馬番に馬を用意させますか？」

アレクシアは正面階段をのぼる途中で足を止めた。

「列車の手配を」

「ただちに、奥様」

なんともありがたいことに、プルーデンスは頭をアケルダマ卿の飼い猫の上に、両足をレモン色のサテンのズボンをはいたトリズデール子爵の脚の下に突っこんで寝入っていた。ティジーことトリズデール子爵は身体をこわばらせている。寝た子を起こさぬよう決して動くなと厳命されたのだろう。これでもかとフリルのついたクリーム色とラベンダー色の格子柄のドレスを着たプルーデンスのかたわらには、ドレスに合わせて深い青紫色《ロイヤルパープル》とシャンパン色の服に着替えたアケルダマ卿が座り、ドローンと養女《むすめ》をいとおしげに見ていた。やけに豪華な浮き彫り表紙の本を広げているが、本当に読んでいるとは思えない。アレクシアが知るかぎり、アケルダマ卿は本を読まない。読むのはせいぜい上流階級のゴシップ欄だけだ。だから、廊下を忍び足で歩くマコン夫妻に気づいたアケルダマ卿がさっと本を置いてはじかれたように立ち上がっても、アレクシアは驚かなかった。

三人は顔を寄せ合い、レモン色のドローンと三毛猫と格子ドレスの幼児を見つめた。

「まったく**絵に描いた**ようだろう？」アケルダマ卿はキャンディ色の幸せな家庭の図にうっとりしている。

「あれから何もなかった？」アレクシアが小声でたずねた。

アケルダマ卿は光る金髪を一房、妙にやさしい手つきで耳の後ろにかけた。「**それはもうこの上なく**うまくいった。きみたちが出ていったあと、ハリモグラちゃんはおりこうだったよ。見てのとおり、あれからは大した事件もなかった」

「そのうち石けんぎらいが治るといいんだけど」

アケルダマ卿は妻の後ろにぬっと立つマコン卿を意味ありげに見た。「わが**いとしの**カモミールのつぼみよ、それは祈るしかないな」

マコン卿は一瞬、顔をしかめ、そっと自分のにおいをかいだ。

「ウールジー群から呼び出しがあったの。朝まであたくしたちがいなくても平気？」

「おそらく**なんとか**切り抜けられるだろう、ちっちゃな巻き貝よ」

アレクシアがほほえみ、ドレスを着替えようと二階に向かいはじめたとき、玄関の呼び鈴が鳴った。ちょうど廊下にいたことと、プルーデンスを起こしたくない一心で、マコン卿は玄関にすっとんでいった。人狼アルファともあろう男がとるべき行動とはとても思えない。しかも、ここは他人の屋敷だ。

「あら、もうコナルったら、召使みたいな真似はやめてちょうだい」

マコン卿は妻の小言を無視し、小さなお辞儀とともに仰々しく玄関の扉を開けた――まるで召使のように。

アレクシアはあきれて両手を上に向けた。

さいわいにも玄関口にいたのはライオール教授だった。礼儀作法と外交儀礼に対するマコン卿の無頓着さに慣れている者がいるとしたら、それは間違いなく彼の副官《ベータ》だ。「ああ、これはマコン卿。よかった――ここだったのですね」

「よう、ランドルフ」

「**かわいい**ドリーよ！」

ライオールはアケルダマ卿のとんでもない呼びかけにもまぶたひとつ動かさず、「お客様です、マコン卿」と告げた。いつもながら優雅な身なりだ。

ライオールの性格をよく知るアレクシアは、しかし、かすかな緊張を感じ取った。ライオールはどんな状況にもそつなく対処する。こんなふうに無理に平静をよそおっているときは、ただならぬ事態が起こっている証拠だ。

マコン卿も気づいたようだ。それとも何かをかぎつけたのかしら？　マコン卿は闘いに備えるかのように身体の力を抜いた。「異界管理局《BUR》に関することか、それとも団がらみか？」

「団です」

「ほう？　わたしが必要なほど重要な話か？　これから外出しなけりゃならんのだが」

アレクシアが言葉をはさんだ。「呼ばれたのはあたくしだけよ。あなたは好奇心からついてきたいだけでしょ、マイ・ラブ」

マコン卿は顔をしかめた。妻はマコン卿が護衛役として同行したがっていることを知っている。たしかにアレクシアを一人で吸血群に送りこむのは危険だ。だが、当のアレクシアは夫の心配をよそにハンドバッグを振ってみせた。新しいパラソルはまだないが、エセルだけはつねに持ち歩いている。そしてサンドーナー仕様の弾は、少なくとも吸血鬼女王に向けた場合には大いに有効だ。

「悪いけど重要な話だ」ライオールの背後の通りから別の声が答えた。

ライオールがかすかに唇をゆがめた。「お待ちいただくよう申しあげたはずですが」

「あたしはアルファだ。忘れんじゃないよ。いつもの調子で命令されちゃかなわないね」

アレクシアに言わせれば、これには語弊がある。ライオールにはいろんな顔があるが、専制君主の顔だけはない。それはむしろコナルのスタイルだ。ライオールのやりかたには命令するより、周囲の人や状況がしかるべき状態になるよう手をまわすという言葉がふさわしい。

そしてアレクシアはライオール流に満足している。レディ・マコンは何ごとにもきちんと片をつけなければ気がすまない性格だ。

薄暗がりのなかから、一人の女性がアケルダマ邸の玄関を照らすガス式シャンデリアのまぶしい光のなかに現われた。つねに礼儀正しいライオールは脇によけ、思いがけない客人に主役をゆずった。

レディ・キングエアことシドヒーグ・マコンは最後に会った三年前とほとんど変わっていなかった。不死者になったことで肌の色は前よりいくらか青白いものの、顔は相変わらずいかめしく、目もとと口もとにしわがあり、白髪混じりの髪を今も女学生のように太い三つ編みにして背中にたらし、冷たい夜気にはいかにも寒そうなすりきれたビロードのマントを巻いている。しかも裸足だ。どうみてもあのマントは寒さしのぎのためではなく、礼儀上、羽織っているだけだろう。

「こんばんは、グランパ」シドヒーグがマコン卿に呼びかけ、それからアレクシアに向かって「グランマ」と挨拶した。シドヒーグが二人より年上に見えることを考えると、マコン家の家族関係を知らない者にはさぞ奇妙な挨拶に見えるに違いない。

「これはわが曾々々孫娘」マコン卿がそっけなく応じた。「おまえの訪問にあずかるとは、いったい何ごとだ？」

「問題が起こった」

「ほう？」

「ああ。入っても？」

マコン卿は身体をずらし、広げた手をアケルダマ卿に向けた。何しろ屋敷の主《あるじ》はアケルダマ卿だ。人を招くことに関して、吸血鬼には独特の流儀がある。以前、アレクシアがアケルダマ邸の応接間で長々とアイヴィ・タンステルをもてなしたあと、アケルダマ卿は〝限界比の不均衡〟とかなんとかつぶやいた。かろうじてプルーデンスとその両親とひとつ屋根の下に住むことには適応しているが、さすがにアイヴィには耐えられなかったようだ。アイヴィとのお茶事件のあと、アレクシアは自分の客は自宅の応接間でもてなすことを肝に銘じた。

アケルダマ卿はつまさき立ち、アレクシアの肩ごしに客人をのぞき見た。「どうやらお会いするのは初めてのようだ、お嬢さん《ヤング・レディ》」その口調からは、三つ編みをたらし、古びたビロードのマントをまとって屋敷の玄関に影を落とすスコットランドなまりの女性を警戒する様子がありありと感じられた。

アレクシアは少し身体の向きを変え、すばやく考えをめぐらした。シドヒーグといえどもレディはレディ――先に紹介される権利はあるはずだ。「レディ・キングエア、こちらはこの屋敷の主《あるじ》のアケルダマ卿。アケルダマ卿、こちらはキングエア人狼団のアルファ、シドヒーグ・マコンよ」

全員がかたずをのんで見守った。

「そうではないかと思っていた」アケルダマ卿が小さくお辞儀した。「お目にかかれて光栄だ」

シドヒーグがうなずいた。

二人の異界族は品さだめするように見つめ合った。どちらにとっても、相手の身なりはとんでもなさすぎて理解の域を超えているに違いない。アケルダマ卿は目を光らせ、レディ・

キングエアはあたりのにおいをかいでいる。

ようやくアケルダマ卿が言った。「さあ、どうぞ入りたまえ」

これほど社交的に困難な状況で、これほど文明的な対話をなしとげた達成感にアレクシアの胸はうち震えた。紹介が成功したわ！

しかしアレクシアの喜びは、背後からの甲高い声にさえぎられた。「ダマ？」

「おや、**誰かさん**が起きたようだ。こんばんは、かわいいハリモグラちゃん」アケルダマ卿はシドヒーグから視線をはずし、いとおしげに廊下を見やった。

プルーデンスの小さな頭が応接間からのぞいていた。後ろでティジーがすまなそうな顔で立っている。「申しわけございません、ご主人様。みなさんの声が聞こえたようで」

「心配するな、ティジーよ。そろそろ起きるころだと思っていた」

プルーデンスはこれを歓迎の印《しるし》と受け取り、小さな短い脚で廊下をとことこ走ってきた。

「ママ！　ダダ！」

つかのま忘れられていたシドヒーグが目を輝かせた。「これがあたしの新しい大々々おば様？」

アレクシアは額《ひたい》にしわを寄せた。「あら、そうかしら？　曾々々々異母姉妹じゃない？」そう言って夫に助けを求めた。「まったく、不死者の家系図はとんでもなく複雑だわ」吸血鬼が子持ちを変異させたがらないのも道理だ。吸血鬼は何ごともきちんと片をつけたがる、几帳面な人種である。この点に関するかぎり、アレクシアは彼らの努力を認めた。

マコン卿が顔をしかめた。「いや、シドヒーグから見たらおそらく――」

そう言いかけたとき、大好きな人たちのなかに見知らぬ人がいると気づいたプルーデンスがシドヒーグめがけて駆け出した。プルーデンスは自分の目の前に現われる人は、みな自分をかわいがってくれると思いこんでいる。

「あっ、まずい、待って！」ティジーが叫んだ。

だが、遅すぎた。とっさにアレクシアが娘をつかまえようと床にダイブした。

しかしプルーデンスは大人たちの脚のあいだをすり抜け、シドヒーグの片脚――ビロードマントの下から突き出た剝き出しの脚――にしがみつくや、モスリン地のドレスをずたずたに引き裂いて小さな狼の子に変身した。幼児よりはるかに俊足のチビ狼は狂ったようにしっぽを振りながら屋敷の前の通りを猛然と駆けだした。

「つまり、これが皮はぎ屋ってこと？」シドヒーグは唇を引き結び、眉を吊り上げた。異界族らしい肌の青白さが消え、顔のしわがさらに深くなっている――人間に戻ったせいだ。すかさずマコン卿が最近の練習成果を思わせる手際のよさで夜の正装をそっくり脱ぎ捨て、

アレクシアは顔を赤らめた。

「いやはや、大都会ロンドンへようこそ！」アケルダマ卿は歓声を上げて大きな羽根扇子を取り出し、顔の前でぱたぱたとあおぎはじめた。

「まあ、コナルったら、みんなが見ている前で！」アレクシアはなじったが、すでにマコン卿は人間から狼に変身しかけていた。しかも公衆の面前ながら、実にみごとな変身ぶりだ。

ときに人狼との結婚生活は育ちのいいレディには強烈すぎる。アレクシアはアケルダマ卿から扇子を奪い取りたくなった。もはやアケルダマ卿に顔を赤らめる能力はないけど、あたしは恥ずかしさで顔がほてりそうだ。そんな心情を読んだかのように、アケルダマ卿はアレクシアにも風がくるよう、扇子の向きを変えた。

「すてきな扇子ね」アレクシアが小さくつぶやいた。

「すばらしいだろう？　ボンド・ストリートのはずれの小さな店で見つけたのだよ。きみにもひとつ注文しようか？」

「濃い青緑色の？」

「もちろんだとも、わたしの真っ赤なカボチャよ」

「夫のこと、本当にごめんなさい」

「人狼にはつきものだ、ちびキュウリのピクルスよ。誰もみな毅然と立ち向かうしかない」

「いとしいアケルダマ卿、あなたは何に対しても毅然としているのね。どんなときも」

「本人は痛くないのか？」シドヒーグがアケルダマ邸の玄関階段を下りてゆくアレクシアに近づき、巨大な狼がチビ狼を追いかけるのを見ながら心配そうにたずねた。

「どうやらそうらしいわ」

「それで、これはいつまで続く？」シドヒーグは手を上下に動かし、人間に戻った身体を指さした。

「夜明けまでよ。あたくしが触れないかぎり」

シドヒーグは期待の目で剝き出しの腕をアレクシアの前に突き出した。

「ああ、違うの、あなたにじゃなくて。いまあたくしが触れても、あなたにはなんの影響もないわ。あなたはいま人間ですもの。そうじゃなくて娘に触れなきゃならないの。そうすれば、その、いわゆる不死者の状態に戻るのよ。説明するのは難しいわ。もう少し詳しい原理がわかるといいんだけど」

少し離れた場所に立つライオールが、かすかに笑みを浮かべて通りの騒動を見ていた。

プルーデンスが道路脇に積まれた配達箱の背後に隠れた。マコン卿は娘をつかまえようとして箱の山に激突し、箱ががらがっしゃんとものすごい音を立てて地面に散らばった。

プルーデンスがコリンドリカル＝バンクランチャー家の前庭の石壁に立てかけてある蒸気駆動一輪自走車めがけて走り出した。ミスター・コリンドリカル＝バンクランチャーご自慢の一輪車で、わざわざドイツから法外な値段で注文した逸品だ。

プルーデンスが車体中央のスポークの後ろに隠れ、マコン卿が逃すものかと大きな前脚をスポークのあいだに無理やり突っこんだ。そのとたんスポークはかすかにたわみ、大きな前脚が抜けなくなった。そのすきにプルーデンスは一輪車の陰からさっと飛び出し、またしても猛スピードで通りを駆けだした。この追いかけっこがおもしろくてしかたないというように、小さなしっぽをますます激しく振っている。

マコン卿が前脚を無理やり振り動かし、ようやく身をほどいたとき、高級一輪自走車はぐしゃりと不気味な音を立ててひねりつぶされていた。アレクシアはできるだけ早く近所に詫び状を送ろうと心に決めた。この二年間、気の毒なコリンドリカル＝バンクランチャー家は多大なる苦しみに耐えてきた。ここは代々コリンドリカル＝バンクランチャー家が継承してきた屋敷だ。はぐれ吸血鬼の屋敷がそばにあることはじゅうじゅうわかっていたし、諸手を挙げて歓迎はしないまでも、これまではなんとか折り合ってきた。立派な城には必ず騒霊《ポルターガイスト》がいるように、立派な近隣屋敷には吸血鬼がつきものである。しかし、それと、ロンドンの閑静な一画に人狼が加わるのは話が別だ。最近は公園で会っても、コリンドリカル＝バンクランチャー夫人はアレクシアに見向きもしない。だが正直なところ、無視されてもしかたない状況だった。

アレクシアは目を細めてコリンドリカル＝バンクランチャー邸の窓を見た。コナルがアケルダマ邸の玄関で変身したところを見られたんじゃないかしら？　もしそうだとしたら、もっと丁寧な詫び状と贈り物が必要ね。たとえば、フルーツケーキとか。でもコリンドリカル＝バンクランチャー夫人の好みによっては、裸の後ろ姿はそれほど謝るほどのことではないかもしれないわ……。そのときライオールが驚きの声を上げ、アレクシアはわれに返った。

「これはまたなんと、いまのをごらんになりましたか？」

ライオールが大声を上げるなんて、今まで一度だってあったかしら？　アレクシアは通りに視線を戻した。

見ると、猛然と走っていたプルーデンスがオレンジ色の街灯が弱々しい光を落とす通りの端の曲がり角でいきなり裸の幼児に戻り、泣きわめいていた。まわりの誰もが大いに困惑したのは言うまでもないが、その怒ったような泣き声が本物ならば、いちばん困惑しているのは当のプルーデンスだ。

「あらまあ」と、アレクシア。「あんなこと初めてだわ」

ライオール教授がいかにも教授らしく言った。「これまでお嬢様が被害者からあれほど離れたことがありましたか？」

アレクシアはちょっと気分を害した。「その言葉はあんまりじゃない？　被害者ですって？」

ライオールの意味ありげな視線に、アレクシアはしかたなくうなずいた。

「そうね、残念ながらそれほどふさわしい言葉はないわ。とにかく、あたくしが知るかぎりあれほど離れたのは初めてよ」アレクシアはアケルダマ卿を振り返った。「あなたは？」

「いとしの**スイートピー**よ、ある程度の距離を走らせれば勝手にもとに戻ると知っていたら、どれだけでも好きなだけ**走りまわらせて**いただろうね」

そこへ、狼のマコン卿が人間に戻った娘をつまみ上げようと小走りで近づいた。首根っこのあたりをつかむつもりらしい。

「ああ、コナル、待って！」

アレクシアが叫ぶより早く、マコン卿が娘に触れた。そのとたんプルーデンスは父親の皮を盗んでふたたび子狼になり、盗まれたほうは通りの真ん中で真っ裸で取り残された。ふたたび猛スピードで屋敷に向かって駆けだしたプルーデンスを、こんどは人間に戻ったマコン卿がどたどたと追いはじめた。

ふと科学的探求心が湧き起こり、アレクシアはコリンドリカル＝バンクランチャー家に対する遠慮も忘れて叫んだ。「待って、コナル、そこを動かないで」

もしマコン卿が外聞とか近所の手前とかを考える男なら、妻の言葉を無視したかもしれない。だが、マコン卿はそんなタイプではない。アレクシアの声の調子や語調は知りつくしている。さっきのは何かおもしろいことをたくらんでいるときの口調だ。こんなときは妻の言葉にしたがったほうがいい。マコン卿はその場で立ちどまり、幼い娘がいま来た道を猛然と引き返し、屋敷の前を過ぎてさらに遠ざかるのを興味ぶかく見つめた。

さっきと同じように、被害者である父親からある程度離れたところでプルーデンスは人間に戻った。こんどはアレクシアがつかまえに行った。いったいご近所一帯はあたくしたちのことをなんと思っているかしら？　泣き叫ぶ赤ん坊に、狼の仔に、人狼たち。まったく、こんなところに嫁いでいなかったら、あたしだってとうてい耐えられないわ。アレクシアがプルーデンスを抱えて顔を上げると、コリンドリカル＝バンクランチャー夫妻と執事が玄関の扉を開け、こちらをじろりとにらんでいた。

マコン卿は、はっと息をのみ、コリンドリカル＝バンクランチャー家の人々に見られる前に、そして誰かが失神する前にすばやく狼に戻った。コリンドリカル＝バンクランチャー夫妻の性格を考えると、誰かが失神するとしたらおそらく執事だ。

シドヒーグ・マコンが声を立てて笑いだし、アケルダマ卿は羽根扇子をぱたぱたあおぎながらシドヒーグを屋敷内にせき立てた。

マコン卿は狼の姿のままアケルダマ邸に戻った。問題児を抱えたアレクシアもあとに続いたが、屋敷に入る寸前、コリンドリカル＝バンクランチャー家の扉が非難がましくガチャリと閉まる音が聞こえた。

「ああ、なんてこと」アケルダマ邸の応接間でようやく一息ついたアレクシアが言った。「これでいよいよあたくしたちも近所迷惑な人々の仲間入りだわ」

3 マコン卿がピンク色の綾織りショールをまとうこと

「あまり時間がないの」アレクシアはプルーデンスを膝に抱いて腰を下ろした。姿を変えつつ通りを走りまわったプルーデンスは面倒な後始末をすべて両親にまかせ、現金にも疲れて寝入ってしまった。

「それにしてもさっきのには驚いた」レディ・キングエアはアケルダマ邸でもとりわけ丈が高く、座り心地の悪そうな肘かけ椅子にそろそろと腰を下ろすと、みすぼらしいビロードのマントをきつく巻きつけ、長い三つ編みを肩から払いのけた。

「お嬢様の能力の興味ぶかい一面が明らかになりました」ライオールはいまにもメモ帳と尖筆を取り出し、異界管理局《BUR》の記録に書きとめそうな口調で言った。

「弱点かもしれないわ」アレクシアは少なからずショックを受けていた。無敵の娘にこんな弱みがあるなんて。今までの経験からして、これから誰かが――というより誰もかれもが――生きているかぎりプルーデンスの命をねらおうとするだろう。しかも暗殺者たちはプルーデンスの能力が消えるのをじっと待つだけでいいなんて。考えただけでもぞっとする。

「だって、どう見てもそうじゃない？」アレクシアは、こうした状況について専門的知識を持っていそうな唯一の人物、ライオールを見た。「まるでつなぎひもで肉体につなぎとめられるゴーストみたいだわ」

「もしくは群から離れられない吸血鬼女王か」と、アケルダマ卿。

「もしくは団にしばられる人狼か」と、マコン卿。

アレクシアは唇をすぼめて娘を見下ろした。母親の褐色の肌と巻き毛を受け継いだ、かわいそうなプルーデンス。どうか鼻だけは似ませんようにと祈りながら、アレクシアは娘の栗色の髪をかき上げた。「どうしてこの娘《こ》はこうも変わった性質に生まれついたのかしら？」

マコン卿が近づいて妻のうなじに片手を載せ、胼胝《たこ》のできた指でやさしくなでた。「きみにも弱点はあるじゃないか、いとしい妻よ？　誰も想像できんだろうがな」

夫のからかいにアレクシアは感傷的な気分を振り払った。「そうね、ありがとう、あなた。さあ、急がなきゃ。ウールジー群が呼んでるわ。それでレディ・キングエア、ご訪問の用件を聞かせてもらえるかしら？」

レディ・キングエアことシドヒーグは、アケルダマ邸のきらびやかな応接間で期待の目が見つめるなかで話を切り出すことを少しためらっていた。しかも曾々祖父だけでなく、その妻と、ベータと、ど派手な吸血鬼と、レモン色のドローンと、寝入った子どもと、太った三毛猫のいる前だ。正式に屋敷を訪問したレディにとってはあまりに観客が多すぎる。

「グランパ、どこか二人だけで話せるところはねぇのか？」

マコン卿は言われて初めて周囲に人がいることに気づいたかのように驚いて目をまわした。

しょせんマコン卿は人狼だ——つねにまわりに団員がいることに慣れている。たとえ最近、彼らの身なりがいくぶんとっぴであっても。

「いいか、わたしが知ることは妻とライオールも知る。そして不本意ながらアレクシアが知ることはアケルダマ卿も知るところとなる。だが、どうしてもと言うのならドローンには遠慮してもらうか」マコン卿はティジーが何食わぬ表情をよそおうのを見て言葉を切り、「それから猫にも」

シドヒーグはあきらめてため息をついた。「ああ、わかった。はっきり言おう。ダブがいなくなった」

マコン卿がいぶかしげに目を細めた。「そいつはベータらしくないな」

意外な知らせにライオールが表情をくもらせた。「何があったのです？」

アレクシアは首をかしげた。ライオールはキングエア団のベータを知ってるのかしら？

シドヒーグは誤解を避けるかのように慎重に言葉を選んだ。「団に関するある物を調査させるためにダブを送りこんだ。それきり音沙汰がない」

「最初から説明してくれ」マコン卿はうんざりした表情だ。

「ダブをエジプトに送りこんだ」

「エジプトだと！」

「ミイラの出どころを突きとめるために」

アレクシアは怒りもあらわに夫をにらみつけた。「これがあなたの子孫のすること？　眠るミイラをそっとしておくこともできないの？　ああ、やめてちょうだい、あんなものをかぎまわるのは」それから何代も離れた義理の娘に食ってかかった。「あたくしはしかるべき理由のもとに、あの恐ろしいミイラをパラソルの酸で消滅させたのよ。あんなものをこれ以上、国内に持ちこむなんて冗談じゃないわ！　あのミイラのせいでどんな騒ぎになったことか。そこらじゅうで人間化現象が起こったのを忘れたの？」

「いや、そうじゃない。新しいミイラを探そうとしたんじゃねぇ。詳しい状況を知りたいと思っただけだ。そもそもミイラがどこから来たのか。もしほかにもあるのなら管理が必要だ」

「それなのに、あえてBURには頼まず、自分たちでなんとかしようと思ったわけ？」

「BURの管轄は英国本土にかぎられてる。だが、これは大英帝国全体の問題だ。だから、突きとめるのはあたしたち人狼の仕事だと思った。それでダブを」

「で？」マコン卿が険しい表情でたずねた。

「それで二週間前には報告があるはずだった。だがエーテルグラフ通信は届かなかった。それから先週。やっぱり連絡はねぇ。それから二日後、これが届いた。ダブからのものとは思えねぇ。おそらく警告だ」

シドヒーグがティーテーブルの上に紙切れを投げた。帝国の通信専門官がエーテルグラフの受信内容を記録するのに用いるありふれた羊皮紙だ。ただ、そこには通常のそっけない文章ではなく、シンボルがひとつ描かれていた。十字の上に円を載せた象形文字《ヒエログリフ》が半分に割れた形だ。

アレクシアには見覚えがあった。スコットランドで、あの恐ろしい小型ミイラを包んでいたパピルスに描いてあった文字。そしてテンプル騎士団の管区長が首から下げていた鎖の先についていた文字。「あらまあ。壊れた輪つき型十字《アンク》だわ」

もっとよく見ようとマコン卿が羊皮紙に顔を近づけた。

プルーデンスが身じろぎし、眠りながらくすくす笑った。アレクシアはアケルダマ卿から借りたピンクの綾織りのショールを娘の身体にきつく巻きなおした。

マコン卿とシドヒーグが同時にアレクシアを見た。よく見ると、マコン卿は腰にしっかりとおそろいのピンクの綾織りショールを巻いていた。東インド諸島の現地人が身につけるスカートのような。スコットランド人のコナルはスカートに慣れている。しかも、ほれぼれするような膝の持ち主だ。これまで観察したかぎり、スコットランドの男たちの膝はみなすばらしい。彼らがキルトにこだわるのは、きっとそのせいに違いない。

「あら、前に話さなかったかしら？」

「**初耳**だな、ちっちゃなツグミの卵ちゃん」アケルダマ卿は閉じた羽根扇子を振り動かし、宙に羊皮紙と同じシンボルを描いた。

「アンクは〝永遠の命〟という意味よ。少なくともエジプト学者のシャンポリオンはそう言ってるわ。つまり、これは永遠の命が割れた形。どういう意味だと思う？　そう、反異界族。つまり、あたくしよ」

アケルダマ卿が唇をとがらせた。「なるほど。しかし、古代エジプトでは石に描かれたヒエログリフには力があると考えられており、それがよみがえって現実のものになるのを避けるため、わざと割れた形を刻んだ例もある。そのような理由で描かれたとすれば、半分に欠けていても文字の意味は変わらない」

「でも、不死をほしがらねぇようなやつがどこにいる？」シドヒーグは〝人狼にしてくれ〟と何年ものあいだコナルに訴えつづけた女性だ。そう考えるのも無理はない。

「永遠の命を望まない者もいるわ」アレクシアが反論した。「たとえばマダム・ルフォーとか」

マコン卿が話を戻した。「つまり、ダブはエジプトで行方不明になったんだな？　それでわたしにどうしろと？　これは〈将軍〉の仕事じゃないか？」

シドヒーグが首をかしげた。「あんたは家族の一員だ。あんたなら英国政府を通さずに調べてくれるんじゃねぇかと思った」

マコン卿が妻に視線を送ると、アレクシアは応接間の隅に鎮座する巨大な金ぴか鳩時計を意味ありげに見やった。

「もう時間がない」と、マコン卿。

「あなたがいなくても平気よ。列車で行くから。公共の乗り物なら襲われる心配もないわ」

アレクシアが安心させるように言った。

マコン卿は安心したようには見えなかったが、いまや人狼がらみの問題のほうが吸血鬼の呼び出しより重大なのは明らかだ。

「まあ、しかたない」そう言ってシドヒーグに向きなおった。「BUR本部に場所を移そう。本部にしかない情報が必要になりそうだ」

シドヒーグがうなずいた。

「ランドルフ」

「おともします、マコン卿。しかし、わたくしは馬車で移動します」

「よし。じゃあ本部で会おう」そう言うや腰のショールをしっかり巻いたまま、片手ですばやく妻を抱き寄せた。「くれぐれも気をつけてくれ、マイ・ラブ、列車だろうとなんだろうと」

アレクシアは夫の腕に身を寄せ、周囲の視線にもかまわず――どうせ内輪の人間ばかりだ――片手で夫のあごに触れ、背中をそらしてキスした。こんな行為に慣れっこのプルーデンスは膝の上で身じろぎもしない。マコン卿は廊下に消えると同時にピンクのショールをはずして変身した。

数秒後、毛深い狼頭が部屋をのぞきこみ、しつこく吠えた。シドヒーグははっとし、あわててマコン卿のあとを追った。

「わが家の廊下でこれほど**生々しい**行為が行なわれたのは初めてだよ」と、アケルダマ卿。「しかも**これは**、わたしのキャンディちゃん、なかなか**悪くない**!」

アレクシアは眠ったままのプルーデンスをアケルダマ卿の応接間に残し、イブニング・ドレスから、茶色のビロードで飾ったブロンズ色のオーバースカートのついた、ベージュ色のよそいきドレスに着替えた。吸血鬼女王を訪ねるには地味だが、列車の旅にはちょうどいい。アレクシアはドローンを一人呼びつけ、ボタンを留めさせた。なにぶんアレクシアが〝レディの従者〟と呼ぶビフィは帽子店で忙しい。それからサンドーナー仕様の銃弾がしっかり装塡してあるのを確かめ、茶色いビロードのハンドバッグにエセルを入れた。もちろん、実際に発砲する気はさらさらない。育ちのよい婦人の例に漏れず、恐ろしげに振りまわし、相手をひるませるのが目的だ。これは、アレクシアの射撃の腕が〝納屋のはしっこに命中することがたまにある〟程度——しかもかなり大きな納屋でかなりの至近距離からという条件つき——であることもひとつの要因だが、もうひとつは銃の威力が文句なく致命的だからだ。しかし、たとえ目的が威嚇であっても、脅すときには徹底的に脅す。アレクシアはこけおどしは嫌いだ——とくに武器がらみのときは。

そこでアレクシアはまたしてもパラソルがないことを悔やんだ。外出するたびに、これまでつねに手もとにあった心強い相棒がないことを嫌でも思い知らされる。大事なパラソルをなくして以来、しつこく代替品を要求してきた。そのたびコナルは、贈り物を考えている夫ふうの何やら謎めいたつぶやきを漏らすが、いまだに望みはかなわない。いっそ自分で手配しようかしら？　でも、マダム・ルフォーがウールジー吸血群に年季奉公ちゅうの今、あれほど複雑で繊細かつファッショナブルなパラソルを制作してくれそうな発明家がどこにいるというの？

フルーテが現われ、ロンドン発ウールジー行き、ティルブリー鉄道バーキング急行一等席の切符を二枚、差し出した。

「コナルが行けなくなったの、フルーテ。ほかに誰か付き添い役がいるかしら？」

フルーテは女主人の要求に長々と考えこんだ。なかなかの難題だ。なにしろふたつの屋敷には数多くのドローンと人狼とクラヴィジャーが籍を置き、しかも今はそのほとんどがロンドンにたむろしている。フルーテほどの有能な執事でもこの大所帯を把握するのは楽ではない。アレクシアが知っているのは、せいぜいビフィが帽子店で働き、ブーツがスティープル・バンプステッドの親戚を訪ねて不在だということぐらいだ。

フルーテが小さく息を吸った。「残念ながら、いま手が空いているのはチャニング少佐だけかと存じます、奥様」

アレクシアは顔をしかめた。「本当に？ ついてないわね。でも、しかたないわ。一人で列車に乗るわけにはいかないもの。少佐に〝レディ・マコンが付き添いを頼んでいる〟と伝えてくれる？」

こんどはフルーテが顔をしかめた——といっても実際は片方のまぶたをぴくりと動かしただけだ。「かしこまりました、奥様」

フルーテはすべるように出ていき、ほどなくアレクシアのコートと、ロンドン人狼団の高慢なナンバー・スリー《ガンマ》——チャニング少佐とともに戻ってきた。

「レディ・マコン、お呼びですかな?」チェスターフィールド・チャニングスのチャニング・チャニング少佐は代々、名門校に通い、上流階級とだけ交わり、立派な歯並びを持つ者だけに可能な嫌味なほど正確なクイーンズ・イングリッシュを話す男だ。

「ええ、少佐、これからウールジー群を訪ねなければならないの」

チャニング少佐はアルファ雌の付き添いで郊外に出かけるなぞまっぴらだと言いたげな表情を浮かべたが、レディ・マコンが自分を指名するときはほかに選択肢がないときであることをよく知っている。そしてレディ・マコンを一人で行かせようものなら、マコン卿の怒りの矛先がまっさきに誰に向かうのもわかっている。となると、こう答えるしかなかった。

「喜んでおともいたします、マイ・レディ。なんなりとお申しつけを」

「くれぐれも出しゃばらないでちょうだい、少佐」

「心得ております、マイ・レディ」

アレクシアはチャニングの身なりにとがめるような目を向けた。まあ、軍服だなんて。吸血鬼の屋敷を訪問するのにふさわしいとはとても思えない。でも、着替える時間があるかしら? 時間に遅れるのと、吸血鬼女王の屋敷に軍人を連れてゆくのとではどちらが失礼か、悩むところだ。

「フルーテ、列車は何時?」

「三十分後、フェンチャーチ・ストリート駅発でございます、奥様」

「あら、では着替える時間はないわね。いいわ、少佐、外套を取ってきて、すぐに出発よ」

二人は気まずい沈黙のまま列車に乗りこんだ。アレクシアは窓から夜の闇を見つめ、チャニングは恐ろしくつまらなさそうな経済新聞を読んでいる。チャニングが数字に強く、人狼団の会計を担当していると知ったときは大いに驚いた。あんなに育ちがよくてキザな男が数学に興味があるなんて。しかし、人は不死者になると奇妙な趣味を始めるものらしい。

列車が動きだして四十五分ほどたったころ、妙にぺこぺこした車掌が美味しい紅茶と耳なしひとくちサンドイッチを運んできた。チャニングにはやけにへりくだった態度だが、アレクシアに対してはそうでもない。アレクシアはキュウリとカラシナのサンドイッチをかじりながら、チャニングを好きになれない理由のひとつに気づいた。つまりチャニングはどこからみても貴族《アリストクラティック》的だが、あたしは独裁《オートクラティック》的。このふたつは似ているようでまったく違う。

しばらくしてアレクシアはうなじがちくちくするような――誰かにじっと見られているような視線を感じた。なんとも不快な感覚だ。まるで素足をプディングの入った桶に突っこんだような。

じっと座っているのに疲れたふりをしてアレクシアは立ち上がり、車内を歩きはじめた。一等車にはほかに数名の客がいたが、アレクシアは真後ろの向かい席を見て驚いた。ゆるくターバンを巻いた男が座っている。同じ車両に人がいたことに驚いたのではない。男がターバンを巻いていたからだ。まあ、めずらしい。ターバンは流行おくれで、いまどき女性でも巻く人はほとんどいない。男はその場をとりつくろうかのように、わざとらしく熱心に新聞を読みはじめた。だが、レディ・マコンに〝偶然〟は通じない。あたしか、チャニング少佐か、もしくはその両方を観察していたに違いないわ。

アレクシアは列車が揺れた拍子にうっかりつまずいたふりをしてターバン男に寄りかかり、男の紅茶を新聞にこぼした。

「まあ、どうしましょう、あたくしとしたことが、なんとお詫びしたらよいか」アレクシアは、わざとまわりに聞こえるような声を上げた。

男は無言のまま、迷惑そうに濡れた新聞を振った。

「新しい紅茶を持ってこさせますわ。ちょっと、車掌さん！」

男は首を横に振り、アレクシアが理解できない言葉で小さくもぐもぐとつぶやいた。

「あら、本当によろしいの？」

男はまたしても首を振った。

アレクシアは車両の端までゆくと、ふたたび向きを変えて自分の席に戻った。

「少佐、どうやら連れがいるようだわ」アレクシアは腰を下ろすなり言った。

チャニングが新聞から目を上げた。「ターバンの男ですか？」

「気づいてたの？」

「われわれが乗りこんでから、ずっとあなたを見ています。これだから外国人は油断なりません」

「気づいていながら、あたくしに教えようとは思わなかったわけ？」

「あなたの身体を見ていると思ったのです。東洋人は女性をそのようにしか見ません」

「まあ、少佐ったら、なんて品のない。そんなことを言うなんて」そこでふと言葉を切り、

「どこの国の人かしら？」

旅の経験が豊富なチャニングは視線も上げずに即答した。「エジプト人ですな」

「まあ、おもしろい」

「そうですか？」

「あなたって本当に人をいらだたせるのが好きね？」

「これぞ生きる糧です、マイ・レディ」

「格好つけるのはよして」

「わたしが？　とんでもない」

それからは何ごともなく列車は走り、二人が目的地で降りてもターバン男は降りなかった。

「まあ、おもしろいこと」またしてもアレクシアはつぶやいた。

ウールジー駅は、この地に移住した吸血群がロンドンっ子の遠出を奨励するために法外な費用をかけて建設した新しい駅だ。バーキングの片田舎への強制的転居に、長い人生を生きてきたナダスディ伯爵夫人は大いに落胆し、ウールジー群の広大な敷地の一部を提供して駅を建設させた。駅に降り立った来訪者は複雑な軌道装置によって操作される小型自家用列車に乗りこむことになっていた。ウールジー吸血群の所在地は、もはや極秘事項ではない。郊外に移り住んでからは以前より安全に対する警戒をゆるめたようだが、それでも吸血鬼の用

心深い性質は変わらない。その証拠に直接ウールジー群に通じる道路はなく、訪れる者はこの特別列車に乗りこむしかたどりつく手段はない。そして列車の操作は終点ウールジー城にいるドローンによって厳しく管理されていた。

アレクシアはおそるおそる小型列車に近づいた。見た目は線路に乗り上げたずんぐりした平底船のようで、なかは布でおおわれ、悪天候に備えた巨大なパラソルがふたつついている。チャニングは平底船に乗りこむアレクシアに手を貸し、自分もあとに続いて正面に座った。その瞬間から二人は周囲の景色を見るふりをしてたがいの視線を避け、次なる展開を無言で待った。

「駅に到着したことを向こうに知らせなきゃならないんじゃないかしら？」アレクシアは合図になりそうなものはないかとあたりを見まわし、座席の端に置かれた短い小型銃に気づいた。そしてしばらく検分したあと、宙に向けて発砲した。

パーンという轟音にチャニングが驚いて飛び上がり、それを見たアレクシアは大いにほくそえんだ。銃はまばゆい白い炎の塊を噴き出し、炎は空高く浮かんで消えた。

アレクシアは信号銃を感心の目で見た。「すばらしいわ。きっとマダム・ルフォーの発明品ね。弾道学にまで手をそめていたとは知らなかったわ」

チャニングが青く冷たい目を丸くした。「根っからの発明家ですな」

だが、それ以上、銃について論じるまもなくこぎ船もどきはがくんと大きく揺れ、アレクシアはバランスを崩して片方のパラソルの柄にがつんと背中からぶつかった。こんどはチャニングがアレクシアの失態にほくそえんだ。小型列車は最初はゆっくり、やがてぐんぐん速度を増しながら、低い丘にえんえんと伸びる線路をゴトゴトと登りはじめた。目的地は丘のてっぺんにうずくまるように建つウールジー城——城じたいも困惑し、見た者も困惑させるような奇妙な建築物だ。

ナダスディ伯爵夫人はマコン夫妻のかつての住まいをできるかぎり見栄えよくしようところみたようだが、結果はかんばしくなかった。ウールジー城はその不面目なる改造によって前よりさらに不機嫌になったように見えた。どんなに壁を塗り変え、木を植え、化粧をほどこし、花づなを飾り、美しいドレープでおおっても、土台、無理な注文だ。結果は、さながらオペラの踊り子の衣装を着せられたブルドッグ——どんなに薄絹をまとっても、その下の不格好な短足は隠せない。

アレクシアはチャニングの手を借りて列車から降り、玄関の広い階段をのぼった。かつての自宅の呼び鈴を引くのは妙な気分だ。ここに何十年も住んでいたチャニング少佐はいったいどんな気分かしら？

だが、チャニングの表情はまったく変わらない。それとも変わらないように見えるだけ？あれほどハンサムで高慢そうな顔から表情を読み取るのは難しい。

「どうやら伯爵夫人は」——チャニングは一瞬、言葉を切り——「調整を加えられたようですな」

アレクシアがうなずいた。「扉には銀の渦巻き飾りがほどこしてあるわ。まあ、銀だなんて！」

チャニングが応じるまもなく、若くて美しいメイドが銀で飾った扉を開いた。つやのある漆黒の髪。フリルのついた黒いドレス。ぱりっとした白いブラウス。ピンタックのある黒いエプロン。どこをとっても、ナダスディ伯爵夫人の館《やかた》にふさわしい完璧なメイドだ。

「あたくしはレディ・マコン、こちらはチャニング少佐。ナダスディ伯爵夫人にお目にかかりにまいりました」

「ああ、お待ちしておりました、マイ・レディ。伯爵夫人に取り次いでまいります。しばらく玄関でお待ちいただけますか？」

待つのは少しもかまわない。二人は、かつての人狼屋敷の変貌ぶりにすっかり目を奪われた。床には分厚い深紅のフラシ絨毯が敷きつめられ、壁紙は淡いクリーム色と金色。壁のもっとも目立つ場所にはウェストミンスター群の廃墟から救出されたとおぼしき芸術品の数々が飾ってある。実に豪華な内装だが、こうした趣味は人狼の好みにも生活様式にも合わない。月にいちど鉤爪を生やす人狼がティツィアーノ・ヴェチェッリオの名画とペルシャ絨毯と暮らせるはずがない。

転居以来、初めて古巣を訪れたチャニングが金色の眉を片方、吊り上げた。「同じ屋敷とは思えませんな」

アレクシアが答えるまもなく、一人の吸血鬼がすべるように階段を下りてきた。

「シーデス博士、ご機嫌いかが？」

「こんばんは、レディ・マコン」シーデス博士は、やせてひょろりとした男だ。生え際が後退の途中で中断したような髪型で、肩書きは博士《ドクター》だが、専門は医学ではなく工学である。

「チャニング少佐のことはご存じですわね？」

「前に会ったことがある」シーデス博士は小さく頭を下げた。笑いもしなければ、牙を見せもしない。

ふうん、どうやらあたしたちは敬意を払われているらしい。まあ、愉快だこと。「夫が同行するはずでしたが、急用ができたものですから」

「ほう？」

「一族のことで」

「まさか深刻な問題ではないでしょうな？」

アレクシアは小首をかしげ、冷静に腹の探り合いを進めた。〈陰の議会〉の一員になって何年もたたないうちに、早くもアレクシアは〝きわめて重大なことがらについて会話しつつも大事なことは打ち明けない〟という技を会得した。「深刻というより、面倒かしら？　そんなことより、そろそろ本題に入りませんこと？」

シーデス博士はおとなしく引き下がった。この微妙な会話のルールを社会に取り入れたのはほかならぬ彼と彼の種族だ。したがわないわけにはいかない。「そうでした、マイ・レディ。こちらへよろしいですか？　伯爵夫人が〈青の部屋〉でお待ちです」

〈青の部屋〉とは、もとウールジー団の広い図書室を改装した部屋だった。顔には出さなかったが、アレクシアはお気に入りだった場所が破壊されたのを見て悲しくなった。吸血鬼たちはマホガニー製の本棚と革張りの椅子を運び出し、クリーム色とスカイブルーのストライプの壁紙でおおっていた。家具はいかにも東洋ふうで、すべてクリーム色で統一されており、アレクシアの見たて違いでなければ、英国の有名な家具職人トマス・チッペンデールのオリジナルデザインだ。

ナダスディ伯爵夫人は窓下の長椅子の肘かけにもたれ、いかにも作りこんだ姿勢で座っていた。今夜のドレスはとびきり洗練された、とてつもなく凝った造りの淡いブルーで縁どったモスグリーンで、スカートはアレクシアが〝歩けるのかしら？〟と首をかしげるほど背中で締め上げ、袖は〝腕が上がるのかしら？〟と心配するほどきゅうくつそうだ。かつてアレクシアも、ビフィにこんなドレスを勧められたことがあったが、このときばかりは〝おしゃれのために機動性を犠牲にするわけにはいかない〟と却下した。とくにプルーデンスのような子どもが走りまわる状況では。ビフィは女主人のために極東ふうの大胆なカットの流れるようなドレスを探し求め、そのドレスについてはそれ以上触れなかった。

ナダスディ伯爵夫人は労働のおいしい《クリーミー》部分を好きなだけ横取りした乳しぼり女のようなぽっちゃりした体型で、ぴっちりしたドレスはまったく似合わない。口にする気は毛頭ないが、こんな体型の女性がこんなドレスを着ているのを見たらアケルダマ卿がなんと言うか、考えただけでアレクシアは身震いした。もちろん、帰ったら詳しく報告するつもりだけど。

「まあ、レディ・マコン、お入りになって」

「こんばんは、ナダスディ伯爵夫人、ご機嫌いかが？　郊外の暮らしにも慣れてこられたようですわね」

「わたくしのような清純無垢な女性《ガール》は、どうしても田園地方に引き寄せられるものよ」

清純無垢なガール？　アレクシアはあまりに似つかわしくない言葉に唖然として思わず足を止めた。

ナダスディはアレクシアの露骨な困惑の表情から目をそらした。「ありがとう、シーデス博士。さがっていいわ」

「しかし、女王どの！」

「これはレディ・マコンとわたくしのあいだだけの話よ」

アレクシアがすばやく口をはさんだ。「伯爵夫人、チャニング少佐は同席してもよろしいかしら？」

「もちろんよ。チャニング少佐とわたくしは旧知のあいだがらですから。それでも数分間は二人きりにしていただけるわね」

チャニング少佐は不満そうだったが、しぶしぶしたがった。シーデス博士が女王を反異界族と二人きりにして出ていこうとしているのだから、まず大丈夫だろう。

「扉のすぐ外におります、マイ・レディ、何かの折りには」

アレクシアはうなずいた。「ありがとう、チャニング少佐。心配ないわ」

こうしてアレクシアは青い部屋に吸血鬼女王と二人きりになった。

フェリシティとマダム・ルフォーが去ったあと、店は帽子を買い求める上流階級のレディたちの狂乱に呑みこまれたが、選びぬかれた有能な売り子たちは冷静に客をさばいた。ビフィは、服の色や肌の色、品格や地位や主義に合わない帽子を買おうとしている女性がいないかをすばやくチェックすると、あとは英国の買い物客の良識にゆだね、地下の発明室に下りてたまっている書類の整理に取りかかった。というのも当初は書類の四隅を飾り切りしたり、文章に渦巻き模様や花模様を描き加えたりして見栄えをよくすることに時間をかけすぎ、作業が進まなかったからだ。

こうなったのは自然ななりゆきだった。ビフィはほぼ毎晩、店にいる。そして地下の発明室は改造され、マコン卿ひきいる人狼団の新しい地下牢になった。そこで人狼団の運営上、大きな部分を占める地下牢の管理をビフィが引き受けることになったのだ。ライオール教授も反対はせず、むしろ歓迎しているように見えた。思うに、何十年ものあいだたった一人で団の仕事をになってきたライオールは、その責務の一部を誰かに譲ってほっとしたのかもしれない。

ルフォーの機械や装置や道具はすべて運び去られたため、発明室はがらんとして、ますます洞窟のようだ。バラ模様の壁紙と金襴のクッションがひとつふたつあればぐっと華やぐのだが、ここは満月の夜のための牢屋だ。人狼を閉じこめる部屋に壁紙を張るほど無駄なことはない。

ビフィは、パリのしゃれたホテルの豪華な舞踏室を気取って歩く自分を想像しながら巨大な部屋をゆっくりまわった。実際は、はしたないほど大きな帽子をかぶった世慣れたパリの貴婦人たちとワルツを踊っているのではなく、滑車装置の安全を確かめているだけだ。ギュスターヴ・トルーヴェはすばらしい仕事をしてくれた。銀めっきをほどこした鉄の巨大な檻はマコン卿をも閉じこめておけるほど頑丈で、しかもクランク装置を使えばどんなに非力なクラヴィジャーでも天井まで持ち上げることができる。ビフィは檻の底をしげしげと見上げ、シャンデリアがわりにならないかと考えをめぐらせた。それが無理なら、せめてリボンと房飾りのひとつくらいはつけたいところだ。

ビフィは部屋の隅にある小さなデスクに座り、団の仕事に取りかかった。懸案となっている新しいクラヴィジャー候補者の件……クラヴィジャーの変異を希望する一匹狼からの嘆願書……。数時間後、ビフィは立ち上がり、背を伸ばして書類を片づけながら街の様子に思いをはせた。ちょうど芝居が終わる時刻で、紳士クラブはタバコの煙とおしゃべりで活気づき、紳士たちのバカ騒ぎは最高潮に達しているだろう。これから着替えれば、夜明け前の最後のお楽しみにまにあうかもしれない。人狼になって団という組織に属して以来、伊達男の生活習慣の一部は放棄せざるをえなかったが、すべてを手放したわけではない。ビフィはそっと乱れた巻き毛に手をやった。最近、街ではわざとだらしなく髪をくしゃくしゃにしたスタイルを好む若者が現われはじめた。それが自分の影響だと思うと、少しだけ気分がよかった。

人狼屋敷は暗かった。誰もがロンドンの持つ魅力を楽しんでいるようだ。なにせこの街は、若者にとっては思いがけない変化の危険がほとんどなく、年配者にとっては慢性的倦怠におちいる心配がほとんどない。階段をのぼりかけたところでビフィは奇妙なにおいに気づいた。ふだん人狼屋敷にはないにおいだ。なんとなくスパイシーで、異国ふうで——そこでふさわしい言葉を探し——砂っぽいにおい。踵《きびす》を返し、鼻をくんくん鳴らしながら嗅ぎなれないにおいを追ってゆくと、屋敷の奥の使用人部屋にたどりついた。

誰かが小声で話している。人狼のするどい聴覚は、閉じられた厨房の扉ごしにも声を聞き分けた。二人の男だ。一人の声は深く、威厳があり、もう一人は高く、歌うような声。最初の声には聞き覚えがあったが、誰の声かはわからない。なぜなら二人は、ビフィには理解できない外国語で話していたからだ。

会話が終わり、厨房の反対側の扉が開いて閉じたらしく、一瞬、裏路地の音が聞こえ、ゴミのにおいがした。ビフィは稲妻のような速さで突き当たりの階段下の暗がりに身をひそめ、会話をしていた一人に目を凝らした。

厨房から出てきたのはフルーテだ。フルーテはビフィに気づかず、すべるように自分の持ち場に戻っていった。

ビフィは長いこと暗がりのなかで考えていたが、ようやくさっきの言葉がどこの国のものかを思い出した。驚いたな——レディ・マコンお気に入りの執事があんなに流暢なアラビア語を話すなんて。

「それで」アレクシアはウールジー吸血群の女王の前に立って目を細めた。「お呼びつけどおり、こうしてまいりましたわ、伯爵夫人。なんのご用？」

「まあ、レディ・マコン、それが目上の人に向かっていう言葉？」ナダスディ伯爵夫人はぎこちない姿勢のまま身じろぎもしない。

やっぱり――アレクシアはひそかに思った――ドレスがきゅうくつすぎて動けないんだわ。

「あたくしは家族の団らんを中断して来ましたのよ、伯爵夫人」

「ああ、その件だけど、てっきり〈いまわしき者〉の主たる養育者はアケルダマ卿と思っていたのに、いまもあなたがたは……」ナダスディが言葉をのみこんだ。

言われなくても相手が言いたいことはわかっていた。「ええ、おっしゃるとおり。プルーデンスはアケルダマ卿と暮らしています。それから、よろしければ娘のことは名前で呼んでくださらないこと？」

「でもあなたがたは隣に住んで、しょっちゅう訪ねているそうね」

「そうせざるをえませんの」

「それは母親の愛情？ それとも子どもの厄介な性質のせい？」ナダスディが鮮やかな青い目を意味ありげに見開いた。

「誰かが娘の能力を消さなければなりませんの」

ナダスディがにっと笑みを浮かべた。「手を焼いているようね、魂盗人《ソウル・スティーラー》に？」

「手を焼くのは本人が本人でないときだけよ」

「物は言いようね」

「規則をゆるめなければならない場合もありますわ、伯爵夫人。さもなければプルーデンスはロンドンじゅうを混乱に巻きこみかねません。この人里はなれたバーキングにまで影響がおよばないともかぎらないわ」アレクシアは椅子もお茶も勧めてもらえないことにいらだち、思わずとげとげしい口調で言った。「それがあたくしを呼び出した理由？　それとも何か特別に相談したいことでもあるの？」

ナダスディが小さな脇テーブルに手を伸ばした。いまのは間違いなくドレスのきしむ音だ。ナダスディは脇テーブルから取った小さな巻き羊皮紙で近づくよう身ぶりした。

「〈いまわしき者〉に会いたがっている人がいるの」

「いまなんとおっしゃいました？　悪いけど聞き取れなかったわ。誰に会いたい、ですって？」アレクシアはわざととぼけて近くの窓から外を見た。

ナダスディが牙を剝き出した。「マタカラがあなたの子どもに会いたがっています」

「マタ……なんですって？　たしかに、いろんな人がプルーデンスに会いたがってるけど、そのマタなんとかって人がどうしてそんなに重要な――」

ナダスディが激しく手を振った。「どうやら誤解しているようね。マタカラはアレクサンドリア吸血群の女王よ」

「誰ですって？」

「まあ、異界族との付き合いは多いくせに、わたくしたちの世界のことは何も知らないのね？」ナダスディは丸くてかわいい顔を不快そうにしかめた。「マタカラ女王は生存する最高齢の吸血鬼――というより世界でも最高齢の生き物よ。聞くところでは三千歳を超えているとか。もちろん、正確な年齢は誰も知らないけれど」

「あらまあ」と、アレクシア。三千年なんて想像もつかない。

「マタカラ女王はあなたの子どもになみなみならぬ興味を示しているの。世間では、マタカラ女王がこの五百年間、何かに興味を示したことは一度もないと言われているわ。これは大変な名誉よ。マタカラ女王から呼び出しがあったら、ぐずぐずしてはいられないわ」

「ちょっと話を整理させてちょうだい。そのマタカラ女王とやらが、ふとした思いつきで、あ、あ、あたくしに、娘を連れて、エ、エ、エジプトに来いと言ってるわけ？」どれだけ恐れ多い人物かは知らないが、アレクシアにはありがたみがまったくわからなかった。

「そうよ、でも、マタカラ女王の要請だということは伏せてほしいらしいの」

「娘を連れてエジプトまでお忍びで来いってこと？　娘の特殊な性質についてはご存じでしょう？」

「ええ」

アレクシアは憤然と息を吐いた。「ずいぶんな要求じゃないこと？」

「これを」ナダスディが信書を差し出した。

そこにはたしかに今ナダスディが伝えた要請――というより事実上の命令――の概要が書

いてあった。少し文章がぎこちないところをみると、書き手の母語は英語ではないようだ。

アレクシアは困惑して顔を上げた。「どうして？」

「あのかたが望んでおられるからよ、もちろん」

どうやらマタカラ女王はナダスディ伯爵夫人に対し、英国女王がデヴォンシャー公爵夫人に行使するのと同等の権限があるらしい。

「いいえ、そうじゃなくて、どうしてあたくしがはるばるエジプトくんだりまで行かなければならないのかってことよ」

「ああ、そうね、さすがは反異界族、現実的ね。この時季のエジプトはすばらしいわ。それに、かの地にはあなたが見落としている何かがあるはずよ」

アレクシアはもういちど信書を読み、裏を返した。そこには、こんな追伸が書かれていた。

〝夫君は行方不明の人狼を探している。そしてあなたは父上の足跡《そくせき》を探している。わたしはその両方の力になれる〟。

アレクシアはていねいに羊皮紙を折り曲げ、ハンドバッグのなか――エセルの隣――に入れた。「すぐに出発の準備をするわ」

「親愛なるレディ・マコン、そう言ってくれると思っていたわ」ナダスディはいかにも満足そうだ。

アレクシアは鼻で笑った。悦に入った吸血鬼ほど不快なものはない。持って生まれた性質だとしても、これが吸血鬼のしゃくに障るところだ。

そのとき廊下で何やらあわただしい音がして叫び声が上がり、誰かが〈青の部屋〉の扉を激しく叩きはじめた。

「誰も入れるなと言ったはずよ！」ナダスディがいらだちの声を上げた。もっとも、身体は例の姿勢のままだ。

女王の命令を無視して扉が勢いよく開き、シーデス博士とチャニング少佐とマダム・ルフォーが、息をのむほど美しい黒髪の若い女性を抱えて転がるように入ってきた。女は目を閉じ、不気味なほどぐったりしている。完璧な美貌はしかし、後頭部の深い傷から流れるおびただしい血で無惨にも汚されていた。

ナダスディ伯爵夫人が声を上げた。「まあ、なんてこと！部屋を造り変えたばかりなのに」

4 いくつかの予期せぬできごとと紅茶

「アスフォデルです、女王どの。乗馬中にあやまって」

ナダスディ伯爵夫人が二本の指で手招きした。「連れてきて」

三人は重傷のドローンを女主人のそばに運んだ。若いドローンの息は浅く、まったく動かない。

「ドローンに死なれるほど迷惑なものはないわ。群にふさわしく、有能で、魅力的な代わりを見つける手間は言うまでもなく」

「噛んでみるべきではないかと思います、女王どの」

ナダスディは疑わしげにシーデスを見た。「本当にそう思う、博士？ 最後にこころみてから、ずいぶんたつような気がするけれど」

ふたたび扉がバタンと開き、ブロンズ色に赤い縁かざりのついた乗馬ドレスを着こなしたメイベル・デアが部屋に駆けこんできた。「容体は？」

ミス・デアは分厚い絨毯を一直線に進み、ナダスディと瀕死のドローンの隣に身を投げ出すようにひざまずいた。「ああ、かわいそうなアスフォデル！」

アレクシアは女優メイベル・デアの迫真の演技に思わず感嘆した。

マダム・ルフォーが近づき、身をかがめてミス・デアの肩をやさしくさすった。「さあ、かわいい人《シェリ》。わたくしたちにできることは何もないわ」

ミス・デアは静かに立ち上がり、女王から離れながら言った。「ああ、どうか、やってみてください、女王どの。アスフォデルは、それはかわいい娘《こ》なんです」

ナダスディは鼻にしわを寄せてドローンを見下ろした。「たしかに美しい娘ね。いいでしょう、ひとくちゴブレットを持ってきて」

シーデス博士がすぐさま反応し、「ただちに、女王どの！」と言って部屋から飛び出した。

博士が戻ってくるのを待つあいだ、アレクシアは挨拶がすんでいなかった二人を振り返った。「こんばんは、マダム・ルフォー。ミス・デア」

「レディ・マコン、ご機嫌いかが？」ミス・デアは挨拶を返したが、震える胸で両手を組み、いまは瀕死のドローンのことしか頭にないようだ。

ルフォーはアレクシアに向かって小さく頭を傾け、ぎこちない笑みを浮かべただけだ。すぐにミス・デアに注意を戻し、心配そうに片腕を女優の腰にまわした。

シーデス博士が蓋つきの小さな銀のゴブレットを持って戻ってきた。見たところ、口ひげ自慢の紳士向けにデザインされた〝蓋つきカップ〟のようだ。博士が差し出すと、女王は片手で受け取った。

シーデス博士は意識不明のドローンの両肩をつかみ、女王の膝に軽々と引き上げた。アスフォデルと呼ばれた若い娘はけっして細身ではないが、さすがは異界族、力が強い。それから首すじがあらわになるよう頭の位置を向けなおした。

ナダスディはゴブレットの液体をひとくち含んで口全体にゆきわたらせると、考えこむような表情を浮かべ、二種類の牙を剝き出した。血を吸うための長い牙と、その両脇にある、新しい吸血鬼を生み出すための短い牙。吸血鬼の変異がどのような手順で行なわれるのか、アレクシアはよく知らない。変異の詳細は極秘事項で、吸血鬼でないかぎり、科学者による観察も禁じられている。それでも〝むさぼる牙〟が相手の血を吸い上げ、同時に〝生み出す牙〟が血を送りこむ――すなわち女王が吸血鬼候補者に自分の血をあたえることで変異が起こるという、一般的な理論くらいは知っていた。

ナダスディが大きく口を開いた。生み出す牙から黒っぽい――というよりほとんど黒い――血液がしたたっている。ひとくちゴブレットのなかみが触媒として作用するのかもしれない。

シーデス博士が顔を近づけ、女王の口のなかをのぞきこんだ。「準備はよいようです、女王どの」

アレクシアの唯一の願いは、吸血鬼の変異が人狼の変異ほど残酷でないことだけだ。マコン卿はシドヒーグを人狼に変異させるため、文字どおりその首を食いつくした。あれほどむごたらしい光景を見たのは初めてだった。とにかく吸血鬼版フルコースだけは見たくない。

「あたくしたちはこれを見なければならないの？　不死者の誕生はごく内輪で行なわれるも

のじゃないの？」アレクシアがチャニングにささやいた。

「わたしが思うに、あえて見せるつもりではないでしょうか。女王は自分の力を見せつけたいのです」チャニングは目の前の光景にまったく動じず答えた。

「そうなの？　どうして？　あたくしが女王の力を疑っているように見えた？」

「いえ、そうではありません。しかし、われらがアルファはこの三年間にふたつも変異を成功させました。そのことが吸血鬼にはひどくこたえているのです」

「つまり、あたくしは終わりのない〝おはじき取りゲーム〟に居合わせたってこと？　これは、誰がいちばん多く不死者を生み出せるかの競争なの？　あなたたち異界族ときたら、これじゃまるで教室の子どもと同じじゃないの？」

チャニングはしかたありませんというように手のひらを上に向け、手先を傾けた。

「まったく冗談じゃないわ」そこで吸血鬼女王が牙を沈めたので、アレクシアは口をつぐんだ。

最初は人狼の変異よりはるかに上品に見えた。ナダスディ伯爵夫人は若いドローンの首にむさぼる牙を深々とうずめ、さらに生み出す牙が埋まるまで噛みつづけた。両手でドローンを抱え、その頭を後ろにそらし、ティーサンドイッチを食べるかのように口もとに首を近づけた。ドローンの血の気のない、ぐったりした顔が変異を見守る観客のほうを向いた。ナダスディは目を閉じ、愉悦の表情を浮かべている。ナダスディの筋肉はまったく動かない。ただ、首すじだけが――牛が反芻《はんすう》するように――ぴくぴくと上下に不気味に動いている。牛の反芻と違うのは、速度が速くて動きが小さく、しかも両方向だということだ。

アスフォデルは長いあいだ女主人の腕のなかでぐったりしていたが、とつぜん全身をびくっと一度だけ動かした。アレクシアとチャニング少佐は思わず飛び上がり、ルフォーが二人をたしなめるように見た。

アスフォデルがぱっと目を大きく見開き、驚いたように周囲の人々をじっと見つめ、それから悲鳴を上げはじめた。深く、引きずるような苦悶の叫びだ。瞳孔が広がり、暗くなったり色が変わったりしながら飛び出さんばかりにふくらみ、ついに眼球全体が濃い血の色になった。

そしてみるみる両眼から血が流れだした。血がしたたり、両の頬を流れ落ち、鼻の先から伝い落ちてゆく。血は口からもあふれ、苦悶の叫びはごぼごぼという音になり、ついには聞こえなくなった。

シーデス博士が言った。「充分です、女王どの。失敗のようです。変異させることはできません」

女王は至福の表情のまま吸いつづけたが、ドローンを抱いた両腕からは力が抜け、上半身がドローンの上に倒れかかりはじめた。

シーデス博士が歩み寄り、女王の牙からアスフォデルを引きはがした。ふつうの状況なら不可能だったはずだ。吸血鬼はみな力が強いが、なかでも吸血鬼女王は最強と言われている。

しかし、ようやく開いたナダスディの美しい目は、激しい消耗のせいでくぼんでいた。

　シーデス博士はドローンをナダスディの腕から無理やり引きはがすと、まるで使い終わったふきんのように無造作に床に転がした。ドローンは最後に一度だけ身をひきつらせ、それきり動かなくなった。

　アレクシアは横たわるドローンに近づき、触れないように注意しながら心配そうに身をかがめた。いまさら何をしても変わらないとは思ったが、まんいち反異界族が触れて変異になんらかの影響が出たら大変だ。しかし、床のドローンはぴくりとも動かない。アレクシアがかがんだ姿勢のまま見上げると、チャニングは金髪の頭を横に振った。

　シーデス博士が、ショックで静まり返った〈青の部屋〉に向かって言った。「女王どの、失敗でした。補給して体力を戻さなければなりません。どうか、生み出す牙をおしまいください。すぐにドローンを数名、呼んでまいります」

　ナダスディ伯爵夫人が振り向き、焦点のさだまらない目でシーデス博士を見た。「失敗したの？　またひとつダメになったわね。もったいないこと。また新しいドレスを買わなきゃならないわ」そこであたりを見まわし、アレクシアが床のドローンにかがみこんでいるのに気づいて笑い声を上げた。「あなたにできることは何もないわ、魂吸い《ソウル・サッカー》」

　アレクシアは吐き気を覚えて立ち上がった。

　あたりは一面、血だらけだ。ナダスディの緑色のドレスは血でぐっしょり濡れ、クリーム色と青色の絨毯には血痕が飛び散り、哀れなアスフォデルの遺体の下には血だまりができている。正式に招待されたレディに対するもてなしにしては、あんまりだ。

シーデス博士がメイベル・デアに手招きした。「女王どののお世話を、ミス・デア」

「かしこまりました、博士。ただちに」ミス・デアは金髪の巻き毛を揺らして女王に駆け寄り、女王の口に自分の手首をあてがった。

シーデス博士が手を伸ばして女王の頭を支えた。「どうかお間違えなきよう――使うのはむさぼる牙だけです。かなり体力を失っておられます、女王どの」

誰もがかたずをのんで見守るなか、ナダスディは女優の手首から長々と血を吸った。美しいブロンズ色のドレスを着たメイベル・デアは身じろぎもせずに立っていたが、ほどなく丸い完璧な頬からバラ色が消えはじめた。

シーデス博士がやさしく言った。「もう充分でしょう、女王どの」

しかしナダスディは吸いつづけた。

マダム・ルフォーがつかつかと歩み寄った。一分の隙もないイブニング・ジャケットを着ているせいで、よけいに鋭く、きびきびと見える。ルフォーはミス・デアの手首の少し上をつかみ、ナダスディの牙からぐいと引き離した。そのとたん、ナダスディとミス・デアは驚いて息をのんだ。

「博士が充分だと言っているわ」

ナダスディがルフォーをにらみつけた。「わたくしに指図する気？　ドローンの分際で」

「一晩に吸う血の量としては、もう充分じゃないの？」ルフォーは床の死体とあたりに飛び散った血を指さした。

ナダスディが唇をなめた。「それでもまだ空腹よ」

よろめきながら立ち去りかけたルフォーの肩に、シーデス博士が両手をかけて制止した。

「これ以上、ミス・デアの血を女王どのに吸わせたくはないということか、マダム・ルフォー？　では代わりにきみが提供するか？　それはなんとも寛大なことだ。なにしろきみはわれわれのところに来て以来、血の提供にはひどく慎重だったからな」

ルフォーは挑むように髪を耳の後ろにかけた。ドローンになってから少し長くなったが、それでも女性にしてはかなり短い。ルフォーが無言で手首を差し出すと、ナダスディが牙を沈めた。そのあいだじゅうルフォーは視線をそらしていた。

「そろそろ失礼します」と、アレクシア。ルフォーのわざとらしい無関心ぶりに、なんとも落ち着かない気分だ。二人は、そっけないルフォーと血の気のうせたメイベル・デアと心ここにあらずのシーデス博士とお茶を飲みつづけるナダスディ伯爵夫人を残し、屋敷をあとにした。


アレクシアはフェンチャーチ・ストリート駅があまり好きではない。ロンドン港湾地区に近すぎるし、ロンドン塔にも近い。ロンドン塔には背筋をぞっとさせるような何かがある。除霊されないゴーストが、なかなか帰らないディナー客のようにしつこく居座っているかのような。

アレクシアとチャニング少佐が駅に降り立ったのは夜も静まりかえった時刻で、あたりには荷運び人《ポーター》もいなかった。チャニングが貸し馬車を探しに行くあいだ、アレクシアは一等車待合室で一人、不安な気持ちで待っていた。

チャニングの姿が消えてすぐ、見知らぬ男が待合室の扉から駆けこんできた。ロンドン周辺にこのような輩《やから》がいるとは聞いていたが、まさか目の前に現われるなんて！　男の髪は長く、ぼさぼさで、顔は船乗りのように日焼けし、あごひげは伸び放題だ。それでも怖くはなかった。というのも男はひどく苦しげで、しかもアレクシアの名前を知っていたからだ。

「レディ・マコン！　レディ・マコン」

スコットランドなまりで、声は弱々しく、かすれているが、どことなく聞き覚えがある。だが誓って、こんなにやつれた、ゆでロブスターのような顔に見覚えはない。たとえ身なりがもう少しましだったとしても。

アレクシアは男をまじまじと見下ろした。「どこかでお会いしました？」

「ええ、マイ・レディ。ダブです」男は力ない笑みを浮かべた。「前にお会いしたときとは少し違いますが」

少し違うどころではない。もともとそれほどハンサムでもなければ好人物でもなかったが、目の前のダブはあまりに悲惨だった。たしかにダブはスコットランド人で、アレクシアの好みがそちらに傾きがちなのは事実だ。それでも過去のダブの振る舞いはアレクシアの趣味からしても目に余るものだった。なにしろコナルとくみあいのケンカをし、食堂と皿に盛られたメレンゲをことごとく破壊したのだから。「まあ、ミスター・ダブ、そんなにひげを伸ばすなんて何があったの？　無政府主義者による暴行の犠牲にでもなったの？」

戸口に寄りかかるダブはいまにもすべり落ち、床にくずおれそうだ。アレクシアは思わず近づきかけた。

「いいえ、どうかマイ・レディ、ご勘弁を。いまあなたに触れられたらとても耐えられません」

「でも、ダブ、とにかく助けを呼ぶわ。いままでどこにいたの？　キングエア団のアルファがあなたを探して、いまロンドンに来てるのよ。すぐにチャニング少佐に呼びに行かせ――」

「いいえ、マイ・レディ、どうか聞いてください。あなただけに伝えたくて待っていました。あなただけにお知らせします。あなたの家……人狼屋敷は……危険だ。あそこは危ねぇ」

「続けて」

「あなたの父親……エジプトで……やったこと。それをあなたが阻止しなけりゃならねぇ」

「なんなの？　父がやったことって？」

「ミイラです、マイ・レディ、たくさんのミイラが――」

そのとき銃声が駅の静寂を切り裂いた。ダブの胸もとにぱっと赤い血が一面に広がり、アレクシアは悲鳴を上げた。ダブは驚愕の表情を浮かべ、両手で傷をおおった。

そして前につんのめり、顔から床に倒れた。後ろから撃たれたらしい。

アレクシアは助け起こしたかったが、両手を組み合わせ、触れてはならないと自分に言い聞かせた。そして声をかぎりに叫んだ。「チャニング少佐、チャニング少佐、早く来て！　大変よ」

　チャニングが異界族だけに可能なスピードで駆けつけ、すぐさま横たわる人狼に顔を近づけてにおいをかいだ。

「キングエア団？　行方不明のベータか？　いったいこんなところで何を？　てっきりエジプトで行方知れずになっているとばかり」

「戻ってきたばかりのようね。ほら、ひげが伸びて、日に焼けて、げっそりやせてるわ。しばらくのあいだ人間だったのよ。人狼がこうなる理由はそれしかないわ」

「〈神殺し《ゴッド・ブレーカー》病〉か」

「もっとましな説明はないの？　もちろん、ダブが英国に戻ってきたってこと以外に。いずれにせよ今は人狼に戻っているはずよ」

「ああ、たしかに。そうでなければ団のにおいがするはずがありません」チャニングが自信たっぷりに言った。「たしかに人間ではありませんが、非常に弱っています」

「まだ息はあるのね？」

「いまのところは。しかし、すぐに連れ帰って銃弾を取り出さなければ危険です。お気をつけください、マイ・レディ。暗殺者がまだそのへんにいるかもしれません。わたしが先に」

「待って」アレクシアが制した。「あたくしにはエセルがあるわ」そう言ってハンドバッグから小型銃を取り出し、撃鉄を起こした。

　チャニングはあきれて目をぐるりとまわしてみせた。

「行くわよ！」アレクシアは銃を構え、暗がりで動くものに目を光らせながら、待合室から駆け出した。

　何も起こらない。

　三人は待っていた貸し馬車に難なく乗りこんだ。チャニングは御者に三倍の料金を払って全力疾走させた。途中、チープサイドの火事のせいで引き返して迂回を余儀なくされたが、それがなければ記録的な速さで帰り着いていただろう。

　屋敷に着くなりアレクシアが一声さけぶと、人狼とクラヴィジャー全員が駆けつけた。ちょうど夜明け前で、屋敷は目覚めたばかりのクラヴィジャーと就寝の準備をする人狼たちでごった返していた。そこへケガを負ったキングエア団のベータが現われたのだから、それは大変な騒ぎだ。ダブは奥の応接間に慎重に運びこまれ、マコン卿とレディ・キングエアを呼びに使者が異界管理局《BUR》に送りこまれた。

　ダブは息が荒く、ますます容体は悪そうだ。ああ、どうか助かりますように。アレクシアは自分の無力さを感じつつ、反対側の椅子に座って祈った。なにしろダブの手をなでることも、額の汗をぬぐうこともできないのだから。

　フルーテがかたわらに現われた。「何ごとですか、奥様？」

「ああ、フルーテ、大変なのよ。いままでどこにいたの？　何か救う手だてはない？」

「救う、とおっしゃいますと？」

「ダブが撃たれたの」

「ならば弾を取り出さなければなりません、奥様、銀だとしたら厄介です」

「ああ、そうね、あなたの言うとおりだわ。あなたは――」

「残念ながらわたくしには無理です、しかし、医者を呼ぶことならば」

「革新派の？」

「当然です、奥様」

「いいわ。手配して」

フルーテはいまにも駆けだしそうに跳ねていた若いクラヴィジャーに向かってうなずき、外科医の住所を渡した。

「それから奥様、ケガ人には新鮮な空気が必要ではないでしょうか？」

「まったくだわ！　さあ、みんな、出て行って」

アレクシアのひとことに、心配顔のクラヴィジャーと人狼たちは一列になって出ていった。

フルーテは静かに退室し、すぐに紅茶を持って戻ってきた。

ますます呼吸が弱くなるダブを見守り、無言で座っていると、玄関でどたどたと音がして二人は顔を上げた。マコン卿が戻ってきたようだ。

アレクシアが急いで出迎えた。

「アレクシア、ケガはないか？」

「あたくしは大丈夫よ。使者から聞かなかった？」

「ダブが現われ、列車の駅できみを見つけ、きみに何かを告げようとして撃たれた」

「ええ、まあ、だいたいそういうことよ」

「まったく、いったいどういうことだ？」

レディ・キングエアことシドヒーグが曾々祖父の隣に息せき切って現われた。「容体は？」

「残念ながらあまりよくないわ。できるかぎりのことはやったけど。いま医者を呼びにいかせたところよ。ついてきて」アレクシアは先頭に立って奥の応接間に向かった。

部屋に入ると、フルーテがダブに顔を近づけていた。いつもは無表情な顔に悲痛なしわがきざまれている。駆けこんだアレクシアたちに向かってフルーテが首を横に振った。

「まさか！」シドヒーグが苦悶の叫びを上げ、フルーテを押しのけてダブをのぞきこんだ。

「ああ、ダブ、なんてことだ」

ダブは死んだ。

シドヒーグが泣きはじめた。古い友人で長年の仲間を失った悲しみに人目もはばからずしゃくり上げている。

アレクシアがシドヒーグの剝き出しの感情から目をそらすと、夫も悲しみの表情を浮かべていた。たしかにダブも、かつてはコナルひきいる人狼団の一員だった。当時はコナルのベータでもなく、それほど親しくもなかったが、それでも人狼たちは長い時間をともに過ごす。団員はつねに大切な仲間だ。人格的に見て、〝愛する者を失った〟という喪失感はないが、不死者の死は決して軽々しくあつかってはならない。不死者の死は、長いあいだに蓄積された知識が失われるという悲劇を意味する。アレクサンドリア図書館が焼失するようなものだ。

アレクシアはコナルに近づいて身体を引き寄せ、周囲の目も気にせず、両腕をきつく巻きつけた。そして夫を大きな肘かけ椅子にそっと座らせると、この場を取りしきるべく、フルーテにホルマリンの樽を取りに行かせ、クラヴィジャーにライオール教授を呼んでくるよう指示した。誰にでも趣味はある。そしてレディ・マコンの趣味は混乱の場を収拾することだ。

アレクシアはダブの死を告げるために廊下に出たが、外で待つ人狼たちは、すでにレディ・キングエアの泣き声から自分たちの仲間を一人、失ったことを知っていた。

5 旅一座にまぎれて

言うまでもなく、アレクシアがマタカラ女王の一件を夫に切り出すまでにはやらなければならないことが山ほどあった。この日は人狼屋敷の全員が睡眠不足で、おそらく例外はビフィだけだっただろう。このロンドン人狼団の新入りは屋敷に戻るや、とんでもない騒ぎに眉を吊り上げ、賢明にも《しゃれ男集団《レ・ボ・ザンブレ》》の最新号を手にさっさと寝室に引き上げた。アレクシアは午前中をかけて、自分用の黒いドレスと団員たちの黒いベストと使用人たちの喪章を準備した。ダブは厳密には家族の一員ではないが、この屋敷で亡くなったのだし、しかるべき敬意は払わなければならない。異界管理局《BUR》は大混乱で、アレクシアは今回の事件ですっかり動揺したクラヴィジャーたちにも目を配らなければならなかった。

ようやく夜が来ると、こんどはレディ・キングエアがダブの亡骸《なきがら》とともにいますぐスコットランドに戻ると言いだした。しかも埋葬を終えたらその足で戻り、今回の事件を納得のいくまで捜査するという。シドヒーグの口調には〝スコットランド人が殺された事件をイングランド人がまともに調査するはずがない〟という不信感がにじんでいた。シドヒーグの唐突な出立を見送ったマコン夫妻は廊下に呆然と立ちつくし、睡眠不足で疲れきった顔を見合わせた。そこへ玄関の扉を叩く音がして、ばっちり化粧をしたアケルダマ卿とティジーの背中にご機嫌でおんぶされた元気いっぱいのプルーデンスが現われ、二人はすっかりうろたえた。

「ダダ！　ママ！」プルーデンスが挨拶した。

「あら、プルーデンス、こんばんは！」アレクシアは作り笑いを浮かべた。「アケルダマ卿、トリズデール子爵、さあ、お入りになって」

「いやいや、申し出はありがたいが、**プディングのほっぺ**よ。これからちょっと公園に散歩に出かけようと思ってね。これほど喜ばしい天気がそう長く続くとは思えない。きみたちも一緒に出かけないかね？」

「まあ、ご親切に。でも、ごめんなさい、アケルダマ卿、今日は大変な一日だったの」

「うちのドローンちゃんから聞いたよ。昨夜からいまのいままでずっと大わらわだったそうだね。誰かが**重大な**事件に巻きこまれたとか。しかもきみはウールジー群を訪問したそうじゃないか、**いとしい**アレクシア。それにしてもかわい子ちゃんよ、**黒ずくめ**とはどういうことかね？　それほど深刻な事態か？」

アレクシアはアケルダマ卿の怒濤のおしゃべりを最後まで礼儀ただしく聞き終えてから、はっと気づいた。「まあ、どうしましょう、そうよ、ウールジー群！　ああ、コナル、すっかり忘れていたわ！　いますぐ相談しなきゃならないことがあるの。ええ、そのとおりよ、アケルダマ卿、今日はとても忙しくて。無愛想で申しわけないんだけど、とても疲れているの。明日の夜でもいいかしら？」これ以上、詳しい話をしてアケルダマ卿の好奇心を満足させるつもりはない。

　引き下がるべきときを知るアケルダマ卿は優雅に首をかしげ、ティジーとともにプルーデンスお気に入りの大型乳母車の待つ通りに引き返した。アケルダマ卿は養子縁組が正式に決まってすぐ、この〈プリムソール・ブラザーズ〉社特別仕様の乳母車を注文した。だるま自転車《ペニーファージング》型車輪で真鍮製。革張りの座席は金箔と巻き飾りでごてごてと飾られ、高さ調節が可能な握り手からは華麗な飾り文字で〈誇りたかき《プラウド》メアリー〉と書かれた陶板がぶら下がっている。備えつけの大型パラソルを上げ下げするためのクランクつきで、これがあれば悪天候も心配ない。しかも――アレクシアに言わせればおめでたいことに――一度に二人が乗れるように変形可能だ。アケルダマ卿は内装の布張りとレース飾りとリボンを取り替え可能式にするよう指示し、どんな服にも合うよう、ありとあらゆる色の内装セットを注文した。ガス灯の下に目をこらすと、どうやら今宵は濃い青緑色と銀色で統一したようだ。かわいらしいクリーム色のレースのドレスを着たプルーデンスと、クリーム色を引き立てる淡いゴールドに身を包んだティジーの後ろにしかめつらの乳母がつきしたがっている。統一感を出すため、アケルダマ卿は乳母にまで青緑色のリボンをつけさせていた。

　乳母車の一行は意気揚々と出発した。アケルダマ卿がこれみよがしに立ちどまっては周囲の好奇と賞賛の視線を浴びるのを予期して――というより楽しみにして――いるのは疑いようもない。さぞかしのんびりした公園散歩になるだろう。なにしろアケルダマ卿は注目されるのが大好きで、さいわいこの点に関してはプルーデンスにも同じ傾向がある。うりふたつとはこのことだ——ずいぶん派手なうりだけど。

アレクシアは夫の腕をつかむと、引きずるように奥の応接間に入ってばたんと扉を閉めた。

「ああ、コナル、大事な話があったのにダブの不幸に取りまぎれてすっかり忘れていたわ。昨夜、ナダスディ伯爵夫人が新しい女王を生み出そうとするところを見たの」

「嘘だろ！」マコン卿はつかのま憂鬱な気分を忘れ、椅子の隣をぽんぽんと叩いた。アレクシアはすぐさま夫のそばに座って話しだした。

「それが待ったなしの状況だったのよ。ドローンがひどいケガをして。結局、変異には失敗したけど、科学的視点から言うと実に驚くべきものだったわ。あなた、むさぼる牙のほうを先に使うって知ってた？　ああ、それはもうあたり一面、血だらけよ！　でも、そんなことはどうでもいいの。大事なのはそこじゃなくて。ええと、ハンドバッグはどこかしら？　ああ、なんてこと。駅でエセルを取り出したときに落としたみたい」アレクシアは舌打ちした。

「でも、心配ないわ。手紙の内容は大体、覚えているから」

「手紙？　なんのことだ、妻よ？」マコン卿はうっとりと妻を見つめた。アレクシアがあわてふためくことはめったにない。なんともチャーミングだ。いますぐ身体を引き寄せて背中をなで、あの口をふさいでしまいたい……。

「ナダスディ伯爵夫人があたくしをウールジー群に呼び出したのは、アレクサンドリア群の女王がプルーデンスとあたくしの訪問を要請——というより命令したからなの」

その言葉にマコン卿は妻に見とれるのをやめた。「マタカラ女王が？　本当か？」ひどく驚いた様子だ。

まあ、びっくり。コナルが吸血鬼がらみのことで驚くなんて。正直なところマコン卿はめったなことでは驚かない。たまにアレクシアの言動にぎょっとするくらいだ。

「できるだけ早くエジプトに会いに来てほしいんですって。いい？　エジプトよ」

マコン卿はこのとんでもない知らせに身じろぎひとつせず言った。「そうとなれば同行しなければならんな」

アレクシアは言葉を失った。夫を説得するため、あらゆる言いわけを用意していた。なぜ自分が行かなければならないのかをとくとくと説明するつもりだった。旅の理由をごまかす計画まで考えていた。それなのに、こんなにあっさりとエジプト行きを認め、しかも同行するだなんて。「ちょっとどういうこと？　あなた、反対じゃないの？」

「反対したほうがよかったのか？」

「そうね、それでも行くつもりだけど」

「いいか、アレクシア、誰もマタカラ女王には逆らえない。たとえロンドン団のアルファといえども」

アレクシアは議論のさいに言おうと準備していたセリフを先に言われてひどく驚いた。

「ロンドンに残って殺人事件の調査をしたくないの？」

「そうしたいのはやまやまだが、きみを一人でエジプトに行かせるわけにはいかない。あそこは危険な国だ。心配なのは〈神殺し病《ゴッド・ブレーカー》〉だけじゃない。ライオールとチャニングとビフィは、わたしが思う以上に有能だ。あの三人なら、シドヒーグのことも人狼殺人事件の調査もすべてうまくやるだろう」

アレクシアは口をぽかんと開けた。「なんだかうまく行きすぎだわ。いったい何を——」そこで言葉をのみこみ、「わかった！　あなた、ダブがエジプトで何をしていたかを調べるつもりね？　ダブがあそこで何を見つけたのか——そうでしょ？」

マコン卿は肩をすくめた。「きみは知りたくないのか？」

「レディ・キングエアがダブを送りこんだ理由を疑ってるの？」

「そうじゃないが、ダブは何か重要なことを突きとめたに違いない。それに、どうしてよりによってきみに告げようとした？　どうして自分の団じゃない？」

「すべてはあたくしの父に関係してるみたい。撃たれる寸前にそれらしきことを言おうとしていたし、マタカラ女王の手紙にも父に関する秘密を知っているとほのめかしてあったわ。父の日誌によれば、たしかにエジプトに滞在した時期があったの。残念ながら当時の記録は何も残ってないけど。でも、父が母と出会ったのはエジプトよ」

マコン卿が目をぱちくりさせた。「ルーントウィル夫人がエジプトに？」

「ええ、考えただけでも驚きでしょ？」アレクシアは夫の露骨な困惑ぶりににやりと笑った。

「まったくだ」

「そうとなれば旅行の計画を立てなきゃ。あたくしたちがプルーデンスを連れて一、二カ月、旅に出ると言っても吸血鬼は反対しないわ。むしろ大歓迎よ」

「吸血鬼は何にでも反対する連中だ。お目付役のドローンを送りこむかもしれん」

「ええと、それからあなたが同行するとなると高速移動は無理ね。郵便飛行船に乗るつもりだったけど、人狼が一緒じゃ船で行くしかないわ」アレクシアは言葉のもつ侮辱の響きを和らげるように夫の太ももを軽く叩いた。

マコン卿はその手に自分の大きな手を重ねた。「〈ペニンシュラ・アンド・オリエンタル汽船会社〉が新しく就航させた船に乗れば、サザンプトンからアレクサンドリアまで十日で着く。途中、何カ所か飛行船の航路を横切るから、定期的に郵便を受け取ることもできる。航行中はライオールに事件の調査状況を知らせるよう頼んでおこう」

「ずいぶんエジプト旅行に詳しいのね、あなた。まるで予測していたみたい」

マコン卿は答えを質問でかわした。「それで、旅の本当の目的をどうやってごまかすつもりだ？」

アレクシアはにっこり笑った。「それについては考えがあるの。これから真夜中の訪問をして、相手の都合を確かめてから話すわ」

「おい、アレクシア、こっそり何かたくらむのはやめてくれ。結局こっちが心配で気をもむはめになる」

「あら、とんでもない、あなたも気に入るはずよ。退屈はさせないわ」

「まったくきみにはかなわん」マコン卿は妻をぐっと引き寄せ、首筋と唇にキスした。

アレクシアにはこの誘いの意味がよくわかっていた。「このままベッドに行って少し眠りましょう、あなた」

「眠る？」

アレクシアは夫のこんな口調に弱い。

二人は人狼屋敷の階段をのぼり、バルコニーから小さな跳ね橋を渡ってアケルダマ邸に移動し、三番目に立派なクローゼットにある秘密の寝室に向かった。アレクシアはビフィを呼ばず、ボタンとコルセットをはずすのに手こずる夫にいつになく辛抱づよく身をまかせた。マコン卿は彼なりの記録的速さでドレスとコルセットと下着を脱がせ、アレクシアはすばやく夫の服を脱がせた。結婚して一週間もたたないうちにアレクシアは紳士服のしくみをおぼえ、肌と肌が触れ合う喜びを知った。こんなにも無条件に夫の肉体に屈するなんて、あまりに快楽主義的すぎて誰にも言えない。でも、夫婦の関係には魅力的な、離れがたいとでも言うような何かがある。アレクシアにとって夫の愛撫は、いまや紅茶と同じくらい日常生活に欠かせないものになった。もしかしたら紅茶よりやめられないかもしれない。

マコン卿は妻を抱え上げて大きな羽根ぶとんに放り投げ、あとからふわふわの暖かいベッドにもぐりこんだ。いったんベッドに入ると、アレクシアは優しく、でもしっかりと夫をコントロールした。ベッドのなかではたいてい夫に主導権を握らせる。どんなに妻を気づかおうと、しょせんは乱暴な威張りたがり屋だ。でも、ときには妻もアルファであることをわからせるべきだし、アレクシアの勝ち気な性格は結婚生活のすべての場面で夫にリードを許すことには我慢できない。アレクシアにはわかっていた。コナルはダブの死に痛手を受けている。慰めが必要だ。それができるのはあたししかいない。今夜は、二人がこうして生きて、一緒にいることを確かめ合うような優しさと、長く、穏やかな愛撫と、ゆっくりしたキスが必要だ。触れ合うことで〝あたしはいつもそばにいる〟と伝えたかった。いつもの激しく、歓びに満ちた、嚙みつかんばかりの情熱は、この思いをできるだけはっきりと、夫が理解できるやりかたで伝えたあとでいい。

アイヴィ・タンステルはアレクシア・マコンを居間に案内した。タンステル夫妻に双子が生まれたあとも内装は相変わらずパステル色とフリルづくしで、アイヴィのパステル色とフリル好きはますます昂じていた。タンステル夫妻に乳母を雇う余裕があったのは意外だが、そんなことをたずねるほどアレクシアは無礼ではない。とにかく乳母を雇ったことで、思いがけない双子の誕生にもアイヴィの幸せな家庭生活と舞台出演はほとんど影響を受けなかった。はっきり言って、見た目も振る舞いも話しかたもアイヴィは結婚前とまったく変わらない。

タンステル家の双子はプルーデンスと対照的に腹立たしいほどおりこうだった。たまにこうして顔を合わせると、アレクシアは決まって〝グゥ〟と呼びかける。すると双子はキャッキャッと声を上げ、誰かが別室に連れてゆくまで、長すぎるまつげをぱちぱちさせるだけだ。たしかにかわいいが、それゆえアレクシアは訪ねたときに二人が寝ていると知ってかえってほっとした。

「いとしいとしいアレクシア、ご機嫌いかが？」アイヴィは心からうれしそうに呼びかけ、両手を伸ばして親友の手をぎゅっと握ると、両の頬にキスする真似をした。アレクシアに言わせればフランスふうすぎるが、日々、役者たちと過ごしていればこのくらいの仰々しさはしかたない。

「かわいいアイヴィ、あなたはどう？　今夜の気分はいかが？」

「家庭生活の平凡なる優雅さを思いきり楽しんでるわ」

「あら、ええと、そのようね。それでタンステルは？」

「相変わらずとてもやさしいわ。ほら、彼はわたしがただの貧しい美少女のときに結婚したから。もちろん、あれから変わったこともたくさんあるけど」

「双子ちゃんはどう？」プルーデンスの半年後に生まれた二人は男の子がパーシヴァル、女の子がプリムローズという名前だが、アイヴィはもっぱらパーシーとティドウィンクルと呼んでいた。パーシーのほうは理解できる。でも、どうしてプリムローズがティドウィンクルになるのか、アレクシアにはいまだに謎だ。

アイヴィは〝ママの小さな天使たち〟ふうのやさしい笑みを浮かべ、愛情に満ちたため息をついた。「ああ、かわいいあの子たち。もうスプーンで食べちゃいたいくらい。よく寝る、かわいい宝物よ。それであなたのちっちゃなプルーデンスはどう？」

「とんでもなく厄介で、あきれるほど手に負えないわ」

アイヴィはくすっと笑った。「まあ、アレクシアったらひどいことを。自分の子をそんなふうに言うなんて！」

「あら、アイヴィ、これでもずいぶんひかえめに言ったつもりよ」

「思うにプルーデンスは少しばかり複雑な子どもなんじゃないかしら」

「人手があるから助かってるけど、そうでなければいまごろは文字どおり駆けずりまわって足がすり減ってるわ、本当よ！」

「ふうん」アイヴィは疑わしげだ。「アケルダマ卿がなくてはならない存在ってこと？」

「いまごろはプルーデンスを連れて公園を散歩しているわ」

アイヴィはアレクシアに椅子を勧め、メイドに紅茶を頼んだ。

アレクシアは勧められるままに腰を下ろした。

アイヴィはいかにもうれしそうにアレクシアの正面に座った。アイヴィは親愛なるレディ・マコンが昔と同じように付き合ってくれることに心から感謝している。結婚後、二人のあいだには大きな身分差が生じた。アレクシアがどんなに〝そんなこと関係ない〟と言っても、アイヴィにとって、アレクシアが以前と変わらず親しくしてくれることは望外の喜びだ。たとえ秘密組織のスパイ仲間という親密な立場にあっても、ミセス・タンステルにとって伯爵の妻であるアレクシアと一緒にお茶を飲むことは感激以外の何ものでもない……しかもソーホーの！　しかも貸しアパートで！

それでもアケルダマ卿に関してはやんわりとレディ・マコンをたしなめることを忘れなかった。どう考えてもアケルダマ卿が父親としてふさわしいとは思えない。アイヴィの世界では、彼が吸血鬼であることより、あのとんでもない振る舞いと派手すぎる服のほうがよほど問題だ。劇団の役者たちでさえ、あそこまで服の趣味は悪くない。「もっとまともな乳母を雇えなかったの、アレクシア？　気質の安定のためにも。子どもにはそれが何より大事よ」

「あら、アケルダマ邸にも立派な乳母はいるわ。それに、彼の気質はとても安定してるから安心して。どんなに立派な乳母がいようと、結局うちの娘は恐ろしく手がかかるってことよ。プルーデンスに立ち向かうには、前方デッキに乗組員全員が必要なの。言ってる意味がわかる？　どんなにいいときの夫より二倍も手が焼けるってことよ」

アイヴィはあきれて首を振った。「アレクシア、あなたったらなんて過激なことを言うのかしら」

このままでは一時間でもこんな世間話がだらだらと続きそうだ。アレクシアは訪問の目的をはっきりさせるために話題を変えた。「おととい夜、初日の舞台を観せてもらったわ」

「あら、本当？　まあ、うれしい。さすがはパトロンね。楽しんでくれた？」アイヴィは両手を組み合わせ、きらきら光る大きな目で親友を見つめた。

そこへメイドが紅茶を運んできた。アレクシアはその間にふさわしい言葉を考え、アイヴィが注いでくれた紅茶をゆっくりとひとくち飲んでから答えた。「パトロンとして心から感動したわ。あなたとタンステルの名演にあたくしも鼻が高いというものよ。ほかに類を見ないストーリー。愛と悲劇を独自の解釈で描ききったセンス。ロンドンでこんな作品が演じられたことはいまだかつてないし、これからもないわね。マルハナバチのオペラダンサーのくだりには……うっとりしたわ」

「まあ、ありがとう！　そう言ってもらえたら、この胸のかまたりも溶けるわ」アイヴィは茶色の豊かな巻き毛を揺らし、うれしそうに顔を輝かせた。

「それで、ロンドン公演はどれくらい続けるつもり？　巡業とかは考えていないの？」

アイヴィは紅茶をひとくち飲み、アレクシアの問いを真剣に考えた。「いまのところ公演契約は一週間だけなの。今回はこの新しい演劇様式にどんな反応があるかを確かめるだけで、もし観客の反応がよければ各地で公演するつもりだけど。でも、どうして？　何か考えでもあるの？」

アレクシアはティーカップを置いた。「思いきって海外公演をやってみない？」――そこでわざとらしく間を取り――「エジプトで」

アイヴィは息をのみ、白い小さな手を喉に当てた。「エジプト？」

「《スウォンジーに降る死の雨》はエジプトの芝居好きにも深い感動をあたえると思うわ。主題がとても異国ふうだし、エジプトにはこうした劇に強い関心のある裕福な貴婦人がいるはずよ。この劇をロンドン以外でやってみる気はない？」

「ええ、もちろんヨーロッパ公演は考えてるわ。でも、はるばるエジプトに？　あそこに紅茶はあるの？」そう言いながらもまんざらでもなさそうだ。思うにあれはキルトのせいね。アレクシアとスコットランドへ旅して以来、アイヴィは海外旅行に味をしめた。

アレクシアはもう一押しした。「もちろん、渡航費用はこちらで持つし、必要な準備もこちらでやるわ」

「あら、まあ、アレクシアったら、そんなこと露骨に言わないで」アイヴィは顔を赤らめつつも申し出を拒みはしなかった。

「パトロンとして、この劇に流れる感動のメッセージを世界に広めることはあたくしの義務だと思うの。マルハナバチのダンスだけとっても現代演劇の傑作だわ。遠いからとか、まっとうな飲み物がないからといった理由でこのすばらしさを多くの人に伝えることをあきらめるべきじゃないと思うの」

アレクシアの深い言葉に、アイヴィは小さなかわいらしい顔でしかつめらしくうなずいた。

「それに」――アレクシアは意味ありげに声を落とし――「これには〈パラソル保護領〉のエジプト任務も関係してるの」

「まあ！」アイヴィが興奮した声を上げた。

「捜査官《エージェント》〈ふわふわボンネット〉の能力を発揮してもらうかもしれないわ」

「そうとなればタニーに話して、すぐに手配と準備をしなきゃ！　帽子箱がもう少し必要ね」

あまりの乗りのよさにアレクシアはちょっと青ざめた。タンステル劇団は団員だけでも一ダース近くいるし、さらにさまざまな裏方たちがいる。「できれば芝居の規模を少しばかり小さくしてもらえないかしら？　あまり目立ちたくないのよ」

「まあ、できないことはないけど」

「たとえば、その、あなたとタンステルだけとか？」

「それはどうかしら？　だって衣装の問題があるわ。誰が管理するの？　それに、脇役の一人か二人はストーリー上どうしても必要よ。それに双子は？　かわいいベイビーたちを残して行くなんて無理よ。そうなると乳母も必要ね。彼女がいないとどうしようもないもの。それから……」

アレクシアはアイヴィがぺらぺらとしゃべるにまかせ、長い交渉のあと、随行員をタンステルと双子を除く十人にまで減らすことに合意し、十名の名前と必要書類をできるだけ早くフルーテに届けることで話がまとまった。

すべての準備が完了すれば来週末には出発できそうだ。アレクシアは計画の山場を乗り越えた達成感を胸にアイヴィの家を出た。あとは劇団員にまぎれて旅をするという名案を夫に納得させるだけだ。

アレクシアはナダスディ伯爵夫人に手紙を送り、アレクサンドリア吸血群に《スウォンジーに降る死の雨》の芝居を見る気があるのならマコン夫妻と世にもめずらしい子どもが訪ねることも可能だと、マタカラ女王に伝えるよう指示した。つまり〝屋敷で芝居を見物したがっているマタカラ女王の要請で〈今をときめくタンステル劇団〉が特別にエジプトに招待され、マコン夫妻も劇団のパトロンとして同行する〟という筋書きをでっち上げたわけだ。

アレクシアがこうした手はずを終えるころには人狼団も帰宅し、屋敷は大男たちのいつもの騒々しさに満ちていた。マコン卿が戸口の脇から顔を突き出し、〝ダブの件はなんの進展もない。ビフィがどこにいるか知らないか?〟とたずねた。

アレクシアは知らないと答え、出かける前にこっちに来て今後の計画を聞いてほしいと頼んだ。説明を聞きおえたマコン卿は、ひとしきりぼやいたあと、旅一座にまぎれて移動する必要性を受け入れた。

「じゃあ、これからアケルダマ卿に話してくるわ。今回のマタカラ女王の呼び出しについての意見を聞きたいし、しばらく〈陰の議会〉に出られないことも知らせなきゃ。アケルダマ卿にはこれから一人で〈将軍〉の相手をしてもらわなければならないわ」

「どうしてもというのならしかたない」

「そろそろアケルダマ卿の知恵と情報力を本気で認めるべきよ、コナル。あなたもBURも知らないようなことを知っているんだから。それに彼はプルーデンスの法的後見人よ。あの子を国外に連れていきたければ、たとえ吸血鬼女王の要請とはいえ、まずは後見人の許可を得なければならないわ。それが物ごとの道理というものよ」

マコン卿が〝きみにまかせた〟と身ぶりすると、アレクシアはさっそく隣のアケルダマ邸に向かった。

その日の夕刻、ビフィは目覚めると同時にダブの死を聞かされた。当然ショックを受けたが、それほど大きなショックではなかった。なにしろ本人に会ったことは一度もないし、噂が本当ならば会っておくべき人物でもなかったようだ。そもそも、人生の大半をスコットランドで過ごしたような人の死をどうやって悼めばいいのだろう？　ビフィにとっては、そんなことより、どうなでつけてもいうことをきかない寝ぐせのついた逆毛のほうがはるかに大問題だ。

こんな態度は無神経だと見なされるだろうか？　それだけは避けたい。でも、いまだに人狼仲間とはなじめなかった。彼らの会話と言えば、せいぜいスポーツか弾道学に関することくらいだ。チャニング少佐のクラバットの結びかたはみごとだが、いくらビフィでも、首まわり装飾品《クウェア》《ネッ》が魅力的というだけで人間関係を築くことはできない。

いつもより早く帽子店に出かけたビフィが真夜中のおやつの時間に戻ってくると、ちょうどマコン夫妻が出てゆくところで、屋敷内の数人はまだ黒いベストを着ていた。ビフィはため息をついて着替え室に向かった。死んだ本人に罪はないが、黒い服に着替えなければならない原因を作ったダブが恨めしい。

ぼんやりと燻製ニシンの皿をつついているところへライオールがふらりと現われた。「おお、ビフィ、いいところに。ちょうどきみを探していた」

ビフィは驚いた。ライオール教授はつねに義理堅く、親切だが、発明室の管理とそれに関する書類の指示を出す程度で、直接、話しかけることはめったにない。アルファの面倒をみるだけで手がいっぱいなのだ。なにしろマコン卿は巨体で、威圧感があり、ひどくだらしない。ビフィはこのアルファに、恐れと畏怖と専属仕立屋をつけたいという強い衝動を感じていた。

ビフィはニシンのかけらを飲みこんで椅子から少し立ち上がり、目上の人狼に敬意を払った。「ライオール教授、何かご用ですか？」ビフィは日ごろから、いつか教授の整髪の秘密を知りたいと思っていた。まったく毛一本、乱れていない。

「フェンチャーチ・ストリート駅事件の有力な目撃者が見つからなくて困っている。ひょっとして、あのあたりに知り合いがいないかと思ってね——その、昔のよしみで」

「ええ、アケルダマ卿のご指示であの界隈のパブには行ったことがあります。そこの女バーテンがぼくを覚えているかもしれません」

「女バーテン？　ふむ、それはいい」

「これから行ってみますか？」

「ぜひとも。連れがいてもいいかね？」

ビフィはライオールを見やった。物静かで、ひかえめ。ベストの趣味は地味で、いつも何かに耐えているような表情だが、何につけそつのない男。昔の自分なら決して選ばないタイプだが、それは昔の話だ。「もちろんです、教授。喜んで」ひょっとしたら逆毛の直しかたを相談できるかもしれない。

「いや、ビフィ、気をつかうことはない。わたしがきみの好みに合わないことはよくわかっている」

もし人狼に赤面する能力が残っていたら、この大胆な発言にビフィは顔を赤らめただろう。

「そんな、教授、合わないなんて、そんなこと——」

ライオールが言葉をさえぎった。「ちょっとからかってみただけだ。さあ、行こうか？」

ライオール教授がテーブルで人をからかうなんて今まであっただろうか？ビフィは首をかしげながらニシンの最後のひとくちを飲みくだすと、立ち上がって帽子と杖をつかみ、ベータのあとについて夜の街に出た。

しばらく無言で歩いていたが、やがてビフィが口を開いた。「ずっと思っていたんです、教授」

「なんだね？」ライオールがやさしく応じた。

「あなたの身なりは、アケルダマ卿のドローンたちの計算ずくのひかえめさとは違って、もっとはるかにさりげない、まわりが気づかないほどひかえめなんじゃないかって」ビフィは白い歯をちらっと見せてほほえんだ。

「まあ、背景にまぎれるのもベータの仕事だ」

「ダブもそうだったんですか？」

「そうとは思えない。もともと本物のベータにはほど遠い男だった。マコン卿はキングエア団を去る前、自分を裏切ったベータを殺害した。ダブがベータになったのは、ほかに適任者がいなかったからだ」

「それはさぞ混乱したでしょうね」

隣を歩くライオールの歩みがほんの一瞬、止まった。異界族の聴力がなければ気づかないほど一瞬だ。「キングエア団にとってかね？ああ、たぶんそうだっただろう。しかし当時は彼らのことを考える余裕はなかった。ウールジー団じたいが問題を抱えていた」

ビフィも噂は聞いていたし、ビフィなりに自団の歴史も調べた。「マコン卿の前のアルファはまともではなかったようですね」

「ずいぶん上品な言いかただな。まるで腐った牛乳か何かのような」

「前のアルファが嫌いだったんですか、教授？」

「おや、ビフィ、そろそろランドルフと呼んでくれてもいいんじゃないか？」

「そんな……そのほうがいいですか？」

「団員たちはみなそう呼ぶ」

「それはとてもできません。別の呼びかたをしても？」

「なんともアケルダマ卿ふうだな。だが、ドリーは勘弁してくれ」

「では……ランディ？」

ぎこちない沈黙が降りた。

「だったらライオールと呼ばせてもらいます。それで、質問に答えてくださるんですか、それとも避けるおつもりですか？」

ライオールが鋭く見返した。「きみの言うとおり。嫌いだった」

ビフィはぞっとして小さく身震いした。「アルファというものは誰もがおかしくなるんですか？」

「残念ながら高齢になるとみなそうだ。さいわい、その大半がそうなる前に挑戦者との決闘で命を落とす。だが、本当に力のある、三百年、四百年と生きるようなアルファは全員が……つまり……おかしくなる」

「マコン卿は何歳なんです？」

「ああ、マコン卿のことなら心配ない」

「でも、彼なら高齢になるまで生きるんじゃないですか？」

「その可能性はある」

「じゃあ、何か名案でも？」

ライオールは愉快そうに小さく鼻を鳴らした。「きっと本人が考えているだろう。吸血鬼界とくらべると人狼界はなんて醜いのかと思っているんじゃないか、パピーよ？」

ビフィは無言だ。

「おそらく吸血鬼も隠すのがうまいだけだ。そうは思わないか？」

ビフィはいとしいアケルダマ卿の陽気な性格や青白い肌、牙のあるかわいい笑みを思い浮かべ、またもや口をつぐんだ。

ライオールはため息をついた。「だが、いまきみはわれわれの一員だ。きみは最初の数年を乗り切った。変身も制御できつつあるし、団の責任も負っている」

「まだまだです。最近のぼくの髪がどんなふうか知ってますか？　くせ毛もいいところです」

二人は貸し馬車をつかまえて勢いよく乗りこんだ。「フェンチャーチ・ストリートのパブ

〈マスと歯車《ピニオン》〉まで」

ほどなく馬車は目的地に着き、二人はいかがわしげな店の前で降りた。このあたりは波止場に近く、昼間族相手の店がほとんどで、深夜ともなれば閑散としているが、このパブだけは異様ににぎわっていた。

見慣れない客——しかもビフィのようにびしっと決めた伊達男——の来店に常連客は口をつぐみ、二人がカウンターに近づくにつれ、ささやき声が広がった。

女バーテンはビフィをおぼえていた。このようなタイプの女がビフィを忘れるはずがない。チップははずむが、身体をさわったり、よからぬことを要求したりはせず、しかも身なりがいい。こうした店の女たちにすこぶる受けがいいのは当然だ。

「あら、あたしのいい人、ずいぶんとお久しぶりじゃない?」

「やあ、かわいいネティ」ビフィはとびきり気取った口調で呼びかけた。「うるわしき今宵の気分はどうだい? かわいい人」

「最高だよ、かわいい人。言うことないね。何にする?」

「ウィスキーを二杯。それからよければきみとのおしゃべりを」

「じゃあ三杯だ。あんたの膝の上で一杯付き合うよ」

「よし、決まりだ!」ビフィはウィスキー代にたっぷりチップを加えたコインをカウンターにカチャッと置くと、ライオールとともに暖炉そばの小テーブルに向かった。

ネティは〝カウンターを代わって!〟と店の奥に大声で呼びかけ、ウィスキーの入ったグラスを三つ運んでくると、さっきの言葉どおりビフィの膝の上に座り、ウィスキーをちびちびやりながら二人の紳士に向かっていたずらっぽく瞳をきらめかせた。胸の大きい女だ。たぶんライオールの好みより大きいだろう――ビフィは思った――まあ、女性に対する男性の好みはよくわからないけど。でもネティは気さくな性格で、うまく話を持ってゆけばなんでもよくしゃべってくれる。白く見えるほど細い金髪で、眉毛も同じ色のせいか、いつも驚いているような表情だ。見ようによっては頭が足りないようにも見える。本当はどうなのか、いまだにビフィにはわからない。

「それで、あれから店はどんなふうだい、かわいいネティ?」

「ああ、それが聞いとくれよ。あのミスター・ヨンレンカー――ほら、このブロックの先の靴磨きさ、おぼえてるだろ?――が先週、家の煙突を掃除してたら抜けなくなっちまって、丸二日も引っかかってたんだ。ラードを使ってようやく助け出したって話さ。それから……」こうして二十分ものあいだ、ネティは次から次へと近所の常連客の話をしゃべりつづけ、ビフィは噂話を聞き流した。その横でライオールがじっと聞き耳を立てている。ビフィは質問をはさみながら話を続けさせ、ころあいをみはからってようやく話題を向けた。

「そう言えばこの前の晩、駅で事件があったんだって?」

ネティはやすやすと餌に食いついた。「そう、それがなんと、発砲事件! ミンシング・レーンの若だんなジョニー・ゴーキンスの話では、男が小型飛行船で逃げるのを見たんだってさ! こんな場所で。びっくりだろ? 同じ晩に火事もあった。このふたつに関係があるかどうかはわからないけど、あたしに言わせりゃ別物だね」

　ビフィは目をぱちくりさせ、しばらく言葉を失った。「ジョニーの若だんなは逃げた男の風采について何か言ってたかい？」

「紳士ふうだったってさ。もちろんあんたほどじゃないけど。でも、こんな話、たいしておもしろくもないだろ？」

「さすがネティ、よくわかるね。ゴシップ好きにそんな物騒な話はお呼びじゃない。それで、アンジー・ペニワースの赤ん坊は生まれたのか？」

「ああ、それそれ！　それも双子《ツイン》ときたもんだ！　ペニー銅貨の二枚《ツー》すら持たないくせに。しかも父親は誰かわかりゃしない。まったく恥さらしもいいとこさ。だけどあたしたちはみんなあいつに違いないってにらんでる」そう言ってネティは、店の隅っこに隠れるようにして一パイントのビールを大事そうに飲んでいるやせた若者を淡い金髪の頭で指した。

「アレック・ウィーブス？　まさか！」ビフィは心から驚いてみせた。

「いや、間違いないね」ネティはすっかり腰を落ち着けた。一杯では終わらない雰囲気だ。

　ビフィはカウンターに身ぶりしてウィスキーを追加した。

　ライオールはビフィに向かってそれとわからないほどかすかにうなずいた。最近の飛行船の普及を考えると、自家用飛行船で逃げた男の情報はそれほど決め手にはならない。だが、何もないよりましだ。少なくとも販売記録は調べられる。そうすれば容疑者はしぼられるはずだ。

6 〈パラソル保護領〉の新会員

散歩から戻ったプルーデンスは昼寝をし、ティジーと乳母はつかのま子守役から解放されてほっとした。アケルダマ卿は応接間の側卓にシャンパンをひと瓶、膝に太った三毛猫を載せ、数人のドローンに囲まれていた。はっきり言ってアケルダマ卿は養父になって以来――ロンドンじゅうが驚いたことに――すこぶる家庭的になった。プルーデンスのおかげで、家にいるほうが上流階級との社交に明け暮れるよりはるかにスリルに満ちているからだ。それに、アケルダマ卿には何はなくとも時間だけはある。十年、二十年を父親業に費やしてもなんの支障もない。ともかくこんな楽しい経験は生まれて初めてだ。アケルダマ卿ほど高齢の吸血鬼になると、〝新しい経験〟は見つけるのも難しく、めったに手に入るものでもない。だから大切にしなければならない――高級粉おしろいのように。

「アレクシア、わが**いとしの**カスタード・カップよ、**気分**はどうだね？　このうえなく**いまわしき**夜だったのではないか？」

「ええ、まったくもっていまわしい夜だったわ。公園の散歩はどうだった？」

「ときの人ならぬ、ときの一団だったよ！」

「そうでしょうね」

ドローンたちはにこやかにアレクシアに席を譲ると、客人の相手を主人にまかせて優雅に立ったまま自分たちのおしゃべりに戻った。だが、アレクシアはドローンたちが耳をそばだてているのを痛いほど感じた。アケルダマ卿の取り巻き団は聞き耳を立てることが習い性《しょう》になるよう訓練され、それを叩きこまれたが最後、二度とゴシップへの執着を魂から捨て去ることはできない。彼らは赤の他人の秘密に興味があるのと同じくらいアケルダマ卿の秘密にも興味津々だ。

「アケルダマ卿、もう少し静かなところで話せないかしら？　できれば二人きりで。実はただならぬ呼び出しを受けていて、あなたの助言をいただきたいの」

「もちろんだとも、わがいとしのお嬢ちゃん！　さあ、おまえたち、二人きりにしておくれ。シャンパンを持っていくがいい」

ドローンたちは立ち上がり、言われるままにぞろぞろと部屋を出て扉を閉めた。

「しかし、あの子たちのことだ。どうせ扉の向こうにより固まって脇柱に耳を押しつけているだろうがね」

「プルーデンスとあたくしがエジプトのマタカラ女王に呼び出されたの。これってどう思う？」

アケルダマ卿は期待したほど驚かなかった。「かわいいドロップちゃんよ、わたしが驚くとすれば、呼び出しまでにこれほど長くかかったことだ。しかし、まさか本気で行くつもりではないだろうね？」

「はっきり言って、そのつもりよ。つねづねエジプトには行ってみたかったの。コナルも団がらみで調査したいことがあるんですって。うまい作り話までこしらえたのよ」

「おお、アレクシア、わがバラの実よ、**それだけは**やめておくれ。エジプトだけは。あそこはあまりよい国ではない。暑くて、においもきつく、地味な色の服を着た観光客ばかりだ。ハリモグラちゃんの身に危険がおよぶやもしれぬ。それに、わかっておるだろうがわたしは同行できない」

「きついにおいと地味な色が危険なの？」

「地元民の服は言うまでもない。彼らが着ている服を見たことがあるかね？　どれもだぼだぼのひらひら――快適さと実用性に対する**いまわしき**までの迎合だ」アケルダマ卿は異国の部族民がまとうローブのはためきを真似るように宙で片手をひらひらさせ、声をひそめた。

「かの地にはあまりに多くの秘密があり、それを守る不死者はあまりに少ない」

アレクシアは話をうながした。「そのマタカラ女王だけど、会ったことはあるの？」

「まあ、ある意味ではそうとも言える」

アレクシアはアケルダマ卿を鋭く見た。「どんな意味？」

「はるか昔の話だ。かわいいバニラ・ドロップ・クッキーよ、いわば**すべては彼女のおかげ**ということかな」

アレクシアは息をのんだ。「まあ、もしかして！　マタカラ女王はあなたの生みの親ね！」

「おやまあ、ダーリン、そんなふうに露骨に言うものではないよ！」

この告白に、アレクシアの胸には次々に疑問が湧き起こり、目がまわりそうになった。

「でも、どうやってここまで来たの？」

「おやおや、おバカちゃん。変異の直後で、短い時間ならばわれわれも長い距離を移動できる。そうでなければ、どうやって吸血鬼が世界じゅうに移住できたと思う？」

アレクシアは肩をすくめた。「てっきりじわじわと同心円状に拡大したものとばかり」

アケルダマ卿が笑い声を上げた。「もしそうなら吸血鬼の数はもっと多いはずじゃないかね、いとしの角砂糖よ」

アレクシアはため息をつき、アケルダマ卿のはぐらかしを尊重しつつ、できるだけ核心に迫った。「マタカラ女王について何か話せることはない？」

アケルダマ卿は宝石をちりばめた片眼鏡《モノクル》をかかげ、透明のレンズごしにアレクシアを見た。

「それは正しい質問ではないね、かわい子ちゃん」

「わかったわ。では、マタカラ女王について何を話すつもり？　あなたがなんと言おうと、あたくしはあなたの養女をマタカラ女王の吸血群に連れてゆくつもりよ」

「強攻策に出たな、ちっちゃな**ママレード・ポット**よ、だが、さっきの質問よりましだ。かの女王については〝恐ろしく高齢で、その関心は短命な者のそれとはまったく違う〟とだけ言っておこう」

「それじゃあプルーデンスに対する助言にもならないわ」

アケルダマ卿は微笑を浮かべてアレクシアを見た。「きみだって手持ちのカードをすべて使うつもりはないだろう、かわいい子ちゃんよ？　よかろう。わたしの助言がほしいとな？〝行くな〟。まだ足りない？　〝用心せよ〟。マタカラ女王の言葉は決してすべてが真実ではないし、マタカラ女王の存在は時の砂に埋もれている。もはや彼女に勝つ気はない。そもそもゲームをする気がないのだ。いいかね、こうしてささやかな気晴らしのために生きるきみやわたしからすれば、まさに理解不能だ」

「だったらどうしてプルーデンスに会いたがるの？　どうしてこんな呼び出しを？」

「そこにこそ本当の危険があるのだよ、ミカンちゃん。そして本当の謎は、われわれに答えを探る術《すべ》がまったくないことだ」

「女王があたくしたちの理解の埒外にあるから？」

「そのとおり」

「ただ者ではなさそうね」

「きみはまだ彼女の身なりを見ていない」

ライオールが自家用飛行船の所有者名簿を調べ、マコン卿が殺人事件の手がかりを求めて駆けまわるあいだ、アレクシアは旅行の計画を立てた。正確には〝フルーテにほしいものを告げ、必要な手配と調達を申しつけた〟。何よりアレクシアの気を滅入らせたのは、タンステル一座に加え、旅行者名簿にナダスディ伯爵夫人が英国吸血群の特使としてどうしても送りこむと言い張ったドローンの名があったことだ。

「伯爵夫人はあたくしを見張らせるつもりなのよ」アレクシアはエジプトの気候にふさわしい旅行ドレスを選びながらフルーテにこぼした。「誰を派遣したかわかる？　もちろんわかるわよね」

フルーテは無言だ。

アレクシアは腹立たしげに両手を天に振り上げ、イタリアの血を感じさせる派手な身ぶりをしながら部屋を行ったり来たりしはじめた。

「そう！　マダム・ルフォーよ。彼女だけはどう考えても信用できないわ。驚きよ——特使として送りこむほどナダスディがルフォーを信頼しているなんて。と言うより、みずから動けない吸血鬼だからこそドローンをあんな遠い場所に送りこむのかしら？　それとも、信用できないからこそ行かせるの？　そもそも最近のジュヌビエーヴは誰の味方なの？　あたくし？　ナダスディ伯爵夫人？　〈真鍮タコ同盟《OBO》〉？　それとも彼女自身？」

「矛盾する忠誠心を持つ女性です、奥様」

「まったくよ！　よほど複雑な人生を生きているのね。あたくしはとてもあんなふうに不誠実にはなれないわ」

「当然です、奥様はそんなことがおできになる性格ではありません。しかし、ご心配は無用かと存じます」

「少なくともこの点だけは保証できます、奥様。今回にかぎって申し上げれば、マダム・ルフォーはあなたの命を狙ってはおりません」

「あら、そう？　どうしてわかるの？」アレクシアは不満そうに息を吐き、ドレスのレースをふわりと滝のように垂らしてベッドに座った。「いいこと、フルーテ、あたくしはジュヌビエーヴとの付き合いを心から楽しんできたの。だからよけいに複雑なのよ」

「いまでも楽しんでおられるようですが」

「知ったふうなことを言わないで、フルーテ」

フルーテは長年、使用人を務めてきた者に特有のさりげなさで非難を受け流した。「マダム・ルフォーのような人物が一緒だと利点もございます、奥様」

「どんな？　どういう意味、フルーテ？」

「分別があり、科学的です」

アレクシアは一瞬、言葉につまった。「あたくしの執事として言ってるの？　それともお父様の従者として？」

「両方です、奥様」

フルーテはいつもどおり無表情で、その顔からは何も読み取れない。だが、ここ数日にわたって荷物を詰め、準備を進めるうちに、エジプト行きに反対であることがひしひしと伝わってきた。

「あら、そう？」

「あたくしを行かせたくないようね、フルーテ？」

フルーテは、上級使用人にふさわしい綿の白手袋をぴしっとはめた両手をしばし見下ろしてから答えた。

「わたくしはミスター・タラボッティとふたつの約束をいたしました。ひとつはあなたの身を守ることです。エジプトは危険な場所です」

「ふたつめは？」

フルーテはかすかに首を振った。「あなたを止めることはできません、奥様。しかし、おそらくお父上は行かせたくないと思っておられるはずです」

アレクシアは以前に読んだ父の日誌を思い出した。「あたくしはこれまで、お父様が認めなさそうなことをたくさんしてきたわ。結婚もそのひとつよ」

フルーテは荷造りに戻った。「お父上はあなたが自由に生きることを望んでおられます。しかし、エジプトだけは別です」

「悪いけど、フルーテ、その時が来たの。あなたがお父様の人生の空白部分を話すつもりがなければ、エジプトの誰かにきくしかないわ」アレクシアはつねづねフルーテの忠誠心は絶対だと思っていた。父アレッサンドロが家族を捨てたとき、フルーテは妊娠中の母のそばにいた。アレクシアが赤ん坊のときはおむつを替えてくれた。あたしが人狼と結婚すると、あたしの世話をするためにルーントウィル家を離れた。だが、いま初めて気づいた――フルーテの揺るぎない忠誠心は死んだ父に対するもので、あたしはその代わりにすぎないのだと。

その夜遅く戻ってきた夫にアレクシアはいつもより激しく身を寄せた。コナルはすぐに妻の動揺を察知し、数日前の夜に妻がしたように身体をやさしくなでさすった。その感触にアレクシアはほっとしながらも、こんなことを考えていた――夫とアイヴィが同行するとなると家を監督する者がいなくなる。ライオールはコナルに忠実だが、キングエア団による暗殺計画の張本人が彼だったと知って以来、このベータは信用ならなくなった。そしてアケルダマ卿の目的はつねに彼自身だ。そうなると、ほかに誰がいる？

その週はとにかくあわただしかった。ビフィは大事な帽子にできるだけ時間を割きつつも、気がつくと殺人事件の捜査とエジプト旅行の興奮に気を取られていた。好奇心は抑えように も抑えられない。もともと他人のことにはひどく興味がある質《たち》だ。

それでも〝レディの従者〟という役目はしっかり務めた。ビフィはレディ・マコンを敬愛している。この女性がアケルダマ卿の人生に登場したときからずっと。レディ・マコンの世のなかの見かたは現実的で、どこか愛嬌がある。かつてビフィは同僚に〝レディ・マコンは生まれながらの貴婦人《グラン・ダム》だ〟と言ったことがある。何人《なんぴと》にも何ものにも収まるべき場所があり、そうでないものは彼女の手によって必ず正しい場所に収められる。だが、身なりのこととなると従者に頼りっぱなしだ。でも、ぼくに言わせれば、これもまたレディ・マコンの愛すべき資質のひとつだ。必要とされるのはうれしいし、ぼくがいなければレディ・マコンは途方にくれるだろう。

その思いが伝わったかのように、髪を整えるビフィに向かってアレクシアが言った。「まあ、ビフィ、いったいどうやってまとめたの？　とてもすてきよ。あなたがいなかったらあたくしは完全に途方にくれているわ」

「ありがとうございます、マイ・レディ」ビフィはカールごてをきれいにして引き出しにしまい、少し離れて自分の手並みを厳しい目で見た。

「いいでしょう、マイ・レディ。それで、今夜は何をお召しになりますか？」

「まあ、そこそこでいいわ、ビフィ。今夜することと言えば荷造りくらいだから」

ビフィはずらりと並んだドレスに近づき、「旅行の準備は進んでいますか？」と声をかけながら、長めの黒いビロードの胴着と黒いアンダースカートのついた赤とクリーム色の縦縞ドレスと、たっぷりの羽根飾りで男性的な雰囲気を和らげたつばの広い前下がりの帽子を選んだ。アレクシアには帽子が派手すぎるように思えたが、ビフィの審美眼に敬意を表し、すすめられるままに羽根つき帽をかぶった。

「とても順調よ。明後日には全員そろって出発できると思うわ。今からわくわくしているの」

「たっぷり楽しんできてください」

「ありがとう、ビフィ。それで、あなたにもうひとつ頼みたいことがあるの。引き受けてくれるかしら？　頼みというのは……」レディ・マコンはそこで照れたように言葉を探しあぐね、口をつぐんだ。

ビフィはすぐさまドレスの背中にずらりと並ぶ小さなボタンをとめる手を休めて真横に立ち、姿見ごしに女主人を見た。「マイ・レディ、なんなりとお申しつけください」

「ええ、そうね。でも、ちょっとこみいった話なの。だから自分の意志で決めてちょうだい――団の立場とか地位に関係なく」

アレクシアは横を向いて正面からビフィを見つめ、若き人狼の片手を両手で包んだ。たちまちビフィは反異界族との接触に反応し、異界族の感覚が薄れて人間に戻るのを感じた。それはエーテル域から下層大気に落下するような、胃がふわっと沈みこむような感覚に似ている。でも、この感覚にもう慣れた。レディ・マコンに服を着せ、髪を整えるたびに何度も経験ずみだ。

「実はちょっとした組織があるの。よかったらあなたに加入してもらえないかと思って」

ビフィが顔を輝かせた。「どんな組織です?」

「その、いわゆる秘密組織よ。もちろん入るとなれば沈黙の誓いを立ててもらわなきゃならないけど」

「当然です。なんという組織ですか?」

「〈パラソル保護領〉」

ビフィがほほえんだ。「装飾品の名前を冠した秘密組織なんてすてきだな。続けてください、マイ・レディ」

「とは言っても、あなたでまだ三人目なの。いまのところ会員はあたくしとアイヴィ・タンステルだけよ」

「ミセス・タンステル？」

「アイヴィはプルーデンスが生まれる少し前、難しい案件ですばらしい活躍をしたの」

「組織の目的は？」

「〈パラソル保護領〉の基本理念は真実を追究し、罪なき人々を守ることよ。もちろん、可能なかぎり上品かつ美しい方法で」

「なんとも魅力的なお誘いです」ビフィは敬愛するレディ・マコンと同じ組織に属するという話にすっかり心を奪われた。すごくおもしろそうだ。「それで、誓いか何かを立てるんですか？」

「ああ、それね。アイヴィのためにしかたなくでっちあげたけど、ひどくバカげてるの」

「教えてください」

アレクシアはくすっと笑った。「いいわ。じゃあ、そこにあるパラソルを一本、取ってちょうだい。本来は特別仕様のパラソルでやるんだけど、いまはないから、それでいいわ」

「特別仕様のパラソル？」

「ああ、その件については少し待ってちょうだい。そのうちあなたにも何か用意するわ。特注シルクハットなんてどう？」

「特注というと？」

「忍び道具とか、秘密の仕切りとか、隠し武器とか、そんなものがしこまれた特注品よ」

「上等のシルクハットにそんな恐ろしげなものをしこむなんて！」

「では、杖《つえ》は？」

ビフィは首をかしげて考えこみ、見かけは金のパイプで実は剣というアケルダマ卿の秘密武器を思い出した。「そうですね、杖ならいいかもしれません。それで、誓いの言葉というのは？」こんなにおもしろそうな話はめったにない。ビフィは話をもとに戻した。

アレクシアはため息をついた。「そこまで言うのならしかたないわ、ビフィ。パラソルを三回まわして、あたくしの言葉を繰り返して。〝ファッションの名にかけて、われは守る。一人のため、万人のために装飾品を帯びる。真実の探求こそ、わが情熱なり。偉大なるパラソルにかけて、われはこれを誓う〟」

ビフィはこらえきれずに笑いだしつつも、言われたとおりに繰り返した。

「笑っちゃだめよ」そう言いながらアレクシアも笑った。「そこでパラソルを持ち上げて、天井に向けて開いて」

ビフィは言われたとおりに開いた。

「アイヴィはどうしても血の誓いを結ぶと言い張ったけど、さすがにそこまでは必要ないでしょう？」

ビフィは不満そうに片眉を吊り上げてみせた。レディ・マコンが恥ずかしそうに身をよじるのを見るのは愉快だ。

「あら、あなたがそんなに形式にうるさい人だったなんて。いいわ、そこまで言うのなら」

アレクシアは衣装だんすから小型ナイフを取り出した。銀製ではないから、傷をつけるにはビフィの手首を素手で握り、人間の状態に保たなければならない。

「〝〈ソウルレス〉の血が汝《なんじ》の魂を守りますように〟」アレクシアは朗々と誓いの言葉を述べ、最初に自分の親指、次にビフィの親指の先を小さく切りつけてくっつけ合った。

ビフィは一瞬、動揺した。反異界族の血と人狼の血が混じり合ったらどうなるのだろう？　だが、心配するまもなく、アレクシアが手を離すと同時に親指の傷はたちまちふさがり、あとかたもなく消えた。

「ミセス・タンステルは〈ふわふわボンネット〉という暗号名で活動してるの」

ビフィはこらえきれずに大声で笑いだした。

「ええ、ええ、笑えるでしょ？　あたくしの暗号名は〈ひらひらパラソル〉よ。あなたはどんな名前がいい？」

「やはりファッションに関する名前がいいですか？」

アレクシアがうなずいた。

「では〈つま先翼型コンビシューズ《ウィングチップ・スペクティター》〉はどうでしょう？」

「完璧よ。アイヴィにも知らせておくわ」

「でも、マイ・レディ、よりによってこの時期にぼくを仲間にしたのには何か理由があるんでしょう？」

アレクシアはビフィを見た。「ほらね、ビフィ？　これがあなたを勧誘した理由よ。あなたはとても頭がいいわ」

　ビフィは片眉を吊り上げた。

「アイヴィとあたくしが海外にいるあいだ、ロンドンの状況を監視してくれる人が必要なの。殺人事件の捜査状況を定期的に報告し、チャニング少佐の行動に目を光らせてくれる人。それを言うならライオール教授の行動にも。もちろん吸血鬼たちの動向も見張ってもらうわ」

「なかなか厳しい要求ですね、マイ・レディ。ライオール教授もですか？」

「誰にでも秘密はあるわ、ビフィ、あのライオール教授にも」

「ライオール教授ならなおさらです。あのかたはご自分の秘密だけでなく、他人の秘密もたくさん握っておられるようです」

「ほら、あたくしが言ったとおり、あなたは人を見る目があるわ。エジプト行きの汽船には航行中、不定期に飛行船郵便が届くことになってるの。あとで旅程表を渡すから、船がいる場所に応じて郵送してくれる？　エジプトに着いたらアレクサンドリアの公共エーテルグラフ通信機と接続できるよう手配するわ。ここにある真空管《バルブ》周波変換コードを向こうの通信機に登録しておくから、エーテルグラフが使えるようになったら通信文をすべて暗号で送って。エジプトに到着した日の日没後、ロンドンの日没に合わせて最初の通信文を送るわ。時間を調節して、受け取れるようにしておいてちょうだい。エーテルグラフ通信機の使いかたはアケルダマ卿にしこまれたんでしょう？」

「もちろんです」ビフィはこの技術がロンドンに広まる何年も前からあらゆる通信機の使い

かたを知りつくしている。「なんだかおもしろくなりそうですね、マイ・レディ?」その言葉にアレクシアは片腕をビフィの腰にまわし、肩に頭をもたせかけた。「その意気よ!」

「あらまあ、アイヴィ、そんなにたくさんの帽子が必要なの?」

ロンドンから、汽船が出航するサザンプトンまでの短い距離を移動するため、鉄道の一等客車を借りきったマコン夫妻はプラットフォームに立って乗車を待っていた。

ミセス・タンステルは、引きずるような青いリボンが山ほどついた薄ピンクと薄黄緑色の縦縞の旅行ドレスに、ピンクと黄緑の羽根飾りが高々とそびえる帽子といういでたちで現われた。しかも、そびえる羽根飾りのすきまからは詰め物をしたルリツグミの頭が数個と、さらなるリボンがのぞいている。その後ろには一瞬たりとも目が離せない山のような帽子箱と、夫と二人の子ども、乳母、衣装係、小道具係、大道具係、そして六人の脇役俳優をしたがえていた。役者というのは荷物を積みこみ、列車に乗りこむというなんでもない行動もいちいち動作が大仰で、まるで三つのサーカスが同時開催されたようなにぎやかさだ。

劇団員は誰もかれも身ぶりが大きく、目が焦げそうな色づかいの服をまとい、声が大きい。つねに陽気な赤毛のタンステルは旅行を前にしてもふだんと変わらず、いつもの笑みがさらに大きくなっただけだ。十四行詩《ソネット》を書く人間の身なりをとやかく言う気はないが、アレクシアに言わせれば、派手な格子柄の半ズボンはぴっちりしすぎだ。しかもシルクハットは紫色で、旅用のコートは深紅。まるで印象派絵画から出てきた〃馬で狩りにでかける男〃のようだ。一行を見送りに駅までやってきたビフィは、この光景に失神しそうなほど青ざめ、そうそうに引き上げた。

アレクシアは剝き出しの腕にプルーデンスをかかえ、太陽が昇るのを待っていた。太陽が充分に高くなれば、毛皮がらみの騒動が起こる心配なくむずかる娘を夫に預けられる。手袋をせずに人前に出るのはレディにあるまじき行為だが、背に腹は代えられない。この列車に乗りそこなうわけにはいかない。プルーデンスが子狼になって駆けまわり、そのせいで船に乗り遅れたら大変だ。

家を出るときは涙、涙の愁嘆場が演じられた。母親にしっかりと抱かれたプルーデンスにアケルダマ卿がキスの雨を降らせ、ティジー、ブーツ、その他ドローンたち全員がこれでもかとばかりにあやし、機嫌を取り、旅のおともの小さな贈り物を次々に握らせて別れを告げた。母親に言わせれば、ちょっと甘やかされすぎだ。大げさな別れの儀式の反動か、プルーデンスはウォータールー駅に向かう馬車のなかで機嫌が悪かったが、それもにぎやかなタンステル一座に合流するまでのことだった。

プルーデンスは団員たちの大仰な動きと派手な色づかいに嬉々として目をみはった。さすがはアケルダマ卿の養女だ。〃いますぐ帽子箱を全部、列車に積みこんでちょうだい〃とアイヴィに命じられた荷運び人《ポーター》がつまずいて後ろ向きによろけ、なかの帽子があちこちに飛んでゆくさまを見て、プルーデンスはぷっくりした小さな手を叩いて喜んだ。

「行かないで！」アイヴィが帽子に向かって叫んだ。

「ああ、アイヴィ、あとはポーターにまかせたら？　ちゃんとやってくれるわ。それより劇団員を監督してちょうだい」喜ぶ娘の横でアレクシアはうんざりした表情をうかべた。

「でも、アレクシア、大事な帽子を他人にまかせるわけにはいかないわ。一生かけて集めたのよ」

アレクシアは事態を進展させるために小さな嘘をついた。「あら、でもアイヴィ、車内で乳母があなたを探してるみたいよ。もしかして双子に何か――」

それを聞いたアイヴィは大事な帽子のことを忘れ、かわいい天使たちに何があったのかしらとあわてて列車に乗りこんだ。

プルーデンスとは対照的に、タンステル夫妻の双子はこれから始まる海外旅行にもまったく無感動だ。彼らの無関心は、つねに芝居じみた生活のなかで暮らしているせいに違いない。プリムローズは、アイヴィの娘らしくおとなしく周囲のフリルや光りものにうっとりと見入り、ときおり羽根飾りや安っぽいリボンに乳母車から小さな腕を伸ばしている。かたやパーシーはごていねいに悪漢役のビロードのケープにげぼっとミルクを吐いて寝入っていた。

「アレクシア、マコン卿。おはようございます」柔らかく、少しなまりのある声が背後から聞こえた。

アレクシアが振り向いた。「あら、マダム・ルフォー、ちょうどいいところへ」

「わたくしがこんなおもしろい場面を見逃すと思う、レディ・マコン？」

「見てのとおり大騒動よ」アレクシアはタンステル一座の最後の一人が乗りこむのを見届け、プラットフォームに山と積まれた大量の荷物に目をやった。

「コナル、ポーターたちにチップを渡してきてちょうだい」アレクシアは荷物を積みこむ男たちのほうに夫を押しやった。

「よっしゃ」マコン卿はゆっくりとポーターたちに向かって歩きだした。

アレクシアは背中におぶったプルーデンスの向きを変えた。「プルーデンス、こちらはマダム・ルフォー。会うのは初めてね。マダム・ルフォー、こちらがプルーデンス・アレッサンドラ・マコン・アケルダマよ」

「ダマ?」耳慣れた言葉にプルーデンスが反応した。

「いいえ、違うわ。ルフォー。ルフォーって言える?」

「フォー!」プルーデンスが正確に発音した。

ルフォーはプルーデンスのぷっくりした手をうやうやしく握り、「お会いできて光栄ですわ、お嬢さん」

「フォー、フォー」プルーデンスも同じようにうやうやしく答え、男のような身なりの女性を品定めするように見てからこう言った。「ブブブブ」

ルフォーの携行品は小型の旅行かばんと帽子箱ひとつだけだが、帽子箱は見せかけで、実は巧妙に作られた道具箱であることをアレクシアは知っている。

「トラブルを予想しているようね、ジュヌビエーヴ?」アレクシアはたちまち形式ばった呼称を忘れ、前回のヨーロッパ横断旅行のあいだに——アレクシアとルフォーが油断ならない知人ではなく、友人だったころに——はぐくんだ親密さに戻った。

「当然よ。あなたは違うの？　パラソルがないようね。つまり本物は——ってことだけど」

アレクシアは冷ややかに目を細めた。「ええ、そうよ。大事なパラソルは、ある人物がとある吸血群の屋敷をめちゃめちゃにしたときにうっかり落としてしまったの」

「あの件については心から申しわけなかったと思ってるわ。予想以上に手に負えなくなって」ルフォーは許してと言いたげにえくぼを浮かべた。

だがアレクシアは許せなかった。「申しわけないじゃすまないわ。大事なパラソルをなくしたんだから」吐き捨てるような口調だ。いまもなくしたことが悔やまれてならない。

「それならそうと言ってくれればよかったのに。代替品を作るくらい簡単よ。伯爵夫人が立派な設備を用意してくれてるの」

アレクシアは不審そうに眉を吊り上げた。

「なるほど。ウールジー群の人間は信用できないというわけね。でも、わたくしをあそこに送りこんだのはあなたよ」

アレクシアは言葉を失った。

「ダダ」プルーデンスが呼びかけた。

荷物の積みこみを見届けたマコン卿が戻ってきた。「さて、ご婦人がた、マダム・ルフォー、そろそろ乗りこもう。もうすぐ出発だ。われわれ以外は全員が乗りこんだ」そこで初めて、妻とかつての友人のあいだのぎこちない空気に気づいた。

「おや、これはどういうことだ？」

「フォー！」プルーデンスが答えた。

「なるほど、嬢ちゃん、そのようだ」

「奥様はいまもパラソルをなくしたことを悔やんでおられるようですわ」

「ああ、そのことか。新しいのを注文したんだが、思ったより時間がかかっている。科学者というのはそういうものだ」

「まあ、ありがとう、コナル！　てっきり忘れているとばかり」

「忘れるものか」マコン卿は顔を近づけ、妻のこめかみにキスした。「さあ、これで一件落着だな？」

駅の外では太陽が確実に昇りつつあった。列車が長々と大きく警笛を鳴らすと、蒸気機関が動きだし、煙と蒸気の塊をプラットフォームに吐き出した。たちまち周囲にはにおいのする白い霧がたちこめた。

マコン卿はルフォーの旅行かばんをつかみ、車内で待ち受ける車掌に向かって放り投げた。昇る太陽のせいで異界族の力は弱まっているが、荷物を抱え上げるくらい朝飯前だ。マコン卿が妻から娘を抱き取ると、プルーデンスはうれしそうに小さな腕を父親にまわした。成長するにつれ、プルーデンスは太陽が好きになった。太陽が昇れば父親に抱いてもらえるとわかってきたからだ。しかも、太陽が出ているあいだはビフィおばさんとライオールおじさんも抱き上げ、くるくるまわしてくれる。

「ダダ」プルーデンスは得意げに呼びかけ、内緒話をするかのように父親の耳に顔を近づけ、意味のない片言をとうとうとまくしたてた。アレクシアが思うに、これはプルーデンス版のゴシップだ。もっとちゃんと発音できるようになったら、さぞおもしろくて役に立つに違いない。

「ねえ、プルーデンス」アレクシアが列車によじ登る娘に向かって言った。「そろそろちゃんとした英語を覚えなきゃ。そうでなければ通じないわ」

「ノー」プルーデンスが断固として答えた。

このやりとりがおもしろくてしかたないらしく、あとから乗りこむルフォーから忍び笑いが聞こえた。

タンステル一座は早くも威勢よく《磨き剤《ブラッソ》でボタンを磨け》の大合唱を始めた。サザンプトン行き早朝特急列車の一等車にはまったく似合わない、なんとも下品な曲だ。

アレクシアは〝こんな振る舞いを認めたのはあなた？〟とばかりに夫を見やった。

マコン卿は肩をそびやかした。「まったく役者ってもんは」

威厳やつつしみ深さといった概念を持たないプルーデンスは歓声を上げ、歌に合わせて手を打ち鳴らした。

マダム・ルフォーは鼻歌まじりに王立協会発行の記事を読みふけっている。

タンステルは早朝にもかかわらずビールを注文し、脇役の若い女性は通路でジグを踊りだした。

「車掌はあたくしたちのことをなんと思っているかしら?」アレクシアは誰にともなくつぶやいた。「長い旅になりそうだわ」

7　ビフィ、きわめて満足できないパラソルに出会う

それから何年ものあいだ、その悪夢のような朝を思い出すたびアレクシアは身震いした。なにしろ劇団員十数人、幼児三人、さらに人狼とフランス人発明家という大人数で旅をするのは初めてだ。あの拷問さながらの状況を懐かしく思い出せるはずがない。ウォータールー駅での騒動は、マコン一行がサザンプトンで汽船に乗りこむ際の〝完全なる狂気〟ともいうべきメインコースの前菜にすぎなかった。あの場で犠牲者が出なかったのはまさに奇跡だ。アイヴィは帽子箱のひとつを海底に落としてヒステリーを起こし、悪漢役のタムトリンクルという名の男は船のタラップの脇でむこうずねをすりむき、痛みをまぎらすためにどういうわけかそれから四十五分ものあいだワーグナーのアリアを声をかぎりに歌いつづけた。衣装係の女は舞台衣装の取りあつかいに不安を抱いてパニックになり、大道具係はこわれそうな背中で足をひきずっているにもかかわらず、背景幕をすべて自分で管理すると言い張り、代役女優の一人は客室の大きさと場所が気に入らないと泣きだした。なんでも彼女の祖国では、ゴーストは水のそばにつなぎとめられると信じられており、したがって海が見える部屋にはいられないという――これから船に乗るというのに。さらに双子の一人パーシーが船長の襟

にミルクを吐き、もう一人のプリムローズが女性客の帽子からおそろしく長い羽根飾りを引きちぎり、プルーデンスが父親の腕をすりぬけて手すりによちよち登り、あやうく縁《へり》から落ちかけた。

レディ・マコンがこのような事態に屈するタイプの女性だったら、ひどいヒステリーを起こしていたかもしれない。自室に引きこもり、額《ひたい》に冷たい布を当て、この世の憂いから逃げる道を選ぶこともできただろう。

しかしレディ・マコンはそのようなタイプではない。船が出帆を告げる汽笛を鳴らし、大儀そうに身体を揺らして波打つ暗い海原にすべり出す前に鉄の拳《こぶし》を振るってみせた。まず山のような荷物の積みこみを指示し、船長とパーシーにハンカチを渡し、プリムローズが引き抜いた長い羽根飾りを持ち主に返し、乗務員に命じてアイヴィの部屋に気つけがわりの紅茶を運ばせ、タンステルに理性を失った代役女優をなだめさせ、衣装係と大道具係に次々に質問をして気をそらせながら片手に娘、反対の手に取り乱した夫をつかむという偉業をなしとげたのだ。

ようやくすべてが落ち着いてからアレクシアは好奇心に目を輝かせて夫を振り返った。

「それで、いったい誰に注文したの？」

マコン卿は幼児の世話を一手に引き受けた男に特有の疲れきった声で言った。「なんの話だ、マイ・ディア？」

「パラソルに決まってるじゃない！　新しいパラソルを誰に注文したの？」

「マダム・ルフォーを当てにできなくなってから、代わりの候補者を探すのに苦労した。少なくともきみの性格と要望を知る人物でなければならん。そこでギュスターヴ・トルーヴェにかけあってみた」

「あらまあ、ずいぶん専門外じゃない？」

「そうには違いないが、とにかく昔のよしみで引き受けてくれた。残念ながら制作過程でいろいろと困難にぶつかったようだ。装飾品に関してはマダム・ルフォーほどセンスがあるわけじゃないからな」

「あんなあごひげの人にあるはずがないわ。満足のいくものが作れるかしら？」

「いまさら心配しても遅い。完成品は出発前に届くはずだった。品物が届きしだいすぐに送るようライオールに言いつけてある。本当はきみを驚かすつもりだったんだが」

「ムシュー・トルーヴェの趣味を考えれば、いまからでも驚かされるに違いないわ。いずれにしてもありがとう、あなた。いろいろと考えてくれたのね。この数年間、パラソルがなくてずっと不安だったわ。さいわいパラソルが必要な機会はほとんどなかったけど」

「なんであれ平和なのはいいことだ」マコン卿は寝入ったプルーデンスをたくましい肩に器用にもたせかけて妻に身を寄せた。二人は船尾に立ち、イングランドの断崖が霧のなかに遠ざかるのを見つめた。

「でも？」

「でもきみはこのところ落ち着かない、妻よ。わたしが気づいていないとでも思うか？　きみがエジプトに行きたがったのは、何はなくとも少しばかり刺激がほしかったからだろう？」

アレクシアはほほえみ、夫の空いた肩にあごを載せた。「そういうあなたは、プルーデンスの刺激だけで充分なの？」

「ううむ」

「あたくしのせいばかりにしないで。あなただって冒険を求めてるんじゃない？　それともエジプトに興味があるとか？」

「おお、アレクシア、どうしてわたしのことがそんなによくわかるんだ？」

「話してくれる？」

「いまはまだだ」

「嫌だわ。すぐそうやってはぐらかすんだから」

「おあいこだ。きみだって同じ手を使うじゃないか。たとえばきみはビフィのことを話すつもりだったか？」

「なんのこと？」

「出発前に、やつに何か話した。だろう？」

「まあ、驚いた。どうしてわかったの？　まさかあの用心ぶかいビフィがあなたに話すはずないわ」

「それくらいわかる。やつは変わった。前より明るくなった。団にもうまくなじんできたし、以前は嫌がっていた任務もこなすようになった。どんな手を使った？」

「目的と家族をあたえたのよ。彼にはそれが必要だって前にも言ったでしょ？」

「だが、わたしは帽子店で働くことを許可しただけだ」

「きっとそれが必要な目的だったのよ」

「それできみは、わたしがエジプト行きの理由を話すまで、それ以上のことを教えるつもりはないんだな？」

「あら、あなた、あなただってあたくしのことをよくわかってるじゃない」

マコン卿は笑い声を上げ、プルーデンスを激しく揺すり上げた。さいわいプルーデンスは父親に似て、一度寝入ったらなかなか起きない。

灰色の冬らしい日で、外洋に出たいま見るものはほとんどなかった。

だんだん寒くなってきた。「とにかく、おたがい理解しあっているってことね。そろそろプルーデンスをなかに入れましょう。甲板はちょっと寒いわ」

「そのようだ」

ビフィはアルファの不在を奇妙な痛みとして感じていた。うまく説明できないが、たとえるなら、ボタン穴を開けそこねた誂《あつら》えのベストを着ているような感じとでも言えばいいだろうか。つまり大事な何かが欠けているような感覚。ボタン穴がなくても動けなくはない。ただ、すべてが締まらない感じだ。

ウォータールー駅から戻ると、店の前に見知らぬ人物が立っていた。恰幅がよく、異様なほど過激なあごひげを生やし、服装には無頓着で、脇の下に細い木箱をはさんでいる。ほこりまみれのところを見ると、遠方からの旅人のようだ。男が足首カバー《スパッツ》をつけていないことに気づいてビフィはぎょっとした。外套のデザインがどことなくフランスふうだ。服のくたびれ加減からすると、カレー発の海峡横断飛行船に乗ってドーバーの緑地に降り立ち、そのまま直接、列車でここまで来たに違いない。

「こんばんは」ビフィが声をかけた。「何かご用ですか？」

「やあ、こんばんは」男が明るく答えた。フランスなまりがある。

「もしかしてマダム・ルフォーをお探しですか？」

「カズン・ジュヌビエーヴ？　いや、そうではない。しかし、なぜわたしが……？　ああ、なるほど、ここは以前ジュヌビエーヴの店だったんですな。いや、わたしはレディ・マコンに会いに来たのです。届けものがあって。注文書にあった住所がここだったものでしてね」

「そうですか？　ひょっとしてロンドン人狼団あての品ですか？」

「いやいや。レディ・マコン個人あてです。マコン卿のご依頼で」

ビフィは玄関のカギを開けた。「そういうことなら、どうぞお入りください、ミスター・……」

「ムシュー・トルーヴェです。ご用の折りはなんなりと」男は帽子をひょいと上げ、ボタンのような目を輝かせた。名前を聞かれたことがよほどうれしいらしい。

ビフィは相手のもじゃもじゃひげがさほど気にならなくなった。いかにも人がよさそうだ。

「少しお待ちください。明かりをつけてきます」ビフィは店の玄関に男を残したまま、店内を軽やかにまわってガスランプを灯し、昼間のあいだにゆがんだ手袋やヘアーマフをまっすぐに直すという夜ごとの儀式を手ばやくすませた。昼間担当の売り子主任は優秀だが、夕食前に店を閉めるときの整頓はいい加減で、ビフィが厳しい目で整えなおすのが日課となっている。ビフィは、レディ・マコンがマコン卿に貞節を疑われてヨーロッパ横断の旅に出かけたときの話を思い出した。あのころぼくはテムズ川底の巨大な卵に閉じこめられていたが、その後レディ・マコンから聞いた話のなかに、フランスの時計職人ムシュー・トルーヴェなる人物が出てきた。しかも地下発明室の檻の設計者だ。

店の点検を終えたビフィがトルーヴェのそばに戻ってきた。

「あなたは専門家のあいだで〝究極の時計職人〟と呼ばれているそうですね。羽ばたき機《オーニソプター》〈泥アヒル〉号の功績も聞きました。お会いできて光栄です」

トルーヴェは頭をのけぞらせ、ついつられそうな高笑いを上げた。「ああ、そうそう、おっしゃるとおり。最後にレディ・マコンとカズン・ジュヌビエーヴに会ってからずいぶんたつので、品物を届けるついでにロンドンへ行くのも悪くないと思いましてね。旧交を温めるいい口実でしょう？」

「残念ながら二人ともお留守です。つい数時間前にサザンプトンを発ちました」

「おや、それはなんとも残念だ。すぐに戻って来られますか？」

「いえ、実は一大随行員をしたがえてエジプトへ向かわれました。でも、箱の中身が例のものなら、レディ・マコンはいまかいまかと待ちわびていると思います。ぼくはレディ・マコンから大事な品が届いたら転送するよう仰せつかっています。旅行団はマコン卿の……その……体調に考慮して船に乗る予定なんです」

「なるほど、郵便飛行船と航路が交差する機会がたっぷりあるわけですな？　それはなんともありがたい申し出です、ミスター・……？」

「ああ、ぼくとしたことが申しわけありません、ムシュー。ぼくはサンダリオ・デ・ラビファーノ。でも、みなビフィと呼びます」

「ああ、ロンドン団の新入りさんか。ジュヌビエーヴの手紙にあなたの変異のことが書いてあった。科学的に興味深い事例だそうですな。なんでも政治的抗争がからんでいたとか。いずれにせよわたしの専門ではないが」トルーヴェはビフィがマコン卿ひきいる人狼団の一員だと知って安心したようだ。ビフィは首をかしげた。フランスは異界族に対してそれほど進歩的な国ではないはずなのに。

「ぼくが怖くないんですか、ムシュー・トルーヴェ？」

「これはお若いの、どうして怖がる必要があります？　ああ、例の月に一度の不幸な状態のことですか。たしかにレディ・マコンに会う前だったらたじろいだかもしれません。しかし、われわれはなんども、とある人狼に窮地を救われ、大変世話になった。いまや吸血鬼にも少しばかり世話になっています。とはいえ、いざ闘いとなれば人狼が味方なのは心強い」

「そう言ってもらえれば何よりです」

「これがレディ・マコンあての品です。なかみは非常に頑丈だが、紛失にだけはくれぐれも気をつけてください」

「ご心配なく。必ず無事に届けます」

またしてもひげもじゃの奥の目がきらめいた。ビフィは思わず〝いい床屋を紹介しましょうか〟と言いそうになったが、侮辱と思われるかもしれないと思いなおし、細長い木箱に顔を近づけた。タバコケースのように薄い板で、ニスも塗ってない。

「別件でもうひとつうかがいたいのだが」

ビフィは箱から顔を上げ、うながすように見返した。「なんでしょう？」

「チャニング少佐――彼もご不在かな？」

ビフィは驚きつつも、育ちのいい紳士らしく顔には出さずに答えた。「いいえ、少佐なら団の別邸にいるはずです」さりげなさをよそおったが、トルーヴェはビフィの口調に好奇心を感じとったらしい。

「じつは、われわれを助けてくれた人狼というのは彼なんです。結局、一緒にヨーロッパを横断することになりました。立派なかただ」

ビフィは答えに困り、人狼屋敷の住所を教えた。ロンドン団のガンマとはほとんど交流がない。もちろん定期的にチャニング少佐には首をさらしているが、少佐は必要に応じて監督するだけで、それ以外はビフィを無視している。だが、いまだかつてチェスターフィールド

・チャニングスのチャニング・チャニング少佐を立派なかたと形容した者はいない。

トルーヴェはさらに驚きの会話を続けた。「ご婦人がたが留守となれば、彼を訪ねてみましょう。いろいろとどうもありがとう、ミスター・ビフィ。よい夜を」

「これからのロンドン滞在が実り多きものでありますように、ムシュー・トルーヴェ。よい夜を」

トルーヴェが店を出るとすぐにビフィは細長い木箱を開けた。他人あての小包を勝手に開けるのが無礼なことはじゅうじゅうわかっている。だが、これはなかみの安全性を確かめるためだとビフィは自分に言い聞かせた。それにいまやぼくはレディ・マコンの〈パラソル保護領〉の一員だ。このていどの行為は許されるだろう。

蓋を開けたビフィは恐怖に息をのんだ。これまでもレディ・マコンは趣味がいいとは言いがたいパラソルを平気で持ち歩いていた。そのなかのひとつは趣味が悪いどころではなかった。まったくあの手の武器にはひとこと言ってやりたい。だが、目の前の木箱に入ったパラソルのおぞましさは、その比ではなかった。何よりもまず、とんでもなく地味で、飾りがひとつもない。あるのは隠しポケット——おそらくそうに違いない——を縫いつけた糸目だけ。しかも布地はくすんだオリーブ色の帆布！　たしかに武器としてはすぐれているのだろう。柄《え》に並んだ玉は隠しダイヤルで、強力な毒がしこまれているに違いない。ずっしりと重く、この重みだけでもいろんな使い途《みち》がありそうだ。だが、こんなものをパラソルと呼ぶのは、機能性だけを追求し、まったく美を解さないスポーツ選手くらいのものだ。しかも柄の真鍮色は布のオリーブ色とまったく合わない。これではまるで——ビフィは純然たる恐怖に身震いした——……雨傘だ！

ビフィは郵便飛行船の配達予定を調べた。レディ・マコンの船に最速で届けるには、早朝のカサブランカ行きの便にまにあわせなければならない。ビフィは決然とした足取りで店の玄関に向かい、札を**閉店**にした。事態を修正するのに残された時間はあと六時間。ビフィはおぞましきしろものをつかむやカウンターの場所を空けた。そしてありったけのレース、シルクの花、羽根、その他もろもろの飾りを引っ張り出して周囲に広げ、針と糸を取り出して作業に取りかかった。

〈ペ《P》ニンシュラ・アンド《&》・オリエンタル《O》〉社の高速船は贅沢を念頭に造られた客船だ。にわかに高まった古代遺跡収集熱とエジプト旅行熱を当てこみ、船舶会社が飛行船に負けじと就航させた豪華客船である。飛行船は速くて便数が多いという利点があるが、汽船には居住空間が広く、大人数を運べるという強みがある。マコン夫妻が利用する一等船室はアケルダマ卿のクローゼットなみ——いや、それよりも広く、しかも舷窓がふたつもついていた。窓のないクローゼットにくらべればこちらのほうが上等だ。もちろん、定期船のお得意様の一部は人狼だから、舷窓には分厚いカーテンもついている。

マコン夫妻は隣の、乳母と子どもたちの部屋をノックし、眠っているプルーデンスを小さなベッドに寝かせた。向かいの船室からは、なおもアイヴィが帽子を海に落としたことをタンステルにくどくどと悔やむ声が聞こえる。

人数を減らすため、旅行団には執事も従者もメイドもいない。まんいちこんな無作法が知れたら大変だ。アレクシアは、ドレスの着替えを手伝うのがコナルしかいないことが心配だったが、いざとなったら劇団の衣装係の女性がなんとかしてくれるだろう。髪はできるだけ簡単にまとめて縁なし帽をかぶっておけばいい。船の甲板は飛行船と同じくらい――もしかしたらそれ以上に寒いかもしれないと、アイヴィがデザインしたヘアーマフもいくつか持ってきた。

異界族の習慣と行動は簡単には変えられない。マコン夫妻は朝食の鐘も、ほかの乗客たちの生活習慣も無視し、朝になると服を脱いでベッドに入った。劇団員たちも夜型で、今回のエジプト行きも吸血鬼に謁見することだから、船旅というだけで普段の生活リズムを変える理由はない。乗務員たちも異界族の生活様式には慣れているようだ。ただ、食事の時間と郵便物についてははっきり要望を伝えておいた。いまは昼間だから、たとえプルーデンスが目を覚ましても、ふつうの生意気な幼児以上の騒動は引き起こさないだろう。こうしてアレクシアは夫の甘い抱擁にほっとして身をゆだねた。ほかのことはお楽しみが終わってからだ。

アレクシアは午後の遅い時間に目覚めると、自分でできるかぎり身なりを整え、夫を起こさないようそっと客室を出た。かわいそうにコナルは、まるで列車にぶつかられたあとのようにぐったり眠っている。

臨時の子守室は静まりかえっていたが、ときおり腕が動き、片言が聞こえた。プルーデンスが起きているようだ。だが、泣きもしなければ仲間を起こすつもりもないらしい。アケルダマ卿は一度ならずこう言った――〝プルーデンスは、あの特殊な能力ゆえにいくらか手に余るところはあるが、もともとはとてもおとなしい子だよ〟と。そして〝まるできみのように〟と言ってアレクシアをうれしがらせた。

アレクシアはベッドに近づき、なかをのぞきこんだ。

「ママ！」プルーデンスがうれしそうに声を上げた。

「シーッ。ほかの子が起きるわ」

乳母がアレクシアの背後から近づいた。「レディ・マコン、すべて順調ですか？」

「ええ、おかげさまで、ミセス・ダウォード・プロンク。プルーデンスを連れていきたいんだけど、着替えさせてくれるかしら？」

「かしこまりました、奥様」乳母が客室の隅にある東洋趣味のついたての奥にさっとプルーデンスを連れていったかと思うと、数分後には、暖かい毛皮のケープのついた空色のかわいらしいモスリンドレスにきれいなよだれかけをつけ、頭にフランスふうの帽子をかぶった小さなレディが現われた。あまりにみごとな早変わりのせいで、プルーデンスはとても賢く、どこか謎めいて見えた。たしかに母親に似ているかもしれない。それにしてもプルーデンスをこんなにすばやく着替えさせるなんて、まさに神業だ。

「アイヴィがあなたを高く買っているわけがわかったわ、ミセス・ダウォード・プロンク」

「ありがとうございます、レディ・マコン」

「ひょっとして、うちの執事ミスター・フルーテのご親戚か何か？」

「いいえ、残念ながら違います、奥様」

「あれほどの手並みの人がほかにいるなんて夢にも思わなかったわ」

「奥様？」

「いいえ、なんでもないの。これから数週間、双子に加えてこの子の面倒を見てもらうにあたって、ひとつ忠告しておくわ。実は娘にはとても変わった習性があるの」

「習性？」

「特別な」

「どんなお子さんもそれぞれに特別です、奥様」

「ええ、そうね、でも、プルーデンスはきわめて特別なの。くれぐれも日没後はこの子が父親に触れないよう気をつけてちょうだい。異常に興奮するから」

乳母はこの奇妙な要求にも顔色ひとつ変えなかった。「かしこまりました、奥様」

アレクシアはプルーデンスを片手で腰にかかえ、船の探検を始めた。

甲板に上がると、相変わらずどんよりした天気で、冷たい風が吹きつけ、暗い海に浮かぶ波頭しか見えなかった。これでは船が正しい方向に進んでいるかどうかもわからない。

「ブルルル」プルーデンスが流暢に感想を述べた。

「まったく、ひどい天気ね」

「プププププ」

「そうね、場所を変えましょう」

アレクシアはプルーデンスを抱く手を替え、煙突の前方――と食堂と図書室がある船首――に向かって歩きだした。

誰も話し相手がいない場合にそなえて、アレクシアはまず図書室に行って軽い読み物を探した。本があれば、一人で食事をとらなければならないときも知的な対話ができる。残念ながらプルーデンスはまだ議論の相手にはならない。図書室の充実度には疑問があるが、そこそこおもしろそうな人体解剖入門書を見つけた。食事のおともにふさわしいかどうかは別にして。表紙はとくにどうということもないが、なかに生々しい生体図が描かれており、これにプルーデンスが興味を示した。なにしろアレクシアはあの過激な父親の娘である――目的が科学的探求であるかぎり、ある程度、礼儀の基準を緩めることには寛容だ。プルーデンスが解剖学に興味があるのなら、どうして反対できよう？

お茶の時間が近いのに食堂はがらんとして、奥の席に男性が一人いるだけだった。子どもが他人の――とりわけ一人でいる紳士の――迷惑にならないよう、当然の礼儀として反対側の奥の席に向かおうとしたとき、その紳士が立ち上がり、アレクシアに向かって小さくうなずいた。マダム・ルフォーだ。

アレクシアはしぶしぶ、でも顔に出さないようにテーブルと椅子のあいだを抜けてルフォーのいる席に向かった。

アレクシアがプルーデンスを膝に載せて座ると、プルーデンスはルフォーをまじまじと見て言った。「フォー？」

「こんにちは、ミス・プルーデンス、アレクシア」

「ノー」と、プルーデンス。

「最近のお気に入りなの」アレクシアは本で娘の注意を引きながら解説した。「言葉の意味がわかっているかどうかはさだかではないわ。落ち着いた、ジュヌビエーヴ？」

給仕人がテーブル脇に現われ、提供可能な飲食物を印刷した小さな紙を差し出した。

「メニューから選ぶなんて、おもしろい方法ね」アレクシアがメニューの紙をひらひらさせると、プルーデンスがさっと手を出してつかんだ。

「旅のあいだ、乗客の気まぐれな要求に応じてあらゆる食材を保存しておくのは大変だから、出せるもののなかから選んでもらおうという戦略よ」と、ルフォー。

汽船会社の経営方針に興味はない。アレクシアにとって重要なのはおいしいお茶が飲めるかどうかだけだ。「アッサムティーをポットで。それからリンゴのタルトをひとつと、この子に温かいミルクを」とかたわらの給仕人に注文し、「ひょっとしてシナモン・スティックはあるかしら？」とたずねた。給仕人がうなずくと、アレクシアは娘に問いかけた。「おチビさん、シナモンがほしい？」

プルーデンスは小さなバラ色の唇を引き結んで母親を見つめ、それから短くうなずいた。

「では、ミルクに少しシナモンをふりかけていただける？　ありがとう」

給仕人はすべるように厨房に向かった。

アレクシアはイニシャル入りのナプキンをぱんと開いてプルーデンスのドレスの襟もとに差しこみ、改めて座りなおしてから周囲を見まわした。

アケルダマ卿の装飾趣味にはおよばないが、食堂には金箔と金襴がふんだんかつ上品に配され、ビフィのお眼鏡にはかないそうだ。周囲を取りかこむ大きな窓ごしに外の陰鬱な景色が見える。食堂はちょうど温室のように甲板をぐるりと囲んでいるらしい。

「それで、蒸気船〈カスタード〉号の感想はどう？」ルフォーは新聞を脇にのけ、昔と変わらぬえくぼを見せた。

「なかなか優雅じゃない？　でも、最終判断は食事のあとにするわ」

「そうね」ルフォーはうなずき、小さなデミタスカップからなかみをひとくち飲んだ。

アレクシアはにおいをかいだ。「ホット・チョコレート？」

「ええ、わたくしに言わせれば、まずまずの味よ」

アレクシアはチョコレートを食べながら紅茶を飲むほうが好きだが、ルフォーはフランス人だから、好みが少しヨーロッパふうなのも無理はない。

運ばれてきた紅茶とタルトはなかなかの味で、アレクシアは純粋に船旅を楽しみはじめていた。プルーデンスは温かいミルクに夢中で、表面に浮かぶシナモンを指で浸し、一緒に吸いこむのを長々と楽しんだ。行儀が悪いのはわかっているが、チビ迷惑はいまのところ食器の正しい使いかたにはまったく興味を示さない。その態度は〝人生で最初に指というものに出会ったのに、どうしてこんな便利な道具を放棄しなければならないの〟と言いたげだ。アレクシアは娘を見張りながらもやめさせようとはしなかった。これだけ礼儀にうるさい母親の考えかたを変えるのだから、子どもというのはたいした存在だ。

「それで向こうの生活はどう、ジュヌビエーヴ？」アレクシアは気まずさを振り払ってたずねた。そもそもこうなったのはルフォーのせいで、あたしのせいではない。

「思ったより快適よ。最初に心配したほど悪くないわ──吸血群につかえるのも」

「そう」

「ケネルも楽しんでいるわ。みんなに世話を焼いてもらえるし、すぐれた教育も受けられる。吸血鬼の何がいいって、知識を大事にすることね。それに群の吸血鬼とドローンがこぞっていたずらをしないよう見張ってくれるの。もっとも服装だけはあいかわらず無頓着だけど」

「ダマ？」プルーデンスが興味を示した。

「そうよ、プルーデンス」と、アレクシア。

「ノー」

アレクシアは、薄汚れた労働者ふうの服を着た、新聞売り少年のようなわんぱく小僧を思い浮かべた。「ではケネルが成年になるまで、二人ともなんとかやってゆけそうなのね？」

ミルクを飲み終えたプルーデンスが不満そうにカップを押しやり、アレクシアはカップがテーブルから落ちる前にすばやくつかんだ。プルーデンスは給仕人がうかつにも置いていったメニューの紙に興味を移し、楽しげにひっくりかえしていたが、やがて熱心に紙の隅を折り曲げはじめた。

またもやルフォーがえくぼを見せた。「そうね。変な話だけど、ケネルの養育責任を部分的に放棄したことで、ちょっとほっとしているの。もっともこれまでには」――そこでさりげなく言葉を切り――「伯爵夫人とのあいだに少なからぬ議論があったけど。わたくしには、せいぜい彼らのケネルへの影響を抑えることくらいしかできないわ。あなたとアケルダマ卿との関係に似ているんじゃないかしら」

「これまでのところプルーデンスは自分のことは自分で決めているわ。アケルダマ卿はフリルたっぷりのドレスが好きだけど、そもそも吸血鬼に実用主義を求めることじたい無理な話よ。プルーデンスも気にしていないみたい。コナルとあたくしはアケルダマ卿がいて助かってるの。人狼界にこんなことわざがあるの、知ってる？　〝子ども一人に人狼団ひとつ〟。まあ、うちの娘の場合は人狼団とアケルダマ卿と取り巻きドローン全員が必要だけど」

ルフォーは信じられないという目でプルーデンスを見た。目の前の幼児は、ポークチョップを握った人狼のようにおとなしく見える。鼻歌まじりでメニュー紙にすっかりご満悦だ。

ルフォーはチョコレートを飲み干し、さらにポットから注ぎたした。「人にあずけることにそれほど抵抗がないのね」

「あなたほど母親らしくないのかもしれないわ。それにアケルダマ卿は友人だから、気持ちも興味もよく理解できる。なによりありがたいのは、彼がとても母親らしいことよ」

「伯爵夫人とわたくしとは事情が違うということね」

アレクシアはタルトの最後のひとくちに向かってほほえみ、慎重に探りを入れた。「でも、あなたたちはある種の好みを共有しているんじゃない？」

「あら、アレクシア、何が言いたいの？」

「たとえばメイベル・デアとか？」

「まあ、アレクシア」ルフォーが目を輝かせた。「あなた、やきもちを焼いてるの？」

アレクシアは困惑した。ちょっとからかうつもりだったのに、気を引こうとしていると思われたなんて。こんなはしたない話題を持ち出したあたしがうかつだったわ。

「あなたは何かというとそこに話を持っていくのね」

ルフォーはアレクシアがどぎまぎしそうなほど真剣な表情で友人の片手を取り、緑色の目を物憂げにくもらせた。「あなたはわたくしにチャンスすらくれなかったわ。あなたが受け入れてくれるかどうかを判断するチャンスさえ」

「えっ？　あら」アレクシアは驚き、締めつけたコルセットの下で身体が熱くなるのを感じた。「でも、あなたと初めて会ったとき、あたくしはすでに結婚していたのよ」

「まあ、うれしい。それは、わたくしにも少しは脈があったってこと？」

アレクシアは言葉に詰まった。「あ……あたくしは今の結婚生活にとても満足しているわ」

「あら、残念。つまり、少なくともどちらか一人は収まるところに収まったってことね。たしかにコナル・マコンは悪くないわ」

「ありがとう、同感よ。そして吸血群とミス・デアとの生活もさほど悪くないってことね。もし悪ければ、あなたが自分からすすんでこんなことを話すはずないもの」

「鋭いわね、アレクシア」

「あなたがあたくしの性格を研究していたあいだ、あたくしがあなたのことを研究しなかったとでも思う？　この数年はおたがい疎遠だったけど、あのころからあなたがそれほど変わったとは思えないわ」そう言ってアレクシアは顔を近づけた。「〈かつてのルフォー〉が亡くなる前に言ったの。あなたは簡単に人を好きになりすぎるって。不思議に思っていたわ——個人や、すぐれた科学技術にはあれほど誠実なあなたが、どうして団体や政府がからむとたんに信用ならなくなるんだろうって」

「わたくしが個人的な目的を持っていると非難しているの？」

「それは持っていないってこと？」

ルフォーは椅子の背にもたれ、鈴が転がるような笑い声を上げた。「どうしてわたくしに別の目的があると思うの？」

「あなたがこの旅の本当の目的を教えてくれるとは思えないわ。いまは誰に雇われているの？　〈真鍮タコ《OBO》同盟〉？　ウールジー群？　王立協会？　それともフランス政府？」

「あら、アレクシア、わたくしが誰かに雇われているとしたら、それはわたくし自身だって、前に言わなかった？」

こんどはアレクシアが笑う番だ。「うまくかわしたわね、ジュヌビエーヴ」

「さて、そろそろ失礼するわ。部屋でやらなければならない仕事があるの」ルフォーは立ち上がり、二人のレディに小さくお辞儀した。「ごきげんよう。アレクシア。ミス・プルーデンス」

プルーデンスは念入りなメニュー裁断作業から目を上げて言った。「ノー」

ルフォーは扉脇のスタンドから上着とシルクハットを取り、冷たい海風の吹きつける通路に消えた。

「フォーフォー」と、プルーデンス。

「まったくね、おチビちゃん」アレクシアは相づちを打った。

アレクシアは食堂で長い時間を過ごした。優雅な雰囲気と、とぎれなく運ばれてくる紅茶とお菓子、乗務員のきびきびした仕事ぶりを楽しんだのはもちろん、ほかの乗客を観察する絶好のチャンスでもあったからだ。同じ船に乗り合わせた巡礼者たちの顔ぶれは実にさまざまだった。療養目的とおぼしき顔色の悪い女性たち。だらしなく髪を伸ばし、仕立ての悪いジャケットを着た芸術家ふうのやせた二人組。ツイードの服を着て、港《ポート》に着く前にポートワインの蓄えを飲みつくさんばかりに飲んでいる陽気な男たちはワニ見物が目的のスポーツ選手だろう。黒い服を着たカネづかいの荒い男は、最初は政治家かと思ったが、手帳をさっと取り出したところをみると世のなかでも最低の職業——旅行ジャーナリストのようだ。そして、くたびれた帽子にみすぼらしい身なりのひげ面《づら》の男たちは遺物収集家か科学者に違いない。

こんなにゆっくり過ごせたのは、プルーデンスがおとなしく座ってメニュー裁断遊びに満足していたからだ。せっかくおとなしく遊んでいるのをやめさせる理由はない。そういうわけでマコン卿が日没後に現われたときも、アレクシアはまだお茶の最中だった。

マコン卿はタンステル夫妻と乳母と双子と二人の劇団員をしたがえていた。全員、目は赤いものの、夕食用の正装に着替えている。

「ダダ！」プルーデンスが声を上げた。いかにもなでられたそうな顔だ。アレクシアは手袋をしていない手でそっと娘のうなじに触れ、それから夫に向かってうなずいた。

「やあ、嬢ちゃん」マコン卿は娘の頬に熱いキスをして笑わせ、妻にも同じことをした。

「やあ、妻よ」アレクシアは鋭く見返したが、これもマコン夫妻の愛情表現のひとつだ。

アレクシアも夕食用に着替えるべきところだが、おもしろいことを見逃したくなくて、結局そのまま全員が座れる大きいテーブルに移動した。

「どうやらわたしは空に浮かぶより船旅のほうが好きらしいわ」アイヴィが正式なテーブルセッティングも席順も無視してアレクシアの隣に座った。旅行中だから、細かいテーブルマナーに目くじらを立てることはない。マコン卿は娘と充分な距離を取るべくアイヴィの反対側に座った。

「気に入ったのは広いから？　それとも優雅だから？」

「両方よ。あら、パーシーちゃん、家具は食べるものじゃないのよ」双子の一人パーシヴァルがタンステルの腕から身を乗り出してダイニング・チェアの背を懸命にかじっている。「アブブブ」乳母の膝に抱かれたプリムローズが声を上げた。まだ発音がうまくできない。

なんともほほえましい光景だが、アイヴィには我慢ならなかったようだ。「ああ、二人を連れていってちょうだい、ミセス・ダウォード・プロンク、いますぐに。あなたにはおいしい夕食を届けさせるから。悪いけど、ここは子どもがいるべき場所じゃないわ」

ミセス・ダウォード・プロンクは三人の子どもを抱きかかえなければならない事態を予測して青ざめた。だがプルーデンスは〝子どもは引き上げるべき〟というアイヴィの言葉に納得したかのように椅子から飛び降ると、首からナプキンをはずしてそっと母親に手渡し、乳母が双子を抱き上げるのをじっと立って待っていた。そして自分の役目がはっきりわかっているかのように乳母の先に立って食堂を出ていった。

見送るアイヴィはすっかり感心した様子だ。「あの子たちがしっかり歩けるようになる日が待ち遠しいわ」

「早すぎるのも考えものよ。なんにでもぶつかって大変なんだから」これはマコン家とアケルダマ家のあいだで交わされた議論だが、どうやらプルーデンスはふつうの赤ん坊にくらべると歩きだすのが早く、しかもはるかに上達が早かったようだ。これは姿を変える能力が要因と思われた。つまり、吸血鬼になると恐ろしく動きが速く、人狼になると恐ろしく力が強い。このふたつが合わさったために二足歩行の習得が早かったのだろう。

アイヴィは船上で見たこと聞いたことをあれこれとしゃべりはじめた。出帆してからまだ半日しかたっていないのに、まるで汽船での旅が人生《ライフ》をかけた仕事《ワーク》で、情熱の対象であるかのような口ぶりだ。「わたしの部屋の窓は本当に丸いのよ。信じられる？」夕食はなにごともなく進んだ——なにごとのなかに〝ソースの種類や肉質やゼリーの色に対する不満〟が入らないとすれば。どうやら役者というのはアケルダマ卿よりはるかに好みにうるさい人種らしい。アレクシアにしてみれば、臓物スープ、ヒラメのソテー、牛肩肉、仔羊肉のミンチ、ポーチドエッグ、塩漬けポーク、鳩肉パイ、羊肉コロッケ、野ウサギのシチュー、ハム、牛タン、そしてゆでジャガイモが船上で出れば文句はない。しかも大好きなデザートには、期待をはるかに上まわるキイチゴとライスのプディング、ジャムタルト、木皿いっぱいの上等のチーズが供された。

　マコン卿は食後の酒とカードゲームを、アレクシアは甲板の散歩を断わり、そろって船室に戻った。アレクシアは失敬してきた解剖学の本のことを考えながら、旅のあいだは〈議《マー》長《ジャ》〉の任務も異界管理局《BUR》の仕事も忘れ、つかのまの平和を楽しもうと提案した。マコン卿は心から賛成したが、本がなんの役に立つのかはさっぱり理解できなかった。

　妥協案として、アレクシアは解剖学の本を取り出し、夫を実験台に内臓器官がどこにあるのかを確かめるため、外から指で突いたり押したりすることにした。マコン卿はくすぐったがり屋だから、実験はちょっとしたもみ合いになった。そうこうするうちにアレクシアは本も、服も、正常な心拍数も失ったが、今回の人体研究は——少なくともマコン卿にとっては——大満足だった。

8 アレクシア、思いがけず湿った発見をする

船旅はアレクシアが不安になるほど平和に過ぎていった。というのも、マコン夫妻、タンステル夫妻、三人の幼児、劇団員たち一行はみな異界族の生活時間を守ったため、夕食の時以外、ほかの乗客と接する機会がなかったからだ。つまり、すべての乗客が一堂に会するのはアレクシアと仲間たちが起き出し、それ以外の客たちが就寝前のお楽しみに興じる短いあいだだけだった。さいわいこの豪華客船は、一般的な大西洋横断汽船と違って一等船室しかなく、そのため乗客たちの振る舞いも一等船室利用者にふさわしく上品だ。みな礼儀正しく、テーブルで政治の話をする者など一人もいない。タンステル一座は周囲の熱い要望に応え、さまざまな娯楽を提供した。愉快な会話で場を盛り上げたり、軽く楽器を演奏したり、ときには寸劇を披露することもあった。たとえばメニューのなかの料理と気も狂わんばかりの情熱的な恋に落ち、料理人が駆け出してきたとたん気鬱症になる男を演じたり、船長の帽子をちょいと失敬してお決まりのおふざけダンスを踊ったり。それでもこの場に求められる礼節だけは守り、間違ってもオックスフォードやケンブリッジの若者たちがしかけるようないたずらで紳士淑女のひんしゅくを買うようなまねはしなかった。もっとも、ロールパン・クリ

ケットが繰り広げられた夜のことだけは忘れられない。あれはどう見ても大きく礼儀を失するものだった。

しかし、災難は忘れたころにやってくる。そして、それは災難がもっとも起こりそうな場所――アレクシアの夫と、娘と、娘のお気に入りのおもちゃである巨大メカテントウムシがいるところから始まった。

プルーデンスが生まれてまもなく、アレクシアは友人の時計職人ギュスターヴ・トルーヴェにメカテントウムシを一台、注文した。原型《オリジナル》より大きくて動きが遅く、もちろん殺傷能力のないものだ。そして、なにげなく小さな革製の鞍《サドル》をつけるよう頼んだところ、子どものおもちゃ市場で大人気となり、この善良なる紳士はそれから丸一年、おもちゃづくりに忙殺された。蓋を開けて見れば〝乗れるテントウムシ〟の市場は実入りがよかった。

プルーデンスはこの特注おもちゃがいたく気に入り、かさばる大きさにもかかわらず、どこへ行くにも持っていかなければすまなくなった。数週間の長期旅行となればなおさらだ。アレクシアとプルーデンスは毎夕食後、一等船室のラウンジと音楽室を占領し、母親が本を片手に絶えず見張るかたわら、娘は嬉々としてテントウムシを追いかけ、乗りまわし、下にもぐり、くたくたになるまで遊んだ。たまに役者が一人、二人、ピアノを弾きながら加わることもあった。そんなときは母と娘のどちらかがお楽しみをしばし中断してピアノに耳を傾けたが、調子に乗りすぎて《入れ墨の老女》のような曲が始まると、アレクシアが非難の目を向けてたしなめた。

それは出航から三日目の晩、マコン卿がラウンジに現われ、興奮したプルーデンスがテントウムシごと父親の片脚にぶつかり、テントウムシから父親の手に落ちたときに始まり、予想もしない方向に展開した。充分に注意はしていたが、あまりの突然のできごとに、マコン卿の異界族の反射神経をもってしても避けられなかった。本来ならばさっと身をかわすべきところを、床に落ちかけた娘を受け止めたいという父親の本能ゆえに思わず手を出し、その結果、事態はいっそうひどくなった。

プルーデンスが落ちた。マコン卿が受け止めた。そのとたん、一匹の子狼があたりを混乱とパニックの渦に巻きこみながら猛スピードでラウンジを駆けだした。プルーデンスは何層ものフリルのついたかわいいピンクのドレスとよだれかけとレースのゆるい長ズボン《パンタレッタ》を身につけていた。よだれかけとパンタレッタは変身に耐えられなかったが、ドレスは持ちこたえ、おもしろいことにプルーデンスはピンクのドレスを着た狼になって走りはじめた。

プルーデンスの人狼的性質は〝狩って食べたい〟より〝走って遊びたい〟ほうが強い。プルーデンスが幼いせいか、それともこれが超異界族の性質なのか、マコン夫妻の議論の種だ。しかも、アレクシアに言わせればプルーデンスは実にかわいい子狼なので、ラウンジにいきなり現われたチビ狼に驚きこそすれ、恐れる者は誰もいなかった。

「なんとまあ、いったいどこから来たんだい、かわいい毛玉ちゃん」《スウォンジーに降る死の雨》の悪漢役ミスター・タムトリンクルが呼びかけ、毛玉をつかもうとしてつかみそこねて前につんのめり、ピアノの前に座っていた堂々たる体格のソプラノ歌手にぶつかって歌手が驚いて悲鳴を上げ、ミスター・タムトリンクルが倒れまいと必死につかんだとたん、ソプラノ歌手のラズベリー色と緑色の縦縞ドレスの胴着《ボディス》がびりっと裂けた。ソプラノ歌手は恥ずかしさのあまり失神をよそおったが、アレクシアは、歌手が近くにいた乗務員をちらっと見やり、コルセットで締め上げた身体をしっかりささえているかどうか確かめたのに気づいた。若い乗務員が顔を真っ赤にしているのが何よりの証拠だ。

子狼はラウンジでくつろぐ客たちの上で飛びはね、身をよじって家具の下にもぐりこんではひっくり返し——要するに、せまい場所に入れられた、フリルだらけのピンクのドレスを着た異常にエネルギッシュな子狼《パピー》がおおかた引き起こすと思われる騒乱をすべて引き起こして——室内を一周した。ふたたび父親の足もとに戻ってきたとき、ふと人間の記憶が戻ったのか、必死につかまえようとする両親の手をかわし、騒動のきっかけとなったテントウムシによじのぼりはじめた。

それだけなら、どこかでつかまえられたはずだ。たしかにラウンジは広い。だが、そこまで広くはない。だが、つくづく間《ま》の悪いことに、ちょうどそのとき細長い包みを腕の下にはさんだ甲板係が扉を開けた。

「レディ・マコン？　たったいま飛行船から小包が届きました。手紙もあります。それから、こちらはマコン卿あての信書で——うわっ、なんだ！」

プルーデンスが不運な甲板係の脚のあいだを猛然と駆け抜けた。

「つかまえて！」アレクシアが叫んだときはすでに遅く、プルーデンスは通路に走り出たあとだった。扉から外をのぞいたアレクシアに見えたのは、通路の角を曲がって消える、ふわふわのしっぽの先だけだ。

「ああ、なんてこと」

「レディ・マコン」背後からラウンジ係の厳しい声が聞こえた。「非登録の動物を船内に持ちこむことは禁じられております！　たとえドレスを着ていても」

「ああ、ええ、そうね、おっしゃるとおりですわ。おかけした迷惑と損害については罰金を支払います。とにかくあたくしがあの子に触れさえすれば、すべては元どおりになるんですの。ちょっと失礼。行くわよ、コナル」

そうしてマコン夫妻は逃げ足の速い子どものあとを猛然と追いかけた。

あとに残された者たちは呆然と立ちつくした。何より不思議だったのは、乗り捨てられたテントウムシのそばにちぎれたよだれかけが落ちているのに、小さなレディ・プルーデンスの姿がラウンジのどこにもないことだった。


「お疲れのようですね、教授。あ、気を悪くされたらすみません。うまく隠しておられますが、近ごろわかってきました――ベストのポケットあたりに少ししわが寄っているのはお疲れの印《しるし》じゃないかと」

「ベストの状態からわたしの気分を読み取るとはさすがだ、若きビフィよ。ほかに最近ちまたで何か気になることはあるか？」

ビフィは首をかしげた。これはぼくの観察力をためす人狼流のテストだろうか？　いや、おそらく教授は、ぼくがどんな情報を仲間の団員に教えるのか、あるいは誰にも教えないのか……教えるとしたら、相手はアケルダマ卿なのか、それともレディ・マコンなのかを知りたいのだろう。もちろんぼくは全員に話すつもりだ。全員に何から何まで話す気はないし、まったく同じことを話す気もないが、しかるべき相手にしかるべき情報を教えるつもりではいる。そもそも話す相手を選ばずして情報を集める意味がどこにある？　この点については、ぼくとかつてのご主人様は意見が違った。アケルダマ卿は情報を集める行為じたいを愛しているが、ぼくが情報を集めるのは他人のためだ。

ビフィは遠まわしに答えた。

「ロンドンのはぐれ吸血鬼たちの動きが活発化しています。今夜も一人、店にやってきて、女王然と威張り散らしていきました。発明室が地下にあって幸いでした。取り巻きのドローンたちが何やら探りを入れていたようです。帽子が目的だったとはとても思えません」

ライオールは品さだめをするようにビフィを上から下へとながめまわした。「なかなか鋭いな、若きビフィよ。きみならりっぱな後任になれそうだ」

「なんの後任ですか？」

「ああ、それについては〝言わぬが花〟とだけ言っておこう。さて、そのはぐれ吸血鬼の件だが、気づいたのはいつごろだ？」

「ここ数年しだいに目につきはじめましたが、マコン夫妻が出発されてからますますひどくなりました。あるはぐれ吸血鬼はわざと〝この店にはゲートルも置いてないのか！〟とつっかかり、ひとしきり騒いでいきました。これまでゲートルなんていちども置いたことがないのに！　今夜なんか人のはぐれ吸血鬼が通りで血を吸っているのを見ました。ヴィクトリア堤防に近い場所でしたが、それでも人目のある通りですよ？　公園でピクニックをするのと同じくらい許されざる事態です。公衆の面前で食べるなんて！　まったく無礼もはなはだしい」

ライオールがうなずいた。「はぐれ吸血鬼の一団も羽目をはずしつつある。この件ではヴィクトリア女王からも異界管理局《BUR》に信書が届いている――知っていたかね？　陛下のご子息バーティことアルバート・エドワードがウォンズワースの会合に現われたそうだ。われらが親愛なる女王どのは革新派だが、そこまで革新派ではない。陛下の息子が定期的にはぐれ吸血鬼たちと付き合っているとなれば、見過ごすわけにはいかない。〈宰相〉もこの件については大目玉をくらったようだ」

「ああ、お気の毒なアケルダマ卿」ビフィは新しく学んだ人狼文化と過去の吸血鬼界の知識を総動員して事態を考察した。「吸血鬼たちの一連の騒動はすべて、われわれ人狼が都会に住むようになったのが原因でしょうか？」

「それもひとつの説だ。ほかには？」

「ナダスディ伯爵夫人がメイフェアを離れたせいかもしれません。いまやロンドン中心部に吸血鬼女王は一人もいない。それが不協和音の原因とは考えられませんか？」ビフィはライオールの顔を見つめた。このベータをハンサムと思ったことは一度もないが、穏やかな表情にはどこか惹かれるものがある。

「それも一理ある。マコン夫妻のアルファ性がある程度彼らの行動を抑制していたとしても、ロンドン中心部に吸血鬼女王がいないのはまぎれもない事実だ。ケンティッシュ・タウンの女王は、ウェストミンスターとテムズ川南部にまで目を光らせるには地理的に遠すぎる」

ビフィはロンドン北部に住む吸血鬼女王のことはほとんど知らない。「それに、あの女王は社交界にはほとんど興味がなさそうです。ファッションにさえも」

「吸血鬼のなかには、ごくまれだが、服装に無頓着な者もいるにはいる」ライオールは、すべての吸血鬼に特有の腐った肉のにおいがしたかのように鼻を動かした。

ほかのことはわからなくても、言葉にこめられた強調の意味だけはビフィにもわかった。

「われわれに何ができるでしょうか？」

「BUR捜査官たちには、はぐれ吸血鬼たちにしっかり目を光らせるよう言っておこう。いざとなったら団員たちにも協力を求めるつもりだが、いずれにせよ今月の満月の祝宴はかなり過激なものになりそうだ。何が起こっても、わたしにできることは何もない。マコン夫妻がすみやかに用事をすませ、次の満月の前に戻ってくることを願うだけだ——たとえどちらか一人がいただけでわれわれの負担が増えるにしても」

ビフィが即答した。「もしくは新しい吸血鬼女王を見つけるか」

「志願してみるかね？」

「おや、教授が冗談とはめずらしい」

「きみ限定だ」

「うまいですね」ビフィはふざけてライオールの腕を軽く叩いた。

ライオールは小さく驚き、ビフィの何気ないしぐさに顔を赤らめた。


プルーデンスは両親を船内じゅう引きまわしたあと、遊歩甲板の左舷側の救命ボートのなかに隠れているところを父親に捕獲された。マコン卿は異界族の力を持つ娘をようやくつかんでアレクシアに手渡した。

「ママ！」母親に抱かれて人間に戻ったプルーデンスが身をよじって叫んだ。「ブルル！」三人がいるのは海風が吹きつける甲板の上で、プルーデンスはピンクのパーティドレスしか着ていない。

「ええ、そうでしょうね。すべてあなたのせいよ。夜はダディに近づいちゃいけないってあれほど言ったでしょう？」

「ダダ？」

「そう、そうよ」

もう騒動はこりごりとばかりに、マコン卿は充分に離れた場所から娘に向かって恥ずかしそうに手を振った。

「あら、まあ、プルーデンス、あれを見て」アレクシアが頭上を指さした。

「ノー」そう言いつつプルーデンスは空を見上げた。

郵便飛行船が、水を切って進む汽船に引っ張られるように急接近し、郵便物の集荷と配達を始めていた。郵便物がぴんと張った絹の荷落《シュート》としを通って落ちてくる。まあ、おもしろい。これまでにあの方式で人が落ちてきたことはあるのかしら？

「カサブランカ向けの郵便物はありませんか？」副甲板係が甲板を行ったり来たりしながら叫んだ。「カサブランカ向けの郵便はありませんか？　十分後に出発します。郵便物はありませんか？」副甲板係は声を張り上げながら下の階に消えた。

郵便飛行船は、アレクシアがこれまでに乗った飛行船とはずいぶん違った。予想どおりプルーデンスはわれを忘れて見入っている。マコン卿は今がチャンスと、忍び足で甲板を下りた。これから喫煙室に行ってポートワインを飲み、バックギャモンのひと勝負でもするつもりだろう。

「しこーせん！」プルーデンスが叫んだ。プルーデンスは飛行船が大好きだ。といっても、父親やほかの人狼と同じように空酔いの心配があるから、実際に乗ったことはない。もっぱら街なかにいるときやハイドパークを散歩ちゅうに上空に浮かんでいるのを見つけて指さし、歓声を上げるだけだ。アケルダマ卿の自家用飛行船〈スプーンに載ったタンポポの綿毛〉号が屋敷の屋上に係留されているときは、たまに乗せてもらえるらしい。当然ながらプルーデンスはおもちゃの飛行船をいくつも持っており、そのなかには〈スプーンに載ったタンポポの綿毛〉号の正確なレプリカもあった。

郵便飛行船は流線型で、あまり目立たない。アレクシアとプルーデンスは夢中で空を見つめた。速度を出すために気球部分は細長く、エーテル気流用のプロペラが六本ついており、巨大な蒸気エンジンがゴンドラ部分の大半を占めている。それ以外は郵便物と乗客のためのわずかなスペースしかない。郵便飛行船に乗りこむのは、優雅さと快適さの代わりにスピードを求めるビジネスマンくらいのものだ。

プルーデンスはすっかり心を奪われ、いつまでも見ていたいようだったが、寒さで歯がかちかち鳴りはじめていた。アレクシアは乳母に新しいよだれかけと暖かい服を頼んだあとで、ようやく甲板係が郵便物を届けようとしていたことを思い出した。

ほどなくアレクシアは自分あての郵便物を探しあて、なかみをあれこれ思いめぐらしながら夫を探しに出た。箱の形状からほぼ想像はついたが、コナルも新しいパラソルの箱を開けるところを見たいはずだ。

アレクシアはバックギャモンのテーブルにいた夫に二通の信書――一通は几帳面なブロック体で書かれたライオール教授から、もう一通はなぐり書きのような字で書かれたチャニング少佐から――を手渡し、自分あての郵便物に目をやった。細長い箱とビフィからの手紙だ。手紙の表には郵便飛行船に必要な宛先が記され、裏の封蠟の下にはビフィの字で**箱を開ける前に開けること！**とブロック体で書いてあった。

マコン卿は細長い包みを見たとたん、威勢よく叫んだ。「やった！　ついに届いたか！」

なかみがなんなのかはわかっていたが、あえてアレクシアはわからないふりをした。「ビフィからの手紙つきよ。どうしても箱を開ける前に読んでほしいんですって」

「ああ、そうしてくれ」と、マコン卿。そっけない口調だが、その目は興奮でキャラメル色になっている。

アレクシアは、喫煙室に現われた女性をあきれて見つめる紳士たちの視線をよそに平然と椅子に座り、封蠟を開けた。手紙には殺人事件の捜査状況（特記すべき進展なし）、アケルダマ卿が新しく購入したベスト（紺とクリーム色の縦縞に金モールつき）、キジの丸焼きに対するフルーテの奇妙な行動（すぐに食糧貯蔵室から片づけられた）に加え、ギュスターヴ・トルーヴェ（もじゃもじゃあごひげ）の来訪について詳しく書いてあった。ビフィは届いた当初のパラソルがどんなふうだったかを詳細に説明し、それを見たとたん、どうしても加えずにはいられなかった改良点についてさらに具体的に記してこう締めくくっていた。〝許可なく小包を開けたことは心から申しわけなく思っています。でも、すべてはもとのパラソルを見たときのあなたの恐怖を和らげるためです。許していただけると信じています〟。手紙のサインは本名だ。たしかに秘密事項は書かれていないし、〈パラソル保護領〉に関係する内容でもない——パラソルそのものに添えたものではあっても。

こうして注意書きどおり、アレクシアは手紙を読んだあとで箱を開けた。

なかから現われたのは、ビフィの描写から想像していたもとのパラソルとは似ても似つかぬものだった。器用なビフィはおぞましきしろものに手を加え、くすんだオリーブ色の帆布に可能なかぎりの技をほどこして醜悪さを抑えていた。

まず布地の外側を黒いシルクでおおい、パラソルの骨にそって繊細な白いシフォンでひだをつけ、布地の縁を細かい刺繡いりレースの層で飾り、裏側のいくつもの隠しポケットを完全に偽装していた。閉じると、それら表面に追加した生地が垂れ下がってふんわりふくらむので、あやしげな出っ張りも目立たない。先端の石突き近くには小さな白いレース地と黒い羽根飾りをたっぷりあしらい、バネや、先端が開いて凶器や毒物が飛び出す発射装置を巧みに隠していた。惜しむらくは持ち手の部分にほとんど加工がなされていないことだ。そっけない真鍮製で、小さなこぶが三つついているだけ。トルーヴェの説明書によれば、これをひねるとそれぞれに違った効果があるらしい。トルーヴェにマダム・ルフォーのような繊細さはない。凝った隠しボタンや湾曲した持ち手を期待するのは無理な話だ。それでもビフィは本来の機能をそこなわないよう、持ち手の数カ所にきれいなリボンをあしらい、時計職人の実用主義に抵抗していた。仕上げは内側全体を白いシフォンのフリルでおおい、持ち手に黒い飾り玉をふたつつけたことだ。飾り玉つきのひもはおしゃれなだけでなく、パラソルを身体にくくりつけるのにも便利なことに気づき、アレクシアは顔をほころばせた。これでうっかり置き忘れる心配もないわ。

アレクシアの趣味からすれば少し派手すぎるが、すっきりした黒と白の二色づかいはセンスを感じさせ、これでもかと追加したふくらみは内部のからくりをごまかすのにうってつけだ。

「まあ、コナル、とてもすてきじゃない？　ビフィの手並みはたいしたものね」

「ああ、そうだな、きみがそう言うのなら。それで、肝心のミスター・トルーヴェの手並みのほうはどうだ？」

「ああ、そっち？　彼の仕事ぶりをたたえるのは性能を確かめてからのほうがいいんじゃないかしら？」

マコン卿があたりを見まわすと、カードゲームとタバコのくつろぎの時間をずうずうしいレディ・マコンとひらひらした郵便物によって邪魔された紳士たちが、なおもいまいましげににらんでいる。

「場所を変えたほうがよくはないか、妻よ？」

「えっ？　ああ。そうね、どこか人気《ひとけ》のない屋外がいいわ。かわいいパラソルから何が飛び出すかわからないから」アレクシアは威勢よく立ち上がった。

喫煙室から通路に出たとたん、二人はアイヴィに出くわした。

「アレクシア！　マコン卿！　なんという偶然かしら！　二人を探していたのよ。ミセス・ダウォード・プロンクが子どもたちを寝かしつけたから、タニーとわたしとでホイスト（トランプの一種）をしようと思って。あなたがたも一緒にどう？」

「わたしはホイストはやらん」マコン卿がそっけなく答えた。

「ああ、この人のことは気にしないで」がっかりした様子のアイヴィにアレクシアが軽く答えた。「カードゲームにはうるさいの。あたくしは喜んで加わるわ。十五分後でいいかしら？　ちょうど新しいパラソルが届いたところで、これから甲板で性能をためすつもりなの」

「あら、まあ、すてき。でも、アレクシア、太陽は出ていないわよ」

「そっちの性能じゃなくて」アレクシアはアイヴィに片目をつぶってみせた。

アイヴィは一瞬、ぽかんとしてからはっと気づいた。「まあ！　〈ひらひらパラソル〉？」

「そのとおりよ、〈ふわふわボンネット〉」

アイヴィはすっかり興奮し、「ああ、それね」と言って片手を顔に近づけ、小さくて形のいい鼻の先に向かって小さな指をうごめかせた。これは秘密の会話を意味する、アイヴィ流のあまりにもわかりやすい合図だが、これでもましになったほうだ。なにしろ当初の提案は〝伝えるべき極秘情報があるときはその場で小さく円を描きながら飛び跳ねて顔を見合わせ、心底バカげたしぐさでたがいの口を指で差し示す〟というものだったのだから。

それでもマコン卿はアイヴィの奇妙な指の動きに目を奪われた。

アレクシアは〝じろじろ見ないで〟と夫の脇腹を突いた。

アイヴィが変なしぐさをやめてたずねた。「ちょっと見せてもらえる？」

アレクシアはパラソルを差し出した。

アイヴィは期待どおり目を輝かせた。「黒と白だなんて、とってもおしゃれね！　それはシフォン？　とてもすてきよ。すばらしいセンスだわ。もちろん、春には深紅と黄色のほうがはるかに似合うけど」

アレクシアは〝それ以上は言わないほうがいい〟とアイヴィに目配せした。

アイヴィがあわてて前言を撤回した。「でも、もちろん黒と白のほうが使う機会は多いわ。それに、あなたはずっと新しいパラソルをほしがっていたもの」

「そのとおりよ」

「わたしも甲板に行っていいかしら？」

「遠距離攻撃機能を見たい？」

「えんきょり――なんですって？　いいえ、アレクシア、わたしが見たいのは――」アイヴィは言葉をのみこんで顔を赤らめ、周囲を見まわして誰にも聞かれていないことを確かめてから続けた――「発射よ」

「そのことを言ったのよ」

「あら、そうなの？　それで？」

アイヴィは秘密組織の正式会員であり、このパラソルは組織のシンボルともいえるものだ。

「もちろんいいわよ、アイヴィ」アレクシアは答えた。

アイヴィは興奮して青い手袋をした手を打ち合わせた。「コートとヘアーマフを取ってくるわ」

「じゃあ、上の甲板で」アレクシアは夫の腕を取り、いったんアイヴィと別れた。

「おい、アレクシア、あれはいったいどんな意味が……」マコン卿はアイヴィのしぐさをまねて、鼻のそばで指を動かした。

「ああ、彼女には勝手に楽しませておけばいいのよ、コナル」

「まあ、そうかもしれんが。それにしても妙なしぐさだったな。鼻のまわりにハエが飛んでるかのような」

それからたっぷり十五分後、遊歩甲板で震えるアレクシアと待ちくたびれてむっつり顔のマコン卿の前に、ようやく完璧に服を着替えたアイヴィが現われた。

アイヴィはこの旅のために特別にデザインしたとおぼしきとんでもないヘアーマフをつけていた。それは本人の髪色に合わせた、両耳からギリシアふうにこぼれ落ちるらせん状の何本もの巻き髪と冠《かんむり》状の三つ編みでできていた。ぐるりと編みこまれた金色の三つ編みの左耳上には金の剣がついており、剣にあしらった木の葉と金色の果物が背中に垂れて、まるで舞踏会用の王冠のようだ。それらが渾然一体となって本物の髪をヘルメットのようにおおっていた。

しかも頭だけでなく耳まですっぽりおおわれているので、ミセス・タンステルは暖かくはあったが、ほぼ耳が聞こえなかった。

「アイヴィ、遅かったわね。どうしてこんなに長い《ロング》時間がかかったの？」

「えっ？　歌《ソング》を歌ってほしいの？　いくらなんでも吹きさらしの甲板の上でセレナーデを歌うのは無理よ。あとでラウンジでね。これからパラソルのえんこりきょうげき機能をためすんでしょう、覚えてる？」

「ええ、そうよ、アイヴィ。ずっとあなたを待ってたのよ」

「何をしてたですって？　もちろん取りあつかい説明書はついているんでしょう？　でも、あなたが前に持っていた、やたらと物が飛び出すパラソルとさほど違わないようね」

　アレクシアは会話をあきらめ、機能テストに取りかかった。まず手袋をはずしてアイヴィに渡し、アイヴィが真剣な表情でハンドバッグにしまった。それから説明書に目をやった。

　まず、持ち手の三つのこぶのひとつをひねった。見た目には何も起こらない。アレクシアがパラソルを海に向けたのは、これが磁場破壊フィールド発射装置であり、そうするのが最善の方法だったからだ。さすがのアレクシアも船尾に駆け寄り、汽船のエンジンに向けてパラソル武器をためす度胸はない。

「何も起こらなかったわね」アイヴィはがっかりだ。

「この発射器《エミッター》で何かを起こすわけにはいかないわ」

「二股手袋《ミトン》？　まあ、雪の日にはいいかもしれないけど」と、アイヴィ。

次にふたつめのこぶを左にまわすと銀の釘、右にまわすと木の釘が先端から飛び出した。前のパラソルと違っていちどに両方を出すことはできないようだ。

　この仕様変更にアレクシアは不安になった。「吸血鬼と人狼と同時に闘わなければならないときはどうすればいいの？」

　マコン卿が苦々しい顔で見返した。

「うわ、うわ、うわあ」アイヴィが何かの啓示を受けたように興奮して飛びはね、木の釘の先をしげしげと見ながら言った。「いいことを思いついたわ」

「あら、何？」アレクシアが大声でたずねた。小さなかわいい顔に不安げにしわを寄せている。

アイヴィはジャンプをやめて顔をしかめた。

「いいことを思いついたと言ったの。でも、あっというまに消えてしまったわ」

アレクシアは機能テストに戻った。もっとも布地に近く、黒い羽根飾りのなかに隠れている三つめのこぶの使いかたは、いくぶん複雑だ。アレクシアは説明書をじっくり読んでからパラソルを開き、慎重に向きを変えた。こぶを片方にまわすと、パラソルの露先から細かい霧が噴き出した。においと甲板に落ちたときのじゅっという音からして、これは硫酸で希釈した太陽の石《ラピス・ソラリス》だ。反対方向にまわすと、水で薄めた月の石《ラピス・ルナリス》が噴出し、すでに傷のある甲板が茶色に変色した。

「あら、失礼」と、アレクシア。さほど気にするふうもない。

「ほら、飛び出した！　まったくアレクシアったら、もっと上品なやりかたはないの？」アイヴィはアレクシアのそばからあとずさり、鼻にしわを寄せた。

こうして、ようやくアレクシアはムシュー・トルーヴェによる説明書の最終項目にたどりついた。

そこにはこう書いてあった。〝わが敬愛なる同業者は原型に二本の釘を搭載したが、わたしはこれに新たな機能を追加してはどうかと考えた。どうかレディ・マコン、この機能を使うときは足を踏ん張ること、そしてパラソルを頑丈なものに向けることをくれぐれも忘れないでいただきたい。パラソルをしっかり標的に向け、布地にもっとも近いこぶを時計まわりに鋭くひねること〟。

アレクシアは甲板の手すりに背中がつくまであとずさり、正面の壁にパラソルを向けた。それから説明書をマコン卿に渡して足を踏ん張り、アイヴィに離れているように身ぶりして発射した。

のちにマコン卿が妻に語ったところでは、その瞬間、パラソルの先端は完全に本体から離脱し、背後に長くて頑丈なロープを引きずりながら、かすかに回転して空《くう》を切り、釘状の先端が船室の壁に深々と突き刺さったそうだ。これに対して妻は、飛行船から危うく落ちかけたときや吸血群の屋敷から脱出するときにこれがあったらさぞ役に立っただろうとコメントした。しかしながら〝足を踏ん張ること〟というトルーヴェの警告は大げさではなかった。発射の衝撃でパラソルは大きく反動し、アレクシアは大きく後ろによろけ、驚いてパラソルから手を離した。

不幸にも甲板の手すりは低く、レディ・マコンなみの体格と胴まわりで、しかもコルセットをつけた女性をささえるのに充分ではなかった。アレクシアは完全にバランスを崩し、見るもぶざまに背中から手すりを越え、海のなかにぼちゃんと転落した。

アレクシアは驚いて悲鳴を上げ、海水の冷たさにぎょっとして叫び、水を吐きながら水面に顔を出した。

すかさずマコン卿が身を躍らせた。狼のほうがうまく泳げるし、妻に追いつくのも早い――そう判断するやダイブしながら変身し、水にもぐったときは巨大なまだら毛の狼になっていた。

汽船が波を蹴立ててみるみる遠ざかってゆく。アレクシアの耳にアイヴィの悲鳴が聞こえた。「女性が水中に！　待って、違うわ、男性と女性が水中に！　待って、違うわ、女性と狼が水中に！　ああ、大変、助けて！　助けてちょうだい！　船を止めて！　救命ボートを出して。助けて！　消防団を呼んで！」

マコン卿は妻を救うべく黒く氷のように冷たい水中を矢のように突っ切り、わずか数分後には妻のそばに近づいた。毛皮がアザラシのように濡れて光っている。

「ちょっと、あなた、あたくしは水泳が得意なのよ。二人そろって塩まみれになる必要がどこにあるの？」つっけんどんに言い返したが、すでに身体は震えていた。海に落ちたときに本当に危険なのはおぼれることではなく、寒さで動けなくなることだ。

マコン卿は妻に向かって吠え、さらに接近した。

「だめよ、触らないで！　触ったらあなたも人間になるわ。二人して凍え死んでしまうじゃないの。バカなまねはやめて」

しかし狼のマコン卿は妻の言葉を無視して真横に接近し、アレクシアが浮かんでいられるよう片腕を伸ばして身体をささえた。

しかし、マコン卿は人間に戻らなかった。

これっぽっちも。

アレクシアはパラソル機能テストのために手袋をはずしていた。そして、その手で反射的に夫につかまった。だが何も起こらない。夫は人狼のままだ。

「ちょっと、これってどういうこと！」

狼の顔に驚愕が浮かんだ。もっともマコン卿は、目と鼻面のまわりの傷のせいでふだんから驚いたような表情に見える。だから、本当にこの不思議な現象を理解したのか、それとも妻を守りたいという本能にしたがって行動しているだけなのかはわからない。いずれにせよ人狼の本性には屈せず、妻を食べようとはしなかった。二人の長いつきあいのなかで、こんな状況は初めてだったにもかかわらず。

アレクシアの歯がかちかち鳴りはじめた。マコン卿は水面に浮かぶことだけに集中している。アレクシアは夫に身をまかせた。なにしろこうして触れ合っていても、なぜかコナルは人狼のままだ。

そうするあいだにもアレクシアは、これまでの人生と反異界族の接触をひとつひとつ振り返りつつ、この驚きの現象に考えをめぐらせた。剝き出しの手で触れたときのこと……洋服ごしでも反異界族の力が作用したときのこと……。

「み、み、み、み、水！」アレクシアが歯を鳴らしながら叫んだ。「原因はすべて、み、み、み、み、水よ。ちょうどゴーストと、つ、つ、つなぎひもの関係のように」

マコン卿は相手にしなかったが、アレクシアは科学的大発見に興奮し、大西洋のジブラルタル海峡に近い海面に浮かんだまま突然の啓示に対する考察を続けた。「これで、か、か、か、完璧に説明がつくわ！」説明したかったが、歯の震えが激しすぎて自分でも何を言っているかわからない。手脚の感覚もなくなってきた。科学的考察はあとまわしだ。凍え死ぬのは時間の問題だ——アレクシアは思った。反異界族の大いなる謎のひとつを解明したのに、誰にも真実を告げぬまま死ぬなんて。それはきわめて単純なことだった。答えはずっとそこにあった。天候のなかに。ああ、なんて腹立たしい。

「ああ！ あそこよ！」暗闇のなかでアイヴィの叫ぶ声が聞こえた。船の排水の波を頭からかぶった次の瞬間、真横に取っ手のついた木箱がばしゃんと音を立てて投げ入れられた。箱からはハンモックがだらりとさがっている。アレクシアは箱の取っ手につかまり、ハンモックによじのぼった。

マコン卿は人間に戻り、アレクシアのあとからハンモックにおさまった。

「このスカートで隠してちょうだい」アレクシアはなおも歯をかちかち鳴らしながらささやき、ずぶぬれのイブニング・ドレスを夫に押しつけた。

だがマコン卿は口をぽかんと開けて妻を見つめるだけだ。「いま、何が起こった？」

「たったいま、お、お、大いなる発見をしたのよ！ 世間に、は、は、は、発表しなきゃ」アレクシアは鳥肌だった腕を振りまわした。「か、か、が、く、く的だ、だ、だ、大発見よ！」

マコン卿は妻に腕をまわして引き寄せた。そのまま二人は無事に引き上げられ、甲板に戻ったとき、マコン卿は完全に人間に戻っていた。

9 ビフィが口説き、フェリシティを問いただすこと

捜査はすべて順調に――レディ・キングエアによるアルファ的迷惑介入は別にしても――可能なかぎり順調に進んでいるはずだった。自家用飛行船の所有者を突きとめるために舞踏会会場を八カ所もまわったあとでさえ、捜査はうまくいっているとビフィは信じていた。幸運だったのは、裕福な飛行船愛好家のつねで、自家用飛行船の所有者たちが誰にでも――初対面の細身の若者にさえ――自分たちの空飛ぶ乗り物について喜んで話してくれたことだ。ビフィは〈大いなるミトン破り〉号がどうしてこんな名前になったのか、どこに係留されているのか、どれくらいの頻度で使用されるのか、そして、たとえばどこかの暗殺団がフェンチャーチ・ストリート駅まで操縦して人狼を殺害するのを阻止するためにどんな保安対策が取られているのかを知った。〈女王陛下のヘルニアバンド〉号や〈レディ・ブープサロング〉号、その他もっと覚えにくい名前の飛行船についても同じ内容を確かめた。さらに、自家用飛行船を購入する財力と傾向のある紳士たちが、概してクラバットの美しい結びかたに無関心であることも学んだ。どうやら飛行船が趣味の紳士たちには、もっとも大事な部分が欠けているらしい。

聞きこみ調査はライオール教授の提案だった。ビフィが上流階級を調査するあいだ、ライオールは飛行船登録局を訪ねて操縦士資格認定証を押収し、〈ジファール〉社から小型飛行船の販売実績表を入手した。レディ・キングエアことシドヒーグはほとんど役に立たないため、屋敷に残して図書室をうろつかせ、誰であれ出くわした相手につっかからせておくことにした。フルーテはシドヒーグの機嫌をそこなわないよう、噛みタバコとスコッチと糖蜜タルトを途切れなく運んだ。レディ・マコンと同様、レディ・キングエアもこのいまわしき食べ物に目がないようだ。ビフィは人間のときから糖蜜タルトが嫌いだった。残りかすが出る食べ物はなんであれ許せない。

ビフィがなんの手がかりもなく八つめのパーティ会場から屋敷に戻ると、フルーテがいかにも不安そうな顔で玄関に立っていた。糖蜜タルト好きの気むずかしい女アルファに一晩じゅうこきつかわれたあとでも、これほど悩ましげな表情を浮かべるとは思えない。玄関はバラのにおいがした。

「何か問題でも、フルーテ?」

「ミス・フェリシティがお見えです」

「レディ・マコンの妹が? ぼくに何の用だろう?」

「いいえ、あなたにではありません。ミス・フェリシティはレディ・キングエアに会いに来られました。もう一時間以上も奥の応接間に二人きりでこもっておられます」

「なんだって! スコットランドで二人が会ったとは聞いたけど、まさかそんなに親しいあいだからだったとは」


「いいえ、あの二人が親しいとはとても思えません」

「ミス・ルーントウィルが何かたくらんでいるとでも？」

フルーテは〝あのかたがそうでないときがありますか？〟と言いたげに首をかしげた。

ビフィは帽子と手袋を廊下のテーブルに置き、その上にある姿見でままならない髪の状態をチェックした。今夜はちぢれている。ビフィはため息をついた。「でも、ミス・ルーントウィルがいったいレディ・キングエアになんの話だろう？」

「ライオール教授か？」奥の応接間からどなり声が聞こえて扉がバンと開き、怒りたけるシドヒーグが現われた。

ビフィはアルファの怒りに気づくや頭を傾けてクラバットを引き下ろし、首をさらした。だが、このへりくだった態度も火に油を注いだだけだった。「なんだ、おまえか！ライオールのイタチ野郎はどこだ？　生きたまま皮をはいでやる。見てろよ」

ビフィは相手を刺激しないようできるだけ身をちぢめ、まつげのあいだからアルファを見上げた。

シドヒーグのあとからフェリシティが廊下に現われた。ロイヤルブルーのビロードで飾った薄青色のサテンのドレスを着て、すました表情を浮かべている。ビフィは、レディ・キングエアの怒りよりフェリシティの表情に寒気を覚えた。ドレスのセンスも凡庸だ。青に青は、いつだってパッとしない。

シドヒーグは、人間のときでも首まわりの毛が逆立ちそうなほどビフィに顔を近づけた。

「知ってたか、小僧？」

「何をですか、マイ・レディ？」ビフィは穏やかにたずねた。やつが何をしたのかを？」

「あれがやつのしわざだったってことを？　やつが何をしたのかを？」

「申しわけありません、マイ・レディ。なんのことか、ぼくにはさっぱり」

「あいつがうちの団に何をしたと思う？　あたしたちからコナルを盗んだんだ！　ライオールのクソ野郎め。アルファを盗むなんてろくなやつじゃねぇ！　あたしら全員を客よせ人形のように利用しやがって。あいつはうちの団に大逆未遂事件を起こさせ、コナルに〝裏切られた〟と思わせ、しかたなくウールジー団に向かわせるようにしくんだんだ。それであたしの人生がどうなったか知ってるか？　尻ぬぐいをさせられた子どもの気持ちがわかるか？　それがどんなにつらいもんだったか考えたことがあるか？　やつが一瞬でもそんなことを考えたか？　あいつは自団を救うためなら別の団を破滅させるようなやつだ、だろ？　ちきしょう！　生皮をはいでやる！」

ビフィはなんとか理解しようと、話をまとめようと頭を振った。「どれも昔の話で、ぼくにはわかりません、マイ・レディ」

言い終わるが早いかシドヒーグが手の甲でビフィの顔をなぐり飛ばした。過去だろうと現在だろうと、現実だろうと妄想だろうと、自分の団を脅かす者は決して容赦しない。ありったけの人狼の力とアルファ的怒りのこもった鋭い一撃にビフィは壁に投げ飛ばされ、片膝をついた。糊のきいた真っ白い襟先に血が飛び散った。

フェリシティが小さく悲鳴を上げた。

激しい痛みはたちまち引いた。立ち上がる間にも切れた唇がふさがってゆくのを感じる。糸で皮膚を綴《つくろ》うように、肉がもとどおりに縫い合わされてゆく。この感覚にも、ようやく慣れてきた。ライラックの香りのするハンカチを取り出して頬の血しぶきをぬぐいながら、ビフィは空腹を感じた。失った血を補うために血のしたたる肉を食べたい。怒りに震えるシドヒーグの後ろで立ちすくむフェリシティから、おいしそうなにおいがした。ライラックの香りのハンカチでも、フェリシティのバラの香水でも消すことはできない。人狼の衝動はなんとも厄介だ。

「待ってください、レディ・キングエア、こんなことをしても意味がありません。ここは文明社会です、もしあなたが――」

だが、すでにシドヒーグはドレスを引き裂いて廊下で狼に変身し、夜の闇に猛然と駆け出していた。すかさず玄関の扉を開けたフルーテはさすがだった。そうでなければ扉は蹴破られていただろう。

ビフィはライオールに振りかかる災難を想像してぞっとし、数分前の思いがけないできごとと暴力を思い出して一瞬、途方にくれた。早くライオールに警告しなければ。でも、まずは詳細を確かめるほうが先だ。ビフィはフェリシティを振り返った。

そのとき視界の隅で、フルーテがさっと拳銃を上着の内ポケットにしまうのが見えた。クリップがパール製の小型銃。レディ・キングエアが暴れたときにそなえて武器を携行していたのか？　でも――ビフィは首をかしげた――ふつう執事が小型武器など身につけておくだろうか？　あまりふさわしいとは思えない。

フェリシティが開いた玄関の扉に向かいかけた。

ビフィは異界族らしいすばやさで反応した。アケルダマ卿ほど速くはないが、フェリシティ・ルーントウィルより速いことは確かだ。フルーテに鋭く身ぶりすると、事情を察した執事はフェリシティの目の前で扉をばたんと閉めた。同時にビフィはフェリシティの片手をつかんだ。

いまやビフィの手――人間だったころは気晴らしにピアノを弾いていた細くて繊細な手――には軽薄女を押しとどめるだけの力が備わっていた。

「レディ・キングエアとご懇意だったとは知りませんでした」

「スコットランドで会うまでは知らなかったわ」

ビフィが鋭く見返した。

フェリシティがぺらぺらとしゃべりだした。「あら、ミスター・ラビファーノ、あたしが外国から戻ってきてからちっとも社交界で見かけないわね。近ごろはどこの舞踏会も変わりばえしないわ。それこそ誰だって参加できるんですもの。でも昨夜はブリングチェスター家であなたを見かけたわ。ホフィングストローブ卿に新しい自家用飛行船のことをたずねてなかった？」

この状況からして、話をさえぎっても無礼には当たらないとビフィは判断した。「ミス・ルーントウィル、くだらないおしゃべりはやめて、レディ・キングエアに話したことを正確にぼくに話してください」

何杯もの熱い飲み物で身体を温め、〈カスタード〉号のいちばん贅沢な浴室で塩水を洗い流したあと、ようやくアレクシアは歯を鳴らさずに話せるようになった。

「まったくアレクシアったら」友人のそばに現われたアイヴィがきつい調子でたしなめた。「心臓が胸まで上がってくるかと思ったわ！　本当よ」

アレクシアはアイヴィのパニックと心配を受け流し、〝何かほっとするような食べ物を探してきて〟と送り出してベッドに向かった。ゴシップ好きから身を守るにはもっとも安全な場所だ。アイヴィは〝パトロンでもある大親友が海に落ちる〟という厳しい状況にあっても機転がきくことを証明した。大声で助けを呼んだあと、新しいパラソルからふたつのパーツを引き抜き、糸つむぎ《スピンドル》に糸を巻くように石突きのまわりに引っかけ鉤を巻きつけた。さらに甲板をぴょんぴょん駆けまわり、風に飛ばされそうになった説明書を踏みつけるという技まで見せた。

「ほらね」アレクシアはカスタード・エクレアを調達しに駆け出していったアイヴィを見ながら夫に言った。「アイヴィには隠れた才能があるって言ったでしょ？」

「この効果があるのは塩水に浸かったときだけなのか？」マコン卿の関心はもっぱら今回の

驚くべき新事実だ。妻の不思議な能力に比べれば、アイヴィの不思議な性格など取るに足らない。

アレクシアはこの点にだけは自信があった。「いいえ。おそらく水ならなんでもいいはずよ。空気ちゅうの湿気でも力は弱まるわ。キングエア城のミイラがロンドンではあれほど広範囲に影響をあたえたのに、あたくしたちがスコットランドに着いたときはほとんど影響がなかった。どうしてだと思う？　雨が降っていたからよ。ミイラとの距離や、空気に触れていたかどうかも影響したに違いないわ。だってあたくしは、あの反異界族のミイラと同じ部屋にいたときにしか反発を感じなかったのに、もっと離れていたあなたは人狼に変身できなかった」

「昔から反異界族と異界族の性質は違うと言われていた。ある物質に対して、反異界族と異界族の反応のしかたが違うのは当然だ。たとえば人狼は太陽と月の影響を受けるが、反異界族は受けない」

「水が人狼の変身に影響しないことは確かなの？」

「それは間違いない。水中でも変身できる。これまでなんども経験ずみだ」

「すると、どうやら水は反異界族の接触力だけを制限するようね」

「きみたちの能力は周囲のエーテルと関係している。それほど驚くべきことじゃないかもしれん」

アレクシアが夫を見た。「どのていど濡れたら力が弱まるのかしら？」

「どうやら、妻よ、これは一連の科学実験をしなければならんようだ……一緒に風呂に入って」マコン卿は誘うように眉毛を動かした。

「石けんも要因になるかしら？」アレクシアも調子を合わせた。

「水中キスはどうだ？」

「ちょっと、ふざけすぎよ。もしかしてプルーデンスがお風呂の夜をあれほど嫌うのはそのせいかしら？」

マコン卿は急に真顔になって背を伸ばした。「なるほど、そりゃ一理ある！　水のなかでは自分の能力が制限されるのを感じるのかもしれん。あるいはエーテルを通して他者を感じる力があって、水に入ると頼みの綱のエーテルから遮断され、それができなくなるとか」

「つまり、水につかっているあいだは目が見えないような状態になるってこと？　あらまあ、だとすれば入浴は拷問みたいなものね。たしかにあの子は、部屋に新たに人が増えると誰よりも早く気づくような気がするわ」

「まあ、それはたんに観察力が優れているだけかもしれんが」

「そうね。ああ、早くあの子が完全な文章を話せるようにならないかしら？　そうすればこうした疑問もたちどころに解決するのに」

「謎の解明にはあと数年はかかりそうだ」

アレクシアは下唇をつまんだ。「答えはすべてエーテルにあるってことね」

「なんとも詩的だな、マイ・ディア」

「そう？　あたくしに詩心があるなんて思ってもみなかったわ」

「だが、気をつけろ、マイ・ラブ。詩というものは使いかたを間違えると取り返しのつかないことになる」

「とくにあたくしたちの娘に関するときはね」

めったなことでは冷静さも正しい姿勢も失わないビフィだが、フェリシティの話を聞いたあとはさすがにうなだれた。「ひとつ確認させてください。つまりキングエア団が当時のアルファだったマコン卿を失ったのはライオール教授のせいだと言うんですか？」

フェリシティがうなずいた。

「でも、どうしてあなたがそんなことを知ってるんです？」

フェリシティは金色の巻き毛を片方の肩から払いのけた。「ここに滞在してたとき、アレクシアお姉様がライオール教授を問いつめる声が聞こえたの。教授は否定せず、二人はすべてをマコン卿に秘密にしておくことで同意したわ。ひどい話でしょ？　愛する夫に隠し立てするなんて」

ビフィは吐き気をもよおした。この事実のせいではない。ライオール教授なら充分に考えられる。団のためならなんでもする男だ。だがフェリシティの狡猾さには耐えられなかった。

「あなたはこのことを知りながら、もっとも痛手をあたえる時期を待って何年ものあいだ黙っていたというんですか？　なぜこんなことを、ミス・フェリシティ？」

フェリシティはいらだたしげにふっと息を吐いた。「あら、ナダスディ伯爵夫人には話したわ。話したわよ！　でも伯爵夫人は何もしなかった！　それは人狼界の駆け引きと内輪の問題だから自分には関係ないって」

「それで時期を待ち、レディ・キングエアがロンドンにいると聞いて話すことにしたんですか？　どうして？」

「あの人ならカッとなって最悪のやりかたでマコン卿に話すと思ったからよ」

「あなたって人は、どこまで根性がねじ曲がっているんだ」ビフィはあきれた。

「いつだってアレクシア、アレクシア――みんなに好かれて、賢くて、個性的で。伯爵と結婚したアレクシア。女王陛下と親しいアレクシア。都会に住むアレクシア。赤ん坊のいるアレクシア。どうしてあたしがあんな大女に先を越されなきゃならないの？　アレクシアのどこがそんなにいいの？　美人でもない。才能もない。あたしみたいな繊細さのかけらもないくせに」

ビフィはあまりの浅ましさに耳を疑った。「あなたはお姉様の結婚をめちゃめちゃにするためにこんなことを？」

「お姉様はあたしをヨーロッパに二年間も追放したのよ！　すっかり婚期を逃してしまったわ。それなのにあたしの悩みなんて気にもかけてくれない。当然よ、本人は恵まれているんだから。なにせ伯爵夫人ですもの！　あの人にこんな幸せを手にする資格はないわ。すべてあたしが手にするはずだったのよ！」

「ああ、あなたはなんて恐ろしい人だ」

「妻があんな重大なことを夫に秘密にするなんて許されないわ」フェリシティは必死に大義名分を振りかざした。

「そしてあなたは、このことがライオール教授やロンドン団にどんな影響をあたえるか少しも考えなかったと？」

「中流階級の教授や人狼団がどうなろうと知ったことじゃないわ」

ビフィはもう顔を見るのも耐えられなかった。

「出ていけ」

「なんですって？」

「この屋敷から出ていってください、ミス・ルーントウィル。できれば二度と顔も見たくない」

「あなたになんと思われようとどうでもいいわ、ミスター・ラビファーノ。しがない帽子屋の下っぱ人狼なんか」

「ぼくのことなどどうでもいいでしょう、ミス・ルーントウィル。でも、ぼくはいまでもアケルダマ卿と親交がある。今回のことはすべて話すつもりです。レディ・マコンはアケルダマ卿の大切な友人です。この一件で彼はあなたを社交界から追放するでしょう。ご安心ください、ミス・ルーントウィル、これであなたは社会ののけ者です。どこかに移住なさったほうがいい。たとえばアメリカとか。あなたを歓迎する応接間は、もはやロンドンのどこにもありません」
「でも――」
「よい夜を、ミス・ルーントウィル」

それがなんの役に立つのかビフィは自分でもわからなかった。だが、おりしも月は半月《はんげつ》――このくらいなら楽に変身できるし、われを失うほど満月に近くもない。変身はだんだんうまくなってきた。新しい髪型やクラバットに慣れてくるように。もちろん今もこの世のものとは思えないほど痛い。その点でクラバットと同じようにはいかないが、少なくとも今は狼の自分も自分と思えるようになった。かつてはそのこと自体が信じられなかった。

ビフィにはレディ・キングエアより有利な点がひとつだけあった。ライオール教授のいる場所を知っていることだ。街じゅうを探しまわる必要はない。くすんだ濃赤色の腹毛と、うれしくもレディ・マコンが〝クラバットみたい〟と言ってくれたまだら首毛のやせた狼は、まっすぐ目指す場所に向かった。誰も驚かさないよう、路地裏と脇道を選んで。いまやロンドンっ子の大半は街の中心部に人狼屋敷があることを知っている。だが、知っているのと、夜の散歩の途中で狼に遭遇するのは別だ。そうやって人どおりを避けたにもかかわらず、ビフィはほろ酔い気分で巻きタバコをふかす一団に出くわし、男たちはすれ違いざまに全員が帽子を取ってビフィに挨拶した。

異界管理局《BUR》は《タイムズ》紙の本社ビルに近い地味なジョージ王朝ふうの建物の下の階に

あり、〝公然の秘密である政府機関〟の例にもれず、ひっそりと存在している。しかし、今夜ばかりは何か大変なことが起こっているのが建物の外からでもはっきりわかった。煌々ともる明かりとせわしなく動く人影はいつもどおりでも、そこから聞こえるどなり声は普通の人間の耳にも聞き取れるほどだ。しかも入口の扉は開け放たれ、いまにもはずれそうに蝶番《ちょうつがい》から斜めにぶらさがっていた。

ビフィはなかをのぞきこんだ。

男たちが廊下を右往左往し、〝麻酔薬を持ってこい〟とか〝警官を呼べ〟とか〝そもそもBUR職員に介入する資格があるのか〟といった声が飛び交っている。

「これは人狼の個人的問題だ！」

「おや、そうか、フィンカーリントン？　だったら、どうしてBURに持ちこんだんだ？」

「人狼のやりかたが誰にわかる？　われわれは団の掟に口出しするべきじゃない」

「でも……でも……あのライオール教授が闘うなんて！」

「これは強制力の問題だ。BURの権限を行使すべきだ！」

そこで一団は、こっそり近づいてきたビフィに気づいた。

「おい、なんてこった。もう一人、現われたぞ！」

「いやいや、彼ならなんとかできるかもしれない」

「資材倉庫です、ミスター人狼。騒ぎが収まらなければ倉庫が使えません」

BUR本社の間取りはよく知らないが、ビフィは鋭い聴力がみちびくままに階段をのぼり、洞穴《ほらあな》のような大部屋にたどりついた。倉庫室の扉も大きく開いていたが、壊れてはおらず、BURの捜査官たちが入口を囲むように群がってなかをのぞきこんでいた。カネがやりとりされているところを見ると、どちらが勝つかで賭けが行なわれているらしく、何か大きな動きがあるたびに失望の声が上がった。

ビフィは見物人たちの脚のあいだをすり抜けてなかに入った。いまも自分に何ができるのかわからない。でも、やるしかない。

ライオール教授とレディ・キングエアが一騎打ちに臨んでいた。形勢はライオールの圧倒的不利だ。

狼のときのライオールを郊外で見たら、地味な毛色の大キツネと見まちがうかもしれない。細身で、優雅で、とてもケンカが強そうには見えない。人狼団の一員になってから、ビフィはライオールの強みが頭脳戦とすばしこさと機敏さにあることを知った。キングエア団のアルファと闘うライオールは、しなやかで品があり、計算しつくした動きながら、信じられないほどすばやい。それは美しいと言ってもよかった。

しかし、しょせんはベータだ。それほど力はない。かろうじて持ちこたえてはいるが、全身いたるところが裂け、どう見ても応戦一方だ。どんな名将も防戦だけでは勝てない。

気がつくとビフィは本能のままに行動していた。この二年間、人狼の本能を学んできた。その意味はよくわかっている。本能の一部は〝アルファに刃向かうべきではない〟と告げた。同時に別の本能が〝団の仲間を助け、ベータを守れ〟と告げた。そして、ふたつめの本能が勝った。

ビフィはレディ・キングエアの顔に飛びかかった。人間のときなら決してこんなことはしない。顔をねらうなど紳士のすることではないし、ましてやレディに対しては決して許されない行為だ。しかし人狼は決闘のさい、相手の目をつぶす手に出ることがある。目は、嚙みつかれたら治るのに時間がかかる数少ない部分だ。嚙まれたほうは当分のあいだ動けず、死にいたることもある。それほどひんぱんではないが、アルファが格下の相手と闘うときや、アルファどうしが昼間に闘うときには使われる手だ。

レディ・キングエアことシドヒーグは難なくビフィの攻撃をかわした。ライオールがビフィに向かって吠えた。〝手を出すな〟という意味だ。だが、怒《いか》れるアルファにライオール一人で立ち向かわせるわけにはいかない。ふたたびビフィは飛びかかった。

シドヒーグは頭をめぐらし、鋭い歯でビフィの片頰を切り裂いた。ビフィは焼けつくような激しい痛みと、肉体が修復して傷が縫い合わさるときの同じくらい激しい痛みを感じた。人狼が変異してからほどなく理解したのは、人狼にとってはすべてが痛みだということだ。人狼がこれほど狂暴なのは、つねに痛みによる不機嫌が蓄積されているせいに違いない。

シドヒーグがふたたびビフィに歯を剝いた。ようやくビフィはライオールが〝手を出すな〟と言った意味がわかった。レディ・キングエアの闘いかたは残虐だ。容赦もなければ情けもない。ああ、なんと巧妙な闘いぶりだろう。それはマコン卿の闘いを彷彿とさせたが、シドヒーグのやりかたははるかに卑劣だった。まるで相手をいたぶるような。とどめの一撃をあたえることも、目をねらうこともできるのに決して勝利を急がない。ネズミをいたぶるネコのように相手が苦しむのを楽しんでいる。シドヒーグの目的はライオールを苦しめることだ。そして今は思いがけず現われた若き人狼をも餌食にしようとしている。

ビフィとライオールが黄色い目と目を見交わした。二人に残された道はひとつしかない。シドヒーグをくたくたに疲れさせるか、もしくは夜明けまで休みなく闘わせつづけるか。どちらも楽ではないが、こっちは二人だ。

それから三時間のあいだ、ビフィとライオールは代わるがわるシドヒーグと闘った。片方が組み合うあいだ、片方は寝そべって呼吸を整え、少しでも傷が治る時間をかせぎ、一瞬たりともアルファを休ませなかった。だが二人がどんなに力を合わせようと、シドヒーグを負かすことも、降参するまで痛めつけることもできなかった。シドヒーグは、屈するにはあまりにアルファすぎた。二人はひたすら挑みつづけた。シドヒーグの怒りが枯れることを、もしくは疲れて倒れこむことを、あるいは太陽が昇ることを祈りながら。しかしシドヒーグの怒りは尽きることを知らず、スピードも戦闘能力も衰えず、太陽はなかなか昇らなかった。

ビフィの動きがだんだん鈍くなってきた。大量に血を失ったせいで人狼特有の衝動が襲ってきた。闘いたい気持ちと同じくらい、入口付近に群がる見物人たちにかぶりつきたい。だが、心の底に残る紳士としてのたしなみが衝動を押しとどめた。ベータを見捨てるわけにはいかない。ビフィは全身の筋肉が震えるまで、もはやどの脚も上げられないというところまで闘いつづけた。こんなに苦しいのに、ぼくより少なくとも一時間は長く闘いつづけているライオール教授はいったいどんな気分だろう。ビフィには想像もつかなかった。アルファの力は衰えなかった。禍々《まがまが》しい鉤爪の動きは相変わらず敏捷で、歯は信じられないほど鋭い。

シドヒーグのたくましいあごがビフィの後ろ脚をとらえ、歯を沈めはじめた。このあごをもってすれば、骨をまっぷたつにへし折るくらいわけはない。ビフィは、ライオールが飛びかかって阻止してくれることを祈った。そうすれば折れた骨が修復する時間をかせげる。そして痛みに耐えるだけの気力が自分にあることを祈った。骨折は耐えがたい痛みをともなう。見物人たちの前で泣き声を上げたくはない。

そのとき全身の骨がひとりでに折れ、くだけ、組み替わりはじめた。毛皮が頭部に向かって移動し、ブユに刺されたような感覚が肌をはいのぼってくる。気がつくとビフィはBUR本社の見るも無惨に破壊された倉庫の床の上であえぎ、裸でぐったりと横たわっていた。

太陽が地平線の上に明るい顔をのぞかせていた。

「できれば、レディ・キングエア、足首から口をはずしていただけるとありがたいのですが」と、ビフィ。

シドヒーグ・マコンは疲れきった表情でビフィの足首を放し、不快そうに唾を吐いた。

「風呂には入ったばかりです」ビフィがむっとして言った。

ライオールが這うように近づいた。ビフィやシドヒーグとはくらべものにならないほど深手を負っている。太陽が昇りはじめたいま、さらに傷の治りは遅くなるだろう。だが、いずれにせよ闘いは終わった。少なくともビフィはそう思った。

「けがらわしい、悪知恵の、げす野郎め」ライオールに向けたシドヒーグの言葉はしんらつだが、疲れのせいで口調はそうでもなかった。

ライオールは、興味津々の表情で部屋の入口に群がるBURの職員たちを振り返った。

「ハーバービンク、扉を閉めてくれ。BURには関係ないことだ」

「しかし、教授！」

「頼む、ハーバービンク」

「わかりました、では、これを。ご入り用かと思いまして」がっしりした体格で、豚の乳しぼりをしているのが似合いそうな――ヨークシャー渓谷の住民が何をしているのかは知らないが――ハーバービンクが数枚の毛布と三本の巨大な骨付き羊肉《マトンチョップ》を投げ入れ、扉を閉めた。だが、扉の向こうで耳を押しつけているに違いない。

刺すような激しい空腹を感じたが、紳士のビフィは先に毛布に手を伸ばして下半身に巻きつけた。

「気がきくやつだ、ハーバービンクは」ライオールはマトンチョップに嚙みつき、一本をビフィに手渡した。替わりにビフィは、ベータの意外にたくましい太ももに驚きつつ、半折りにした毛布をライオールの腰にそっと巻いた。

ビフィはありがたく肉を受け取りながら、ナイフとフォークがあればいいのにと思った。それを言うなら皿もほしい。だが、このおいしそうなにおいにはあらがえない。ビフィは二人に見られないよう横を向き、できるだけ上品にかぶりついた。

ライオールが最後の一本をシドヒーグに差し出すと、シドヒーグは長々と見返し、〝どうも〟と小さくつぶやいて受け取った。そして誰の目も気にせず血のしたたる肉にかぶりついた。

ライオールがハシバミ色の目に奇妙な表情を浮かべてビフィを見た。「わが友ビフィよ、きみはいつ魂で闘う術を学んだ？」

「えっ？　なんのことですか、教授？」

「きみは最初から最後まで、自分が誰か、わたしが誰か、そしてわれわれが何をしているのかがわかって闘っていた」

ビフィは口のなかの肉をごくりと呑みこんだ。「それって変身を制御することの一部じゃないんですか？」

「とんでもない。狼が理性を保ちながら闘うことはまれだ。もちろんアルファには可能だし、ベータや高齢の団員のなかにも何人かは幸運な者がいる。だが、それ以外の多くは本能のままに動くだけだ。しかもこんなに若くして習得するとはたいした才能だ。じつに誇らしい」

ビフィは顔が赤くなるのを感じた。これまでライオール教授からほめられたことなど一度もない。たとえファッションに関することでも。

「ふん、うるわしいこった」シドヒーグが不快そうに唇をゆがめた。「だが、仲間をほめるのは、あんたの弁明を聞かせてもらってからだ、ベータ」

ライオールは肉を食べ終えると、ひっくり返った金属板の山に倒れるように寄りかかった。ビフィはベータの両脚に軽くもたれかかり、その感触に安らぎを覚えながら片肘をついてレディ・キングエアを見上げた。シドヒーグは弾薬の入った大きな箱を背に座っている。疲れた表情だが、怒りは消えていない。三人はたがいに見つめ合った。

ようやくライオールが口を開いた。「あなたの立場にまでは考えがおよばなかった――それは確かです。その点については心からお詫びします。しかし、彼がどんなふうだったか、あなたは何もご存じありません。何ひとつ」

シドヒーグは曾々々祖父によく似た表情で最後の肉を口に放りこみ、ライオールを鋭く見返した。そして肉を呑みこんでから、寛大にもこう言った。「あの男が正気を失ってたことは知っている。暴虐のかぎりをつくしたことも。だが、それは言いわけにはならねぇ」

「彼はアレッサンドロを殺しました」

「へえ、そうかい？　テンプル騎士団がしこんだ男なんざ、しょせんそんなもんだ。そのあとどうした？　二年を費やして復讐を計画したってわけか。あたしを犠牲にして。かわいそうなグランパを犠牲にして。コナルはスコットランドで幸せだった。思いきり駆けまわれる低地地方《ローランド》があるのに、わざわざイングランドに行きたがる人狼がどこにいる？　あんたはコナルを略奪した。本人の意志に反して。あたしたちの意志に反して」

ライオールは紙切れをごそごそ取り出し、ハンカチを使うように両手の血をぬぐった。

「わたしは誘いをかけただけです。キングエア団がそれに応じなければならない理由はありませんでした」

「それじゃ説明になってねぇよ、ランドルフ・ライオール。納得できるもんか」

ライオールは覚悟を決めたように深く息を吸った。肩に何かが触れるのを感じてビフィが首をひねると、ライオールがもたれかかっていた。「来なくてもよかったんだ、ビフィ、でも来てくれてうれしかった。だが、これから話すことは、できれば聞かせたくなかった」

それでもビフィは聞いた。残虐で、下劣で、胸の悪くなるようなできごとのひとつひとつを。ライオールがレディ・キングエアに話したすべてを。ウールジー卿というアルファに虐げられた生活の一部始終を。最後の数年間、彼につかえるのがいかに屈辱だったかを。それは五年半にもおよぶ長い時間だった。すべてを語るライオールの顔は、痛めつけられ、辱められた者がその様子を誰かに話すときに必ずそうであるように、まったく無表情だった。ビフィは声を殺して泣きはじめた。そして、できれば聞きたくなかったと心から思った。

話を聞くうちにシドヒーグの怒りの大半は消えたが、完全に同情したわけではない。ライオールがいよいよせっぱつまり、ああするしかほかに方法がなかったことはわかった。それでもあのときの選択によってキングエア団がこうむった苦しみを思うと、簡単には許せない。

「すると何か？　コナルにも同じ運命が待ち受けてるってことか？　あたしもそうなる運命ってことか？　あたしも気が狂って残虐になるのか？」

「すべてのアルファがウールジー卿のように腐敗するわけではありません。彼にはもともとその傾向がありました。彼は正気のときもパートナーたちの同意を得てあらぬ行為に走っていた。ご安心ください、マイ・レディィ。そのような問題が起こる前にアルファの大半は命を落とします」

「そりゃなんともありがてぇこった。それを聞いて安心したよ。それで、どうするつもりだ、教授どの？」

「変な言いかたですが、あなたにすべてを話してほっとしています。しかしマコン卿は決してわたしを許さないでしょう。今後、わたしを信頼してくれるとも思えません。この件については、すでにマコン卿に手紙を送られたのでしょう？」

「ああ、送った」

「お気の毒なのはレディィ・マコンです。あのかたはこの件を秘密にしておくことには反対でした。これからレディィ・マコンは真実を知ったマコン卿に向き合わなければなりません」

「つまり、つぐなう気があるってことか？」シドヒーグは半開きの目でライオールを見つめた。顔からは怒りが消え、考えこむような表情が浮かんでいる。

ビフィはシドヒーグの表情をうかがいながらライオールにもたれかかった。この親密さがここちいい。〝自分のもの〟という感じがするのはなぜだろう？

ライオールは安心させるようにビフィの肩をぎゅっとつかんだ。「もちろんです」

「あたしの望みがわかるってのか？」

ライオールはあきらめの表情でうなずいた。

レディィ・キングエアは深く息をつき、薄茶色の髪の、細身の紳士を見下ろした。ライオール教授はいまも紳士だ――ビフィは思った――たとえ裸で倉庫の床に横たわっていても。

「キングエア団にはいますぐ新しいベータが必要です」

「そんな！」ビフィは思わず叫び、よろよろと身体を離して正面からライオールを見た。

ライオールはうなずいただけだ。

「あんたは狡猾きわまりない男だが、ベータのなかのベータだ。たぶん、それもその狡猾さのせいだろう」

またしてもライオールはうなずいた。

「そんなバカな」ビフィが叫んだ。「ぼくたちを見捨てるなんて！　あなたがいなくなったら、ぼくたちはどうなるんです？」

ライオールは小さな笑みを浮かべてビフィを見た。「そうなれば、ビフィ、きっときみがうまくやれる」

「ぼくが！」ビフィが素っ頓狂な声を上げた。

「いかにも。きみは優秀なベータの素質がある」

「でも、ぼくは……ぼくは……」言葉が出てこない。

シドヒーグがうなずいた。「それがいい。心配するな、パピー、何もずっといてもらおうってんじゃねぇ。もっと有能なベータが見つかるまでだ」

「教授より有能なベータなんていません」ビフィはきっぱり言い放った。

扉を叩く音がして、許可も得ずにハーバービンクが顔をのぞかせた。

「邪魔をするなと言わなかったか？」ライオールが穏やかにたずねた。

「おっしゃいました。でもあまりに静かなので、みなさん無事だろうかと心配になって」

「見てのとおりだ。それで？」

「それで、たったいま表に金ぴかの大型馬車が到着しました。アケルダマ卿からの伝言つきです」ハーバービンクが藤色の紙切れを取り出すと、ライラックの香りが部屋にただよった。

「〝家に帰って眠るのに薄暗い乗り物が必要だろう？　それにしても**もじゃもじゃくんたち**よ、そんなところでいったい何をしているのかね？〟」

「そんなものを送りつけるなんて、どこから聞き出したのだろう？　いまごろはぐっすり眠っているはずだが？」ライオールはかすかに困惑の色を浮かべて目をぱちくりさせ、説明を求めるようにビフィを見た。

「おそらくドローンたちに命令を残したのでしょう」

「なんとも詮索ずきなお隣さんだ」シドヒーグが鼻を鳴らした。


そのあとビフィが覚えているのは馬車で人狼屋敷に戻り、転げるようになかに入って階段をのぼり、疲れきってライオール教授ともたれ合っていたことだけだ。それでも一緒にライオールの部屋の前まで来たときの彼の顔だけは覚えている。ふと見せた険しい表情。まるで何かにおびえるような。この表情には見覚えがある。ビフィには、寂しさにさいなまれる人を放っておける強さもなければ、放っておく気もない。

だからこう言った。「おそばにいましょうか、教授?」

ライオールはハシバミ色の目に狼狽を浮かべてビフィを見返した。「わたしは……つまり……とても……その……まったく……ふさわしくない」そう言って傷だらけの身体と、疲労困憊の状態と、乱れた身なりをひっくるめて弱々しく指で差し示した。

ビフィは思わずぷっと吹きだした。あれほどそつのない教授がこんなにしどろもどろになるなんて。こんなにうぶだと知っていたら、もっと早くから口説いておけばよかった。「そばにいるだけです。たとえとびきり元気なときでも、あなたを誘うなんて考えもしません」それに、ぼくの髪の毛は見るもおぞましい状態だ。こんなくしゃくしゃの髪で誰かを誘えるはずがない。ましてやライオール教授のような立場の人を。

ライオールは口の端をぴくりと動かし、いつもの冷静な瞳に戻った。「同情か、パピーよ? ウールジー卿の仕打ちを聞いて憐れんでいるのか? あれははるか昔の話だ」

ライオール教授には、どんなに育ちがよくて洗練された紳士にも負けないライオール流のプライドがある。それだけは間違いない。ビフィは首をかしげ、服従のしるしに首筋をさらした。

「いいえ、教授。同情ではありません。たぶん、尊敬です。あれほどの苦しみに耐え抜き、なお正気を保っておられることへの」

「ベータという存在は秩序を保つためにある。いわば異界族における執事のようなものだ」

このたとえは、フルーテの姿が見えたせいだろう。廊下をすべるように近づいてくる執事は、ビフィに言わせれば感情というものをまったく顔に出さない男だが、その彼にしては最大限に心配そうな表情を浮かべていた。

「お二人ともご無事ですか？」

「無事だ。ありがとう、フルーテ」

「何か必要なものはございませんか？」

「いや、けっこうだ、フルーテ」

「捜査ですか？」フルーテは二人の疲れはてた、ぼろぼろの状態を見て片眉を吊り上げた。

「いや、団の掟に関することだ」

「なるほど」

「仕事に戻ってくれ、フルーテ」

「かしこまりました」フルーテはすべるように立ち去った。

どうやら申し出は断わられたらしい。そう判断して背を向け、自分の寝室に戻りかけたとき、ビフィは片方の腕をつかまれた。

ライオールはすばらしい手の持ち主だった。細くて力強い、芸術家の手。工芸職人か、大工か、あるいはパン職人か。ビフィはふと変異する前のライオールが顔に小麦粉をつけ、優しい妻と行儀のよい子どもたちとともに幸せそうに暮らしている場面を想像した。

ライオールが誘うように薄茶色の頭を無言でかしげ、寝室の扉を開けた。ビフィは一瞬ためらったあと、続いてなかに入った。

それから二人は昼間じゅうこんこんと眠りつづけ、その日の太陽が沈むころには過酷な試練から完全に回復していた。回復して、ライオールの小さなベッドで裸で抱き合っていた。

ひかえめなキスと優しい愛撫から、ビフィはライオールがくせ毛をまったく気にしていないことを知った。巻き毛をすく彼の手はうやうやしいほどだ。ビフィは愛撫を返すことで、過去の罪や受難をまったく気にしていないことを伝えようとした。そして、二人が一緒にやったことは何ひとつ恥ずべきものではないと確信した。ビフィが思うに、その大部分は仲間意識だ。もしかしたらほんの小さな愛情の種があったかもしれない。ほんの始まりにすぎないが、この穏やかで対等な愛は、ビフィがこれまで一度も経験したことのないものだ。

ライオール教授とアケルダマ卿はこれ以上ないほど違う。その違いの大きさがかえってありがたかった。あまりに性格が違いすぎるので、裏切っているという負い目を感じずにすむ。この二年間、ビフィはかなわぬ願いにしがみつき、アケルダマ卿を思いつづけた。そろそろあきらめるときだ。でも、教授がアケルダマ卿をぼくの心のなかから追い出したわけではない。教授は競い合うタイプではない。むしろ新たな場所を切りひらいたような感じだ。彼になら心の場所を空けられるかもしれない。そもそもライオールは人狼としてはそれほど大柄ではない。アレッサンドロ・タラボッティとの話はフェリシティから聞いた。気にならないといえば嘘になる。ライオールが自分を愛してくれるかどうかはわからない。でも、そんな心配はあとでいい。いまはただ彼の寂しさを和らげ、そうすることでしか得られない純粋な喜びにひたりたいだけだ。

横になって身を寄せ合い、顔を押しつけられたとき、ビフィは思った——案外ぼくたちはお似合いかもしれない。考えてみたら、これほど調和する色はない。ライオールが好きそうな淡いクリーム色のサテンは、ぼくが好きなロイヤルブルーにぴったりだ。だがビフィはそんなとっぴょうしもない連想には触れず、現実的なことをたずねた。

「この団のためにあれほどの犠牲を払ったのに、本気でキングエア団のベータになるつもりですか？」

「つぐないをしなければならない」ライオールはビフィの首に顔をうずめたまま言った。

「ロンドンからあんなに遠く離れて？」ぼくからあんなに遠く離れて？

「ずっとではない。だが、少なくともマコン卿が引退するまでは戻れないだろう」

ビフィは呆然として、ライオールのこめかみの髪をなでる手を止めた。「引退？　アルファから退《しりぞ》くってことですか？」まるで貿易会社の社長みたいに？「マコン卿がそうすると思うんですか？」

胸に押しつけられた頰が動く感触で、ビフィはライオールが笑ったのがわかった。「ビフィよ、きみは団員よりはるかに高齢になったアルファがどうなるか、マコン卿が考えていないとでも思うか？」

ビフィはあまりのショックに片手を喉に当てた。この言葉が意味することはひとつ。マコン卿は正気を失う前にみずから命を絶つつもりだということだ。「ああ、かわいそうなレディ・マコン！」ビフィがつぶやいた。

「まあ、そう心配するな。そうなったとしても、すぐではない。まだ何十年も先だ。きみはこれから本気で不死者としての考えかたを学ばねばならない、かわいいビフィよ」

「そのあと、ここに戻って来ますか？」

「そのつもりだ」

「つまり、ぼくたちはマコン卿が死ぬのを待たなければならないってことですか？　ああ、なんて恐ろしい」

「じきにわかると思うが、不死者として生きることの大部分は他人の死に耐えることだ。それに、待つことはまだ始まってもいない。アルファ夫妻が戻ってくるまで、まだ時間はある」ライオールがビフィの首にそっとキスしはじめた。

「まったくです。貴重な時間を無駄にするべきじゃない」

こうしてビフィは郵便飛行船の最終便を逃し、シドヒーグがマコン卿に送った手紙についてアレクシアに警告しそこねた。気づいたときには完全にタイミングを失っていた。これからどんなに急いでも、アレクシアに手紙が届くのは船がアレクサンドリアに着いたあとだ。ビフィはこの大失態に気づくや、詫びの思いをこめて必要以上に流麗な手紙を書き送った。

ビフィは思った——タイミングというのは、理論上どれだけ時間がある者に対しても、逸すれば手痛い仕打ちをするものだ。

10　われらが勇敢なる旅人たちがロバに乗ること

アレクサンドリア港が見えてきたのは、日曜のお茶の時間――タンステル夫妻が乞われて彼ら流の《マクベス》を演じ、食堂が拍手と陽気な雰囲気に包まれたときだった。十日も一緒に旅をすれば、見知らぬ者どうしもロンドン社交界でひとシーズン過ごすより、はるかに親密になる。アレクシアは船内劇団がテーブルで演じるほどの親密さはどうかと思ったが、ほかの乗客たちは大いに楽しんでいた。

コルセットで締めあげた中世ふうドレスに身を包み、もつれた大ぶりな金髪のカツラをかぶったアイヴィが血まみれの――実際は上等の野菜シチューの鍋から拝借したビーツの汁を塗りつけた――両手を見て悲嘆にくれた。このいくぶん的はずれで、まぎれもない印象主義的解釈によって、アイヴィはこの有名な短剣の場面に大いなる悲劇性をあたえたつもりらしい。タンステルは下手《しもて》――別名、厨房入口――の鉢植え植物にうつぶせに寄りかかり、マクベスを討ち取るマクダフ役のミスター・タムトリンクルは大きなつけひげと、肉づきのいい胸板の上でいまにもはじけそうなぴちぴちのベストを身につけ、バーナムの森の枝に見立てた鉢植え植物と剣がわりのバゲットを携え、抜き足さし足で食堂を横切ってゆく。

観客たちの目は釘づけだった。とりわけ給仕人がクライマックスの乱闘シーンをたくみによけながらスコーンとジャムを運ぶ滑稽な場面では。

そんなわけでアレクサンドリアが目の前に近づいたことには誰も気づかず、この一大事を最初に告げたのは、船の減速と大きな汽笛の音だった。船長は飲みかけのお茶もそのままにあわてて食堂を出てゆき、タンステル劇団はおどけた芝居を中断して無言で立ちつくした。

入港が近いことを知らせる鐘が鳴りひびくと、乗客たちはいっせいに会話と飲み食いを切り上げた。みな平静をよそおっているが、興奮とはやる気持ちを感じているのは明らかだ。

「到着したの?」アレクシアがマコン卿にたずねた。「どうやらそのようね」

ハイティーを時間の無駄だと思っているマコン卿は即座に立ち上がった。なにしろタンパク質のものはないし、彼のような大食い男の気をくじくためとしか思えない、ちまちました小さい食べ物ばかりが並んでいる。「よし、さあ、上甲板に行くぞ、マイ・ディア!」

アレクシアはプルーデンスを抱き上げた。〝早起きして一緒について来たがった〟というのは名目で、本当はまだ船上での正式な日曜のお茶に参加したことがないから、きっとごちそうを喜ぶだろうと思って連れてきたのだ。たしかに喜んだが、おとなしかったのは食べ物のせいというより芝居のせいだった。プルーデンスはタンステル版《マクベス》を誰よりも楽しんだ。ドタバタ劇が本人の知的レベルにぴったりだったからか、あるいはアケルダマ卿と暮らすうちに過激な芝居がかったしぐさが好きになったからかもしれない。

とりわけミスター・タムトリンクルが〝マクダフ〟という名前に答えることに興味を示し

た。おそらく〝ダムトリンクル〟より〝マクダフ〟のほうが発音しやすいからだろう。何より彼の口ひげに魅了されたらしく、一行が遊歩甲板にのぼり、背後に役者たちが立っていたとき、プルーデンスは母親の肩ごしに手を伸ばしてミスター・タムトリンクルの口ひげを失敬し、自分の丸い小さな顔に得意げにつけた。

「あらまあ！」それを見てアレクシアは声を上げたが、はずそうとはしなかった。

マダム・ルフォーが近づき、緑色の目で温かくプルーデンスを見つめた。「まあ、絵に描いたような子どもね」

「あんまり調子に乗せないで」アレクシアは二人を軽くたしなめ、「ほら、プルーデンス、見て、エジプトよ！」と、沈みゆく太陽の光を浴びてベージュ色に浮かび上がる地中海最後の港の街並みを指さした。最初に現われたのは単調な海岸線にそびえ立つ有名な大灯台だ――アレクシアには思ったより小さく見えたけれど。

「ノー」そう言いながらもプルーデンスは視線を向けた。

船がバッバッと音を立てて停止し、甲板上に落胆が広がった。

「水先案内人の乗船を待たなければならないのよ」アイヴィが乗客たちに説明した。

「そうなの？」アレクシアは、中世ふうのドレスと金髪のカツラという舞台衣装のまま、いつのまにか隣に立っていた友人を当惑して見下ろした。

アイヴィはわけ知り顔でうなずいた。「港に通じる水路は狭くて浅くて岩だらけなんですって。ベデカー旅行案内書に書いてあったわ」

「まあ、だったら間違いないわね」やがて小さな引き船《タグボート》がババババと音を立てて汽船に近づき、だぼだぼで、ぶかぶかの服を着た褐色の肌の若者が勢いよく乗りこんできた。男は見つめる乗客に気さくに挨拶して船長室に消えた。

数分後、船はふたたび轟音とともに動きだし、静かにアレクサンドリア港に入っていった。

アレクサンドリアの景観は期待どおりだった。アイヴィがポンペイの柱やイチヂク岬、兵器庫といった案内書にある観光名所についてぺらぺらしゃべる横で、アレクシアはひたすら街の様子に目を凝らした。異国ふうの落ち着いた建物のあいだに、ところどころモスクの白大理石の小塔や、とがった編み棒のような直線のオベリスクが見える。背景にある歴史が見えるようだ。砂色の街が太陽を浴びてオレンジ色に輝くさまは、まさに砂漠から彫り出したかのようで、アレクシアは物めずらしさに目をみはった。まるでショートブレッドでできた彫刻みたい。

アイヴィが〝あなたたちも下におりたほうがいいわ。せめて海風のあたらないところに〟と言って甲板から引き上げはじめた。「海風にあたりすぎると精神が不安定になるんですって。少なくとも本でそう読んだわ」

「これは、ミセス・タンステル、よほど船旅の経験があるらしい」と、マコン卿。

笑いをこらえつつ海岸に視線を戻したアレクシアは、そのとき初めて陸地から押し寄せる熱気を感じた。たしかにこの数日はだんだん気温が上がっていたが、この熱気は、かいだことのないにおいがした。

「砂と下水と焼いた肉のにおいだ」マコン卿がいともそっけなく答えた。

アレクシアはプルーデンスが手すりから落ちないようしっかり抱えて夫に寄りかかり、空いた手で夫の手を取った。

プルーデンスは波止場に近づくにつれてだんだん大きくなってくる街並みに顔をしかめ、「うえっ」と言ってから、「ダマ」と続けた。

どういう意味？　アレクシアは首をかしげた。たんに養父が恋しくなったのか、それとも古い街並みがなんとなく高齢の吸血鬼を思い出させたのかしら？　プルーデンスは吹きつける熱風にぶるっと身震いすると、大きな口ひげをつけた顔をアレクシアの首にうずめ、もういちど「うえっ」と言った。

乗船もすったもんだの騒ぎだったが、降りるときはその二倍は大変だった。乗客は最後の夜を船内で過ごし、充分に休息を取ってから荷物をまとめ、翌朝、新しい土地で目覚め、それぞれの冒険に乗り出す手はずだった。しかし、マコン夫妻ご一行は夜型だ。貴重な夜の時間を船内で無駄に過ごすつもりはさらさらない。一行はそれぞれの部屋に急ぎ、あわてて乗務員を集めて荷造りを手伝わせ、なくなったあれやこれやを探し出し、乗務員に謝礼を払ってあわただしく下船した。

無事に上陸し、地面に足をつけたあとも、アイヴィは少なくとも三回は船室に戻ることになった。一回目はお気に入りの手袋を置き忘れたと思ったからで、これは緑色のターバンと一緒に帽子箱のなかにあった。二回目はベデカー旅行案内書をベッド脇のテーブルに置き忘れたと思ったからで、こんどはハンドバッグのなかにあった。そして三回目はほとんどパニック状態だった――というのも、乳母車のなかで眠っていたパーシーを忘れたと思いこんだからだ。

双子は、乳母が肩からかけた立派な抱っこひもにしっかりと抱かれていた。あわてふためく母親に見えるよう乳母がパーシーをかかげたちょうどそのとき、異様に大きなターバンを巻いた現地人がうっかり一行のあいだを通り抜けようとして、パーシーがげぼっと吐いたミルクを浴びた。

男は怒りもあらわに手を振りまわし、機関銃のような早口のアラビア語でまくしたてて足早に去っていった。

アイヴィは去りゆく男の背中に必死に謝った。「まあ、なんてことを。でもこの子はほんの赤ん坊で、まだ消化中枢機能が未熟ですの。本当にごめんなさい。もしよければ――」

「もうとっくに行ってしまったわ、アイヴィ」アレクシアは友人の言葉をさえぎり、「それよりまずはホテルを見つけなきゃ。どこに向かえばいいの？」と期待の目で夫を見た。フルーテのいない旅はつくづく骨が折れる。何ひとつスムーズに進まないし、誰ひとり次にするべきことがわかっていない。

こんなときに頼りになるのがマダム・ルフォーだ。「おそらくあそこが税関だと思うわ」と、右手のいかにもお役所ふうの四角い建物を指さした。おりしも建物から現地の軍人らしき男たちが近づいてくる。アレクシアは男たちの様子を見さだめようと目を細めた。すでに太陽はほとんど沈み、周囲の風変わりな建物は薄闇におおわれている。

男たち――実は税関職員だった――は文字どおり一行の真ん中に割りこみ、意味不明のアラビア語でしゃべりはじめた。するとアイヴィはガイドブックをさっと取り出し、震えるような声で歌いだした。同じくらい意味不明のフレーズを、何を思ったか陽気な裏声《ファルセット》で、しかもスペイン語らしき言葉で。タンステルはなんとか場を取りなそうとあたりを跳びはねたが、彼の赤毛はそれだけで不当な注目を集めた。職員の一人がミスター・タムトリンクルの旅行かばんをつかみかけると、マコン卿が身ぶりまじりの英語でどなりはじめ、怒りが増すにつれてたちまち英語はスコットランド語になった。

この騒動のあいだにルフォーがそっとアレクシアに近づいた。

「アレクシア、銃を触《さわ》られにくい場所に入れ替えて、昼間と同じようにパラソルを開いたほうがいいと思うわ」

アレクシアは〝気でも狂ったの？〟というような目でルフォーを見返した。日はとっぷり暮れ、パラソルをさす時間ではないし、エセルは高性能武器にふさわしくハンドバッグのなかにしまってある。

ルフォーが意味ありげにうなずく先を見ると、税関職員の一人が埠頭に置かれたミスター・タムトリンクルの旅行かばんを、本人の激しい抵抗にもかかわらず強引に開き、なかから勝ち誇ったように小道具のマスケット銃を取り出した。ミスター・タムトリンクルは必死に

〝偽物だ〟と身ぶりしたが、まったく通じない。かえって怪しまれたようだ。

アレクシアはプルーデンスの身体に隠れてハンドバッグから小型拳銃を取り出し、胴着《ボディス》の胸もとに押しこんだ。それから腰の飾り鎖のフックからさげたパラソルに手を伸ばし、頭上で開いた。そのあいだプルーデンスはおとなしくしがみついていたが、パラソルが開いたとたん自分で持ち手を握りたがった。アレクシアは、これさいわいと握らせた。これで、こんな時間にパラソルをさすのは幼い娘の気まぐれで、母親の怪しげな行動とは思われずにすむ。

マコン卿は顔を真っ赤にして〝公衆の面前で荷物を開いて検分するとは何ごとだ〟と職員と激しく言い争っている。だが職員たちはマコン卿の巨体にも、地位にも、異界族であることにもまったく動じない。なにしろ見てわかるのは巨体ということだけで、地位はエジプトではなんの意味もないし、異界族であることは端《はた》からはわからない。あたりはすっかり暗くなり、マコン卿のかんしゃくがいまにも爆発しそうに見えたとき、思いがけない救世主が現われた。

その中肉中背の現地人は濃い色のたっぷりしたブルーマー型ズボンをスエードのブーツにたくしこみ、襟の高いモスリンの黒っぽいシャツを着て、腰には幅広の黄色い帯を巻き、頭には長い房のついたトルコ帽をかぶっていた。きちんと手入れした口ひげの先を攻撃的にピンととがらせ、表情はいかめしい。口ひげとブルーマー型ズボンには納得できないが、違う帽子をかぶって長い剣を持ったらまさに海賊だ。もっともこの体型では、せいぜい仮装パーティに参加した銀行員にしか見えないかもしれないけど。

男は完璧な英語で〝大法官ネシ〟と礼儀正しく名乗り、怒《いか》れるマコン卿と権柄《けんぺい》ずくな税関職員のあいだに割って入った。アレクシアはマコン卿があからさまに鼻にしわを寄せ、かすかにたじろぐのに気づいた。現地特有のにおいを予測していなかったら、もっと激しくのけぞったに違いない。アレクシアは異界族の力が必要になる事態に備え、触れないように気をつけながら夫に近づき、耳もとでささやいた。

「吸血鬼？」

マコン卿は男をにらんだままうなずいた。

大法官ネシが高速のスタッカートのような口調で何か告げると、職員たちはただちに引き下がり、騒ぎは収まった。

「こちらがレディ・マコンでいらっしゃいますか？　そして、これが奇跡の子ども？」ネシはアレクシアが不安になるほど顔を近づけてプルーデンスを見つめ、これ以上は耐えられないとばかりに視線をそらした。

プルーデンスは思案げに小さな唇を引き結び、「ダマ」と断言した。

アレクシアは確信した。右手の手袋を賭けてもいい。どうやらプルーデンスはネシから吸血鬼的なものを感じ取り、自分の語彙のなかでそれに相当する唯一の言葉を発したようだ。そこでこう言った。「ええ、マイ・ディア、そのとおりよ」

プルーデンスはうなずいた。「ダマ、ダマ、ダック」

「マタカラ女王よりアレクサンドリアの案内役として派遣されました。いわば通訳です。よろしいでしょうか？　これから税関のお手伝いをし、皆さまをホテルまでご案内いたします。今夜おそく芝居を上演していただくよう舞台の手配をしております。さっそくですが、よろしいですか？」ネシは周囲の役者たちを見まわした。「こちらが有名な劇団ですね？」

アイヴィとタンステルが一歩、前へ進み出た。

「ええ、そのとおりですわ、大法官どの。こちらが劇団の主宰者で、俳優で、優れた芸術家のタンステル夫妻です。女王どのもきっと満足なさると思いますわ」

タンステルはお辞儀し、アイヴィは膝を曲げてお辞儀した。「女王どのはよほど芝居を待ちわびておられるようですわね？　旅のあいだ練習をしてきて正解でした」

ネシはアイヴィの帽子とタンステルのズボンを見て、むっつりとうなずいた。今日のアイヴィの帽子は頭頂部に鋼色のモールを巻いた灰色のフェルト帽で、長い灰色の羽根飾りがついており、上に折り返したつばの下からは綾織り《シュラー》シルク地の縦縞のターバンが見える。頭をぐるりと巻いたターバンは左耳の上でリボン結びになり、房飾りのように背中に垂れていた。アイヴィはこの帽子こそエジプトふう美意識にぴったりだと思ったに違いなく、これが主催地に対する彼女流の敬意の表わしかたなのだろう。しかし、周囲でさまざまな仕事に従事する農民や港湾労働者たちを見るかぎり、どうもねらいははずれたようだ。そしてタンステルのズボンは紫と濃い青緑の攻撃的な格子柄で、言うまでもなくもうひとつの肌かと思うほどぴちぴちだった。

税関事務所に案内された一行は椅子をすすめられ、ようやく一息ついた。さんざん拒んだにもかかわらず、結局は全員のカバンと帽子箱とトランクが開けられ、つぶさに調べられた。ネシの話では、下手に抵抗しなければ密輸品以外はすべて元どおりに返してくれるらしい。たしかに職員たちは高関税品の葉巻や嚙みタバコを中心に探しているようで、プルーデンスが握って離さないパラソルには誰も見向きもしない。男性陣の帽子も調べられず、アレクシアはほっとした。コナルは帽子のなかにサンドーナー仕様の銃を、ルフォーはそれよりはるかに物騒な道具を隠しているはずだ。

ただ、さまざまな工具類と怪しげな装置がいっぱい詰まったルフォーの帽子箱には困惑の声が上がった。ルフォーはいつもの冷静さで書類を取り出し、アシュートにある水力ポンプの作業の特別許可証を州知事《パシャ》からもらっていると説明した。職員たちはルフォーが男装した女性であることに気づきもしなければ気にしてもいない。吸血鬼のネシは〝ミスター・ルフォー〟と呼んで男性と話すように話した。しかもしつこく――どんな意味かはわからないが――〝ハワル〟と呼びかけた。

アイヴィの大量の帽子と、小道具や舞台衣装にも厳しい目が注がれたが、ネシがマタカラ女王に招聘《しょうへい》された劇団であることを長々と説明すると――おそらくそんな内容だったのだろう――あっさり認められた。マタカラ女王の恩寵は、検疫所のにおいをやわらげる油のような役割を果たすらしく、その後はいくつか質問を受けただけで、一時間もしないうちに一行は放免された。若い税関職員がシルク製のブドウやイチゴ、毛糸で編んだ巨大なパイナップルでおおわれたアイヴィの大きな麦わら帽子にとりわけ興味を示した。疑いを抱いたというより気に入ったようだ。アレクシアはかぶっていた実用的なヘルメット型の小さな茶色い日よけ帽を脱ぎ、果物だらけの帽子を載せて正しいかぶりかたを実演してみせた。

若者はくすくす笑い、一行はなごやかで温かい雰囲気のなか、手を振って見送られた。アレクシアはすばやくアイヴィに〝弁償するから〟と耳打ちすると、果物帽を若者に進呈した。若者は笑いながらターバンを巻いた頭に帽子を載せ、お辞儀をしてアレクシアの手に口づけた。これで生涯の味方を得たも同然だ。

外の通りは波止場周辺とはまったく様子が異なり、活気にあふれていた。歩きかたも、話しかたも、身なりも、挨拶のしかたも、これまで見たものとはまったく違う。ヨーロッパじゅうを旅したけれど、これは……これはまったくの別世界だわ！　アレクシアはたちまちこの街が好きになった。

アイヴィも同じように魅了されたらしい。「あら、まあ、あの部屋着《ガウン》を着た人たちを見て！」

通りには古めかしいオイルランプや松明《たいまつ》が灯り、ガス灯はどこにもない。あたりは薄暗く、色は見分けられないものの、くすんだ単調な色の建物とは対照的に道ゆく人々の服は色鮮やかだ。

マコン卿は周囲のにおいをかぎ、小さく咳をした。

においの洪水に呑みこまれたアレクシアには、コナルがなんのにおいをかぎ当てたのか想像もつかなかった。あたりにはハチミツ、シナモン、炒った木の実のむせるようなにおいがたちこめていた。さらに、狭い路地ぞいの石の階段に老人たちがうずくまり、大事そうに抱えるさまざまな水パイプからいかにも身体に悪そうな煙が吐き出されている。そうしたにおいの下からたちのぼるのは、間違いなく夏のテムズ川を彷彿とさせる下水のにおいだ。

マコン卿はハンサムな顔をにっとほころばせて妻を振り返り、「きみのにおいと同じだ！」と、何やら大発見でもしたかのように声を上げた。

「あなた、まさかあの煙や下水のにおいじゃないでしょうね」

「まさか。あそこの焼き菓子だ。きみと同じにおいがする。試してみるか？」マコン卿は妻が甘いものに目がないことをよく知っている。

「アイヴィに帽子が好きかときくようなものね？　ええ、もちろん試してみるわ！」

マコン卿はいちばん清潔そうな屋台に近づき、すぐにべたべたしたパイのような小さな菓子を手に戻ってきた。ためらいもなくぽんと口に入れたとたん、アレクシアは信じられないほど薄い焼き菓子のハチミツと木の実と異国ふうの香辛料と、ぱりぱりしたパイ生地に圧倒された。

アレクシアは無言で口を動かした。こんなにべたつく菓子は初めてだ。「まあ、おいしい！」アレクシアは口のなかのものを呑みこんで感想を述べた。「なんというお菓子か覚えておいてちょうだい。そうすればホテルに着いてから注文できるわ。あたくしが、こんなにおいしいお菓子のにおいと似ているなんて感激よ」

「きみはおいしい、マイ・ディア」

「口がうまいわね」

通訳のネシは、きょろきょろとよそ見ばかりしてすぐに寄り道したがる一団に手を焼きながら、ロバがずらりと並んだ場所に案内した。近くの日よけの下でロバ使いの少年たちが立って客を待っている。

「まあ、ちょっと、なんてかわいいのかしら！」アイヴィが歓声を上げた。

「たしかにかわいいロバね、アイヴィ？ 長い耳がビロードみたい。見て、プルーデンス」

アレクシアはプルーデンスの視線をロバの列に向けた。

「ノー！」と、プルーデンス。

アイヴィが首を振った。「そうじゃないわ、アレクシア。わたしが言ったのはロバ使いの少年たちよ。あのかわいいアーモンド形の目と濃いまつげを見て。でも、アレクシア、どうしてあの子たちの肌はあんなに黒くなきゃならないの？」

この問いにアレクシアはあえて答えなかった。

次の瞬間、アイヴィははるかに驚愕すべき事実に気づいた。「もしかしてあのロバに乗るの？」

「ええ、アイヴィ、そうだと思うわ」

「まあ、でも、アレクシア、わたしには無理よ！」

アイヴィの必死の抵抗もむなしく、荷物をロバにくくりつけたり、よじのぼったりする作業が始まった。アレクシアたち女性陣は両脚をそろえて乗れる婦人用鞍《サイドサドル》をつけてくれるよう頼み、子どもたちは編みカゴのなかに入れられ、振り分け荷物のようにロバの背に乗せられた。タンステル家の双子は片方のカゴに、もう片方のカゴにはプルーデンスと、重さを吊り合わせるためメカテントウムシが一緒に乗りこむことになり、カゴの縁から小さな触角がこっそり突き出ていた。ミスター・タムトリンクルは片側から乗ったかと思うとすぐ反対側から落ちてしまうので、落ちないよう荷物のようにひもでくくりつけられた。妻が無事に乗ったのを見届けたタンステルは、軽々と片脚を上げてロバの背にまたがった。なにしろ柔軟で身軽な男だ。しかし、残念ながらズボンは本人ほど柔軟ではなかった。タンステルが脚を大きく振り上げたとたんズボンはびりっと音を立てて裂け、夜の通りで深紅の下ばきがあらわになった。それを見た妻は恐怖の悲鳴を上げて気絶し、ロバの首に倒れこんだ。マコン卿がとどろくような声で笑いだし、プルーデンスは大喜びで手を叩いている。マダム・ルフォーは優雅に近くの店に歩み寄り、現地人たちが着ているような長衣を買い求めた。タンステルは、大観衆の前で奇妙な服を着るのに慣れた役者らしく、喜びいさんで現地服を着こんだ。

失神から覚めたアイヴィは、こんどは夫が公衆の面前で着替えているのを見て、またもや気絶した。アイヴィを乗せたロバは冷静で、この騒ぎにもまったく動じない。

マコン卿と吸血鬼の通訳はロバには乗らなかった。どんなにおとなしくても、人狼や吸血鬼を乗せたがるロバはいない。当然だ。そもそも四つ足になればはるかに速く移動できるのに、わざわざ歩みののろいロバに乗る意味がどこにある？　マコン卿に言わせれば乗るよりい、おやつにしたいところだ。なにしろ十日間の船旅のあいだ、一度も生きた餌にありついていない。さらに言えば、たとえ人間のときでもロバの背にまたがれば長い脚が地面に着いてしまう。マコン卿と案内役のネシは人狼と吸血鬼であることを大いに意識しつつも、違う世界から来た者どうしということなど関係ないふりをよそおい、しゃべりながら先頭に立って歩いた。

通りを進むにつれ、アレクシアたちにとってアレクサンドリアの街がめずらしいように、彼らもアレクサンドリアにとって見ものであることがわかってきた。この港町の大部分は二、三十年前に作られ、英国陸軍も定期的に訪れる場所だが、伯爵夫妻と色白の子どもたちと英国劇団員からなる一団の来訪は前代未聞で、それゆえ大いに注目を集めた。

エジプト人が次々に近寄り、女性の帽子や男性のシルクハット、アレクシアのパラソル、舞台衣装と小道具を身につけた奇妙な格好の役者たちを物めずらしそうに指さしている。まるでサーカス団のパレードがやってきたかのように。

アレクシアは移動のあいだ薄暗い街の様子に目を凝らすのに忙しく、《旅人ホテル《オテル・デ・ヴオヤジュール》》にはあっというまに着いたような気がした。明日、壮麗なエジプトを見てまわるのが待ちきれない。予想どおりホテルでも一悶着あり、多大なる交渉と金銭のやりとりをへて、ようやくひとつのフロアを借り切ることができた。女性たちは部屋に入って紅茶でほっとひと息つき、子どもたちはお昼寝をし、男性たちはそれぞれの趣味に応じて最寄りの浴室へ行ったり、怪しげな喫煙室に引っこんだりした。

妻の服を脱がすのを手伝っていたマコン卿は、コルセットから拳銃が音を立てて床に落ちても片眉を吊り上げただけだった。この女性と結婚した以上、このくらいのことでいちいち驚いてはいられない。そして、今朝は〈カスタード〉号でやりそこねたとでもいうように妻の身体を隅々まで検分した。結婚してまもなくこの行為に喜びを見出し、楽しむことを覚えたアレクシアは、夫の手に心から身をあずけた。しかもこうしていると、たいていリラックスできて、満ち足りた気分になる。だが、マコン卿はそうではなかった。とくに今夜は、こんなにふわふわのベッドで妻と横になっていてもそわそわと落ち着かない。

「コナルったら、どうしたの？」

「ここは外国だ」マコン卿がぶっきらぼうに答えた。

「地理がわからないってこと？」

「そうだ」

「なんだ」アレクシアは寛大な笑みを浮かべた。「だったら行ってらっしゃい。数時間ならあなたがいなくても平気よ」

「本当か？」

「ええ、まったく」

「わたしをのけ者にする気じゃないだろうな？」

「あら、コナル、どうしてそんなことをしなければならないの？」

マコン卿は疑わしそうになった。

「くれぐれも気をつけてくれ」

「さあな。たとえばいきなり〈神殺し病《ゴッド・ブレーカー》〉が猛威をふるわないともかぎらん。とにかく着いたばかりだ。着いた早々、行方不明になったり、死んだりするのは勘弁してくれ」

「具体的には何に？」

「了解《アイアイ》、船長《キャプテン》」

マコン卿は妻に熱烈なキスをすると裸のままベッドから飛び出し、壮観にもバルコニーから狼の姿で外に飛び出した。アレクシアは織りの毛布を身体に巻いてゆっくりバルコニーに近づいた。通りを抜けて砂漠に駆けてゆく狼が見えるかと思ったが、すでに夫の姿はどこにもなかった。月はまだ半分くらいの大きさだが、船上では身体を動かせなかったために筋肉がむずむずして、狩りをせずにはいられないのだろう。アレクシアは夫の餌食となる砂漠の哀れな小動物のことは考えないようにした。人狼の妻となった以上、あまり優雅ではない調理法と経口摂取物には目をつぶるしかない。

アレクシアの胸の痛みは一瞬だった。コナル・マコンは充分に自分の面倒を見られるし、アレクサンドリアは野良犬の数が多いことで有名だ。きっとコナルは超大型の野良犬にしか見えないだろう。

そんなふうに自分をなぐさめながらアレクシアは紅茶を飲んだ。だが、飲んでみると、紅茶とは似ても似つかぬ、あのおぞましき飲み物――コーヒーだ。大量のハチミツが添えられていたので、なんとか飲めたが、まったく口に合わない。それから一人で身じたくをした。この旅のためにあつらえた、しゃれたマッシュルーム色のモスリンのブラウスに、羽ボウキのようなふわふわした茶色い羽根飾りのついた小ぶりの山高帽という取り合わせだ。ブラウスは暑い気候にも涼しいデザインで、しかも品がある。背中のボタンをとめるのが一苦労で、コルセットを締め上げることはできなかったが、ひだのある茶色いオーバースカートと控えめな腰高《バッスル》ドレスはなんとかなった。砂漠の熱気のせいで髪はまったく言うことをきかず、太い丸太が巻いたような状態だ。なんとかまとめようとしばし奮闘したが、ここは異国だから少しくらいルールをゆるめてもいいだろうと、半分を結い上げてピンでとめ、残りは髪の流れるままに垂らしておくことにした。

ちょうど夕食の時間で宿泊客はみな食堂にいるらしく、《旅人ホテル》のロビーはがらんとしていた。

「レディ・マコンあてに何か届いていないかしら？」アレクシアは受付係にたずねた。

「いいえ、でも、マコン卿あてに一通、届いています」

見覚えのない筆跡だ。異界管理局《BUR》からの報告書だろう。アレクシアは手紙をハンドバッグに入れた。

「エーテルグラフ通信回線を予約したいの。専用の真空管《バルブ》周波変換器はあるんだけど、公共の通信機は市内にひとつしかないんでしょう？」

「おっしゃるとおりです、マイ・レディ。そのせいで税金が少し高くつきますが、お客様のご身分なら問題ないかと存じます。公共通信機はラムレ大通りの西端——取引所のある通りの反対側にございます」

この道案内を解読するにはアイヴィの旅行案内書を借りるしかなさそうだ。できればアイヴィ本人も。アレクシアは道順を頭に叩きこんだ。

「ありがとう。ロンドン時間のちょうど日没ごろに、ここからメッセージを送りたいの。手配できるかしら？」

「かしこまりました、マイ・レディ。おおよそ午後六時ごろになると思いますが、詳細を確認し、予約を入れておきます」

「助かるわ」アレクシアは〝こんなときにフルーテがいてくれたら〟とつくづく思いながら受付係の労に報いて心づけをはずみ、知り合いを探してゆっくり食堂に向かった。

食堂ではアイヴィとタンステル、乳母と子どもたちが大きなテーブルで騒いでいた。プルーデンスはお気に入りのメカテントウムシにまたがり、宿泊客が座る椅子の脚にやりたい放題ぶつけては走りまわっている。アレクシアは無礼な振る舞いに顔を赤らめた。食堂という公共の場で娘をテントウムシに乗せるなんて、乳母はいったい何を考えているの？　タンステルはたまたま相席になった気の毒な旅行者に《スウォンジーに降る死の雨》のスリリングな筋を大げさな身ぶりを交えて説明し、アイヴィはベデカー旅行案内書にぶつぶつ文句をいい、乳母は双子の世話に忙しい。

アレクシアがおてんば娘を抱え上げた。

「ママ！」

「何か食べた、お嬢ちゃん？」

「では食事が先ね。シナモン焼き菓子なんとかというのを食べてみた？」

「ノー！」

「ノー！」

〝ノー〟がプルーデンスの新しいお気に入りの言葉なのか、意味がわかって言っているのかいまだにわからないまま、アレクシアは娘を腰に抱え、足でテントウムシを操縦しながらタンステル夫妻のいるテーブルに近づいた。

「ああ、レディ・マコン、ちょうどいいところに！」顔を見るなりタンステルがうれしそうな声を上げた。「レディ・マコン、ここで知り合ったピフロント、ご夫妻を紹介します。ミセス・ピフロント、ミスター・ピフロント、こちらがレディ・マコンです」

このような場合、紹介者を信用すべきかどうかはつねに疑問だ。とくに紹介者がタンステルの場合は。しかし、礼儀正しいのがレディ・マコンの信条だ。だから礼儀正しく応じた。話してみると、ピフロント夫妻はイタリア出身の古代遺跡アマチュア研究家で、物静かで上品な、いかにもホテルで見かけそうなタイプの夫婦だった。タンステルの興奮をたしなめつつ、少しずつ話をきき出すうちに会話ははずみ、ピフロント夫妻がエジプト縦断の旅も終わりに近く、あと一日か二日滞在したら、ナポリゆきの汽船でイタリアに帰ることがわかった。

思いがけず知的な会話を楽しんでいたところにマントを着たマコン卿が現われた。しかも着ているのはマントだけとわかるや、アレクシアは青ざめた。最初はおもちゃのテントウムシで椅子に激突する娘。そして今度は靴もはかずに食堂に現われる夫。ああ、これではせっかくの親交も台なしだわ！　恥ずかしくて、善良そうなピフロント夫妻の顔を見ることもできない。

アレクシアは立ち上がると、戸口にのっそり立つ夫に駆け寄り、小声でなじった。

「コナルったら、どういうつもり！　せめてブーツくらいはいて人前だけでもお行儀よくしてくれなきゃ！」

「ちょっと来てくれ。プルーデンスも一緒に」

「でも、あなた、せめてシルクハットくらい！」

「頼む、アレクシア。どうしてもきみに見せたいものがある」

「ええ、わかったわ、先に外で待っていてちょうだい。口の端に血がついてるわよ。それじゃあどこにも連れてゆけないわ」

マコン卿が通路の角を曲がって消えた。アレクシアはあわててテーブルに戻ると、〝失礼します〟と言って嫌がるプルーデンスを抱え上げた。

「ノー！　ママ。たべる」

「ごめんなさい、プルーデンス、でも、ダディがおもしろいことを見つけたから、どうしても見せたいんですって」

アイヴィが目を上げた。「あら、布地の店かしら？　なんでもエジプトは世界でもとくに美しい綿を生産するところらしいわ」

「たぶん、ひらひらしたパラソルに関する話じゃないかしら」

アイヴィは鈍いほうだが、そこまで鈍くはない。「ああ、なるほど」即座に合点し、わざとらしくウインクした。「〈ひらひらパラソル〉ね。きっとそうよ。でも、アレクシア、特別上演まであと数時間しかないことを忘れないで。芝居そのものには関係ないけど、あなたにはぜひとも顔を出してもらいたいわ」

「ええ、ええ、もちろんよ。そう長くはかからないわ」

「だったら行ってきて」すでに急ぎ足で出口に向かっていたアレクシアの耳にアイヴィの声が聞こえた。「レディ・マコンはわたしたちの専属パトロンですの、ご存じ？　とても優雅ですてきな女性ですわ」

ホテルの外では巨大な狼が待っていた。何か役に立つこともあろうかとアレクシアは従順で困惑顔のロバ使い少年からロバ用ロープを一本、買い求めていた。これをひねって輪にし、夫のまだら色の首のまわりにくくりつけた。いまは夫に触れられないし、しかもプルーデンスを抱かなければならないのだからしかたない。なんとかロープを結び終えると、巨大な犬の散歩をさせる貴婦人のように見えた。

マコン卿はいまいましげに妻をにらんだが、やむをえず屈辱に耐えた。世間体のためにはしかたない。三人はいまなお活気づく街を通り抜けた。この街では、日没は一日の活動の終わりを告げる合図ではなく、これからどこかに出かける口実のようだ。先頭をゆくマコン卿は南に向かってコロヌ通りを進み、要塞の前を過ぎ、外スラム街を抜けて運河に向かった。かなりの距離だ。アレクシアは不安になりはじめた。吸血鬼女王を訪問する時間までに戻って来られるかしら？　狼のコナルには人間的な距離感覚がない。アレクシアは健脚で、歩くことを厭《いと》うタイプではないが、たった一時間で街の端から端まで移動するのは楽ではなかった——ましてや嫌がる幼児を抱えた状態では。結局、プルーデンスを父親の背にまたがらせ、間違っても姿と毛皮が変化しないようアレクシアが片手をしっかり握るという方法を取った。

運河の土手に着くなりマコン卿が重々しく足を止めた。しばらくしてアレクシアは理解した。どうやらここを渡らなければならないらしい。

「本気なの、コナル？　明日に延ばすわけにはいかないの？」

マコン卿が吠えた。

アレクシアはため息をつき、運河を渡るためのものとおぼしき葦《あし》のいかだをあやつる少年を手招きした。少年は気乗りしない表情だ。

いかだ少年は大きく目を見開き、小さないかだにそんな大きい狼は乗せられないと何度も首を振ったが、その巨体の狼が意外にも水に入り、いかだを引きはじめたのを見て目を輝かせた。これなら運河を渡るのに必要な竿《さお》も不要だ。水はきれいとは言い難いが、アレクシアはあえてそのことには触れなかった。

アレクシアが少年に数枚の硬貨を渡し、ここで待つよう身ぶりする横で、マコン卿がぶるっと毛皮を震わせた。

プルーデンスは泥水を跳ね散らかす父親の滑稽なしぐさに手を叩き、くすくす笑っている。

アレクシアはプルーデンスが父親に触れる前に娘の手をつかんだ。

現地人が英国人の奇矯な行動に慣れていてよかった——アレクシアはつくづく思った。娘と巨大な狼を連れたレディ・マコンが異国の街はずれの卑しい地区に一人でいるなんて、大英帝国広しと言えど、エジプト以外ではとても許されないだろう。

それでもアレクシアはおとなしく夫にしたがった。この人といれば決して退屈しない——これがコナル・マコン卿と結婚した理由のひとつだ。そして、おそらくコナルがあたしと結婚した理由もそうに違いない。

それは最初、ほとんどわからないほどのかすかな感覚だったが、やがてはっきり感じはじめた。ちくちくと押されるような感覚。ちょうど飛行船に乗っているときにエーテル風に触れたときのような。ただ、感じかたは逆だ。エーテル風のちくちくはシャンパンのやさしい泡に触れるような感じだが、これは自分の肌じたいが泡を発しているかのようだ。ここちよいほどやさしい、なんとも不思議な感覚で、こうして身構えていなければ、まったく気づかなかったかもしれない。

プルーデンスが興奮して両腕を振りまわした。「ママ！」

「ええ、そうね、変な感じね？」

「ノー」プルーデンスは断固とした口調で答え、母親の頰を軽く叩いた。「ママ、えっと——」そこで両腕を振りまわし、「ママ！」

アレクシアは眉をひそめた。「あなたにも、空気がママと同じように感じられるって言いたいの？　まあ、なんて不思議なのかしら」

「イエス」プルーデンスがうなずいた。そのとき初めてアレクシアは、プルーデンスがこの言葉を知っていたことに気づいた。

「コナル、見せたいというのはこれなの？」アレクシアは身体をくねらすプルーデンスを見つめたままたずねた。

「ああ、そうだ、マイ・ラブ」夫が答えた。

アレクシアは驚きのあまり娘を落としそうになり、自分の耳を疑うように顔を上げた。少し離れた場所に夫が立っていた。裸の、完全な人間の姿で。

アレクシアが娘を下ろすと、プルーデンスはとことこと一心に父親に近づいた。マコン卿はなんのためらいもなく娘を抱え上げた。ためらう必要はなかった。プルーデンスはおませな人間の娘のままだ。

アレクシアが近づいた。「これが〈神殺し病〉？」

「間違いない」

「もっと反発を感じると思ってたわ」

「わたしもだ」

「でも、思い出して。例のミイラがロンドンにあって、街の半分が人間に戻ったとき、あたくしは何も感じなかった。それに、これはとても穏やかな感覚だわ。本物の反発を感じたのは、あの恐ろしいミイラと同じ部屋にいたときだけよ」

マコン卿がうなずいた。「〝同じ空気を共有する〟。これが、テンプル騎士団の言う〝同じ場所に二人の反異界族がいる〟という意味に違いない」

アレクシアはアレクサンドリアの貧民層が住む屋根の低い泥にまみれたレンガ造りの家々から、その向こうに平らに広がる何もない暗闇に目をやった。「あれが砂漠？」

「いや。砂漠にはもっと砂がある。おそらくあそこはかつては湖で、いまは水が干上がったんだろう。不毛の地だ」

「つまり、かつては水があったけど、いまはなくなったってことね。水が干上がってから〈神殺し病〉が少しずつ街に近づいてきたってこと？　いずれにしても、反異界族の接触が水の影響を受けるのは間違いないわ」

「それもひとつの考えだ。断定はできん。もちろん、街がそれに向かって広がっていったとも考えられる。だが、もし病が近づいているとしたら、地元の吸血鬼たちはのんびりしてはいられないはずだ」

「それが、マタカラ女王があたくしたちを呼び寄せた本当の理由？」

「吸血鬼に関するかぎり、なんでもありだ」

11 プルーデンスが文章を話すこと

ホテルに戻ったマコン夫妻はマタカラ女王とアレクサンドリア吸血群を訪問するにふさわしい服に着替え、なんとか出発に間に合った。ロビーでは大法官ネシが今か今かと待っている。

タンステル夫妻と劇団員が大道具を引きずって階段を駆け下りてきた。すでに第一幕の衣装を着ているが、移動にそなえて男性は皆シルクハットをかぶっている。ホテルに到着したときも現地人の注目を集めた一団の出発はさらに目立った。ミセス・タンステルは銀色のサテンのドレスに模造真珠の装飾品を山ほどつけ、ミスター・タンステルは街で見かける善良な紳士ふうだが、スーツは深紅のサテン地で、マスケット兵よろしく片方の肩にボタンで短い金色のケープをとめている。スパッツからクラバットにいたるまで、いかにも悪党ふうのミスター・タムトリンクルは模造ダイヤのボタンがついた黒いビロードの服に青い革手袋をはめ、動くたびに翼のように回転するミッドナイトブルーの外套といういでたちだ。

今回は吸血鬼女王が蒸気駆動車を手配してくれたため、ロバの出番はなかった。マダム・ルフォーも興味を持ちそうな巨大な装置だが、発明家の姿はどこにもない。思ったよりもあわたしく自分の用事で出かけてしまった。正直なところアレクシアは見捨てられたような、軽んじられたような気分だった。ルフォーはあたしを見張るためにエジプトに送りこまれたんじゃなかったの？　少なくともここにいるあいだは気にかけてくれると思ったのに。

蒸気駆動車はガタつく騒々しい乗り物で、形は乗り合い馬車のようだが、屋根はなく、後部の平らな床に藁《わら》が山と積まれていた。座席がないところを見ると、乗客はここに座るらしい。だが、ロバが歩くような細道や路地をガタゴトと進みはじめると、クッションがわりの藁はまったく役に立たないことがわかった。こんなに揺れる乗り物は生まれて初めてだ。二本の高い煙突は暗い夜空にもくもくと蒸気を吐き、あまりの轟音に会話もままならない。

しかし恐れ知らずのプルーデンスは大喜びで、車が跳ねたり揺れたりするのに合わせてキャッキャッと飛びはねた。アレクシアは日に日に恐ろしくなってきた。どうみても母親の工学好きは娘に受け継がれている。機械と名のつくものにはなんにでも興味を示し、飛行船にかぎらずあらゆる乗り物に対する憧れはいやますばかりだ。

アレクサンドリア吸血群の屋敷は街の東部――〈古い港〉《ポール・ヴィユ》が見えるイブラヒム通りにあった。外観はギリシアふうの二階建て。一階は広々とした床に巨大な大理石の柱が並び、二階は小さな柱が並ぶ柱廊がめぐり、外が見渡せる長いバルコニーになっている。しかし内部はアレクシアの予想どおり、有名な〈王家の谷〉にある岩にうがった墓のような造りだ。玄関間に通じる扉のない戸口の床には葦で織った筵《むしろ》が敷いてある。玄武岩でできた、動物の頭を持つ古代神の像が仮面舞踏会の衛兵のようにあちこちに立ち、壁には神話に出てくる動物神たちが美しく色鮮やかに描かれていた。精巧に彫られた木製の家具がそこここに置いてあるが、形は素朴で、装飾はまったくない。過剰な贅沢さが吸血鬼の特徴である英国から来たアレクシアは、その簡素さと質素さに畏敬の念を覚えた。ここの吸血群は、彼らの繁栄が純粋に自分たちの造り上げた世界のなかだけにあり、蓄えてきた品々にあるのではないことを知っている。

マコン夫妻のあとに続くタンステル夫妻と劇団員は無言でかしこまっていた。いつも陽気な一団も、独特の雰囲気につかのま言葉を失ったようだ。

大法官ネシがパンと大きく手を叩くと、アイヴィが〝きゃっ！〟と小さく驚きの声を上げ、二十名ほどの召使が薄暗い出入口から現われた。全員が顔立ちのいい、黒い目の若者で、白い腰巻きのほかには何も身につけていない。若者たちは一人ずつ客の足もとにうやうやしくかがみこんだ。ネシをちらっと見たアレクシアは――なんとも驚いたことに――召使たちが客の靴を脱がせるためにはべっていることに気づいた。しかもあたしだけではなく、全員の靴を！　シルクハットを脱ぎかけていた男性たちはあわててかぶりなおし、大きく目を見開いて視線を見交わした。アレクシアは手本を示すべく片足を若者の膝までかかげ、実用的な茶色のウォーキング・ブーツのひもをほどかせて引き脱がせた。これにならって全員が靴を脱がせてもらったが、マコン卿は靴下をはいておらず、タンステルの靴下の左右が違うのを見てアレクシアは身震いした。靴を脱がされて喜んだのはプルーデンスだけだ。もともとこの子は靴が好きではない。

大法官ネシが小走りでどこかへ消えたあいだに――おそらく一行の到着を知らせに行ったのだろう――アイヴィが驚きの声で沈黙を破った。「あらまあ、ちょっとあの神様を見て！　頭に羽根を一本しかつけていないわ」

「マアトよ」古代神話に詳しいアレクシアが説明した。「古代エジプトの正義の女神なの」

「いっそ〝羽根頭〟と呼んだほうがいいんじゃないかな」タンステルがいつもの陽気な口調で混ぜかえし、古代の神秘的雰囲気をぶちこわした。

ネシが戻ってきた。「あのかたがお会いになります」

ネシは冷たい石の階段をのぼり、屋敷の二階に案内した。ひんやりして薄暗い、墓室のような窓のない部屋がいくつも並び、松明が灯っている。玄関間から長い通路を進み、一行は突き当たりの開け放たれた狭い戸口をくぐった。

大広間は、たしかに芝居が上演できそうなほど広く、入口正面の壁と両脇の壁の半分ほどに、赤いクッションを載せた木製の長椅子がずらりと並んでいた。床には精巧に編まれた葦の筵が敷いてあり、周囲の壁にはやはり絵が描いてある。一階と同様いかにも古そうだが、内容はずっと新しいできごとを網羅していた。オスマントルコによる侵略から西洋技術の導入、かの有名な〈ナツメグの反乱〉から考古遺物取引や観光業にいたるまで、まさに鮮やかな色と精密さで描かれたエジプト現代史の記録だ。奇妙なのは、バッスルドレスを着て髪を束ねた西洋人の姿と、英国軍人や戦艦がどれもパピルスの絵のように子どもっぽい稚拙さで描かれていることだ。

両脇の壁ぞいの長椅子には、憂いを秘めた美しい若者が並んで座っていた。群のドローンたちに違いない。服装は現地ふうだが、これまで目にした現地人とは違って誰もターバンを巻いていない。これはおそらく、土着の宗教を捨て、吸血鬼女王と群に対する忠誠を選んだことの表われだろう。

扉の真正面の貴賓席らしき場所には、天井から巨大なパラソルのようなものが吊り下げられ、露先から色鮮やかな、目がさめるほど美しいシルクの巻き布がぐるりとカーテンのように垂れ下がり、ちょうどなかに人が一人立てるほどのテントを形づくっていた。アレクシアは思った――なかに誰がいるにせよ、きっと外が見通せて、あたしの一挙一動を見つめているに違いない。

カーテンつきパラソルの片側に四人の吸血鬼が座っていた。これだけは間違いない。というのも英国とは習慣が異なり、全員が客に牙を見せていたからだ。ロンドンの吸血鬼は事前に知らしめておきたいとき、もしくは紹介のあとで念を押したいとき以外はまず牙を見せない。ネシは、パラソルの反対側に座る五人目の吸血鬼の横に座った。ネシの隣の席がふたつ空いている。

〝貴族と派手な衣装の役者たち〟という奇妙な一団をしばし無言で見つめたあと、ネシを含む六人の吸血鬼が立ち上がった。

「アレクサンドリア群の全員だ」マコン卿が妻にささやいた。

「光栄ね」と、アレクシア。

続いて息をのむほど美しいドローンが前に進み出ると、流れるような優雅な動きで広々とした床を横切り、目の前に立った。男性っぽくはないが、はっきりした顔立ちだ。濃い眉。大きな口。みごとな化粧術で深紅に塗られた唇。風船のようにふくらんで足首で締まった幅広のたっぷりした黒いズボンに、腕まわりと胴部がぴっちりした丈長の黒いチュニック。チュニックの袖口と裾には幅広の布がついており、動くたびに紳士のフロックコートのように腰のまわりでひるがえった。チュニックとブルーマーふうズボンの幅広の布地は金色の葉模様で、指、手首、首、足首、つま先に大量の金の宝石をつけている。

「ようこそ」女性は踊り子のように両手を優雅に動かしながら「アレクサンドリア吸血群へ」と完璧なクィーンズ・イングリッシュで挨拶し、黒でくっきりラインを引いた大きな茶色い目で役者たちを見わたした。

「マコンご夫妻？」

アレクシアは夫の手を握りたくてしかたなかったが、いつなんどき異界族の力が必要になるかわからない。代わりに、腰に載せたプルーデンスをしっかりと抱えなおして一歩前に進み出た。なぜかこの子がいると心強い。ちらっと横を見ると、マコン卿も一団から離れて前に出ていた。

ドローンが近づき、最初にマコン卿に向かって言った。「マコン卿、ようこそアレクサンドリア群へ。人狼のかたが最後にわが群を訪ねてから、もう何世紀にもなります。どうぞ次なるご訪問がそれほど先ではありませんように」

マコン卿はお辞儀をし、そっけなく答えた。「それは今夜のなりゆきしだいだ」しかたない。もともと愛想の言えない男だ。

ドローンは首をかしげ、茶色い目をアレクシアに向けた。「そしてレディ・マコン、魂《ソウル・》吸い《サッカー》もようこそ」

「それはどうもご親切に。われわれはお父上の所業によってご令嬢を判断することはいたしません」

「ええ、もちろんそうでしょう。なにしろあたくしは父とは一度も会ったことがありませんの」

プルーデンスは美しいドローンに目が釘づけだ。きらめく宝石のせいか、それとも流れるような動きのせいか。アレクシアは興味の対象が化粧でないことを祈った。女の武器に強い関心を持たれてもあたしにはどうしようもない。その手の訓練はアケルダマ卿の専売特許だ。

「アレクサンドリア吸血群へようこそ、魂盗人《ソウル・スティーラー》。あなたの種族をお迎えするのは初めてですわ」

「お行儀よくね、プルーデンス」アレクシアは無駄と知りつつ娘に声をかけた。

だが、意外にもプルーデンスはこの場面で立派に振る舞った。女性ドローンを正面から見つめ、「はじめまして」とはっきり挨拶したのだ。

アレクシアとマコン卿は眉を吊り上げて視線を交わした。上出来だわ。やるときはやるじゃないの。

ドローンは一歩、脇によけて優雅に片手を振り、大法官ネシが座る長椅子の隣のふたつの空席を示した。「どうぞお座りください。女王どのは早速の開演を望んでおられます」

「あら」アイヴィが不満そうに口をはさんだ。「でも、ここにはいらっしゃらないわ！　いま始めたら開幕の場面を見逃してしまうことに！」

タンステルがなだめるように妻の腰に腕をまわし、準備のために部屋の隅にいざなった。

美しいドローンが手を叩くと、ふたたび十数名の召使が現われ、劇団員たちは彼らの手を借りて広間の半分に舞台を設営し、中央の出入口をついたてで仕切った。ずらりと並ぶ松明とランプをすべて舞台側に移動させると、ドローンと吸血鬼たちが黙りこくって座る部分はぞっとするような闇に沈んだ。

《スウォンジーに降る死の雨》は二度見たから感動が二倍になるような芝居ではない。それでも内容はさておき、アイヴィとタンステルのドタバタぶりにはどこか惹きつけられるものがあった。ミスター・タムトリンクルはいかにも悪漢ふうに跳ねまわり、卑劣そうなつけひげをひねり上げ、大きなマントをこれでもかとひるがえす。人狼のヒーローを演じるタンステルは、たくましい太ももにはいたズボンがまたもや裂けるのではないかという勢いで舞台を駆けまわり、ここぞというときに助けに現われ、大いに吠えた。アイヴィはことあるごとに失神し、よく首が――重みでつぶれるパンケーキのように――折れないものだと思うほど巨大な帽子をかぶって歩きまわっている。脇役は人数が少ないので、場面に応じて吸血鬼を演じたり人狼を演じたりしたが、これは話の流れに少なからず混乱をきたした。時間短縮のためとはいえ、脇役陣はいま演じているのがどちらであろうと、つけ牙と、毛むくじゃらの大きな耳をピンクの薄絹のリボンで頭にくくりつけていたからだ。

マルハナバチの踊りはまさに圧巻で、観客の吸血鬼やドローンたちはこの壮大な見せ場に目を奪われた。アレクシアが思うに、これは寓意がまったく伝わっていないか、それともあたしと同じようににばかばかしさに理解があるかのどちらかだろう。これまで大法官ネシと美しいドローンが話すところしか聞いていないが、それ以外の観客が英語をひとことも理解できない可能性もある。

劇は終盤にさしかかり、長い別離と苦悩のあと吸血鬼女王を演じるアイヴィがようやくタンステル演じる人狼の胸に抱かれ、甘く軽やかな大団円を迎えた。いったん小さくなった松明の火がふたたび燃え上がり、召使たちが次々に運びこむ松明で室内にオレンジ色の光が満ちた。

アレクシアと役者たちはかたずをのんで待った。そして、ああ、ついに……吸血鬼とドローンたちが立ち上がり、うっとりした表情で口を開くや、震えんばかりの声で口々に現地の言葉をしゃべりだした。その興奮ぶりからして賞賛の言葉であることは違いない。吸血鬼のなかにはそっと涙をぬぐう者もおり、茶色い目の美しいドローンは人目もはばからず声を上げて泣いている。

やがてドローンは立ち上がり、祝福するように両手を広げてアイヴィとタンステルに駆け寄った。「すばらしい！　ああ、なんてすばらしいんでしょう！　こんな劇を見たのは初めてです。とても複雑で、とても華麗で。あの黄色と黒の縦縞の踊りは不死者の感情を完璧に表現していました。ああ、どんな言葉で言ったらいいか……とても感動しました。このような劇を観られて光栄ですわ。本当に心から」

タンステル一座は熱狂的な反応に圧倒されたようだ。タンステルとアイヴィは顔を真っ赤にし、ミスター・タムトリンクルは感極まって泣きだした。

美しいドローンはアイヴィにふわりと近づいてそっと抱きしめると、片腕をアイヴィ、もう片方の腕をタンステルにからませ、やさしく広間の外へいざなった。「中盤の意味深な部分を説明してくださいます？　あれは永遠に無限と闘う魂を表現したものですの？　それとも寄生者《ホスト》と食糧供給者の両方である自然界と衝突しつづける異界族の立場を社会的に例証したもの？」

タンステルが陽気に答えた。「もちろん、どちらも少しずつ含まれています。それから、ぼくが舞台下手《しもて》で何度も小さく飛び跳ねたのに気づきましたか？　あのひとつひとつが永遠を表わすジャンプなんです」

「ええ、ええ、もちろん気づきました」

なごやかに会話しながら三人は通路の奥に向かったが、何やら短い押し問答があり、アイヴィがドローンの腕を振り切って急ぎ足でアレクシアのそばに戻ってきた。

「アレクシア」アイヴィが意味ありげに声をひそめた。「あなた、ひらひらパラソルを持ってる？」

たしかにパラソルは手もとにある。長年の経験から、吸血群を訪ねるときは用心するに越したことはない。アレクシアは腰の飾り鎖から下げたパラソルを指さした。

アイヴィは首をかしげ、思わせぶりにウインクした。

「ああ」なるほど、そういうことね。「どうか心配しないで、アイヴィ。ご褒美のごちそうをゆっくり楽しんできてちょうだい。パラソルは問題ないわ」

アイヴィは何か言いたげにゆっくりとうなずき、これでようやく安心して秘密組織の任務のことを忘れられると思ったらしく、小走りで夫のあとを追った。

一瞬のためらいののち、ほかのドローンたちも前に進み、英語を話せる者たちが劇団員に自己紹介しはじめた。挨拶のあとコーヒーでもどうかという話になり、団員たちもさりげなく部屋の外へ案内され、広間にはマコン夫妻とプルーデンス、そして六人の吸血鬼だけが残った。

大法官ネシが立ち上がり、「準備はよろしいですか、女王どの？」とカーテンごしに呼びかけた。

なかからはなんの声も聞こえなかったが、布のひだがかすかに動いた。

「かしこまりました、女王どの」ネシは立ち上がってカーテンつきパラソルの正面に来るようマコン夫妻に身ぶりし、カーテンを開いて両脇の金色のひもでとめた。

人狼用の地下牢になる前のマダム・ルフォーの発明室で長い時間を過ごした経験がなかったら、カーテンの奥から現われた装置に驚いたかもしれない。だが、アレクシアはロンドンじゅうを暴れまわる巨大自動タコ《オクトマトン》を目の当たりにした女性だ。メカテントウムシに襲撃され、救出されたこともある。羽ばたき機でパリからニースまで飛んだこともある。それに比べれば、こんなものはなんでもない。とはいえ、これは現代の発明品のなかでもきわめて奇怪なものと言えるだろう。フィレンツェの寺院の地下で見た、壺のなかの切断された手よりも、ゴースト用延命タンクのなかの死体よりも、〈ヒポクラス・クラブ〉が造った恐ろしいロウ顔の自動人形《オートマトン》よりも不気味だ。なぜなら、それらはみな死体か、もしくは機械じかけだった。だが、カーテンの奥の台座に座っているのはまだ生きている——もしくは死にぞこない《アンデッド》の状態だ。少なくとも部分的には。

　女王とおぼしき女性が玉座らしき椅子の上に座っていた。大部分が真鍮製で、台座の部分はタンク状になっており、二種類の液体が入っている。下半分は黄色く泡立つ物質で、粘り気のある赤い液体——おそらく血液だろう——の入った上半分を温めているようだ。女王のやせ衰えた両手が載っている椅子の肘かけにはおびただしい数のレバーとノズルと管がついており、そのいくつかが腕に挿入されたり、腕から突き出たりしていた。まるで女王と椅子が何世代ものあいだ一度も離れず一体化したかのようだ。部品のいくつかは直接、肉体にボルトで固定され、顔の下部——鼻から喉——は真鍮製のハーフマスクにおおわれている。おそらくあのマスクを通して途切れなく血液を供給しているのだろう。

　アレクシアは思わず吐き気を覚えたが、葦の筵を汚すという無礼な行為に出ずにすんだのは、ひとえに育ちのよさによるものだ。女王は不死者だから、椅子が肉体と接している場所はどこも間断なく治癒を繰り返しているに違いない。アレクシアは考えただけでぞっとした。

　そこで大法官ネシが床にひざまずき、前方に深々と身体を折り曲げ、額《ひたい》が葦の筵につくまで頭を下げるという屈辱的な行為に出た。深いお辞儀から立ち上がったネシは、アレクシアとマコン卿にさらに前に出るよう身ぶりした。「女王どの、こちらがレディ・マコン、マコン卿、レディ・プルーデンス。マコン家の皆さん、こちらがアレクサンドリアのマタカラ・ケネメタメン女王──無限なるプトレマイオス吸血群の支配者にして永遠なるよき黄金のレディ・ホルス──天空の女神ヌートの娘にして最高齢の吸血鬼であられます」

鼻から下が隠れているので顔立ちはよくわからない。目は大きく、色は深い茶。やせ衰えた顔のせいで目ばかりがやけに大きく見える。肌の色はエジプト人らしい褐色だが、骨に張りついてくぼんでいるため、いっそう黒く、まるでミイラの肌のようだ。頭には青いカツラと、トルコ石の目を持つヘビをかたどった黄金の小冠をかぶり、椅子と一体化していない部分には細かいひだを寄せた簡素な白い綿をゆったりとまとい、大量の黄金と石の装飾品を帯びていた。

グロテスクな装置と、そこに閉じこめられた女王の哀れな姿に息をのみつつも、アレクシアはその大きな目に吸い寄せられた。黒いコール墨で縁どられた目がじっとこちらを見ている。何かとても重要なことを伝えようとしているかのように。だが、さすがのアレクシア・マコンも、それを理解することはできなかった。ただ、あの目に浮かんでいるのは、どう見ても底なしの絶望と終わりなき苦悩の表情だ。

マコン卿は頭を下げ、大きく腕を振り上げてシルクハットを取り、この場にふさわしく挨拶した。女王の姿を見ても、さほど驚いた様子はない。もしかしたら異界管理局《BUR》に何か事前の警告が届いていたの？　アレクシアは、〝これでショックを隠せる〟と思いながら膝を曲げてお辞儀した。母親にきつく手を握られ、おとなしく真横に立っていたプルーデンスは、目の前の奇怪な生き物と母親をちらちら見くらべ、プルーデンスなりに小さくお辞儀した。

　女王の装置から不快そうな声が聞こえた。

「女王どのはお辞儀を望んでおられます」ネシがとがめるような声でささやいた。

「いまやったわ」

「いいえ、レディ・マコン、もっと深いお辞儀です」

　アレクシアは愕然とした。「東洋ふうのってこと？」このドレスではとてもひざまずけないし、コルセットをした身で床に頭をつけることなどとうてい無理だ。

　マコン卿も驚きの表情を浮かべた。

「女王どのの御前ですぞ！」

「ええ、それはわかっているわ」その点に異論はない。「でも、床にひざまずくなんて？」

「この数世紀のあいだ、女王がいったい何人の客に会われたと思われる？」

　アレクシアは想像してみた。もしあたしがマタカラ女王みたいに哀れな姿だったら……

「あまり多くはなさそうね？」

「皆無です。これは大変な名誉なのです。正式なお辞儀をしなければなりません。女王は偉大なる女性で、すこぶる高齢です。敬意を払われてしかるべきおかたなのです」

「そうなの？」

マコン卿がため息をついた。「〝ローマにいればローマ人に従え〟だ」

「それを言うならここはローマじゃないわ、あなた。アレクサンドリアよ」

だが、そのときすでにマコン卿はもういちどシルクハットを取ってひざまずき、前方に深々と頭を下げていた。

「ちょっと、コナルったら、ズボンの膝が！　そんなふうに床に頭をつけないでちょうだい。錠がどこにあったのかもわからないのに！　まあ、ちょっと、プルーデンス、ダディの真似をすることないのよ。あらら、やっちゃった」

プルーデンスに母親のようなためらいはない。フリルたっぷりの黄色いドレス姿で身体を前にすべらせ、すばやく頭を床につけた。

こうなったらしかたがない。アレクシアは夫をにらんだ。「後ろからささえてちょうだい。さもなければドレスが裂けてしまうわ」そう言ってゆっくりひざまずき、下着が許すかぎり身体を前に──あまり深くはなかったが──傾けた。そのとたん、左にバランスを崩しそうになり、無理な姿勢にコルセットがきしみを上げた。マコン卿が後ろから妻を抱え上げ、その瞬間、人間に戻った。

ネシが女王の隣──台座の上、ちょうど女王の口が自分の耳に来るあたりで、しかも女王より低い位置──に立つと、女王がネシの耳にささやいた。異界族の耳なら何か聞き取れたかもしれない。アレクシアは問いかけるように夫を見た。

「知らない言葉だ」マコン卿が残念そうに答えた。

「女王どのは〝ヨーロッパ人はすべて間違っている〟とおっしゃっておられます。文字は左から右に書き、部屋に入るときに帽子は脱ぐくせに靴ははいたままだと」ネシは背筋をピンと伸ばし、街の広報役人のように女王の言葉を代弁した。そしてヨーロッパ人の無作法に対する非難への反論も待たずに、ふたたび耳を傾けた。

「女王どのは、なぜ異国の子はみな同じに見えるのかを知りたがっておられます」

アレクシアは真横でいつになくおとなしく立っている娘を指さした。「あの、この特別な子はプルーデンス・アレッサンドラ・マコン・アケルダマと言いますの」

「ノー」と、プルーデンス。誰も聞いていない。プルーデンスはこの歳で早くもまわりのこんな反応に慣れっこになっていた。

ネシは女王の言葉を代弁しつづけた。「魂吸《ソウル・サッカー》いと吸血《ブラッド・サッカー》鬼の名を受けついだ地獄の番犬の娘よ。女王はあなたの娘がどう作用するのかを知りたがっておられる」

「なんですって?」アレクシアは困惑した。

「あなたの娘は〈闇の吸血鬼〉の一員なのか? 魂盗人なのか?」

アレクシアはしばし考えこんだ。もっともな質問だが〝そうだ〟とひとことで言えるほど単純な話ではない。そこで慎重にこう答えた。「この子は異界族に触れると、その異界族の能力を発現しますわ——それがご質問の意味でしたら」

「ひとこと〝そうだ〟と答えれば充分だ、ソウル・サッカー」

アレクシアはマタカラ女王の悲しげな目を鋭く見すえた。「ええ、でもそれは正確ではないわ。あなたが娘を呼ぶ名は、あたくしが呼ぶ名とは違います。あなたは——高貴なる女王どの——こうやって侮辱するためにあたくしと娘を呼び出したんですの？」

ネシは顔を近づけて耳を寄せ、短い議論を交わしてから言った。「女王どのは真実を見たいと仰せです」

「具体的にはどんな？」

「お嬢様の能力を」

「いや、それはちょっと待ってくれ！」と、マコン卿。

「そう簡単にはいかないわ」アレクシアは答えをはぐらかした。

女王の指が肘かけの上でぴくっと動き、一瞬、小さな火花が散った。それが何かの合図だったらしく、吸血鬼の一人がいきなり飛び出し、目にも止まらぬすばやさでプルーデンスを抱え上げた。プルーデンスは母親の手を離したが、泣きもしなければわめきもしない。アレクシアが怒りの叫びを上げると同時に吸血鬼はプルーデンスを取り落とした。何世紀ものあいだ享受してきた異界族の力が不意に消えたからだ。幼児を抱えておくぐらいの力はあったはずだが、あまりにも驚きが大きすぎた。吸血鬼の牙が消え、プルーデンスはどさっと床に落ちた。しかし今は不死者になっているのでケガもしない。ぴょんと立ち上がって小さな牙を剝き出し、興味津々の顔でスイッチとレバーがたくさんついた真鍮製の椅子に汚れた手を伸ばした。まずはプルーデンスをつかまえるのが先だ。質問はあとでいい。と言うより、もっとずっとあと——この子が成長し、ちゃんと研究できるようになってからでいい。プルーデンスのこの行為も、なんでもないときなら子どもらしい好奇心のせいと大目に見ることもできる。アイヴィの娘プリムローズが装飾品や羽根飾りに手を伸ばすのと同じだ。だが、いまプルーデンスは吸血鬼だから力が強い。いつ女王の椅子に重大なダメージをあたえるかわからない。

アレクシアが娘に突進した。幸運だったのは、プルーデンスが椅子に気を取られ、逃げようとしなかったことだ。アレクシアは大惨事になる前にさっと娘の腕をつかんだ。

その短い、そら恐ろしい数分のあいだ恐怖に息をのんで硬直していた吸血鬼たちがいっせいに立ち上がり、マコン夫妻と女王のあいだに立ちはだかった。全員が早口のアラビア語でアレクシアとプルーデンスに向かってどなっている。

吸血鬼の一人がさっと飛び出し、手の甲でアレクシアの顔を思いきり張り飛ばした。

プルーデンスを両手でつかんでいたから、たとえどんなにすばやく反応できたとしてもパラソルに手を伸ばすことはできなかっただろう。アレクシアはよろめき、プルーデンスがケガをしないよう身を丸めてあとずさった。

気がつくと、吸血鬼の前に怒りを剝き出しにしたまだら毛の大狼が立っていた。首毛を逆立て、白い大きな歯を剝き出し、ピンク色の歯茎から唾液をしたたらせている。

目の前にいきなりこんな生き物が現われたのだから、吸血鬼たちはさぞ肝をつぶしたに違いない。ましてや何百年ものあいだ一度も人狼を見たことのない吸血鬼ばかりだ。

マコン卿は妻と吸血群のあいだに立ちはだかり、アレクシアのスカートに触れる位置まであとずさった。

吸血鬼たちが新たな脅威に気を取られているすきに、アレクシアはプルーデンスをしっかりと腰に抱きなおし、反対の手で腰の鎖からパラソルをはずして麻酔矢を発射した。同時に、夫が毛むくじゃらの身体でしきりにスカートの上から脚を押す意味を理解し、ゆっくりと扉にあとずさりはじめた。

麻酔矢を浴びた吸血鬼がマコン卿の前で倒れ、別の一人がアレクシアに身を躍らせた。すかさず狼のマコン卿が倒れた吸血鬼の膝裏の腱をつかみ、飛びかかろうとした吸血鬼めがけて力まかせに投げ飛ばした。二人の吸血鬼は床にくずおれたが、しばらくして勢いよく立ち上がった。間髪をいれずアレクシアが片方の吸血鬼に麻酔矢を放つと、吸血鬼はふたたび真後ろに倒れ、今度はさっきより長々と床に伸びたあと、ようやくよろよろと立ち上がった。

アレクシアは怒りにかられた吸血鬼の一団を見すえたまま出口に向かった。マコン卿はぴったりそばにくっつき、できるだけ吸血鬼集団と妻子のあいだの距離を保とうと、いかにも獰猛そうに歯を剝き、吠え、うなっている。

大法官ネシがゆっくりと、懇願するように両手をかかげて前に出た。「どうか、マコン卿、われわれはこのような戯《たわむ》れには慣れておりません」

マコン卿が低く、恐ろしげにうなった。

このときアレクシアが謝罪を期待していたら、さぞがっかりしただろう。ネシはありったけの勇気をふりしぼってわずかに狼に近づき、ホテルボーイのように扉を指さした。「どうそこちらへ、伯爵どの。ご訪問に感謝します」

お引き取りくださいってことね。アレクシアはくるりと背を向け、部屋から駆け出した。歓迎されない場所に長居するほどバカらしいことはない。マコン卿は一瞬ためらい、すぐにあとを追った。

プルーデンスは母親の腕のなかで激しくもがいたが、アレクシアはさらに力をこめた。一晩にこれ以上の騒動はたくさんよ。

「ノー！　ママ、ノー。かわいそう、ダマ！」プルーデンスが部屋を振り返りながら、甲高い震える声で叫んだ。

プルーデンスが椅子ではなく、女王のことを言っていることに気づき、同じ思いを抱いていたアレクシアは足を止めて後ろを振り返った。群の吸血鬼が女王の前で寄り固まっているが、台座が高いので吸血鬼たちの頭上に女王の目が見えた。またしてもアレクシアはそこにある深い悲しみに胸を衝かれ、マタカラ女王が何かを――はるばるエジプトに呼び寄せるほど重大な何かを――望んでいると確信した。でも、あたしに何ができるの？　ドレスが引っ張られる気がして見ると、マコン卿がドレスの裾をしっかとくわえ、急げとうながしている。

アレクシアは夫にしたがった。

ネシが駆け足で追いつき、しばらく考えたあと、毛むくじゃらの夫ではなくアレクシアに話しかけた。「お発ちになる前にコーヒーでもいかがですか？」無礼な振る舞いなど何もなかったかのような、ていねいな口調だ。一行は冷たい石の階段を下りて玄関に向かった。

「けっこうですわ」アレクシアも礼儀正しく答えた。「失礼します」

「ママ、ママ！」

「なあに、プルーデンス？」

プルーデンスは深く息を吸い、間違えまいとするかのように、ゆっくりとこう言った。

「ママ、あのひと、だして、あげて」

アレクシアは驚いて娘を見つめた。「もしかして今ちゃんとした文章で話した、プルーデンス？」

プルーデンスは疑わしそうに母親を見て眉をひそめた。「ノー」

「ああ、そうね、でもおもしろい考えだわ。閉じこめられているって言いたいのね。本人の意志に反して？　たしかに、吸血鬼に関するかぎり、なんでもありだわ」

ビフィとライオールはその晩、前夜に何ごともなかったかのように過ごした。激しい闘いも、人生を変える決断も、恋の始まりもなかったかのように、レディ・キングエアと三人で捜査を進めた。

ビフィとライオールが部屋に現われたとき、シドヒーグは鼻をうごめかして二人を疑わしそうに見たが、なんらかの変化をかぎとったとしても、そのことには何も触れなかった。二人の様子が以前より親しげで、無意識のうちにときどき触れ合っているのに気づいたとしても、シドヒーグは無言だった。

きっとフルーテも感づいたに違いない――ビフィは思った。こういうことにはめざとい男だ。老執事はいつもと変わらぬ気くばりに満ちた手際のよさで二人の要求に応えた。レディ・マコンの要求に時間と注意を割かなくていいぶん、いつもよりさらにてきぱきと必要なものをそろえてくれる。

ライオールはロンドンじゅうから集めた自家用飛行船の所有者に関する情報をつぶさに調べ、そのなかにエジプトに関心のある政治家や商人がいないかと照らし合わせたが、なんの関連も見つからなかった。シドヒーグはサンドーナー仕様の銃弾の製造・販売業者を徹底的に洗い出し、誰が、なぜ入手したのかを特定しようとしたが、こちらも成果はない。ビフィはエジプトと、ダブがエジプトで何を見つけたかに捜査の焦点をしぼった。あれほどやつれた状態だったことから判断すると、ダブは〈神殺し病〉の感染域のなかにいたに違いない。ビフィは手荷物情報を調べるため、列車と、エジプトを出発した汽船の乗客名簿を集めた。あの衰弱した状態からして、ダブはロンドンに戻る船旅のあいだ、反異界族のミイラか、少なくともその一部と一緒だったはずだ。そして上陸前に捨てた、もしくは盗まれたのだろう。その証拠に、ダブが戻ってからロンドンの異界族にはなんの影響もなかった。

ビフィは注意力散漫なタイプではないが、何時間もぶっとおしで乗客名簿に没頭したあと、ふと古い資料のなかに埋もれていた、〈神殺し病〉の性質を論じた論文に目を引かれた。百二十年ほど前に行なわれた最初の遺跡調査隊による報告書を参考に、約五十年前に書かれたものだ。ビフィはこのふたつの文書を見て何か引っかかるものを感じたが、それが何かはわからない。さっそく図書室からエジプト関連の本を片っ端から引っ張り出し、この件に関する報告書を集めるためにフルーテを外務省に送りこんだ。だが、〈神殺し病〉は吸血鬼と人狼だけの極秘事項とされており、昼間族はほとんど関心がないので、役に立つ情報はあまりなかった。

「ビフィよ、読書の邪魔をしたくはないが、きみがやっていることは本来の目的から少しずれているのではないか？」

ビフィは疲れた目をこすりながらライオールを見上げた。「えっ？」

「過去のことばかり調べて、殺人事件の調査からどんどんはずれているようだ。何か事件に関することか？」

「この疫病に関して、何か奇妙なことが起こりつつあるような気がするんです」

「〈神殺し病〉が歴然と存在し、一見して誰も気づかない、異界族だけに影響をあたえる悪疫〟ということのほかにかね？」

「ええ」

「いったいどういうことだ、マイ・ボーイ？」ライオールは本と文書に囲まれて床に座るビフィの隣にかがみこんだ。

シドヒーグが読んでいた書類から顔を上げた。

ビフィは古い論文に引かれた線を指さした。「ここを見てください。百二十年前、疫病の報告はカイロにまで広がっています。ほら、ここに、ピラミッドは無事だったと注記されています」

ライオールが先をうながすように首を傾けた。

「そして、ここにも似たような記述があります。どこまで疫病が広がったのかを正確に図にしようとした者はいなかったようです。無理もありません——地図を作るためには科学的調査に関心があり、かつ砂漠を越えるたびに人間に戻るのをいとわない人狼が必要ですから。でも、これまで調べたかぎり、〈神殺し病〉は五十年前にアスワンからカイロにまで広がっていたはずです」

「それで？」

ビフィはナイル川流域の地図を振り広げた。「地形学、川の特徴、人狼と吸血鬼の縄張り境界点などを考慮に入れると、疫病はこんなふうに拡大したと思われます」ビフィは黒エンピツで地図にゆるやかな円を描いた。「ぼくが思うに、当初の感染域は——ここですが——何千年も固定したままでした。人狼が支配力をなくし、疫病が始まって以来ずっと」

ライオールが興味ぶかそうに地図に顔を近づけた。「それのどこが問題なのだ？　これまでの話はすべて語り部《ハウラー》が歌ったことと符合する。〝最後のファラオ、ラムセスは、〈神殺し病〉で変身できず、歳を取って、歯が抜けた〟」

「ええ、でもこの最後の報告書のあとに一度——一八二四年に移動しているんです」

「なんだと！　何が移動したんだ？」

「いえ、移動したと言うより拡大したと言うべきでしょう。ＢＵＲが保管している最近の—

――二、三十年前の――報告書を見てください。どうみてもこれはアレクサンドリア吸血群と、なんらかの宗教的情熱を持って砂漠に挑んだ一匹狼から提出されたものです。これによれば、どんなに少なく見積もっても、〈神殺し病〉はこの五十年のあいだに百マイルほど拡大しています」ビフィはさっきよりさらに大きい円を地図に描いた。「ほら。こうなるとシーワ、ダマンフール、さらにはアレクサンドリアの郊外まで含まれます」

「なんと！」

「五十年前に何かが起こり、ふたたび疫病が活発化したとしか思えません」

「まずいな」ライオールが即答した。

「ダブはこの情報を届けようとしてたって言うのか？」と、シドヒーグ。

「ダブは反異界族のミイラを探すために送りこまれた。そこで期待以上のものを見つけたら、報告しようと思うのは当然でしょう」

「しかし、どうしてこのことを、ああもむきになってレディ・マコンに伝えようとしたんだ？」シドヒーグは何よりそこが気に入らないらしい。

「なにしろあのかたは反異界族ですから」と、ビフィ。

「この情報をいますぐエーテルグラフで送ろう。きみはレディ・マコンと送信の時間を約束しているんだろう、ビフィ？」

「ええ、でも……どうしてそのことを？」

「わたしがきみの立場なら、わたしもそうしたはずだ。約束の時間はいつだね？」

「明日の日没後です」

「このことをレディ・マコンに伝えてくれ」

「了解しました」

「それからついでに……その……」ライオールがレディ・キングエアにあごをしゃくった。

「はい、あなたの秘密が知られて、ロンドン団が変わるということも。わかっています」

「きみはまだ変化に納得できないようだな？」ライオールは首をかしげ、声を低めた。

「納得できなくても、あなたはぼくを残して──ぼくに多大なる責任を残して去っていくんでしょう？」ビフィは悲しみをごまかすようにエジプトの地図に目を向け、視界の隅でライオールを見上げた。

「きみを見こんだわたしの判断がどれだけ正しかったか、きみはたったいま証明したようだ」

「ちょいと、お二人さん」シドヒーグが口をはさんだ。「マコン卿があんたたちを見こんだことの証明に、そろそろあたしのベータを撃った犯人を突きとめちゃくれないか？」

12 アレクシアとアイヴィがあごひげの男と出会うこと

レディ・アレクシア・マコンは午後のなかごろに目覚めた。分厚いカーテンの四隅から柔らかい金色の光が射しこんでいる。アレクシアは隣の夫を見た。ハンサムな顔で、無邪気に眠っている。指先で整った顔立ちを優しくなぞると、夫はそのしぐさに反応して小さくいびきをかき、アレクシアはくすっと笑った。こうやってときおり、このすばらしい男――威張りたがりで、手が焼ける、しかも人狼――が自分のものだという幸せにひたる。オールドミスで世間ののけ者だったころは想像もできなかった。あのころは、どこかの冴えない科学者か、中流役人あたりとしかたなく結婚するのだろうと思っていた。まさか伯爵夫人に落ち着くなんて……妹たちがうらやむのも無理はない。現実の結婚生活がけっこう複雑だということを知らなければ、あたしだってうらやんだだろう。アレクシアは夫の鼻先にキスしてベッドから下りた。これから昼間のエジプトの探索だ。

もちろん、こんなお楽しみを独り占めするつもりはない。男性陣はまだベッドのなかだが、アイヴィと乳母と子どもたちは育児室としてあてがわれた部屋でコーヒーを楽しんでいた。

「ママ！」アレクシアが戸口に現われたとたん、プルーデンスがうれしそうに椅子からすべり下り、興奮の面持ちでとことこ駆け寄った。アレクシアが身をかがめて抱き上げると、プルーデンスはアレクシアの頭をつかみ、小さい手を頰に当て、決然と母親の顔を自分に向けた。「タンステール！　へんてこ。エージプト！」

アレクシアは小さくうなずいた。「まったくそのとおりね、ダーリン」

プルーデンスは真剣な顔で母親の茶色い目を見つめた。自分の大事な報告にまじめに答えているかを見さだめるかのように。そしてようやく「うん」とうなずき、「いく、いく、いく」とせかした。

母と娘の会話が終わるのをじっと後ろで待っていたアイヴィがプルーデンスの言葉をしおに切り出した。「ねえ、アレクシア、ひょっとしてわたしが考えてることをあなたも考えてない？」

アレクシアは即座に答えた。「いとしいアイヴィ、それは大いに疑問だと思うけど」

アイヴィは気を悪くしたふうもない。おそらく皮肉に気づかなかったのだろう。「これから市内見物をしようと思ってるの。一緒に行かない？」

「あら、ちょうどいいわ。あなた、ベデカー旅行案内書を持ってる？　六時ごろに市内の公共エーテルグラフ通信所に行く用事があるの」

「まあ、アレクシア、何か大事な情報を送信するのね？　わあ、わくわくするわ！」

「あら、そんな重要なものじゃないの。ただの業務連絡よ。探索の目的のひとつに加えてもいいかしら？」

「もちろんよ。目的があれば外の空気を吸うのがいっそう楽しくなるわ、そうでしょ？　ロバを一頭、頼んだの。エジプトには乳母車がないなんて信じられる？　いったいどうやって上品に赤ん坊を運ぶのかしら？」

「やっぱりロバじゃない？」

「そんなの、ちっとも上品じゃないわ！」アイヴィは断言した。

「思ったんだけど、プリムローズとパーシヴァルをあのかわいい荷カゴに入れて、プルーデンスをロバの背に乗せてはどうかしら？」

「ノー！」と、プルーデンス。

「あら、そんなこと言わないで」アレクシアがたしなめた。「あなたは連綿と続く乗馬婦人の血を引いてるのよ。少なくともそう信じたいわ。乗馬は脚を楽に広げられる小さいころに始めたほうがいいの」

「プーッ」と、プルーデンス。

扉をそっと叩く音がしてマダム・ルフォーが顔をのぞかせた。「こんにちは、ご婦人がた」上品なグレイのシルクハットをちょっと上げてから唯一の小さな紳士を思い出し、「パーシー」と付け足した。

パーシーはげっぷで答え、プリムローズは両腕を振りまわし、プルーデンスとアレクシアとアイヴィはていねいに会釈した。

「マダム・ルフォー」アイヴィが呼びかけた。「これから大都市エジプトの探索に出かけるところなの。一緒にいかが？」

「ああ、ごめんなさい、ご一緒したいところだけど、ちょっと用事があって」

「あら、それならしかたないわ」そう言いつつ、アレクシアはルフォーの用事が気になってしかたがなかった。ルフォーは誰の指示で動いてるの？〈真鍮タコ同盟《OBO》〉？ ナダスディ伯爵夫人？ それとも彼女自身？ ああ、あたしにも異界管理局《BUR》のような専属の捜査チームがいたら――またしてもアレクシアは思った――そうすればルフォーのあとをつけさせるのに。アレクシアは母親の巻き毛をいじるのに夢中の幼い娘をしげしげと見つめた。この子を訓練してスパイにしたてるっていうのはどうかしら？ アケルダマ卿みたいな養父がいれば、あたしの仕事の半分は終わったようなものだわ――プルーデンスは目をぱちぱちさせ、アレクシアの巻き毛を自分の口に入れた――まだかなり先の話だけど。

ルフォーを見送り、アレクシアとアイヴィと乳母は子どもたちに服を着せて部屋を出た。階段を下りてホテルの玄関から外に出ると、柔らかい耳の従順なロバがロバ使い少年とともに待っていた。双子はおとなしく荷カゴにおさまった。パーシーはおしゃぶりがわりの干しイチジク、プリムローズはおもちゃがわりの銀色の細長いレースをあてがわれ、二人とも大きな麦わら帽をかぶっている。帽子の下から茶色の巻き毛と青い大きな目がのぞくプリムローズはなんともかわいらしいが、高波を心配する太った赤毛の船頭のような表情のパーシーは、なんとなくいごこちが悪そうだ。

ロバの背にまたがったプルーデンスは熟練のロバ使いよろしく短い脚を腹に打ちつけ、ロバの首にしがみついた。船上ではほとんど日が照らなかったので、肌がかすかにオリーブ色に焼けている。アレクシアは娘がイタリアふうの肌色を受け継いだことが何より気がかりだ。

〝英国でも最高級のフリルとレースに身を包んだ三人の異国の子どもにロバ〟という組み合わせに、アレクサンドリアの通りにはどよめきが起こった。なにしろプルーデンスがすぐにロバから落ちそうになるので速くは進めない。紺色のドレスと白エプロンに縁なし帽というぱりっとした身なりの乳母が子どもたちに目を配りながら脇を歩き、照りつける太陽にパラソルをさしたアイヴィとアレクシアが先頭を歩いた。アレクシアはビフィの抜群の見立てによる黒と白の縦縞のいかしたウォーキングドレス、アイヴィは補色関係にある紫がかった青と栗色の格子柄のドレスだ。ときおり立ち止まっては小さな案内書をのぞきこんでいるが、調べるのに時間がかかりすぎてアレクシアはしびれを切らし、見当をつけて勝手に歩きだした。

ほんの少し歩いただけでアレクシアはエジプトと深い恋に落ちた。まったくそうとしか言いようがない。ベデカー旅行案内書にあるとおり、エジプトに〝冬の悪天候〟という概念はなかった。穏やかな夏があるだけだ。砂岩と泥レンガの建物にやさしいオレンジ色の光が降りそそぎ、羽根板状のイグサでできた頭上の日よけが足もとに十字の影を投げかけ、現地人がまとう色鮮やかで流れるような衣服が単色の地味な風景を背に際限なく移ろい、女たちが食べ物を入れたカゴを頭にバランスよく載せて運んでゆく。アイヴィは最初これを変わった帽子だと思い、どうしても買いたいと言い張ったが、やがて女がカゴを下ろし、お腹をすかせたロバ使いの少年にパンを分けはじめたのを見てがっかりした。

何より魅力的なのは、ここでは男も女も、社会的地位にかかわらず自尊心と生来の優雅な物腰をそなえていることだ。ただ、働いているときも、しゃがんでいるときも、筵《むしろ》に寝転がっているときもつねに歌を歌うのには閉口した。アレクシアは音楽的センスがあるほうではない。人間だったころ名の知れたオペラ歌手だった夫は、かつて浴室で声を震わす妻の歌を聴いて、頭のいかれたアナグマの歌のようだと言った。しかし、そんなアレクシアにも、現地民たちのリズミカルな歌が完全に調子っぱずれであることくらいはわかる。どうやら彼らの歌は労働の苦しさを和らげ、休息を楽しむための手段らしい。アレクシアの耳には単調で不快だったが、波動聴覚共鳴妨害装置の音と同じように、それもやがてただの雑音になった。

うきうきした気分で歩きながらアレクシアは何度も小さな店やバザールの露店の前で足を止め、何を売っているのだろうとなかをのぞきこんだ。いつもながら気になるのはおいしそうな異国の食べ物だ。子どもを乗せたロバとアイヴィがあとをついてくる。乳母は任務に忠実に子どもたちに気を配りつつも、散策のあいだじゅう物めずらしい街の様子にいちいち驚きの声を上げた。「まあ、ミセス・タンステル、あれを見てください。野良犬ですわ！」、「まあ、ミセス・タンステル、あの男性ったら、なんてことでしょう。玄関の昇り段にあぐらをかいて座るなんて、しかも裸足で！」

かたやミセス・タンステルはだんだん頭が混乱してきて、異国の地で迷子になったのではないかと心配になってきた。

ありったけの力でロバの背にしがみつくプルーデンスは旅慣れた旅行者よろしく周囲の風景をうさんくさそうにながめていたが、ふと帽子が落ちそうになるまで小さな頭を後ろに倒して空を見上げ、うれしそうな声を上げた。驚いたことに、上空には色とりどりの巨大な気球がいくつも浮かんでいた。エジプト人はまだ飛行船の旅を楽しむ余裕はないが、数百年も前から砂漠の空を移動する気球遊牧民――別名〝褐色の肌をしたベドウィンのいとこ〟――に空を貸してきた。最初の英国人移住者は彼らを漂う者たち《ドリフターズ》と呼んだ。まさにぴったりのあだ名だ。市場《いちば》での買物や観光客相手の商売のためにやってくるらしく、昼間はたくさんの気球がアレクサンドリアの上空に浮かんでいる。気球は、アイヴィがこれまで買った帽子のすべての色があるのではないかと思うほど色とりどりで、大半がつぎはぎ模様か縦縞だ。プルーデンスは、どんなに物めずらしいエジプト人の日常生活よりも空高く浮かぶ気球にすっかり魅せられ、さえずるような歓声を上げた。

こうして一行はそれぞれに楽しみながら散策を続けた。途中アレクシアは一度だけ、上等の革細工をずらりと並べた露店に目を奪われ、長々と足を止めた。色とりどりの縦縞の敷物の上に商品が美しく並んでいる。見上げると、商品の背後に男が座っていた。これまで見てきた男たちとは、身なりも身のこなしもまったく違う。あごひげを生やした鋭い顔立ちで、揺るぎない視線からは頑固さと意志の強さと気高さが感じられた。しかもこの男は歌っていない。最初は、アレクサンドリアの地元民ではなく砂漠の遊牧民ベドウィンだと思った。だが、よく見ると長い縄ばしごが背後の建物に結びつけてあり、それがずっと上空まで伸びて、プルーデンスが心奪われた気球の吊りかごのひとつにつながっている。ドリフターだ。とびきり顔立ちのいい男は意志の強そうな黒い目でアレクシアを見つめた。

「革細工はいかがですか、きれいなレディ?」

「ああ、いいえ、けっこうよ。見ているだけだから」

「もっと南を見るべきです。あなたが求める答えは上《かみ》エジプトにあります、ミス・タラボッティ」なまりは強いが、意味ははっきりわかった。

「失礼ですけど、いまなんとおっしゃいました?」アレクシアは驚き、あわてて友人を探した。「アイヴィ、いまの聞いた?」アイヴィと一緒に戻ると、もはや店に男の姿はなく、腰を揺らし、空に向かって驚くべき身軽さとスピードで縄ばしごをのぼっていくところだった。異界族かと思うほどのすばやさだが、太陽が出ているのだからそれはありえない。

アレクシアが小さく口を開けて空にのぼってゆく男を見ていると、「革細工はいかがですか、きれいなレディ?」と別の声が聞こえた。アレクサンドリアふうの服を着た少年が、さっきまでドリフターの男がいた場所から期待の目で見上げている。

「えっ! さっきのあごひげの男は誰? どうしてあたくしの名前を知っていたの?」

少年はぽかんとした表情でまつげをぱちぱちさせた。「革細工はいかがですか、きれいなレディ?」

「アレクシア、もうここはいいでしょ? こんな革細工のどこがいいのか、まったく理解できないわ」

「アイヴィ、さっきの男を見た？」

「男って？」

「たった今ここにいた気球遊牧民よ」

「ああ、それね、アレクシア、それならこの本に書いてあるわ。〝ドリフターは西洋人とは交わらない〟。きっと幻《まぼろし》を見たのよ」

「ああ、いとしのアイヴィ、あたくしがこれまで一度でも幻を見たことがあると思う？」

「ああ、たしかにね、アレクシア。ともかく、残念だけどそんな人には気づかなかったわ」

「まったくつくづく残念よ。とってもハンサムな男性だったんだから」

「まあ、アレクシアったら、なんてことを！ あなたは既婚女性よ」

「たしかにそうね、でも、生身の女性よ」

アイヴィは扇子で顔をぱたぱたあおいだ。「まあ、アレクシア、またそんなはしたないことを！」

アレクシアはいたずらっぽくほほえみ、パラソルをくるくるまわした。「さあ、時間がもったいないわ。急ぎましょう」アレクシアは露店の場所と、男がのぼっていった気球の色――微妙な濃淡のある深紫の布の継ぎ合わせ――を記憶にとどめた。

その後は何ごともなく、ちょうど午後六時にラムレ大通りの西端に着いた。〈新しい港《ポール・ヌフ》〉が夕暮れまぢかの弱い日差しを受けて青くきらめいている。アレクシアは美しい光景に感激するアイヴィたちを残し、急いでエーテルグラフ通信所のなかに入ると、装置が英国製の満足できるレベルであることを確かめ、即時にビフィに伝言が送れるよう専用バルブを正しくセットした。あとは今がロンドンの日没時刻であることを祈るだけだ。エーテルグラフ通信ではどんな手違いが起こるかわからない。

「〝ひらひらパラソル予定地到着〟」アレクシアは通信を始めた。「〝出発までこの場所と時間で予約〟」続けてアレクサンドリアの公共通信機の識別番号を書き加え、かたずをのんで待った。数分後、事前の約束どおり返信が届いた。だが、残念ながらその内容はアレクシアが望んでいたものではなかった。

ビフィがよく眠れなかったのは、ライオールのベッドが二人で寝るのに狭すぎたせいだけではない。二人ともそれほど大柄ではないが、ビフィはライオールよりかなり背が高く、そのため脚がベッドからだらりと落ちてしまう。それでも別々に寝るなど思いもしなかった。こうしてようやくおたがいの気持ちを確かめ合ったのだから。いずれにせよ、いったん太陽が昇れば、脚が落ちようとベッドが狭かろうと二人は死んだようにぐっすり眠った――静かに深い息をしながら、四肢をからませて。それでもビフィの夢には、果たしそこなった約束や行きそびれた会合、伝えそこなった伝言が次々に現われた。

その日の朝、チェスターフィールド・チャニングスのチャニング・チャニングはビフィとライオールがベータの部屋に入っていくのを目撃したが、金色の眉毛を片方とがめるように吊り上げただけだった。もちろん当の二人は、夕方になればひとしきり噂になることを覚悟していた。そのころには団の全員に知れわたっているだろう。人狼は大のゴシップ好きだ――とりわけ自分たちのこととなると。吸血鬼は他人の噂をしたがるが、人狼の場合、興味の対象はもっと閉鎖的だ。詳細はさておき、ビフィは二人の新しい関係が格好の噂の種になるとわかっていた。だからクラヴィジャーに、日没の数分前にライオールの部屋にいる自分を起こすよう言いつけておいた。

「サー、サー、起きてください」言いつけどおり、音楽的才能のある好青年カトガン・バーブルソンは日没の十五分前にビフィを激しく揺り起こした。日没前に人狼を起こすのは楽ではない。とくにビフィのような若い人狼の場合は。

「何かあったのか、ミスター・バーブルソン？」ライオールのささやきが聞こえた。

「いいえ、教授。日没前に起こすようミスター・ビフィに言いつかっておりました。大事な約束があるからと」

「ああ、なるほど、そうか」

ビフィはうなじにライオールの鼻を感じ、肩の肉に鋭い歯が当たるのを感じた。

ビフィは眠ったふりをやめた。「ああ、教授、それはあとにしましょう。いけない人だな」

ライオールが文字どおり笑い声を上げるのを見て、カトガンはひどく顔を赤らめた。

ビフィはベッドから転がり出ると、カトガンの手を借りてスモーキング・ジャケットにゆったりしたシルクのズボン、ガウン、スリッパを身につけた。通常ならビフィが――それを言うならライオールも――靴、スパッツ、ズボン、シャツ、ベスト、クラバット、上着をきちんとつけずに部屋を出ることはまずないが、いまは時間がない。身だしなみはあとでゆっくり整えよう。ビフィは、せめてエーテルグラフ通信機に向かう途中で誰にも見られないことを祈った。だが、人狼屋敷に暮らしている以上、はかない望みであることもわかっていた。くだけた服装のままビフィは屋敷の屋根裏部屋に駆け上がった。ここにレディ・マコン専用のエーテルグラフ通信機が据えつけてある。見た目は馬二頭が収まりそうな巨大な箱で、複雑なバネ装置で床から浮き上がっており、外側には内部に周囲の雑音が届かないよう綿をつめた分厚い青いビロードが巻いてある。箱はふたつの小部屋に分かれ、それぞれに必要な装置がびっしり詰まっていた。もうすぐレディ・マコンからアレクサンドリアにある通信機の識別番号が届くはずだ。ビフィは受信室でじっと目を凝らした。

すべてのスイッチをオンにして、ビフィは極力、音を立てないように座っていた。エーテルグラフ通信には完全な静寂が必要だ。雑音が入ると、エーテル振動の反応が乱れる恐れがある。装置をにらんでいると、太陽が沈んだ瞬間――それは人狼の骨の感覚でわかる――受信が始まった。磁石を搭載した小型油圧アームが頭上で動きだし、目の前にある二枚のガラス板にはさまれた黒い粒子のなかにひとつずつ文字が浮かび上がった。「〝ひらひらパラソル予定地到着。出発までこの場所と時間で予約〟」そのあとに短い番号が続いた。ビフィは記憶力がいい。番号を頭に刻みこむと、すぐさま受信室を出て発信室に駆けこんだ。

そして異界族に可能なかぎりすばやくエーテル磁気設定の番号を周波変換器に打ちこんだ。

このエーテルグラフ通信機はレディ・マコンたっての望みで最新かつ高性能型なので、こちら側に適合バルブは必要ない。準備を終え、もういちど番号を確かめてから酸性尖筆と金属板を取り出し、ひとつの升目に一文字ずつ、ていねいに文字を刻みはじめた。最初の通信文は短く、すばやく送ることが肝要だ。「〝待て。追伸あり。ウィングチップ・スペクテイター〟」金属板を差しこみ口に入れて送信機を作動させると、二本の針が板上の四角い升目の上で動きだした。針の一本は上、一本は下でそれぞれ動き、文字を通過するたびに火花を散らした。

返信も待たずにビフィは次の伝言を刻みはじめた。最近の重大な発見の報告だ。暗号で送るには量も多く内容も複雑だが、最善をつくした。そしてふたたびエーテル交流器を作動させ、火花が散るのを息を止めて見つめながら、通信が成功し、かつ遅すぎないことを祈った。

「〝待て〟」通信文はそう始まっていた。「〝追伸あり。ウィングチップ・スペクテイター〟」アレクシアはアレクサンドリア通信所の職員から渡されたパピルス紙に目をやり、ふたたび職員に向きなおった。

「いま受信室は予約が入ってる？」

「これから十五分間は空いております、マダム」

「追加の伝言が届くことになっているの。お借りしても？」アレクシアが気前よく心づけをはずむと、職員は驚いて目を見開いた。

「ええ、もちろんです、マダム」職員はあわてて片手に黒エンピツ、片手にまっさらなパピルスを持って受信室に駆けこんだ。

数分後、職員が次の伝言を持って戻ってくると、アレクシアはひったくるように紙をつかんだ。「〝五十年前、疫病、拡大〟」通信はこう始まっていた。アレクシアは一瞬、首をかしげ、すぐに納得した。ビフィは〈神殺し病《ゴッド・ブレーカー》〉が拡大しつつあり、それが約五十年前に始まったことを突きとめたようだ。コナルとあたしの推測は正しかったらしい。できればどの地域に、どのくらいの速度で広まっているのかを知りたいが、ビフィはこの事実だけでもきわめて重要だと思ったのだろう。しかも五十年という時間枠まで突きとめている。五十年前にエジプトで何が起こったの？　マタカラ女王があたしたちを呼び出したことと何か関係があるに違いない。でも、あたしがなんの力になれるの？　ましてやプルーデンスに何ができるというの？　あたしたちに疫病を止めることはできない。五十年前という時期を特定できたとしたら、拡大が始まった地点もわかったのかしら？　もし疫病がアレクサンドリア地区にまで広がっているとしたら、マタカラ女王は巣移動《スウォーム》しなければならない。椅子に接ぎ木され、装置で死後の生を保っているような状態の吸血鬼にスウォームなんてできるの？　でも、誰かが言ってたわ――女王が高齢であればあるほどスウォームにかかる時間は短くてすむって。それともマタカラ女王はそれすらできないほど高齢なの？　スウォームする能力すら失っているの？

次々に湧き起こる疑問で頭がいっぱいで、アレクシアはあやうく二枚目のパピルスに書かれた続きを見落とすところだった。

それにはこうあった。「〝レディK、PLの過去を知る。M卿に手紙を送った〟」

その文字を見たとたん心臓が沈み、胃のそばに突き刺さったかのようにどきりとした。顔から血の気が引き、頬がひりひりする。もしアレクシアが失神するタイプだったら、いまこの場で失神していただろう。もちろんアレクシアはそんなタイプではない。だが、さすがにパニックを起こした。

伝言は謎めいているが、意味するところはひとつしかない。キングエア団による暗殺未遂事件をしくんだのがPLことライオール教授《Proffessor Lyall》だったことをレディKことレディ・キングエア《Kingair》がなんらかの方法で知り、ライオールの裏切りを記した手紙をコナルに送ったということだ。

普通なら、この程度で動揺するアレクシアではない。だが、今回は違った。このことを知っていたからだ。しかもこんな恐ろしい事実を知っていながら、この数年ものあいだ夫に秘密にしてきた。あわよくば自分が生きているあいだは、この裏切りがばれないでほしいと願っていた。コナルがこんな妻の裏切りを許すとはとても思えない。

そのときアレクシアは思い出した。あの見覚えのない筆跡の手紙。この前の夜、ホテルの受付係から渡され、BUR捜査官からの報告書か何かだろうと思ってコナルのベッド脇のテーブルに置いておいた、あの手紙。

「ああ、あたくしったら、なんてことを!」アレクシアはパピルス紙を片手で握りつぶし、挨拶もそこそこに通信所を飛び出した。驚いた職員は〝よい夜を〟と声をかけるまもなく、駆け出してゆくアレクシアの背中に頭を下げた。

「アイヴィ！　ミセス・タンステル！　アイヴィ！　いますぐホテルに戻らなきゃ！」アレクシアは建物を出ると同時に叫んだ。

だが、アイヴィと子どもたちはすっかり待ちくたびれ、別のおもしろいものに夢中になっていた。通りの向こう端で、黒い長衣《ローブ》を着た、顔立ちもわからないほどしわだらけの小柄なエジプト人老婆が周囲に群がる聴衆に生き生きと物語を聞かせていた。観衆は話術に引きこまれ、ときおり老婆の言葉に反応して興奮の声を上げる者もいる。アイヴィは片手にプリムローズ、片手にパーシヴァルを抱き、観衆の真ん中に立っていた。アイヴィの後ろには乳母と、アイヴィのパラソルと双子の帽子を載せたロバがいるが、プルーデンスの姿はどこにもない。

さらなるパニックに襲われてアレクシアは走りだし、あやうくオレンジを山積みした荷車にぶつかりそうになった。行商人が罵声を浴びせ、アレクシアはパラソルを振りまわした。

「アイヴィ、アイヴィ、プルーデンスはどこ？　いますぐホテルに戻らなきゃならないの」

「あら、アレクシア！　この女性はアンタリと言って、物語詩の歌い手よ。すばらしいでしょう？　もちろん言葉の意味はわからないけど、言葉の抑揚を聞いているだけでもうっとりするわ。しかもその声の出しかたと言ったら、これまで聞いたなかでも最高よ。ロンドンの劇団もかなわないくらい。なんという眠気《サムナレンス》！　じゃなくて余韻《レゾナンス》？　とにかく、この人だかりを見て。みんな釘づけよ！　きっとタニーも聞きたがるに違いないわ。ホテルに戻って起こしたほうがいいかしら？」

「ねえ、アイヴィ、**プルーデンスはどこ?!**」

「ああ、そうだったわね。ほら、あそこよ」アイヴィがあごをしゃくった。アレクシアがなおも必死にきょろきょろしているのを見てアイヴィは「ちょっとティドウィンクルをお願い」とプリムローズを押しつけた。

アレクシアが赤ん坊を腕に抱えると、プリムローズはさっそくパラソルの縁の白いひだ飾りに夢中になった。アレクシアは好きなだけ握らせておいた。

自由になった片手でアイヴィが群衆の前方を指さした。プルーデンスが埃だらけの通りに、帽子もかぶらず、あぐらをかいて——アンタリとそっくりの格好で——座り、すっかり物語に聞き入っている。

「ああ、まったく、あの子にはお行儀ってものがないの？」心からほっとしたのもつかのま、アレクシアはすぐに大事な用事を思い出して焦った。いまから急いでホテルに戻れば、コナルが手紙を読むのを阻止できるかもしれない。

事件が起こったのは、プルーデンスをつかまえに行こうと、プリムローズをあずけに乳母のいるほうへ歩きはじめたときだった。ターバンを巻いた白い服の男たちが近づき、アレクシアはいきなり取りかこまれた。男たちはみなエジプト女性のように顔をベールでおおい、敵意を剥き出しにしてアレクシアの身体をつかんだり、引っ張ったりしはじめた。プリムローズを引き離すつもりなのか、それとも財布かパラソルが目的なのかはわからない。

にプリムローズが不満そうにかぼそい泣き声を上げ、装飾品につけた小さなお守りのようにぷっくりした腕をパラソルの柄にギュッと巻きつけた。アレクシアは空いた手で襲撃者たちを追い払い、叫び、わが身と赤ん坊を守ろうと必死に暴れまわった。だが敵の数が多すぎて、パラソルの多彩な攻撃能力を駆使する余裕はまったくない。

救いの手は思いがけない場所から現われた。母親の本能のなせるわざか、女優として生きてきた数年のあいだに培《つちか》った度胸のせいか、それとも〈パラソル保護領〉の一員としての責任感によるものかはわからないが、アイヴィ・タンステルが乱闘をかき分け、片手にパーシーを抱いたままアイヴィ流の罵声を浴びせた。「よくもこんなことを！　この乱暴者！」……「このごろつき！　友人から手を放しなさい」……「小さい子どもがいるのよ？　無礼にもほどがあるわ！」

ロバを連れた乳母も騒ぎに加わり、アレクシアが感心するほどみごとな手つきでアイヴィのパラソルを振りまわし、叫びながら悪漢たちをなぐりつけた。

語り手の老婆は幼い子ども連れの二人の外国人レディが襲われているのに気づき、口をつぐんだ。たとえどんなに野蛮な国の住人でも、まともな人間なら、公道の真ん中での狼藉を見て見ぬふりはできない。

お楽しみを中断された群衆がじりじりと暴漢たちのほうに近づき、通りは飛びかう手足とスタッカートのようなアラビア語の怒号で騒然となった。アレクシアは自分とプリムローズがケガをしないよう、間違っても引き離されないようやみくもに拳《こぶし》を振りまわし、肘を突き出して抵抗したが、襲撃者たちは入れ替わり立ち替わり敵意に満ちた腕を伸ばしてつかみかかってくる。

次の瞬間アレクシアは誰かにぐいと両肩をつかまれて喧噪から引きずり出され、気がつくと安全な路地に立っていた。大立ちまわりのあとで息を乱しながらも恩人に礼を言おうと見上げると、目の前にはバザールの露店で出会った気球の民の顔があった。みごとに手入れしたあごひげとハンサムな顔は、一度見たら忘れられない。男は親しげにうなずいた。

アレクシアは状況を確かめた。ところどころに打ち身はあるが、大きなケガはない。プリムローズも泣いてはいるが、しっかりとアレクシアの腕に抱かれ、小さな胸にパラソルをつかんでいる。

ふと足もとに重みを感じて見下ろすと、プルーデンスがアレクシアのスカートをギュッとつかみ、おびえた大きな目で見上げていた。「うわ、ママ」

「まったくだわ」たしかにふたつの意味で〝うわ〟だ。

あごひげの救世主はローブをひるがえして騒ぎのなかに戻っていった。アレクシアはプリムローズからパラソルを奪って武器をしこんだ石突きを突き出すと、群衆のなかから目に殺意を浮かべて飛び出してきた白服男の胸をねらい、すかさず麻酔矢を放った。異界族には限定的効果しかないが、昼間族の暴漢はアレクシアのほうに一歩、足を踏み出す前にくずおれ、埃だらけの通りに白い布の小山となった。そこへ謎の救出者が、わめき、暴れるアイヴィを引きずりながらふたたび現われた。

「どうやら彼は味方らしいわ、アイヴィ。だから騒ぐのはやめて」

「ああ、なんてことかしら、アレクシア。信じられる？　こんなこと生まれて初めてよ」

アイヴィの身なりはさんざんだった。帽子はなくなり、髪はぐしゃぐしゃで、ドレスも裂けている。パーシーはプリムローズと同じように真っ赤な顔で泣いているが、さいわいケガはないようだ。ロバを連れた乳母があとからついてきた。ロバはこの騒ぎにも驚くほど平然としている。

アイヴィは泣きわめくパーシーを、アレクシアはプリムローズを荷カゴに入れた。双子は不満そうに甲高い声で泣きつづけたが、とりあえずそれぞれのカゴに収まった。

アレクシアは身をかがめてプルーデンスを抱き上げた。思いがけない乱闘騒ぎに神妙な顔をしているが、双子ほどの動揺はなさそうだ。埃まみれの顔には涙の跡もない。むしろ、ひそかに血が騒いだかのように目を輝かせ、「おお、わあ、エージプト！」と、何やら解説めいた口調で言った。

「ええ、まったくね」アレクシアも同意した。

アイヴィはロバにもたれかかり、手袋をはめた手で顔をあおいだ。「ああ、アレクシア、まったく生きたここちもしなかったわ。だってわたしたち、襲われたのよ！　しかも公道のまんなかで。ああ、いまにも失神しそう」

「それはちょっと待ってくれる？　まずは安全を確保しなければならないわ」

「ええ、ええ、もちろんよ。そもそも、異国の地で帽子もかぶらずに失神なんてできるもんですか！　何か悪い病気にでもかかったら大変だわ」

「まったくね」

あごひげの救世主が身ぶりした。「こちらへ、レディ」

ほかにどうしようもない――アイヴィは騒動のあいだに旅行案内書を落としてしまった――ので、しかたなく一行は男のあとについて歩きはじめた。

男は誰も知らないような通りや路地をきびきびとした足取りで通り抜け、短い石の階段をのぼってゆく。アレクシアはひたすらホテルの方角に向かっていることを祈った。本当に大丈夫かしら？　もしかしたらあたしたちはボイラーから蒸気エンジンに乗り換えただけ？　ひとつの危機から別の危機に乗り換えただけじゃないの？　見慣れない風景に目を光らせながら、アレクシアは男の無防備な背中にパラソルを向けてあとをついていった。

やがて見覚えのある広場が現われ、バザールの雑踏の正面に何ごともなく平和にそびえる《旅人ホテル》の玄関が見えた。アレクシアが道案内の礼を言おうと視線を移したとき、すでに男は人混みにまぎれたあとだった。アレクシアたちは取り残されたが、もうホテルは目の前だ。

「なんて謎めいた人かしら」と、アレクシア。

「きっと気球に戻らなきゃならないのよ」

「そうなの？」

「ベデカー旅行案内書によれば、気球は午前中の熱気によって上昇するんですって。ドリフターの多くは、砂漠のどこにいようと空気が冷える夜には地上に下りて、また朝が来てふたたび気温が上がるのを待つの。いったん気球が上昇すると、夕方まで一度も地上には下りないそうよ」人混みをかきわけてホテルに向かいながらアイヴィが説明した。

「それは賢いやりかたね」

「ええ、だから、きっとあのドリフターの気球はいまごろ下降してるはずよ。それを見届けなければ、どこに着陸したかわからなくなるわ」

「まあ、アイヴィ、そんなこと少しも……」そこでアレクシアは言葉をのみこんだ。

片手に手紙を握りしめたマコン卿が恐ろしい顔でホテルの入口に立っていた。

13 置き忘れた手紙が命をちぢめること

アレクシア・マコンは夫を心から愛している。彼を苦しめようと思ったことなど一度もない。ただ、夫は怒りっぽいタイプの人狼で、妻の懸命な努力にもかかわらずカッとなりやすく、とりわけ名誉とか忠誠とか信頼といった気高い概念には異常なほどこだわる男だ。

「妻よ」

「こんばんは、あなた。よく眠れた?」アレクシアはホテルの玄関で立ちどまり、出入口をふさがないよう身体を少し斜めにしようとした。だが、何しろマコン卿は巨体なので、それも簡単ではない。

「睡眠の心配はいい。ただならぬ手紙が届いた」

「ああ、それね。説明するわ」

「ほう?」

「ここじゃなんだから部屋に行かない?」

マコン卿はこの良識ある提案を完全に無視した。アレクシアは覚悟した。どうやら今回の罰として、公衆の面前でひと恥かかなければならないらしい。のっそりとそびえ立つマコン卿の背後には《旅人ホテル》のロビーが広がり、宿泊客たちが正面玄関の真ん前で何が始まるのかと振り返って見ている。夫の声は、いくらアレクサンドリアの街が騒々しいとはいえ、いつにもまして大きかった。

樽なみの胸を誇るマコン卿は、機嫌のいいときでもその胸にふさわしい、とどろくような声を出す。それが今は怒っているのだから、それこそ死にぞこない《アンデッド》も起こすほどのどら声だ。現に街のどこかには目を覚ました異界族がいたに違いない。「ランドルフ・ライオール、あのいかれぽんちのはなたれ野郎が何から何まで工作し、キングエア団にわたしを裏切らせ、わたしをウールジーにおびきよせて前のアルファを殺させた。何から何まで全部やつのしわざだった！　しかもやつはこのことをおくびにも出さなかった」細めた茶褐色の目は怒りのあまり黄色になり、口の両脇からは今にも犬歯の先が見えそうだ。

夫の声は冷ややかに、ぶっきらぼうになり、ますますすごみを帯びてきた。「そしてきみはすべてを知っていたそうだな、妻よ。そして黙っていた。まさかと思った。だが、わたしの曾々々孫娘が間違いなく事実だと言っている。あいつに嘘をつく理由がどこにある？」

アレクシアはなだめるように両手を上げた。「待って、コナル、お願いだから、あたくしの立場にもなってみて。あたくしだって秘密にはしたくなかった。本当よ。でも、あたくしはあなたがどんなにキングエア団と彼らの裏切りに腹を立てていたかを知っている。ライオールのことを話して、またあなたが傷つくところを見るのは耐えられなかったの。当時のライオールは、まだあなたのことをよく知らなかった。それによってあなたが何を失うかを考える余裕はなかった。彼は団を救いたかっただけなの」

「いいか、アレクシア。わたしはかつてのウールジー伯爵がどんな人物だったか知っている。ライオールがどれほど苦しんでいたかもよぉく知っている。どんな愛と喪失がやつを駆り立てたのかも知っている。だが、同じ団の仲間になったあとも――わたしがあいつを信用するようになったあとも隠しつづけるたぁどういうこった？　そのうえ、まさかきみまでが！　ライオールのような大義名分が何もねぇきみまでが」

アレクシアは苦しげに唇を噛んだ。「でも、コナル、たしかに彼の行為は許されないけど、ライオールもあたくしもわかっていたの。これが知れたら、あなたは二度とベータを信用しないだろうって。でもあなたには彼が必要よ――あれほどの優秀なベータですもの」

マコン卿はさらに冷たい目で言った。「はっきり言わせてもらうがな、アレクシア。わたしには誰も必要ない！　間違ってもきみのような妻と、あんなベータなんぞ願い下げだ！　われわれの結婚できみに何か責任があるとしたら、それは団に関する真実だけだ！　それ以外は何ひとつ真実など求めん。だが、これはわたしの団に関わることだぞ、アレクシア？　事実を知った時点でわたしに告げるのがきみの義務だ！」

「でも、はっきり言ってあのときはほかのことで頭がいっぱいだったの。オクトマトンは暴れるし、プルーデンスは生まれそうになるし。そんな細々《こまごま》した問題があって」アレクシアは弱々しく笑おうとしたが、なんの言いわけにもならないことはわかっていた。

「冗談でごまかす気か？」

「とんでもないわ、コナル。話そうと思ったのよ！ 本当に。でも、わかっていたの……それを知ったらあなたが……」

「わたしがなんだ？」

アレクシアはため息をついた。「ただじゃすまないって。ひどく腹を立てるだろうって」

「ただ！ これがただですむと思うか？」

「ほら、やっぱり」

「だから気づかれるまで黙っていようと思ったのか？」

「ええ、そうかもしれないわ。だってあたくしは不死者じゃない。少なくともあなたより先に死ぬわ」

「人の同情心をもてあそぶのはよせ。きみがわたしより先に死ぬことくれぇ、嫌というほどわかってる」そう言ってため息をついた。

その瞬間、あの巨体の夫が小さく縮んだように見えてアレクシアは不安になった。玄関の脇に寄りかかるマコン卿は年老いて、疲れて見えた。「まさかきみがこんなことをするたぁ思わなかった。アレクシア、信じていたのに」

いかにもつらそうな、かぼそい少年のような声に、アレクシアは心臓がねじれるような気がした。「ああ、コナル。なんと言ったらいいの？ こうするのがいちばんいいと思ったの。知らないほうがあなたのためだと思ったのよ」

「思った、思った。きみから裏切られるより、きみから話してもらったほうがどんなによかったか……そうは思わなかったのか？　よくもこけにしてくれたな。勝手にしろ」そう言い捨てるやマコン卿は手紙を握りつぶして通りに投げ捨て、憤然とざわめく街に向かって歩きはじめた。

「どこへ行くの？　ねえ、コナル！」アレクシアが呼びかけたが、マコン卿はぞんざいに片手を上げただけで雑踏に消えた。

「しかもシルクハットもなく」背後から小さく付け足す声がした。

アレクシアはぼうっとして振り向き、ようやくミセス・タンステルと乳母と子どもたちとロバが、薄汚れ、日に焼け、涙のあとをつけて辛抱づよくホテルに入るのを――いや、ロバだけは別だが――待っていることを思い出した。

そして、これまでに一度も感じたことのない、こみあげるような苦しさにまばたきしながらアイヴィを見下ろした。過去にもコナルが腹を立てたことはある。でもあたしが知るかぎり、彼の言い分が正しかったことは今回が初めてだ。「ああ、アイヴィ。ごめんなさい。あなたたちがいることをすっかり忘れていたわ」

「まあ、めずらしいこともあるものね」アイヴィは会話の大半を聞いていたはずだが、長い言い合いの深刻さはわからなかったらしい。このとき初めて親友の青ざめた顔に気づき、心配そうにたずねた。「まあ、アレクシア、あなた大丈夫？」

「いいえ、アイヴィ、大丈夫じゃないわ。これであたくしの結婚はもう破滅《ルインズ》よ」

「あら、だったらここはうってつけの場所じゃない？」

「どういうこと？」

「遺跡《ルインズ》の国ですもの」

「ああ、アイヴィ、よりによってこんなときに」

「あら、笑ってもくれないの？よほど動揺しているのね。失神しそう？　あなたが失神したところは見たことないけど、ためしてみるのに若すぎることはないわ」

そのとたん、アイヴィが大いにうろたえ、当のアレクシアも驚いたことに、あの恐れ知らずのレディ・マコンが――毅然とした行動力の権化《ごんげ》にしてつねに冷静でパラソルと意味深な言葉の使い手である女性が――アレクサンドリアのどまんなかにあるホテルの表階段でいきなり泣きはじめた。

度肝を抜かれたアイヴィはなだめるようにアレクシアに腕をまわし、あわててホテルのなかに連れてゆくと、脇の個室に入って紅茶を頼み、子どもたちをきれいにして昼寝をさせるよう乳母に言いつけた。こんなときにもアレクシアは〝何があっても決してプルーデンスを風呂に入れてはならない〟と言うことだけは忘れなかった。

アレクシアは意味不明の言葉をしゃべりつづけ、アイヴィは気づかうようにアレクシアの手をさすりつづけた。それ以外に友人の苦しみを和らげる方法がわからない。

そこへ、狂信者のような笑みを浮かべたタンステルが個室の戸口に現われた。膝が耳につきそうになりながらプルーデンスのメカテントウムシにまたがっている。タンステルは昔からテントウムシが大好きだ。だが、このバカげた振る舞いもアレクシアを笑わせることはできなかった。アイヴィは夫に向かってすばやく頭を振り、鋭くたしなめた。「タニー、これは深刻な問題なの。あっちへ行って。邪魔しないでちょうだい」

「でも、いとしい妻よ、帽子はどうしたんだい？」

「いまはそれどころじゃないわ。感情的危機で手いっぱいなの」

タンステルは大事なボンネットをなくしたこともかまわない妻を見て心から驚き、レディ・マコンの涙の深刻さに気づいて笑うのをやめた。「それは大変だ、何かぼくにできることはないか？」

「できることと？　できることですって！　こんなときに男なんて役に立たないわ。何かしたいのなら、どうしてこんなに紅茶が遅いのか見てきてちょうだい！」

タンステルはメカテントウムシにまたがり、ゴトゴトと去っていった。

ようやく待ちわびた飲み物が届いたものの、これがまたもや紅茶ではなくハチミツで甘くしたコーヒーだったことにアレクシアはいっそう激しく泣きだした。英国の上等のミルクを垂らした強いアッサムティーと糖蜜タルトのためなら何を差し出しても惜しくない気分だ。ああ、あたしの世界が崩壊しつつあるわ！

アレクシアはしゃくりあげた。「ああ、アイヴィ、どうしたらいいの？　コナルはもう二度とあたくしを信じてくれないわ」アイヴィ・タンステルに助言を求めるなんて、もう終わりだ。

アイヴィはアレクシアの手を両手で包み、よしよしと慰めるようにささやいた。「大丈夫よ、アレクシア、そのうちすべてうまくゆくわ」

「どうしてうまくゆくの？　あたくしは彼に嘘をついたのよ」

「でも、これが初めてじゃないでしょう？」

「ええ、でも今回はとても重大なことなの。コナルがずっと気にやんでいたことよ。そして嘘をついたあたくしが悪かったの。悪いとわかっていながらやってしまったの。ああ、くそいまいましいライオール教授。よくもこんなごたごたにあたくしを引きずりこんでくれたわね？　お父様もよ！　お父様がカッとなって殺されたりしなければ、こんなことは起こらなかったはずなのに」

「アレクシア、言葉に気をつけて」

「疫病に関する重要な情報が届いて、いまこそ事実の究明のためにコナルの協力が必要なの。それなのに怒って出て行ってしまうなんて。これですべて台なしよ。すべては失われてしまったわ」

「まあ、アレクシア、あなたがこんなに運命論主義者だとは知らなかったわ」

「きっと《スウォンジーに降る死の雨》をなんども見たせいね」

部屋の入口がざわめき、別の見知った顔がのぞきこんだ。「いったい何ごとなの？　アレクシア、あなた大丈夫？　プルーデンスがどうかした？」マダム・ルフォーは小走りで入ってくると、帽子と手袋を無造作に投げ捨てて長椅子に駆け寄り、アレクシアの隣——アイヴィの反対側——に座った。

遠慮ぶかい英国女性のアイヴィとは違い、ルフォーはアレクシアの身体に細い腕を巻きつけて抱きしめ、茶色い髪に頬を押しつけた。そして背中をゆっくりとやさしくなではじめると、アレクシアはコナルの愛撫を思い出し、やっと収まりつつあった涙がまたしてもあふれてきた。

ルフォーがけげんそうにたずねた。「ミセス・タンステル、アレクシアがこんなに動揺するなんて、いったい何があったの？」

「マコン卿と激しい口論になったの。なんでも、手紙とライオール教授と細々《こまごま》した問題と糖蜜に関することみたい」

「まあ、なんとも厄介そうね」

アイヴィのとんちんかんな説明は、アレクシアの暴走する感情を制御するのに役だった。そうよ、めそめそしてもしかたない。気持ちをしっかり持って、この事態に対処する方法を見つけなきゃ。震える息を深々と吸い、気持ちをなだめるためにおぞましいコーヒーをごくごく飲むと、今度はひどいしゃっくりが出た。ああ、世界がよってたかってあたしに恥をかかせようとしているわ。

「古い話よ」ようやくアレクシアは話しだした。「人狼のことだから、そもそもそれほどうまく隠しおおせていたわけじゃないの。とにかくコナルがある事実を知って、彼が今まで知らなかった責任の一端があたくしにあるとだけ言っておくわ。コナルはそれを怒っているの。まったくどうしようもない状況なの」

ルフォーはアレクシアが落ち着いてきたのを感じて身体を離し、座りなおして自分にもコーヒーを注いだ。

アイヴィはアレクシアが落ち着くあいだ気をまぎらわせようと、バザールでのできごとを大げさに脚色して話しはじめた。ルフォーは熱心に耳をかたむけ、しかるべきところで息をのんだ。話が終わるころにはアレクシアの気分も――充分ではないが――いくらかよくなっていた。

アレクシアはルフォーに話を向けた。「それでそっちは、ジュヌビエーヴ？　あなたの大都市探索はあたくしたちのよりはるかに楽しかったんじゃない？」

「そうね、少なくともあなたたちほどスリリングじゃなかったわ。やらなければならない仕事があって。でも答えが見つかるどころか、さらに疑問が増えただけだったわ」

「そうなの？」

「ええ」

アレクシアは鎌《かま》をかけてみた。「あなたがエジプトに来たのは、表向きはあたくしを見張り、マタカラ女王がプルーデンスを呼び出した理由を突きとめるためにナダスディ伯爵夫人に送りこまれたからだと思うけど、まさか本当の目的が〝〈神殺《ゴッド・ブレーカー》し病〉が拡大している原因を〈真鍮タコ同盟《OBO》〉に報告すること〟なんかじゃないわよね。どう？」

ルフォーはえくぼを浮かべてほほえんだ。「ああ。なるほど。あなたも気づいたのね？」

「ここに到着した晩、コナルとあたくしでそのようだと気づいたの。そしてついさっきビフィから届いた伝言で確信したわ。どうやら五十年前ごろから急速に広がりだしたみたい」

ルフォーが同意するように首を傾けた。「正確には、四十年前じゃないかと思うわ」

「原因について何かわかった？」

「それが……」ルフォーは言葉を濁した。

「ジュヌビエーヴ、これは前にも経験したことよ。あなたの考えをあたくしに話したほうが賢明じゃない？　ロンドンの半分を焼き尽くす必要も、巨大な触腕武器を組み立てる必要もないわ」

ルフォーは唇を引き結んでうなずくと、緑色の目でちらっとアイヴィを疑わしそうに見やり、ようやく言った。「わかったわ。でも、正確な原因を突きとめたわけじゃなくて、恐ろしい偶然に気づいただけなの。どう言ったらいいかしら？　あのね、アレクシア、ちょうどそのころ、あなたのお父様がエジプトにいたらしいのよ」

「ええ、そうよ」アレクシアは少しも驚かなかった。「でも、ジュヌビエーヴ、どうしてあなたがそんなことを知ってるの？　いくらあなたにいろんなつてがあるとしても」

「ああ、それね。じつはそこが問題なのよ。アレッサンドロ・タラボッティは当時、ＯＢＯに雇われていたの」

「父がテンプル騎士団と決別したあとね？　続けて。それで終わりじゃないはずよ」

「ええ、ええ、もちろん続きがあるわ。彼がエジプトにいたときに何かが起こった。そしていきなりＯＢＯを見捨てたの」

「いかにも父のやりそうなことね。父はどんな組織にも特別の忠誠心を持たなかったわ」

「そのようね。でもお父様はOBOを去るとき、同盟の地下情報組織に属する半数を道づれにしたの」

アレクシアは暗い気持ちになった。「その人たち、死んだの？」

「いいえ、転向したわ。彼らは生き延び、OBOではなく自分の信念にしたがって行動した。お父様が亡くなったあともOBOは彼らを誰ひとり呼び戻すことはできなかった」

アレクシアは胃のなかでチョウが羽ばたくような感覚を覚えた。最近はこれを〝重大事の予感〟と呼んでいる。何かきわめてよからぬことが起こりつつあるようだ。

「一八五五年の〈科学情報機密法〉によって封印されていた」ライオールは奥の応接間の小さな長椅子に座るビフィの隣にどさりと腰を下ろした。ビフィはふざけて押し返しながらも場所を空けた。BURから戻ってきたライオールは夜のロンドンと腐食液とテムズ川のにおいがした。

「泳いでいたんですか？」

ライオールはビフィの冗談を無視してぼやきつづけた。「すべて閲覧不可だ」

「何がです？」

「ちょうど疫病が拡大しはじめた時期から十二年間のエジプトに関する記録だ。わたしの地位と権限では機密レベルの科学情報を見ることはできない。とくにわたしの場合は。異界族、ドローン、クラヴィジャー、そして余分の魂を持っていると疑われる者が情報に近づくことは禁じられている。わたしは当時もBURで働いていたが、法案として通るまで〈科学情報機密法〉の存在すら知らなかった」ライオールは少しばかりいらだっていた。アケルダマ卿と違って、情報を入手できないことが不満というより、そのせいで団の運営やBURの任務の効率性が落ちることが気に入らないようだ。

ビフィはかつてアケルダマ卿が口をすべらせた言葉を思い出した。「〈機密法〉は、解散させられる前の最後のスパイ団と関係していたのではありませんか？」

「そうだ、前〈宰相〉のもとではな。さらに〈ピクルス労働者の大蜂起〉と家内奴隷特許の棄却とも関係している。なんとも厄介な時代だった」

「だったらそれ以上、調べるのは無理でしょう」ビフィの記憶が確かならば、その後スパイ行為に対してはきわめて厳しい処置が取られ、吸血群にさえ、結果として導入された規制を撤回するすべはなかったはずだ。

「必ずしもそうとは言えない。エジプトに関する情報はすべて暗号で保護され、その暗号は、とある有名な工作員の暗号名とつながっていた。その工作員は信用できない男で、真の主人が誰なのかは今もってわからない」

「それで？」

「幸運にもわたしは彼の暗号名を知っている――〈機密法〉の壁に立ち向かわなくとも」

「へえ？」ビフィは興味を引かれ、少し背を伸ばした。

「男は〈パネトーネ〉の名で通っていた。本名はアレッサンドロ・タラボッティ」

　ビフィは息をのんだ。「また彼ですか？　やれやれ、あなたの昔の恋人は実に多くのことに手を出していたようですね」

「反異界族とはそういうものだ。いまではきみもよくわかるだろう」

「ええ、わかります――アケルダマ卿より質《たち》が悪いかもしれません。アケルダマ卿は他人のことを知らなければ気がすまない。でもレディ・マコンは他人のことを知ったうえに介入しなければ気がすまない」

　ライオールは狭い長椅子の上で身体をずらして向きなおり、片手をビフィの膝に載せた。身だしなみは完璧で、落ち着いたしぐさだが、その手はかすかに震えているような気がした。

　ビフィは先をうながすべきかどうか迷った。

「重要なのは彼がそこにいたことだ。サンディがエジプトにいたことはわたしが知っている。一八三五年から何度かエジプトに行ったと日誌に書いてある。だが、滞在中に何をしていたのか、実際は誰に雇われていたのかについては何も書かれていない。たしかなのは、彼がきわめて危険な取引にかかわっていたということだ。だとしても、公式な機密令を敷くとは、よほどのことじゃないか？」

「〈神殺し病〉と何か関係があるってことですね？」

「反異界族とミイラと〈神殺し病〉は、カスタードとブラックカランツ・ゼリーよりも似合いの組み合わせだ。アレッサンドロ・タラボッティは力のある反異界族だった」

　ビフィはライオールが昔の恋人をあがめるような口調で話すことに心中穏やかならざるものを感じたが、いまも彼の手が自分の膝にあるという事実を信じて目の前の問題に気持ちを集中させた。「ひとつだけ提案があります。エジプトがあのかたの得意分野とは思えませんが、でも……」

「アケルダマ卿の意見を聞くべきだと言うんだな？」

「あなたが言ったんです。ぼくじゃありません」ビフィは小さく首をかしげ、ライオールの鋭いキツネ顔に嫉妬の色を探したが、そんな表情は見えなかった。ビフィは立ち上がり、必要もないのに手を伸ばしてライオールを立たせた。触れ合えるなら、理由はなんでもいい。

　二人はポンとシルクハットをかぶり、隣の吸血鬼屋敷に向かった。


　アケルダマ邸は大騒動のさなかで、あわてふためいた様子のドローンが玄関を開けたときには、二人が呼び鈴のひもを三度引いてからゆうに五分以上がたっていた。

「人狼でも逃げ出したか？」ライオールがからかうようにたずねた。

　ビフィは数年前にかつての主人の屋敷に押し入った事件を思い出し、照れてみせた。あのあとビフィは長い詫び状をしたためたが、屈辱からはなかなか立ちなおれなかった。アケルダマ卿はあの一件に紳士的態度で応じ、それがいっそうビフィを苦しめた。

「いや、そこまで大ごとではないにしても、何かよからぬ事態であることは間違いなさそうです」ビフィは好奇心に目を輝かせてあたりを見まわした。

廊下の奥から興奮したドローンたちがどやどやと現われた。全員がさまざまな大きさのジャムの空き瓶を持ち、なかの二人は茶色の大きな革手袋をはめている。

「やあ、ビフィ」ドローンの一人が威勢よく声をかけた。

「やあ、ブーツ、いったい何ごとだ?」

ブーツは騒々しい一団からすべるように離れ、二人の人狼の前に立った。「ああ、それがもう大変さ! 表の応接間でシャバンプキンのトカゲが逃げ出した」

「トカゲ? いったいなんでまた?」

「まあ、なんでもさ」

「なるほど」

「なかなかつかまらなくてね」

「大きいのか?」

「そりゃあもう! ぼくの親指くらいはある。シャバンプキンのやつ、いったいどこで手に入れたのやら。しかもみごとな濃い青緑色だ」

そのとき、まさにその応接間から衝突音と鋭い悲鳴が聞こえ、ブーツはあわてて音のするほうへ駆け出した。

ビフィはライオールを見てにやりと笑った。「トカゲだそうです」

「しかも巨大だ」ライオールもわざと真顔で相づちを打った。

「アケルダマ邸ではいつも何かしら騒ぎが起こっているものです」

「そうでないことをわたしが望むとでも思うかね！」歌うような声とともに、当のアケルダマ卿がレモン・ポマードとシャンパン・コロンの波に乗って軽やかに現われた。「あのおバカちゃんが屋敷内で何を逃がしたか聞いたかね？　よりによって爬虫類だ。わたしが**卵から生まれる**生き物を認めるとでも思うかね？　家禽類も嫌いだというのに。**断じて**ニワトリを信用してはならん——これがわたしの言いたいことだ。だが、わたしのささいな問題はこれくらいにして、ご機嫌はいかがかな、わが**もじゃもじゃくんたち**よ？　きみたちのご訪問にあずかるとはなんという光栄だろうね？」

アケルダマ卿は黒と白の格子のジャケットに黒いサテンのズボンといういでたちだった。これだけならさりげなく優雅な夜のよそおいとなるところだが、アケルダマ卿はこれに黒みがかった茶色のベストとオレンジ色の足首カバー《スパッツ》を合わせていた。

アケルダマ卿はいそいそと客人を応接間に案内したが、腰を落ち着けたとたん、鮮やかな青い目で疑わしそうに二人の人狼を見くらべた。話のきっかけがあれば——そしてこれほど微妙できわめて立ち入った事情でなければ——ビフィはかつての主人に新しいベッドの相手のことを話したかもしれない。きっかけはなかったし、この先みつかりそうもなかった。いずれにせよ、自分で自分の噂話をする者などいない。それは無作法というものだ。

しかし、アケルダマ卿のドローンたちがいまだに人狼団ベータの新しいおしゃぶりについて主人に報告していないとしたら、よほどまぬけなスパイ集団と言わなければならない。そう考えると、アケルダマ卿の奇妙な表情は疑うというより真偽を確かめる表情だ。かつての主人に心の傷を負わせたと思うとビフィの胸は深く痛んだ。だが、それももう二年前のことだ。いまごろアケルダマ卿はもっとハンサムで、若くて、魅力的なドローンをかわいがっているに違いない。人狼も、隣近所の噂話は大好きだ。

いつものように一見アケルダマ卿だけがしゃべっているようでいて、気がつくとビフィとライオールは情報の大半を話していた。ライオールはしまったと思ったようだが、ビフィはアケルダマ卿の性格を知っている。この老吸血鬼は情報収集に目がないが、仕入れた情報を現実に利用することはまずない。いうなれば、どこかのやかまし婆さんがせっせと集めたデミタスカップを食器棚に並べてめでるようなものだ。

いつのまにかビフィはエジプトと〈神殺し病〉に関するすべてをアケルダマ卿に話していた。ライオールも、アレッサンドロ・タラボッティと彼のエジプト行きがどう関係しているかについて、知りうるかぎりアケルダマ卿に話すことに同意していた。

すべてを話しおえると、二人の人狼は口を閉じて腰を下ろし、宙でくるくると片眼鏡《モノクル》をまわしながらケルビムにおおわれた天井をにらんでいる淡いブロンドの髪の吸血鬼を期待の目で見つめた。

ようやくアケルダマ卿が口を開いた。「わが**いとしの**毛むくじゃらくんたちよ、これは実に興味ぶかい。だが、どうやらわたしの出る幕はなさそうだ。そもそもキングエア団の不幸となんの関係があるのかね？　ベータを失ったそうだな。気の毒に。あれはいつだった？　先週か、それともその前の週か？」

「じつは、ダブは死ぬ前、レディ・マコンにアレッサンドロに関することを言い残そうとしたそうです」と、ライオール。

アケルダマ卿はモノクルをまわすのをやめて背筋を伸ばした。「さらにマタカラの問題もある。あの吸血鬼女王は**わたしのかわいいハリモグラちゃん**を呼び寄せた。そしてあの子はきみのアレッサンドロの孫娘だ。きみが疑いを持つのも無理はない、ドリーよ。しかし、あまりにも糸が多すぎる。そしてきみはからまった糸をほどくというより、誰かがすでに作り上げた模様に織りもどしているようだ」

アケルダマ卿は立ち上がり、室内を小股で歩きはじめた。「きみたちは大事なカギを見落としている。こんなことは言いたくないが、あの**とびきりすぐれた**働きぶりをみるにつけ、エジプト滞在中、きみのサンディに何が起こったのか――**本当は何が起こったのか**――を知る人物は一人しかいない、いとしのドリーよ」

ビフィとライオールは目を見交わした。二人とも、誰のことかすぐにわかった。

「つねづね思っていました」と、ビフィ。「いったい彼はお決まりの〝かしこまりました《イエス・サー》〟以外のことを言えるのだろうかと」

アケルダマ卿が歯を見せて笑った。「つまり、今回ばかりは情報提供できるのはわたしではないということだ。わたしが執事に遅れを取るなどと、いったい誰が思っただろうね？」

ライオールとビフィは立ち上がり、ていねいにお辞儀をした。アケルダマ卿の言うとおりだ。これから二人は、一連の共同捜査における最大級の難物に立ち向かわなければならない。

すなわち、フルーテに口を割らせることだ。

二人が屋敷に戻ると、レディ・マコンの執事フルーテは厨房で来週の食事の献立を指図していた。

ビフィはこれまでフルーテの顔をまともに見たことがなかった。一般的に屋敷の使用人をじろじろと見るものではない。干渉していると思われる恐れがあるからだ。しかもフルーテは使用人として非の打ちどころがない。つねに必要な場所に現われ、つねに要求されるものを心得ている。雇い主が思いつく前に察知しているのではないかと思うほどだ。

ライオールがやさしく声をかけた。「ミスター・フルーテ、ちょっといいかね？」

フルーテが二人を見上げた。どこにでもいそうな、これといった特徴のない顔。この点についてはさすがのライオール教授もかなわない。ビフィはフルーテの肌に長い年月《としつき》の跡が色濃く現われ、鼻と口と目尻に深いしわが刻まれていることに初めて気づいた。かつてはしゃんと伸びていた肩も歳とともに丸くなりはじめている。ビフィが知るかぎり、フルーテはアレッサンドロ・タラボッティがBURの公式名簿に初めて記載されて以来ずっと従者を務め、その後はレディ・マコンにつかえてきた。となると七十歳をとうに越えているはずだ！　フルーテの年齢なんて、これまで考えてみたこともなかった。

「かしこまりました」フルーテの声には警戒の色があった。

料理人と召使には執事の助言なしに献立計画を進めるよう言い残し、三人は奥の応接間に入った。フルーテは献立を料理人と召使だけにまかせたことが心配のようだ。ライオールはキツネ顔をしかめ、白く細い手で身ぶりした。「まあ、座りたまえ、ミスター・フルーテ」

だが、フルーテはそんな言葉に応じるような男ではない。雇い主の前で座る？　とんでもない！　ビフィはフルーテの性格をよく知っている。もちろんライオールも知っているはずだが、これはフルーテを動揺させるための作戦だ。

ライオールが質問するあいだビフィは腕を組み、フルーテのしぐさを観察した。眉毛のかすかな動き……瞳孔の開き具合……膝への重心のかけかた……。アケルダマ卿にしこまれた観察ポイントだ。だが、質問に答えるあいだじゅう、それらにほとんど変化はなかった。しかもフルーテの答えはつねに短い。まったく隠しごとがないか、もしくはビフィの観察力よりフルーテのしらを切る能力がはるかに高いかのどちらかだ。

「日誌によれば、サンディは少なくとも三度エジプトに行っている。だが、そこで何をしていたかについてはほとんど書かれていない。最初のときは何があった？」

「とくに重大なことは何も」

「では二度目は？」

「レティシア・フィンカーリントンに会いました」

「レディ・マコンの母親だな？」

フルーテがうなずいた。

「なるほど、だが、エジプトには何か仕事があったのだろう？　女性に求婚するためだけに行ったとは思えない」

フルーテは無言だ。

「せめて誰に雇われていたかだけでも教えてくれないか？」

「テンプル騎士団です。決別するまでは、つねに彼らの指示を受けておりました」

「それはいつだ？」

「あなたがあのかたと……そのあとです」

「だが彼がエジプトに行ったのは決別したあとだ。当時のことは覚えている。なぜエジプトに？　あのとき彼は誰のもとで働いていた？　われわれではない、だろう？　つまり、英国でもなければBURでもない。ヴィクトリア女王は彼を雇おうとした。女王は彼に〈議長《マージャ》〉の地位を提供したが、彼はそれを断わった」

フルーテはライオールを見てまばたきした。

ライオールはいらだってきた。

「フルーテ、何か言ってくれ。さもないと……もしかしてきみも〈機密法〉のもとに箝口令を敷かれているのか？」

フルーテが小さくうなずいた。

「やはりそうか！　なるほど、これですべて説明がつく。きみはわれわれの誰にも――レディ・マコンにさえ――話すことはできない。なぜならあの法のもとでは、われわれはみな敵だからだ。〈機密法〉は異界族とその関係者、そして反異界族にも特定の科学情報の閲覧を禁じている。少なくともそういう噂だ。詳しいことはわからないが」

またしてもフルーテは例のごとく小さくうなずいただけだ。

「つまりサンディがエジプトで発見したものがあまりに重大だったために、それが異国だったにもかかわらず法が適用されたということか。大英帝国の利益のために」

フルーテは無反応だ。

ライオールはあきらめた。これ以上は聞き出せそうにない。「よくわかった、フルーテ、献立作業に戻ってくれ。きみの監督がなければ、料理人はヘマをしかねない」

「ありがとうございます」フルーテはかすかにほっとした表情を浮かべ、すべるように立ち去った。

「どう思う？」ライオールがビフィを振り返った。

ビフィは肩をすくめた。フルーテはもっとたくさんのことを知っている。たとえ口止めされていなくてもぼくたちには話したくないようだが、ビフィには何か別のことが起こっているような気がしてならなかった。議会の法令や、政治と科学の駆け引きだけではない何かが。

そしてライオールはレディ・マコンの父親を信じたがっている。どんなに下劣な男だったとしても。アレッサンドロ・タラボッティがエジプト訪問中に何かよい行ないをしたとはとうてい思えない。もしそうだとしたら、ぼくサンダリオ・デ・ラビファーノはクラバットを食べてもいい。雇い主がテンプル騎士団であろうと、ＯＢＯであろうと、イタリア政府であろうと、ミスター・タラボッティはろくなやつじゃない。

だが、こうしたことはすべて胸に秘めてビフィは言った。「ミスター・タラボッティがテンプル騎士団と決別したのは愛のためで、信条のためではない。少なくともぼくはそう思いました。でも、彼の性格についてはあなたのほうがはるかによくご存じのはずです」

ライオールはうなだれた。小さい笑みを隠すかのように。「言いたいことはわかる。サンディの心を動かすには、議会の法律以上のものが必要だったと思うんだな」

「あなたは？」

「つまり、フルーテは法にしたがっているだけだとしても、サンディが死ぬ前――彼とわたしがともに過ごした数年間のあいだ――彼がエジプトについて何も語らなかったのには何か別の理由があると？」

ビフィは無言で眉を吊り上げ、ライオールにかつての恋人について考える時間をあたえた。

やがてライオールはゆっくりうなずいた。

「おそらくきみの言うとおりだ」

14　アレクシアがミスター・タムトリンクルに銃をあずけること

タンステル一座は大法官ネシの勧めにより、地元民のために街の劇場で《スウォンジーに降る死の雨》を再上演することになった。今回の舞台は古代ローマふうの野外劇場だ。アレクシアも説得され、心配ごとから気をまぎらすために見飽きた劇を三度《みたび》鑑賞することになった。一行が劇場に向けて出発したときも、怒ったマコン卿は戻っていなかった。

芝居は吸血群で演じたときと同様、やんやの喝采を浴びた。アレクシアにはむしろ今回のほうがさらに受けたように思えた。どんな賞賛も、仰々しい身ぶり手ぶりと誰にも理解できない言葉によるものだから、正確なところはわからない。それでも彼らの熱狂ぶりは本物に思えた。終演後、パトロンのアレクシアがタンステル夫妻を待っていると、興奮したエジプト人たちもまたヒーローとヒロインに触れようと待ちかまえていた。二人の手に小さな贈り物を押しつける者もいれば、アイヴィのドレスの裾にキスする熱烈な信奉者もいる。

アイヴィは彼らの熱狂的賞賛に当然のごとくうなずき、ほほえみ、いちいち「まあ、ご親切に」とか「ありがとうございます」とか「あら、こんなことなさらなくても」と応じたが、アイヴィが彼らの言葉を理解できないのと同じように、アイヴィの返事を理解した者は一人もいなかった。アレクシアの〝身ぶり解釈〟が正しければ、エジプト人たちは〈いまをときめくタンステル劇団〉をアメリカのテント小屋伝道会か何かに属する預言者集団とでも思ったようだ。その証拠にミスター・タムトリンクルのような脇役でさえ予想外の評判と熱烈な賞賛を浴びている。

アレクシアはふたたび大成功を収めた友人たちを祝福した。そして一行は――そうでもなければ永遠にこの場を離れられそうになかったので――追従者と信奉者の大集団をしたがえ、ホテルまでの道を練り歩いた。静かなアレクサンドリアの通りは一団が通りすぎる先々で騒々しさに包まれた。

夜明けまであと数時間。アレクシアはホテルでカギを受け取ったとき、夫が戻っていないことを知っても驚かなかった。まだ怒っているようだ。

一行は楽しい夜に別れを告げ、アイヴィは元気のないアレクシアをやさしく気づかった。自分ばかり賞賛されて浮かれ気分でいることを心苦しく思っているのでなおさらだ。ホテルの従業員がタンステル一座の追っかけ集団を追い返していたとき、恐ろしい光景が階段を駆け下り、ホテルのロビーに転がりこんできた。

どんなににこやかなときでも、ミセス・ダウォード・プロンクを魅力的だという人はまずいない。そもそもミセス・ダウォード・プロンクは見目のよさでタンステル夫妻の乳母に雇われたのではない。双子とミセス・タンステルを前にしても動じず、並の女性なら押しつぶされそうな重圧にも屈しない能力を買われたからだ。ほとんど灰色に見えるほど白髪の混じる年齢だが、手足はしっかりして二人の子どもを一度に抱える力は充分ある。小柄ながらたくましい身体つきで、拳闘士のような腕とブルドッグのような表情の持ち主だ。アレクシアはひそかに、ミセス・ダウォード・プロンクの血筋には頑丈な革の肘かけ椅子がいるのではないかと思っている。しかし、夜も明けきらぬこの時間に階段を駆け下りてきたミセス・ダウォード・プロンクは、いつものたくましさからはほど遠かった。正直なところ、ついに気がふれたのかと思ったほどだ。顔にはありありと恐怖が浮かび、いつもはしわひとつない白エプロンはしわくちゃで、縁なし帽は傾き、肩に垂らした白髪まじりの髪は乱れ、胸には髪の毛と同じくらい顔を真っ赤にして泣きさけぶパーシヴァルをしっかと抱いている。

レディ・マコンとタンステル一座を見たとたん、ミセス・ダウォード・プロンクは声を上げ、空いた手を喉に当てて恐怖の嗚咽をのみこんだ。「いなくなりました！」

アレクシアは一団から抜け出して乳母に駆け寄った。

「赤ん坊が……お嬢ちゃんたちがいないんです」

「なんですって！」アレクシアは取り乱す乳母の前をすり抜け、階段を駆け上って育児室に飛びこんだ。

部屋はめちゃめちゃで、家具がひっくり返っていた。パニックになった乳母が探したあとに違いない。双子用のゆりかごも、プルーデンスの小さなベッドも空っぽだ。

胃がぎゅっと大きくねじれ、氷のような冷たい恐怖がじわじわと全身に広がった。アレクシアは〝誰か！〟と叫びながら身をひるがえして部屋を出た。だが廊下には誰もいない。鋭い、威厳に満ちた声が響いただけだ。そのとき、背後から不機嫌そうな小声が聞こえた。

「ママ？」

プルーデンスがベッドの下から這い出てきた。埃まみれで、顔には涙の跡があるが、どこもケガはなさそうだ。

アレクシアは娘に駆け寄って抱き上げ、きつく抱きしめた。「プルーデンス、マイ・ベイビー！　隠れてたのね？　ああ、なんて賢くて勇敢な子なの」

「ママ」プルーデンスが真顔で言った。「ノー」

アレクシアは少し身体を離して娘の肩をつかみ、顔を正面から見た。真剣な茶色い目と真剣な茶色い目が見つめ合った。「プリムローズはどこ？　プリムローズは連れていかれたの？　誰が連れていったの、プルーデンス？　その人の顔、見た？」

「ノー」

「悪い人たちが赤ちゃんを連れていったでしょう？　どんな人だった？」

プルーデンスは茶色い巻き毛を振って口をとがらせ、こらえきれずに泣きだした。母親の取り乱した様子に驚いたのだろう。アレクシアは気持ちを落ち着けた。

「ダマ！」プルーデンスは涙ながらに言うと、母親の腕を振りきり、部屋の扉に駆け寄って振り向いた。「ダマ。おうち。おうち、ダマ」

「いいえ、いまは無理よ」

「いま！」

アレクシアはつかつかと歩み寄り、抵抗する娘を抱き上げて階段を下りた。ホテルのロビーはなおも騒然としている。

プルーデンスが母親の腕にしっかり抱かれているのを見たとたん、ミセス・ダウォード・プロンクは人目もはばからず泣きだし、駆け寄ってプルーデンスにやさしい声をかけた。

「プルーデンスはベッドの下に隠れていたの。でも、どうやらプリムローズは連れ去られたみたい」アレクシアは正直に告げた。「あなたの気持ちを思うと言葉もないわ、アイヴィ。いったい誰がなんの目的で赤ん坊を？　でも、とにかくプリムローズがさらわれたのは間違いないわ」

アイヴィは甲高い悲鳴を上げ、失神して夫の腕に倒れこんだ。タンステルもいまにも気を失いそうだ。色白の顔にそばかすがくっきりと浮き立ち、緑色のすがるような目でアレクシアを見ている。

「いま夫の居場所はわからないの」アレクシアはタンステルの目に浮かんだ哀願の表情を見て言った。「よりによってこんなときにかぎって怒って出ていくなんて！」

この突然の不幸に、タンステル夫妻を慕う役者たちも悲しみの発作を起こした。女性たちはそれぞれの質《たち》に応じて失神したり、ヒステリーを起こしたりした。発作的行動は男性陣にも見られ、一人は小道具の剣をたずさえるや、卑劣な犯人を捕まえるという決意のもと夜の街に飛び出した。ミスター・タムトリンクルは口いっぱいに小さなハチミツ菓子を詰めこみ、口ひげの下でおいおい泣いている。パーシヴァルはしきりと頭をのけぞらせて泣きわめき、誰かが近づいたときだけ泣きやんであたりにげぼっと吐き散らした。

　こんなときにコナルのどら声があれば……。アレクシアはつくづく思ったが、こうなったのもあたしのせいだ。しかもプルーデンスは無事だった。となればこの場はあたしが取りしきるしかない。プリムローズのことはもちろん心配だが、アレクシアの頭には明確な両面作戦があった。もし赤ん坊の誘拐が身代金目的なら、近いうちになんらかの連絡があるはず。もし赤ん坊違いだったとしたら、じきに戻ってくる可能性もある。そもそも誰が女優の娘をねらうというの？　それがいかにエジプトで大人気の女優の娘だとしても？

　アレクシアはこうした状況にも冷静さを失わない唯一の人物を探してあたりを見まわした。だがルフォーの姿はどこにもない。アレクシアはロビーの混乱を収拾するのに忙しい受付係の前に立ちはだかった。

「ちょっと」アレクシアはヒステリーを起こした女優から受付係を引き離してたずねた。「マダム・ルフォーを見なかった？　あたくしたちの連れで、男装のフランス人発明家よ。彼女が役に立つかもしれないの」

「いいえ、マダム」受付係があわてて頭を下げた。「もうここにはおられません」

「いないってどういうこと？」意外な展開にアレクシアは不安になった。いまや女性が二人も行方不明だなんて！　もっともプリムローズはまだ赤ん坊だし、ルフォーは男装だから、そう考えると二人合わせて一人の女性ってことかしら？　アレクシアはとりとめもなく渦巻く雑念を振り払い、受付係に注意を戻した。

「ホテルを出られました、マダム、出発されてから、まだ一時間にもなりません。ひどくお急ぎのご様子でした」

アレクシアは困惑して混乱するロビーを振り返った。ホテルを発ったなんて、ジュヌビエーヴ、でもどうしてこんなに急に？　誘拐犯を送りこんだのはあなた？　それとも犯人を追いかけたの？　もしかしてあなたが誘拐犯？　まさか、ジュヌビエーヴにかぎってそれはありえない。たしかにジュヌビエーヴは大ダコを作って街を恐怖におとしいれた。でもそれは息子を誘拐されたからだ。彼女が別の母親を同じような悲しい目に遭わせるはずがない。だったら、二人が同時に消えたのはただの偶然なの？

アレクシアは首をひねりつつ受付ロビーのまんなかに立ち、てきぱきと指示を出した。

「あなた――嗅ぎ塩を持ってきて。あなた――冷湿布と濡れタオルを。それ以外は――静かにしなさい！」

ほどなくホテルの従業員が指示にしたがって動きはじめた。アレクシアは、犯人の手がかりが残っているかもしれないから誰も育児室に入ってはならないと命じた。なおもヒステリー気味の乳母には頑丈な窓と頑丈なカギのついた別室を用意し、プルーデンス、パーシー、アイヴィ、ミスター・タムトリンクル、そしてようやく正気を取り戻して闘う気まんまんの劇団員たちとともに待機させた。アレクシアは〝長い役者人生で偽物の銃を何度となくヒーローに向けてきました。本物を撃つのもたいして変わりません〟という言葉を信じ、ミスター・タムトリンクルにエセルを渡した。そして、できるだけ早く戻ってくるから、くれぐれも発砲する前には相手が誰であろうと——たとえヒーローであろうと——本物の敵かどうかを確かめるよう言いわたした。

さらにタンステルを地元の警察に行かせて事件を報告させ、それ以外の役者を自室にさがらせ、心配顔の〈タンステル一座追っかけ集団〉を引き上げさせた。最初は身ぶり手ぶりと、しっしっという声で追い払ったが、しまいにはホウキを振りまわさなければならなかった。

空がピンク色にそまり、ようやく《旅人ホテル》に落ち着きが戻ってきたころ、玄関に黒い影がそびえ立ち、マントだけをはおったマコン卿が苦々しい表情で受付ロビーに現われた。

アレクシアが急ぎ足で駆け寄った。「まだ怒っていることは知ってるわ。あなたにそうする権利があることも。あのことを秘密にしていたあたくしはひどい女よ。でも、それよりはるかに深刻な事件が起こって、どうしてもあなたの助けが必要なの」

マコン卿の眉間のしわがさらに深くなった。「何ごとだ？」

「プリムローズが誘拐されたの。数時間前、タンステル夫妻が劇を上演しているあいだに部屋から連れ去られたみたい。そのころはあたくしも劇場にいたの。マダム・ルフォーもいなくなったわ。乳母は眠りこんでいて、目が覚めたらプリムローズとプルーデンスがいないことに気づいたの」

「プルーデンスもいなくなったのか!?」マコン卿が大声を上げた。

このどら声に、デスクの奥でうつらうつらしていた受付係が限界寸前の表情でぱっと気をつけの姿勢を取った。

アレクシアは夫の腕に手を乗せた。「いいえ、あなた、落ち着いて。プルーデンスはベッドの下に隠れて無事だったわ」

「さすがはわが娘！」

「ええ、とても賢かったわ。でも誘拐犯についてはうまく話せないの」

「そりゃまあ、まだたったの二歳だ」

「ええ、でもいずれは意味が通じる言葉の組み立てかたを覚えなきゃならないわ。それには今が絶好のチャンスよ。現に、つい最近ちゃんとした文章を言えたんだもの。できれば……まあ、いまはそれどころじゃないわ。とにかく、プリムローズとジュヌビエーヴがいなくなったの」

「マダム・ルフォーが赤ん坊を連れ去ったというのか？」マコン卿は顔をしかめ、唇を嚙みはじめた。アレクシアが愛してやまないしぐさだ。

「そうは思えないけど、犯人を追いかけた可能性はあるわ。そのころはホテルにいて、受付係の話ではあわててホテルを立ち去ったらしいの。窓から何か見たのかもしれないわ。彼女の部屋は育児室に近いから」

「なるほど」

「タンステルを地元の警察に行かせて、現場は立ち入り禁止にしてあるわ。何かにおいが残っているかもしれないと思って」

マコン卿は短く、敬礼するようにうなずいた。「わたしはまだ怒っている、妻よ。だが、いざというときのきみの有能ぶりはさすがだ」

「ありがとう。においを確かめに行く？」

「案内してくれ」

残念ながら二階にも育児室にも手がかりになるにおいはなかった。かすかにマダム・ルフォーのにおいはするが、犯人ともみ合ったときか、もしくは何ごとかと室内をのぞきこんだときのものだろう。あるいは前夜のにおいの名残かもしれない。あたりにエジプトの街路のにおいはするが、それ以上のものはなかった。プリムローズをさらったのが誰であれ、街のごろつきを雇ってやらせたようだ。マコン卿はなおも鼻をくんくんさせながらゆっくり廊下に出た。

「ああ、そこにもマダム・ルフォーのにおいがある。機械油とバニラのにおいだ。それからここにも」マコン卿は階段を下りはじめた。「妻よ、これはどうみても新しいにおいだ。追いかけよう」そう言うやマントを脱ぎ捨て、毛におおわれたたくましい胸をあらわにして変身した。さいわいロビーはがらんとしていたが、疲れはてた受付係だけが、立派な英国伯爵のマコン卿が狼に変身するのを目の当たりにしてぽかんと口を開けた。

あわれ受付係は白目を剝き、その晩、多くの若い女性がたどったのと同じ道をたどり、失神してデスクの向こう側にどさりと倒れた。

アレクシアは受付係の失神に気づいたが、頭がぼんやりして介抱する気力はなく、いまや狼となって床に落ちたマントを口でそっと拾い上げる夫を振り返った。

「でもコナル、もうすぐ太陽が昇るわ。追いかける時間はないんじゃ……？」

だが、すでにマコン卿は臭跡を追うキツネのように鼻を地面に近づけ、玄関から飛び出していた。

マコン卿が戻ってきたのは、すっかり日が昇ったころだった。あれからアレクシアは完全に取り乱したアイヴィにつききりで、ようやく〝気分が落ち着くから〟とアヘンをひとくち飲むよう説得したところだった。この時点でアイヴィの神経はかなりゆるみ、意識ももうろうとしていた。

マコン卿がそっと扉をノックすると、眠るパーシーを膝に抱いて深くうなだれていたアイヴィがよろよろと頭を上げた。

アレクシアの銃を膝に載せ、扉の正面に座っていたミスター・タムトリンクルがびくっとしてマコン卿にエセルを発砲した。夜どおしのランニングと、エジプトの焼けつくような太陽の下を人間の姿で何時間も駆けずりまわったあとでいつもより動きが鈍いマコン卿は頭を引っこめるのが遅かったが、さいわい弾ははずれた。

アレクシアはミスター・タムトリンクルにちっと舌打ちし、銃を返すよう手を伸ばした。タムトリンクルは銃を返し、くどくどとマコン卿に謝りながら、ぎこちない沈黙のなか、ふたたび椅子に座った。よく見ると、乱闘シーン用の偽刃の長剣――したがって役に立たない――をすぐつかめる場所に置いている。まあ、あんな小道具でも本気で振りまわせば敵をぐいと突くくらいはできるかもしれない。

「あひゃ、マコン卿！」アイヴィが頭を後ろにぐらりと倒し、かすかに白目を剝いて呼びかけた。「マコン卿れしょう？　何かろうほう……いえ……じょうほうはありまひた？」

マコン卿はとがめるように妻を見た。

「アヘンチンキよ」妻が短く答えた。

「それが大したことはわからなかった、ミセス・タンステル。申しわけない。アレクシア、ちょっといいか？」

「アレシュシア！」

「なあに、アイヴィ？」

「踊りに行きまひょう！」

「でもアイヴィ、ここはエジプトで、あなたの娘は行方不明なのよ」

「れも、ここからじゃ自分自身が見えないのよ！」

アレクシアは意味不明のアイヴィの隣から立ち上がると、なんとかなだめすかして手を離し、夫のあとから部屋を出た。

「マダム・ルフォーのにおいはナイル川船《ダハビヤ》の波止場まで続いていた」マコン卿が小声で言った。「なんとも奇妙な場所だ。そこでにおいは消えていた。どうやら船に乗ったようだ。これから地元警察の反応をタンステルに確認する。それ次第では総領事館に報告する必要が出てくるかもしれん。総領事館の監視のもとで英国籍の赤ん坊がさらわれたとなれば外聞が悪い。最悪だ」

アレクシアがうなずいた。「だったら、これからあたくしがもういちど波止場に行ってみるわ。女の武器を使えば、誰がマダム・ルフォーの船賃を受け取ったか、どこに向かったかがわかるかもしれない」

「きみに女の武器があったのか？」マコン卿は心から驚いた。「てっきり相手が根負けするまでどやしつけるだけかと思っていた」

アレクシアは夫をじろりとにらんだ。

マコン卿は鼻を鳴らした。「ダハビヤで向かう場所と言えばひとつしかない」

「ナイル川上流のカイロね？」

「そのとおり」

「女性にならら赤ん坊づれの客のことを話してくれるんじゃないかしら？　誰かを追っていたとしたら、それも聞き出せるかもしれないわ」

「そうだな、アレクシア、だが、くれぐれも気をつけろ。それからパラソルを忘れるな」

「もちろんよ、コナル。太陽が出ているときは必需品よ。まさか気づかなかったわけじゃないでしょ？」

「おもしろいことを言うじゃないか」

アレクシアは前日の午後四時から一睡もしていない。疲れてはいたが、二人とも睡眠のことには触れなかった。眠るのはあとでいい。いまは赤ん坊とフランス人女性を追うのが先だ。

日没前に目覚めたビフィは十五分かけてなんとか髪をなでつけ、広げたままのエジプト地図と〈神殺し病〉の拡大図に戻った。目覚めたときから、何か見落としているような気がしてならなかった。自分で引いたいくつもの円を見つめ、疫病の拡大時期とおおまかな拡大地域を示す注釈を見なおし、拡大進路を特定できないかとあれこれ考えをめぐらせた。もし疫病が非常にゆっくりした速度で、じわじわと拡大しつづけていたとしたら？ もし発生地点があるとしたらどこだ？

考えに没頭するあまり、あやうくレディ・マコンとのエーテルグラフ通信の約束の時間を忘れるところだった。ビフィは地図をつかんで受信室に入り、またしても地図をにらみながら通信を待った。

見落としていたパズルの一片に気づいたのは、そうやって狭い屋根裏部屋で一人、通信を待っているときだった。これまでの手がかりを総合すると、〈神殺し病〉の発生地点はどう考えてもルクソールの近く――〈王家の谷〉に近い、ナイル川が大きく湾曲した場所だ。これまで調べた本に周辺遺跡に関する記述はほとんどなかったが、ひとつだけ、その湾曲部には中傷され、その名を消されたファラオ、ハトシェプストのものとおぼしき葬祭殿があることを記した報告書があった。これが疫病となんの関係があるのかはわからない。でも、今夜レディ・マコンと連絡が取れたら忘れずにこのことを知らせよう。

腐食液と金属板を取ってこようと受信室から這い出しかけたとき装置が動きはじめ、受信ガラスのあいだの金属粒子があちこち移動して文字が現われた。

「〝ひらひらパラソル。コナル激怒。プリムローズ誘拐される。大混乱〟」

ビフィは恐怖におののいた。エジプトの誘拐犯はいったいなんの目的でタンステル夫妻の娘を誘拐したんだろう？　なぜよりによって役者夫婦の子どもを？　まったくわけがわからない。ビフィは次の通信を待ったが、それきり何も来なかったので隣の送信室に移動し、正しい周波数番号を打ちこんで返信した。

「〝疫病発生地はナイル川、ルクソール、ハトシェプスト葬祭殿か？　ウィングチップ・スペクテイター〟」

それから十五分間、沈黙が続いた。正しく送信されたようだ。ほかに伝えることはないと判断したビフィはエーテルグラフ通信機のスイッチを切り、届いた通信文をしっかり内ポケットにしまったことを確かめ、レディ・マコンあての伝言を下書きした紙切れを食べた。以前ライオールが、重要な情報が書かれた紙をこうして始末するのを見たことがある。おそらく踏襲すべき人狼の伝統なのだろう。ビフィはレディ・マコンからの情報を伝えるべきかどうか迷いながらベータを探しに行った。

いったい誰がプリムローズを連れ去ったのだろう？　レディ・マコンはこの新たな危機にどう対処しているのだろう？　あのひとのことだから、きっと猛然と辣腕を振るっているに違いない……ビフィがもうひとつの事実に思いいたったのは、こんなことをとりとめもなく考えているときだった。ビフィはその事実から恐ろしくも避けられない結論にたどり着き、まわり道をして使用人部屋に向かった。

フルーテは厨房で一人、丈夫そうなエプロンを腰に巻いて大きなテーブルの前に座り、真鍮製のロウソク立てを磨いていた。脱いだ上着がそばの椅子の背にかけてある。ビフィに気づいたとたん、上着に手を伸ばしかけたので、ビフィはあわてて制した。「いや、フルーテ、どうかそのまま。ちょっと聞きたいことがあるだけだ」

「なんでございましょう？」

「ミスター・タラボッティがエジプトに旅行したとき、ルクソールを訪れただろう？」ビフィはさりげなくフルーテの肩に近づき、磨きかたを検分するふりをして近すぎるほどそばに立った。そしてロウソク立てのひとつに特別興味をそそられたかのように身をかがめ、背中にまわした片手で、吸血鬼のようにすばやくフルーテの上着の内ポケットから小型拳銃を抜き取った。

ビフィは拳銃を袖口に隠しながら不思議に思った。どうして人狼や吸血鬼には奇術師がいないのだろう？　異界族の能力があれば、このていどの早業は朝飯前だ。

フルーテは磨き仕事から顔も上げず、「はい、そうです」と答えた。

「ああ、うん、そうか。ありがとう、フルーテ、続けてくれ」

「かしこまりました」

ビフィは自室に戻ってカギをかけ、すぐに銃を取り出した。

これまで見たなかでもかなり小型で、握りの部分に上品なパールをほどこした美しい造りだ。三十年以上前にはやった単発式の一種で、回転式連発拳銃《リボルバー》が主流の今はほとんど使われていない。それほど有効な武器でもない古い拳銃をフルーテが後生大事に持っているのは、よほど思い入れがあるからだろう。このタイプはねらいがそれやすく、敵から五歩も離れると命中させるのが難しい。ビフィは予測がはずれてほしいとはかない望みを抱きながらごくりと唾をのみ、銃をひねってなかを開け、薬室を見た。弾が入っている。銃をかたむけ、手のひらに取り出した。こんな小さい弾にあれほどの殺傷能力があるなんて信じられない。硬木製で、熱を取るための金属がかぶせてあり、銀でカゴのような模様が埋めこんである。現代のものと型は違うが、まぎれもないサンドーナー仕様だ。

最初は信じたくなかった。でもダブが撃たれた晩、屋敷の住人は全員が出払っていて、フルーテは自由に動けた。アケルダマ卿の飛行船を使うこともできた。レディ・マコンの執事がアケルダマ邸に出入りするのを見とがめるドローンはいない。しかもダブが浴びたのとまったく同じ種類のサンドーナー仕様弾が入った銃を持っていた。そしてレディ・マコンが瀕死のダブとともに駆けこんできたあと、フルーテはしばらくダブと二人きりになり、その後ダブは死んだ。フルーテにはチャンスがあった。でもなぜ？　一介の従者が死んだ主人の秘密を守るためだけに人殺しまでするだろうか？

ビフィは銃弾を手のひらで転がし、考えにふけりながら長いあいだ座っていた。ていねいなノックの音にビフィはわれに返り、立ち上がって扉を開けた。

上着をはおったフルーテが静かに入ってきた。

「ミスター・ラビファーノ」

「フルーテ」ビフィは片手にフルーテの銃——本人にとってはさぞ貴重なものに違いない——を、反対の手に恐ろしい銃弾を持って立ったまま、なぜか罪悪感を覚えた。

ビフィがフルーテを見た。

フルーテもビフィを見た。

ビフィにはわかっていた。そして、自分がわかっていることをフルーテがわかっていることもわかっていた。ビフィは銃を返したが、銃弾は証拠品としてベストのポケットにしまった。

「どうして、フルーテ？」

「あのかたが最初に命令を出されたからです」

「でも、死んだ人の命令で人狼を殺すなんて？」

フルーテはほんのかすかに笑みを浮かべた。「アレッサンドロ・タラボッティがどんな人物だったかをお忘れですか、ミスター・ラビファーノ。テンプル騎士団があのかたに何をしこんだのか。その手助けをするためにあのかたがわたくしに何をしこんだのか」

ビフィは恐怖に青ざめた。「ダブの前にも人狼を殺したことがあるのか？」

「世のなかは、あなたやライオール教授やマコン卿のような人狼ばかりではありません、ミスター・ラビファーノ。ウールジー伯爵のように駆除されてしかるべき害虫もいるのです」

「だからダブを殺したと？」

フルーテはその質問には答えず、「ミスター・タラボッティはわたくしにいくつか命令を残しました」と繰り返した。「誰よりも前に。わたくしは最後までそれをまっとうしなければなりません。それがわたくしの約束です。これまでそれを守ってきました」

「ほかには、フルーテ？　ほかには何を守っている？〈神殺し病〉の拡大もミスター・タラボッティが原因なのか？　それが彼のエジプトでの仕事だったのか？」

フルーテが扉に向かいはじめた。

ビフィはあとを追い、フルーテの腕をつかんだ。人狼の力を使いたくはなかった。考えただけでも恐ろしい。レディ・マコンの執事に暴力を振るうなんて！　しかも長年、一族につかえてきた男に——ああ、ぼくとしたことが、なんてことを！

フルーテは立ちどまり、ビフィではなく廊下の床を見つめた。「絨毯をきれいにしなければなりません。これではみっともない」

ビフィは握った手に力をこめた。

「あのかたはふたつのことを指示なさいました。アレクシアを守ること。そして〈壊れたアンクの勅令〉を守ること」

フルーテのかたくなな表情から、これ以上は聞き出せないとビフィはさとった。しかし罪を見逃すわけにはいかない。こんなことをすれば屋敷の平穏な生活がたちまち乱れ、国内外に危険がおよぶことはわかっていた。フルーテが老齢であることも、このせいでクラバットの結びかたが下手な人狼たちがうろつくようになることもわかっていた。それでもビフィは良心のとがめを抑えこみ、異界族のスピードと力で拳《こぶし》を振り上げ、フルーテのこめかみに思いきり叩きこんだ。フルーテは気を失って床に倒れた。

ビフィはひどく悲しげなため息をつくと、ぐったりしたフルーテをぴしっと着こなした上着の肩に軽々と抱え上げ、地下のワイン室に運んだ。そしてフルーテのポケットから銃を抜き取り――結局、二挺あった――ほかに危険物がないことを確かめて外からカギをかけた。つい二年前、このワイン室がぼくを閉じこめておくために補強された部屋だったことを思うと、なんとも皮肉だ。

勝利の気分はまったくなかった。重大な謎を解いたという達成感もない。ただ悲しかった。唯一の救いは、事件の処理をライオールにまかせられることだ。これをレディ・キングエアに話すかどうかは、いとしいベータが判断するだろう。事実を伝えるのがライオールだとしても、うらやむ気持ちなどこれっぽっちもない。不快な知らせを胸に秘め、ビフィは重苦しい気分でライオールを探しにいった。

コナルを起こすのは気がひけた。激動の一日のあと、ようやく数時間の睡眠を取っているところだ。だが、これだけはどうしても伝えなければならないし、アレクシア自身も疲れていまにも倒れそうだった。

もう丸一日、一睡もしていない。だが、かわいそうなプリムローズの手がかりは何もなかった。身代金要求の知らせもなければ、足取りひとつ見つからない。一時間もしないうちにまた日が沈む。アレクシアは、もう何年も聞きこみ調査を続けているような気分だった。

「コナル！」

マコン卿は枕に顔を押しつけた。

アレクシアは剝き出しの手で剝き出しの肩に触れ、夫を人間にした。それでも起きない。くたくたに疲れているようだ。何をしていたのか知らないが怒ってあたりをほっつき歩き、戻ってきたとたん赤ん坊を追って走りまわり、政治家たちとやり合って、すっかり体力を使い果たしたのだろう。しかもエジプトの太陽は容赦なく熱く、まぶしい。

「ねえ、コナル。起きてちょうだい」

マコン卿はまばたきして茶褐色の目を開き、妻を見つめた。そしてアレクシアが反応するまもなく温かい胸に抱き寄せた。いつだってスキンシップが好きな男だ、コナル・マコン卿は。そこでようやく現在の危機的状況と、ライオールとぐるになって自分をだました妻に腹を立てていたことを思い出し、すねた子どものように妻の身体を押しやった。「なんだ、アレクシア？」

アレクシアはため息をついた。あたしを許す気があったとしても、許してくれるまでには時間がかかりそうだ。でもこんな厳しい状況で夫に抱きつけないのはつらい。「たったいまビフィから伝言が届いたの。というより、かろうじてエーテルグラフ通信の約束時間を思い出したと言うべきかしら。ビフィにこちらの状況を知らせたの。彼にできることは何もないけど、知らせておくべきだと思って。そのあと返信が届いたんだけど、そこで中断しなければならなかったの。次の予約が入っていて装置の前から押しのけられたのよ。このあたくしが！　しかも、よりによってこんな大変なときに！　もちろん時間を延長しようとしたわ。でも列の後ろに並んでいた小柄な老女が〝孫息子に送るとても重要な伝言がある〟と言って、どうしても譲ってくれなくて！」

「いつかきみも、アレクシア、そんな小柄な老女になる」

「あら、それはどうもご親切に、コナル」

「それで、伝言は？」マコン卿が先をうながした。

「ビフィいわく、〈神殺し病〉の発生地はナイル川が大きく湾曲した、ルクソールの近くじゃないかって」

「それがプリムローズ誘拐と関係があるのか？」

「あるかもしれないわ。波止場でダハビヤの船長たち数人に、ええと、その、賄賂を渡して話を聞き出したの」

マコン卿が片眉を吊り上げた。

「マダム・ルフォーは最速の上等船を借り切ってナイル川をさかのぼったみたい。でも、カイロに向かったんじゃなくて、経由しただけらしいの。船長が言うには、彼女が払ったのはルクソールにまで行ける金額だったから、途中で乗り換えるつもりじゃないかって。怪しげな包みを持っていて、あれこれと質問したそうよ。これってどう思う？」

「怪しいな。跡を追ったほうがよさそうだ」

アレクシアは小さく飛びはねた。「あたくしも行くわ！」

「タンステルたちの様子はどうだ？」マコン卿が話題を変えた。

「なんとか持ちこたえてるわ。少なくともタンステルのほうは質問にも答えられる。アイヴィは難しいけど、でも彼女はもともとあんなふうだから。数日間ならここに残しておいて、そのあいだにジュヌビエーヴをナイル川上流まで追うことはできるわ」

「よし。そうと決まれば出発は早いほうがいい」マコン卿はよろめきながらベッドから出た。

アレクシアは現実的な心配をした。「でも、あなた《マイ・ラブ》、あたくしたちには休息が必要よ」

「きみを許したわけじゃない」マコン卿は〝マイ・ラブ〟という呼びかけに不満そうにうなった。

「ああ、そうだったわね。でも、コナル、やっぱり休息は必要よ」

「相変わらず現実的だな。心配しなくてもカイロ行きの列車のなかで眠ればいい。急げば、まだまにあうだろう。マダム・ルフォーの乗った船が最新蒸気改良型ダハビヤでなかったとしても追いつくのは無理だが、それでも遅れはわずか一日だ」

アレクシアはうなずいた。「わかった、荷物を詰めるわ。あなたはほかの人たちに知らせて。それからプルーデンスを連れてきてちょうだい。育児室で眠ってるはずよ。赤子さらいが横行するようなところに残してはいけないわ」

アレクシアが引きとめて服をきちんと着せる前に、マコン卿は巨体にだらりとシャツをはおっただけの裸足でどすどすと部屋を出ていった。でもアイヴィもタンステルもそれどころではないから、だらしない身なりに目くじらを立てはしないだろう。アレクシアは大急ぎで荷造りを始め、思いつくものを手当たりしだいにふたつの小さなカバンに詰めこんだ。何日ぐらいの旅になるか見当もつかないが、身軽なほうがいいことだけは間違いない。プルーデンスも今回ばかりはお気に入りのメカテントウムシをあきらめてもらうしかなさそうだ。

十五分後、眠っているプルーデンスを片腕に軽々と抱いたマコン卿がタンステルをしたがえて戻ってきた。

「やっぱりぼくは同行できませんか、マコン卿？」赤毛のタンステルは疲れきった顔でたずねた。ズボンもいつもほどぴちぴちではない。

「だめだ、タンステル、おまえはここに残って、しっかりみんなを守ってくれ。われわれが間違っている可能性もある。マダム・ルフォーが犯人ではないかもしれないし、犯人を追っているのでもないかもしれない。理性と責任感をそなえた人間が残って当局に掛け合い、騒ぎ立て、捜査を続けるよう見張っていなければならん」

タンステルが表情をこわばらせた。このときばかりは笑顔もない。「それが最善だとおっしゃるのなら」

コナルがもじゃもじゃ頭でうなずいた。「そうしてくれ。何か権限が必要なときは遠慮なくわたしの名前を使うがいい」

「ありがとうございます」

アレクシアが続けた。「これはアイヴィの気分が落ち着いたらの話だけど、毎夕六時すぎ、エーテルグラフ通信所にあたくしあての通信が届くことになってるの。これが、レディ・マコンの代理としてミセス・タンステルが受け取れるよう権限を委託した許可証よ。あたくしの立ち会いがなければ代理人として認められないかもしれないけど、この短い時間ではこれを残すのが精いっぱいだったの。でも、くれぐれもアイヴィの気分が落ち着いたときにして、いいわね？」

「わかりました、レディ・マコン。ぼくでは受け取れないんですね？」思わぬ危機に直面し、いつのまにかタンステルはクラヴィジャーのころの自分に戻っていた。

「残念だけど、タンステル、それは無理よ。ロンドンから伝言を送る人物は、あたくしかアイヴィとしか通信しないの」

タンステルはけげんな顔をしたが、それ以上詳しくはたずねなかった。

「幸運を祈るわ、タンステル。今回あなたとアイヴィに起こったこと、心から気の毒に思っているわ」

「ありがとうございます、レディ・マコン。あなたにも幸運を。犯人をつかまえてくださることを祈っています」

「ええ、そうね。タンステル。あたくしも同じ気持ちよ」

15 人狼が飛ばない理由

しかし、その日はもうカイロ行きの列車はなく、マコン夫妻は波止場に戻って川船を調達することにした。だが、ことはそう簡単ではなかった。このころには川船の船長たちもレディ・マコンとその理不尽な要求に慣れていたが、翌朝まで船を出す気はさらさらなく、船賃の交渉でも一悶着あった。そもそもナイル川船《ダハビヤ》には文明の利器——たとえば小型船用外づけ型強力蒸気プロペラとか湯沸かし器とか——を搭載したものなどほとんどない。本来のんびり船旅を楽しむために設計されたものだから、動力はラバか、悪ければ人力だ！

「まあ、なんて原始的なの！」普段はこうした優雅な乗り物を楽しむアレクシアも怒りを爆発させた。

こんな無礼な態度を取ったのには理由がある。この時点ですでに疲れきり、埃にまみれ、プリムローズのことは心配で、プルーデンスを抱くのにうんざりしていたからだ。日が暮れたら最後、プルーデンスのお守りは完全にアレクシアの仕事だ。こんな状況では怒りっぽくなるのも無理はない。プルーデンスでさえお腹がすいて不機嫌だ。あわてることを知らず、のらりくらりと押し問答を続ける典型的なエジプト人のやりかたに、さすがのレディ・マコンもしだいに冷静さを失いはじめた。

いよいよ真夜中になり、ぶっつづけで八人目の船長と交渉していたとき、アレクシアは軽く肩を叩かれた。振り向くと、目の前に見覚えのあるとびきりハンサムな男の顔があった。きれいに刈りそろえたあごひげ。バザールで襲われたときに助けてくれたドリフターだ。

「レディ？　父上のあやまちを正す用意はありますか？」男の声は深く朗々として、アラビアなまりのたどたどしい英語がかえって切れがいい。

アレクシアは男を見返した。「〝ええ〟と言えばルクソール近くまで行けるかしら？」

「こちらへ」男は背を向け、濃紺のローブを決然とひるがえして歩きだした。

アレクシアは夫に呼びかけた。「コナル、ついていったほうがよさそうだわ」

「しかし、アレクシア……どういうことだ？」

「前にもついていって助かったことがあるの」

「いったい全体あの男は誰だ？」

「ドリフターよ」

「まさか――ドリフターは外国人とは交わらないはずだ」

「でも、この人は違うの。あたくしたちがバザールで襲われたときも助けてくれたわ」

「なんだと？　襲われた？　聞いてないぞ？」

「それはあなたがライオール教授の一件であたくしをどなるのに忙しかったからよ」

「ああ……だったらいま話してくれ」

「そのことはもういいわ、とにかくあとを追わなきゃ。ついてきて」アレクシアはプルーデンスをしっかりと抱えなおし、みるみる先をゆく気球遊牧民のあとを小走りで追いかけた。

「くそっ」マコン卿は毒づきながらも異界族の力で荷物を全部、軽々とかつぎ上げ、どたどたとあとを追った。

男は〈ロゼッタ港〉のほうに向かい、方角を変え、角を曲がり、やがて月光をあびて輝く、赤石でできた中くらいの大きさのオベリスクの前にやってきた。係留所として使っているらしく、土台のまわりに重いロープが巻きつけてある。アレクシアが頭をのけぞらせて見上げると、男のものとおぼしき気球が上空に、まさに巨大な風船のように浮かんでいた。男は立ちどまり、プルーデンスを渡すようアレクシアに身ぶりした。アレクシアは一瞬ためらったが、男が縄ばしごを意味ありげに指さすのを見てうなずいた。

「いいわ、でも夫が先よ」

その夫は恐怖に青ざめた顔で揺れる縄ばしごを見ていた。人狼は空が苦手だ。「いや、ダメだ。悪いが、これだけは無理だ」

アレクシアが理詰めでさとした。「なんとしてもルクソールに行かなきゃならないのよ」

「妻よ、きみの人生において、空酔いの人狼ほど哀れなものを見たことがあるか？」

「ほかに方法がある？　それに、うまくいけば一足飛びに〈神殺し病《ゴッド・ブレーカー》〉の感染域まで行けるかもしれない。そうなれば人間に戻って気分もよくなるわ」

「本当にそう思うか？　〈病〉の影響が上空まで届かなかったらどうする？」

「いつもの科学的探求心はどうしたの、あなた？　これこそ、そうした疑問を解き明かすチャンスじゃない。あたくしがたくさんメモを取るから安心して」

「そいつはなんとも心強い」だが納得したとは思えない。マコン卿はさらに疑り深い目で縄ばしごを見た。

「さあ、のぼって、コナル。ぐずぐず言わないの。あんまり空酔いがひどければ、あたくしが触れればいいことよ」

マコン卿はぶつぶつぼやきつつも、はしごをのぼりはじめた。

「えらいわ、それでこそ男の子」アレクシアがからかった。

異界族の耳には妻の言葉が聞こえたが、マコン卿は聞こえないふりをしてはしごをのぼり、気球からぶらさがるカゴの縁《へり》を越えてなんとか乗りこんだ。

そのとき初めてアレクシアは、昼間に見たときより気球がずいぶん低いのに気づいた。ありがたい――のぼるはしごが少なくてすむわ。

ドリフターの男はひもで背中にプルーデンスをくくりつけ、するするとのぼっていった。プルーデンスは男の背中で歓声を上げた。父親とは違い、空に浮かぶのがうれしくてたまらないようだ。

一瞬のためらいののち、アレクシアもあとに続いた。

そのとき、通りのどこからか一人の少年が猛然と駆け寄り、オベリスクからロープをほどいた。そのためアレクシアは思いがけず、下の通りに向かってゆらゆら揺れるはしごをのぼることになった。これが思ったほど楽ではなかった。しかも何層ものスカートとバッスルという格好だ。だが、これまでレディ・マコンをいくじなしと呼んだ者は誰もいない。アレクシアは命がけではしごにつかまり、ゆっくりと慎重にのぼりつづけた――しがみついているはしごが風に吹かれ、ゆったりと言うよりかなり危険な速度で高い巨大な建物にぶつかりそうになるのにもかかわらず。

アレクシアは英国女性が強いられる正しい身なりという制約にはばまれつつ、なんとかカゴにたどりついた。そして、またしてもルフォーの選択をうらやましく思った。とはいえ、ズボンを受け入れることはできない――あたしのような体格の女性には無理だ。ドリフターの男はカゴから手を伸ばして力強くアレクシアを引き上げ、すぐに縄ばしごを引き上げた。

こうしてマコン一家は名も知らぬ男の完全なる好意のおかげでかの有名な気球遊牧民の気球に乗りこみ、気がつくとアレクサンドリアの街の低空に浮かんでいた。

マコン卿は呪いの言葉をつぶやいてよろよろとカゴの縁に近寄り、さっそく身を乗り出して胃のなかのものを戻しはじめた。しかも長い時間ずっと。アレクシアはそばに立ち、心配そうに背中をさすった。そのたびにマコン卿は人間になったが、人間だろうと人狼だろうと、いずれにせよ空の旅には向かないようだ。やがてアレクシアは夫のプライドと〝ほっといてくれ〟というつぶやきを尊重し、気の毒な状態のまま放っておくことにした。

ドリフターがひもをほどいて背中から下ろしたとたん、プルーデンスはよちよち歩きまわり、あらゆるものに手を伸ばしはじめた。母親の強い好奇心を受け継いでいるのは間違いなさそうだ――おかげさまで。やがて、気球の乗組員は男の家族であることがわかってきた。妻とおぼしき女性は砂漠の民らしい険しい顔立ちで美人とは言えないが、むっつり顔の夫よりよく笑う。そのせいで独特の美しさと、このようなタイプに共通する気だてのよさが感じられた。女性がまとう何枚ものスカーフと色とりどりのローブがそよ風にたなびいている。さらに十四歳くらいのがっしりした息子と、プルーデンスより少し大きいくらいの幼い娘がいた。一家はプルーデンスの好奇心と〝手伝いたい〟という気持ちに驚くほど寛容だった。カゴの中央にぶらさがる何本ものロープを引かせて操縦する真似をさせたかと思うと、カゴの縁から外が見えるよう少年が抱え上げてくれる。そのたびにプルーデンスははじけるような笑い声を上げた。

飛行船の旅に慣れた身からすると、かなりの低空飛行だ。アレクシアはアイヴィの言葉を思い出した。ふつうドリフターは気温が下がる夜は地上に下り、日中、気温が高くなったら上昇するという。いったいこんな夜なかにどうして浮かんでいられるのかしら？

離陸直後の興奮が過ぎ、アレクシアはみずからに課した不干渉主義を捨てて、もういちどかわいそうな夫の様子を見に行った。なおも口をぬぐっている。そこで、ゆっくり救世主に近づいた。だが、歩くのも簡単ではない。カゴの側面は小枝で編んであるが、床は格子状に組んだ竿のあいだに動物の革が張ってあるだけで、アレクシアのような体格と靴の好みの女性が移動するのは一苦労だ。さらに、アレクシアが動くたびにカゴ全体がこれ以上ないほど恐ろしげに揺れた。

「あの、ちょっとよろしいかしら？　ご親切には感謝していますけど、あなたはどなた？」

男はきれいに手入れしたあごひげのなかから真っ白い歯をちらっと見せてほほえんだ。

「ああ、そうでした、レディ。わたしはザイド」

「初めまして、ミスター・ザイド」

ザイドはお辞儀をし、順に指さしながら家族を紹介した。「これは息子、バドゥ。妻、ノーラ。そして娘、アニトラ」

アレクシアは小声で礼儀正しく挨拶し、一人一人に膝を曲げてお辞儀した。家族はそれぞれ、その場でうなずいた。

「あたくしたちを、その、乗せてくださって、どうもご親切に」

「友人に頼まれました、レディ」

「あら？　誰かしら？」

「アキノキリンソウ《ゴールデンロッド》です」

「誰ですって？」

「知りませんか、レディ？」

「まったく」

「そのうちわかるでしょう」

「あら、でも……」

ザイドの表情が硬くなった。

アレクシアはため息をついて話題を変えた。「口をはさむつもりはありませんけど、ひとつおうかがいしても？　気球はずいぶん低いところを飛んでいるようですわ。どうして夜なかに浮かんでいられるんですの？」

「おや、レディ。われわれのやりかたをご存じのようだ。お見せしましょう」ザイドがカゴの中央にある数枚の毛布をはぎ取ると、なかからガス缶のようなものが現われた。ロンドンの街灯に火を灯すときに使うような。「特別のとき、これがあります」

アレクシアはさっそく興味をひかれた。「見せてくださる？」

ザイドはうれしそうに一瞬にっと笑うと、固定されていた缶をはずして何本もの管や線を引きこみ、口が巨大な気球に向くよう缶を持ち上げた。

ザイドが忙しく準備するあいだ、アレクシアはあたりを見まわした。

ドリフターの気球はこれまで利用した英国製の飛行船とはまったく違った。アレクシアは小型遊覧飛行船にも、郵便物や乗客を運ぶ大型飛行船——飛行船会社が所有する巨大な乗り物《モンスター》——にも乗ったことがあるが、これはそのどちらとも違う。まず、気球部分は飛行船のような決まった形がなく、全体が布製で、操縦はプロペラではなく垂れ布を開いたり閉じたりして行なうようだ。カゴは自家用飛行船より大きく、国を横断する巨大飛行船よりははるかに小さい。手こぎ船の二倍の長さほどだが、基本的に正方形で、中央に気球を係留しておくための設備と、正しい高度と方角を保つためのさまざまなひもと装置がついている。カゴは気球とともにゆっくり回転するので、とくに前後の区別はなさそうだ。内部は寝るための場所と料理のための場所に分かれており、テントでおおわれた一画はおそらく非常に個人的な行為のための場所だろう。ザイド一家はカゴのなかで生活しているらしく、カゴの縁と気球下部からぶら下がるいくつもの袋には——最初は平衡重量《バラスト》かと思ったが——食糧や家財道具が入っているようだ。

プルーデンスがよろけながら目の前を通り過ぎ、そのあとをドリフターの娘が追いかけた。二人とも狂ったようにきゃあきゃあ笑い、すばらしいときを堪能している。アレクシアはプルーデンスがうっかり触れないよう、コナルの前に立ちはだかった。空酔いの子狼がカゴのなかを駆けまわる事態だけは避けたい。その恐怖に比べれば、空酔いの大男のほうがまだましだ。

炎がボッと燃え上がり、バドゥがヒューと興奮した声を上げた瞬間、気球がゆっくりと上昇しはじめた。ガス燃料によってスピードが増し、エーテル層に向かってぐんぐんのぼってゆく。揺れる感覚も、上昇している感覚もない。ただ地面がだんだん遠ざかり、耳がポンとなったことでそれとわかるだけだ。

ドリフターが何をしようとしているのか理論的にはわかっていた。気球を上昇させてエーテル流のなかに入れば、流れに乗って南へ移動し、ナイル川をさかのぼることができる。だが、これはかなりの技術を要する操作だ。もし気球がエーテル流内で上昇しすぎたら布がばらばらに裂ける恐れがあるし、突然の逆流でしぼむ可能性もある。あるいはガスが爆発して全員が砂漠に向かって落下しないともかぎらない。

アレクシアは不吉な考えを頭から押しやり、眼下でみるみる小さくなるアレクサンドリアの街を見つめた。

そのころマコン卿は出るものが何もない嘔吐に苦しみ、小さく泣き声を上げながらギュッと目をつぶり、大きな手の甲が白くなるほどカゴの縁を握りしめていた。案外プルーデンスは狼になっても平気だったかもしれない——アレクシアは思った。まんいちそうなっても、ドリフターのことだから小犬と思ってカゴの隅にでもつないでおいただろう。プルーデンスは狼に変身するときも痛みを感じないようだから、空酔いもしないんじゃないかしら？少なくとも今はなんの影響もなさそうだ。むしろ空の旅を満喫している。しかも誇らしいことにドリフターの誰かがひもの正しいあやつりかたや浮揚熱力学をアラビア語で教えるたびに、プルーデンスは礼儀正しく動きを止めて聞き入っている。何はなくとも、アケルダマ卿は養女に一流の礼儀だけは教えてくれたようだ。

さらに気球は上昇し、アレクサンドリアの街がかすかな松明の光の点ほどになった。下を向いても前を向いても、見えるのは砂漠の暗闇と、そこかしこでぽつぽつ燃える炎と、月の光を浴びてきらめく、何百匹もの細長い銀色のヘビが作り出したようなナイル三角州《デルタ》だけだ。にわかにカゴ内がざわめき、見ると、ザイドが一本のロープを強く引き、同時にバドゥが重りをはずした。続いて気球はガクンと揺れて低くうなり、気球のてっぺんがエーテル流をとらえた。ザイドがガスの噴出量を上げ、缶をへこんだ部分に向けると、気球はぐんぐん上昇してエーテル流のなかに入り、たちまちふわりと浮かぶや、さっきとはくらべものにならない速度で南に飛行しはじめた。この速度の変化にもアレクシアはほとんど何も感じなかった。飛行船と違ってまったく風がないのは、気流と一緒に動いているせいだろう。

マコン卿が背を伸ばした。ずいぶん気分がよくなったらしく、顔にも色が戻ってきた。

アレクシアはやさしく夫をさすった。「人間になった？」

「ああ、だが、だからといって楽になったわけじゃない。ただ、その、全部出したからだ。言ってる意味がわかるか？」

アレクシアはうなずいた。「エーテル層に近いせいかしら？」

「そうかもしれん。それで？」

「それでって、何が？」

「メモを取るんじゃなかったのか？　どうやら〈神殺し病〉はエーテル域の高さまで広がっているようだ」

「もしくはエーテル層じたいが異界族の能力を打ち消すのかも」

「もしそうなら科学者たちがとっくに解明しているはずじゃないか？」

アレクシアはパラソルの隠しポケットのひとつから小さなメモ帳、別のポケットから尖筆《スタイロ》型万年筆《グラフィックペン》を取り出した。「そうかしら？　でも、どうやって解明するの？　吸血鬼は縄張りから遠く離れられないから、こんな高いところには来られない。人狼は空酔いするから空には浮かべない」

「これまでにゴーストとその肉体を空輸した者は一人もいなかったと言うのか？」

アレクシアは眉をひそめた。「どうかしら？　でも調べる価値はありそうね。ジュヌビエーヴが今は亡きおばとともにパリからロンドンに来たときは飛行船だったのかしら？　それとも船？」

「彼女に追いついたらきいてみるがいい」会話がとぎれ、つかのまぎこちない沈黙がおりた。

「〈病〉を感じるか？」

「アレクサンドリアの運河で感じたような、ちくちくする感覚ってこと？」

マコン卿がうなずいた。

「わからないわ。だってあの感覚はエーテル風に触れたときとよく似ていたもの」アレクシアは目を閉じ、空気を抱くように気球のカゴから身を乗り出して両腕を突き出した。

マコン卿はあわてて妻の肩をつかみ、カゴのなかに引き戻した。「**やめろ、アレクシア！**」今度は恐怖のせいで真っ青だ。

アレクシアはため息をついた。「わからないわ。疫病のせいかもしれないし、エーテル層に近いせいかもしれない。発生地に近づいたらどうなるか、それを待つしかないわね」

「みずからを実験台にするのは非常に危険だと誰かに言われたことはないか、妻よ？」

「あら、心配しないで。言っておくけど実験台はあたくしだけじゃないわ。あなたもよ」

「そりゃなんとも心強いこった」

ビフィはライオールの執務室の扉をそっとノックし、応答を待つあいだ、あたりのにおいをかいだ。いつもと同じ異界管理局《BUR》のにおいだ。汗とコロン……革と靴磨き剤……銃オイルと武器。考えてみれば兵舎のにおいに似ている。よその人狼団のにおいはしない。どこにいるにせよ、いまここにレディ・キングエアはいないようだ。

「どうぞ」ライオールの穏やかな声がした。

　その声を聞いただけで気持ちが温かくなることにビフィは驚いた。なんだかほっとする。二人のあいだに生まれつつあるものがなんにせよ、そのときビフィはそれがすばらしいもので、闘ってでも手に入れる価値があるものだと確信した。いや、人狼の性質からすれば、〝闘ってでも〟と言うのは比喩的な意味ではなく、文字どおりの意味かもしれない。

　大きく息を吸ってなかに入ったとたん、これから告げなければならないことの重大さに今しがたの高揚感はたちまちしぼんだ。アケルダマ卿がいつも言っていた。スパイのつらいところは情報を探ることではなく、そうやって知り得た情報を他人に話すときだと。そしてこうも言った――〝情報を求めて這いまわるのは汚れ仕事であり、ズボンの膝には致命的だ〟。

　まわりくどい言いかたをしても意味がない。「ダブを殺した犯人がわかりました。誰も信じたくないでしょうが」ビフィはいきなり切り出し、帽子を扉脇のスタンドにかけて部屋の奥に進んだ。スタンドにはおびただしい数の上着や外套、帽子のほかに、見場のよくないあれこれ――銃収納袋がついた革の首輪、ガトリング銃の吊りひも、藁製の毛をむしられたガチョウもどき――などがかかっている。

　ビフィはライオールの散らかったデスクの正面に立ち、ベストのポケットから銃弾を取り出して黒いマホガニーの表面にカチッと置いた。

ライオールは読みかけの書類を脇に押しやり、銃弾を手に取った。しばらく見つめてから、頭に載せていたギョロメガネを下ろし、拡大レンズごしにさらに丹念に調べた。長々と検分したあと、ようやく顔を上げた。ギョロメガネのせいでハシバミ色の片目が異様にゆがんでいる。

ビフィは不気味に拡大した目を見て顔をしかめた。

ライオールはギョロメガネをはずして脇に置き、銃弾を返した。「サンドーナー仕様。旧式。ダブが撃たれたものと同じだ」

ビフィは重々しい顔でうなずいた。「誰のものか、聞いたら驚くと思います」

ライオールはキツネ顔の表情をまったく変えず、椅子の背にもたれ、辛抱づよく濃い金色の眉を片方吊り上げた。

「フルーテです」ビフィは反応を待った。いったい教授はどんな反応をするだろう？

だが、なんの反応もなかった。さすがはライオールだ。

「すべてフルーテのしわざでした。彼にはチャンスがありました。フェンチャーチ・ストリート駅で発砲することも彼にならできた。アケルダマ卿の飛行船に乗りこみ、戻ってきてレディ・マコンに足止めを食わせるためにロンドンのどこかに火を放つこともできた。思い出してください、ダブがレディ・マコンに〝人狼屋敷には行きたくない〟と漏らしたことを。ダブは〝危険だ〟と言った。屋敷にフルーテがいることを知っていたからです。そして瀕死のダブが屋敷に運びこまれたあとの数分間、レディ・マコンは病人のそばに誰を残しました？」

「フルーテだ」

「そしてどうなりました？」

「ダブが死んだ」

「そうです」

「しかしチャンスは動機とは言えない、ビフィよ」いつもと変わらぬ穏やかな態度だが、信じたくはないようだ。

「本人に問いただしました。でも相手はあのフルーテです。この一件はアレッサンドロ・タラボッティが死ぬまぎわに残した命令に関係していると言うだけでした。知られてはならない何かがあったんです。レディ・マコンに知られてはならない何かが。いずれにせよレディ・マコンはエジプトに行ってしまいましたが。いいですか？　ぼくが思うに、どんな方法にせよ〈神殺し病〉を広めたのはアレッサンドロ・タラボッティで、フルーテはそれを拡大しつづけてきた。それこそミスター・タラボッティが残した命令であり、フルーテはそれ以来、長きにわたってひそかに〝異界族撲滅令〟を実行しつづけてきた。ダブはたまたまそれに気づき、フルーテはやむなく手をくだした」

「大胆な発想だが、何を証拠に――」そこでライオールは言葉をのみこみ、あたりのにおいをかいで短くつぶやいた。「しまった」

ビフィも鼻を動かした。ほんのかすかに、広い野原と郊外の空気のにおいがした。だがロンドン団の仲間から感じるにおいとは違う。もっと湿って、青々と茂り、北に向かって何マイルも続く信じられないほど濃い緑の平原のにおい——スコットランドのにおいだ。

ビフィは振り向いて扉に駆け寄り、勢いよく引き開けた。見えたのは、BURの表玄関を飛び出し、猛スピードで夜の街に消えてゆくレディ・キングエアの灰色のしっぽの先だけだった。

ビフィはかたわらにライオールの存在を感じた。「それで、フルーテはどうしている、マイ・ダンディ？」

「地下のワイン室に閉じこめました」

「まずいな。ひとつ間違うと、さらなる情報を聞き出す前にレディ・キングエアに殺されかねない」

「それよりも何よりも使用人が食べられたら大変だ」

二人の人狼は目と目を見交わし、同時に服を脱ぎはじめた。BURの職員はみな人狼のこんな振る舞いには慣れている。それだけがビフィの救いだ。

ライオールは、しかし途中であきらめ、任務のためにあっさりと服を犠牲にした。狼になったライオールがレディ・キングエアのあとを追うのを見ながら、ビフィは心から思った——アルファ雌と闘うのは、もう二度とごめんだ。われながらあんなことができるとは思ってもみなかった。それでもビフィは変身する前にお気に入りのベストを脱ぎ、クラバットをはずす時間だけは確保した。ズボンとシャツの代わりはいくらでもあるが、このベストだけは譲れない。とびきりの逸品だ。

ビフィは猛然とライオールを追いかけ、人狼屋敷にたどりつく前に細身の狼に追いついた。ライオールは英国でも一、二を争う俊足という噂だが、直線コースならぼくにも追いつけるだけの筋肉がある。それがビフィにはとても誇らしく思えた。

開けっ放しの玄関から人狼屋敷に駆けこむと、レディ・キングエアが鼻をくんくん鳴らしながら部屋から部屋を狂ったように駆けまわっていた。使用人部屋の最上階から探しはじめたらしく、さいわい、まだワイシ室には行き着いていない。フルーテのにおいは屋敷じゅうにしみついているので、場所を特定しにくいのだろう。

ビフィとライオールは顔を見合わせた。黄色い目と目が合った。次の瞬間、二匹は同時に怒れるアルファに飛びかかり、力というより不意打ち作戦で表の応接間に引きずりこんだ。

ビフィが強くしっぽを打ちつけ、バタンと扉を閉めた。

ライオールは人間に戻り、怒りにかられた雌狼の前に立った。「レディ・キングエア、今度ばかりは穏やかに話しませんか？」

ひょろりとした狼は申し出を吟味するかのように後ろ脚で座っていたが、やがて灰色の毛皮が後退しはじめ、人間になってライオールの前に立った。

シドヒーグ・キングエアは歳をとって変異したにもかかわらず女性らしい体型を保っている。シドヒーグはまったく無意識に胸の前で腕を組んだ。「穏やかに話す気はねぇよ、教授。

あの男がうちのベータを殺したんなら、やつの血をちょうだいするまでだ」

「殺したのなら――です」

シドヒーグがビフィを見た。全力疾走したビフィは後ろ脚で座り、舌をだらりと垂らしてあえいでいる。「でも、あたしはこの耳でこいつが言うのを――」

「お聞きになったのはあくまでも推論です。証拠はありません」

「推論のようには聞こえなかったがな」

ぼくも人間に戻るべきだろうか？　そんなことをしたらアルファの怒りに火をそそぐだけかもしれない。でも、しっぽを振ったり、耳をぴくぴく動かしたりするだけでは言いたいことは伝わらない。ビフィは勇気を振りしぼって痛みをこらえ、変身した。

「われわれは団の掟だけでなく、英国法のもとで行動しなければなりません、レディ・キングエア。まずはフルーテを問いただし、さらなる事実を聞き出すのが先です」

シドヒーグが唇をゆがめた。「聞き出す？　ふん、どうしてもと言うんならしかたねぇ」

ライオールはビフィを見た。「案内してくれるか？」

ビフィは気がすすまなかったが、ベータの命令には逆らえない。使用人の半数が見つめるなか、全裸といういたたまれない格好で廊下を進んだ。

しかし三人が一列に並んでワイン室に下りてみると、無理にこじあけた形跡もなく扉はかすかに開いていた。なかはもぬけの殻だ。

フルーテはどこにもいない。

シドヒーグがたちまちいきり立った。「逃げやがった！」

ライオールは首を振った。「ありえません。この部屋は人狼を閉じこめることができるほど頑丈です」

「だったら誰かがやつを出したんだ。それともきちんとカギをかけなかったか」シドヒーグがビフィに歯を剝き出した。

ビフィは反論した。「いいえ、間違いなくしっかりカギをかけました。フルーテの持ち物も調べました」

「何か手抜かりがあったはずだ、小僧！」

「でも、たしかに〝執事に錠前破りができる〟とは思いもしませんでした！」

「それみろ、この若造め――」

ライオールが割って入った。「お待ちください、レディ・キングエア。フルーテを探していたとき、彼の部屋をごらんになりましたか？」

シドヒーグが肩をすくめると、長く豊かな髪が裸の胸の上で動いた。シドヒーグはなおもビフィをにらんでいる。

ぼくはぼくの立場でできる最善のことをやったまでだ。ビフィはそしらぬ顔でマニキュアを調べるふりをした。

ライオールは質問を続けた。どういうわけか変身は甘皮にひどいダメージをあたえる。「フルーテの荷物は残っていましたか？」

フルーテ失踪の詳細などどうでもいい。シドヒーグはこれを誰かの――ビフィの――せいにしたいだけだ。

ビフィは脱出不可能なはずのワイン室からフルーテがどうやって脱出したのか、手がかりになるものはないかと部屋のあちこちを調べはじめた。

ビフィはシドヒーグが変身するのを見ていなかった。そのことに気づいたのはライオールが叫んだからだ。

あとから考えてみても、自分が何をしたのか、なぜそうなったのかわからない。ただ本能にしたがっただけだ。そこにはふたつの本能があった。自己保存のために変身しようとする人狼の本能と、世のなかのどんなものより——裁断の甘いジャケットよりも、ゆるんだクラバットよりも——変身の痛みが嫌いなビフィの本能と。獰猛な雌狼がビフィに襲いかかろうとした瞬間、このふたつの本能がせめぎあった。

そしてビフィは変身した。

だが、全部ではなかった。

変身したのは頭部だけだ。

これにはさすがのシドヒーグも動きを止めた。自分の変身を中断し、驚きのあまり四つ足で立ちつくしてビフィを見つめた。

ビフィは何が起こっているのか理解できなかった。気分はいつもの自分だ。痛みもほとんどない。でも頭がふくらんで、重い感じがする。ちょうど風邪をひいたときのような。そして急に感覚が鋭くなった。

ライオールがシドヒーグの前をすどおりして近づき、静かに目の前に立った。なおショックからさめやらぬ表情で口を小さくぽかんと開けている。まさか愛するベータがこんな表情を浮かべるなんて。

ビフィは「何が起こったんです？」とたずねようとした。だが、口から出たのはクーンという泣き声と小さな吠え声だけだ。

「ビフィ」ライオールがやさしく呼びかけた。「きみは〈アヌビスの形〉を取っている、知っていたかね？」

ビフィはまたもや吠え、かすかに震えはじめた。寒いワイン室に裸でいるせいではない。恐怖と緊張のせいだ。人狼は人間の姿のときもほとんど寒さを感じない。もっとも今は半人間だが。

シドヒーグが完全な人間に戻った。なおも怒りといらだちの表情だが、さっきまでのビフィに対する攻撃心はすっかり治まったようだ。

「こいつのどこがアルファらしいってんだ」

ライオールはビフィしか見ていなかった。レディ・キングエアには見向きもせず、「いくつかの面では実にアルファらしい」と答えた。

さぞみっともない姿に違いない——ビフィは思った。毛むくじゃらで黄色い目の狼の頭が、ひょろりとした青白い伊達男の身体の上に載っているなんて。アルファになんかなりたくない。ビフィは心のなかで叫んだ。人生の半分を挑戦者との闘いに明け暮れるなんて嫌だ。団の責任なんか負いたくない。早々に死にたくもなければ、正気を失いたくもない。そんなのまっぴらだ！

でも、口から出るのはクーンという泣き声だけだ。

「大丈夫だ、ビフィ」ライオールがなぐさめた。「いまにもとに戻る。少なくともそのはずだ」そこでふと眉をひそめ、「これまで何人ものアルファにつかえてきたが、〈アヌビスの形〉の変身がふつうの変身とどう違うのかをたずねてみようと思ったことはなかった。これで教授というのだから、われながら情けない」

ビフィはまたしても哀しげな声を上げ、必死に変身をこころみた。変身を引き起こす身体の深い部分——骨が組み替わるときのうずくような力——に気持ちを集中させた。だが、何も起こらない。どちらにも動けない。狼にも戻れなければ、人間にもなれない。ビフィは〈アヌビスの形〉という宙ぶらりんの状態にとらわれていた。

「もしかして、はまったのか？」と、ライオール。

さすがはライオール、賢い男だ。ビフィは毛むくじゃらの頭で激しくうなずいた。

「ちっ、こんなことにつきあってるひまはねぇ！　フルーテのげす野郎を捕まえるんだ」シドヒーグは我慢の限界だった。ビフィの窮状など、今夜味わった屈辱に比べればおまけみたいなものだ。

シドヒーグは階段を駆けのぼった。これから夜の街にフルーテを追うつもりだろう。「やつならどこへ行く？」シドヒーグが二人の人狼にどなった。

ライオールとビフィも肩をすくめてあとを追った。

「フルーテがいまもサンディのために働き、ずっと命令にしたがって行動しているとすれば、〝異界族撲滅〟という趣旨の命令だと考えるべきだ。サンディがわたしにした約束は……」

そこでライオールはかすかに顔をゆがめた。

「いや、約束のことはどうでもいい。その計画が〈神殺し病〉を広めることだとしたら、たとえわたしでも彼の心を変えることはできなかった」

シドヒーグも同意した。「あんたは自分が思ってるほど魅力的じゃねぇんだよ、ベータ。それで、やつが行きそうな場所はどこだ？」

ビフィはライオールの真後ろに立ち、はげますように片手を肩に載せた。〝ぼくにとってあなたは魅力的です〟と伝えたかったが、不満そうにうなることしかできなかった。

ビフィにはわかっていた。自分がフルーテの立場だったらどうするか？　自分が死すべき者で、人狼に追われているとしたら、絶対に安全な場所はひとつしかない――空だ。そしてフルーテはとことん忠実な男だから、これまでの行動をレディ・マコンに説明しようとするだろう。なぜなら彼女の身を守ることもアレッサンドロ・タラボッティの命令のひとつなのだから。そう言いたいのに、いまのぼくには言葉を発するための口もなければ――首まで狼だから――声帯もない。ああ、もしこのまま永遠にはまったままだったらどうしよう？

ぼくは、もう二度と先のとがった襟のシャツは着られないのか！　そのときはっと気づいた。〈アヌビスの形〉も部分的には狼形のひとつだから、太陽が昇ったら自然と人間にもどるはず――だとすれば、あと数時間の辛抱だ。

ビフィがフルーテの取りそうな行動に考えをめぐらすあいだ、ライオールも同じ結論にたどりついていた。「最寄りの飛行船に向かったと思われます」

シドヒーグが駆け出した。

ビフィはクーンと声を上げ、狼頭で階段を指し示した。階段は二階の廊下に通じており、廊下の突き当たりのバルコニーにはアケルダマ邸に通じる秘密の跳ね橋がある。フルーテが一刻も早く空に逃げようと思えば、当然〈スプーンに載ったタンポポの綿毛〉号に向かうはずだ。何しろフルーテにとって、アケルダマ卿の小型飛行船を使うのは初めてではない。

ライオールもうなずいたが、夜の街に飛び出したレディ・キングエアを止めようとはしなかった。広い芝生のある大型飛行船の切符売り場に向かったのなら、そうさせておこう。レディ・キングエアはロンドンとその贅沢さに慣れていない。まさか目の前に自家用飛行船があるなどとは夢にも思わなかったのだろう。

ライオールは隣の吸血鬼屋敷に移動するべく階段をのぼりはじめた。

ビフィは尻ごみした。

「きみの推論が正しかったことを確かめたくないのか？　フルーテがアケルダマ卿の飛行船をふたたび盗んだかどうかを知りたくないのか？」ライオールがやさしくうながした。

ビフィは白く細い手で裸の身体と毛むくじゃらの頭を指さした。

ライオールにはビフィの気持ちがよくわかった。「恥ずかしいのか？」

ビフィはうなずいた。

「バカを言うな。これは実に誇らしいことだ。〈アヌビスの形〉ができる人狼はとても少ない。アルファでさえ全員に可能なわけではない。しかもきみのような若者がなしとげるのはきわめてまれだ。ふつうはこの姿を取るまでに十年以上はかかる。すばらしいことなのだ」

ビフィは皮肉っぽく鳴いた。

「バカな。本当だ」

ビフィは自嘲ぎみに鼻を鳴らす代わりに不満のひと声を上げた。

「わたしを信じろ、マイ・ダンディ、これは喜ばしいことだ。さあ、行こう」

ビフィはため息をつき、ライオールのあとから跳ね橋を渡ってかつての主人の屋敷に入った。

ほんの三年前なら、二人の裸の男がアケルダマ邸の廊下をうろついていたら、さぞ大騒ぎになっただろう。しかも一人は狼頭だ。ドローンのなかには気鬱症になる者さえいたに違いない。ぼくだってなったはずだ。

とはいえアケルダマ卿とその取り巻きたちが裸に否定的なわけではない。むしろ全員がさりげなく好きだ――たとえば拳闘リングや寝室では。しかし、屋敷の廊下をだらしない身なりで、ましてや真っ裸でうろつくのは、酩酊しているか、よほど精神的に不安定な場合でもなければ許されない。そもそも人狼というものは、社交的必要性がないかぎり吸血鬼屋敷には耐えられないものだ。しかし、こうした事情はレディ・マコンがアケルダマ卿のクローゼットに住み着いてからすっかり変わった。なぜならレディ・マコンが行くところ必ずマコン卿がついてくる。しかもこの立派な紳士は裸と人狼――とりわけその合わせ技――に対するアケルダマ邸の意識をある意味、向上させた。

マコン卿が並はずれてすばらしい肉体の持ち主であることは、ドローンたちのあいだでは衆知の事実であり、夜ごと誰がマコン卿に服を着せる名誉にあずかるかで争いが起こった。結局フルーテがその役目を一手に引き受けるようになってからは、ドローンのなかで誰がロンドン人狼団のアルファをささいなことで怒らせ、昼間に真っ裸で廊下にどなり出て来させられるか、知恵をしぼり合うようになったほどだ。

そういうわけで、ライオールとビフィがいきなり裸で現われてもアケルダマ邸の住人たちはすこぶる寛容だった。それでもビフィには好奇の目が集まった。大半が〈アヌビスの形〉を見るのは初めてだ。でも頭が狼なので誰もビフィだとはわからない。ビフィにはそれだけが救いだ。しかしそれも二人が屋上に向かう途中、エーテルグラフ通信室から戻ってくるアケルダマ卿と鉢合わせするまでのことだった。

今夜のアケルダマ卿は熱帯の島の海水を思わせるトルコブルーと濃い青緑とブルーの微妙な色違いの服にパールと白金のアクセサリーというでたちで、女っぽい顔をしかめ、手にした小さな紙切れをにらんでいた。あれはエーテル通信用の下書きで、何かしら政治的、社交的、もしくは服飾的に重大な伝言が書きつけてあるに違いない。

アケルダマ卿はライオールの身体をしげしげと見て学者ふうに小さくうなずき、それから視線をずらしてさらに長々とビフィを見つめ、ようやく言った。今宵のための特別な新しい髪型か？」

「わがいとしのビフィよ、その髪はどうしたのかね？

ビフィは大いに恥じ入り、小さく狼頭を傾けた。アケルダマ卿がビフィとわかるのに顔は必要ない。なんともばつの悪いことに、アケルダマ卿はビフィの身体の特徴をいまもよく覚えていた。

アケルダマ卿は口の端からかすかに牙をのぞかせ、微笑を浮かべた。「さて、いとしのドリーよ、**きみ**はこうなることを知っていたのかね？ きみはいまや幸運な男であると同時に幸運な人狼だ、そうだろう？ いくばくかの忍耐といくつかの正しい助言さえあれば、きみが抱える問題はすべて〈アヌビスの形〉が解決してくれる」

ライオールは小さく頭をかしげただけだ。

「当然きみも、彼がこうなった瞬間に**そのこと**はわかっていたはずだ」

ライオールの表情は変わらない。

アケルダマ卿は牙を剥きだしてほほえんだ。首につけたクラバットピンの真珠のように鋭く、まぶしく、獰猛な牙を。「わたしは僥倖《ぎょうこう》を信じない男だ、ライオール教授。まったく信じない」このときばかりは、あのアケルダマ卿が正しく〝ライオール教授〟と呼びかけたことに誰もが気づいた。

ビフィはいったいなんの話だろうと狼頭で二人を交互に見た。

「わたしが同じ男を二度あなどることは決してない」アケルダマ卿は片手でクラバットピンをいじりながら、こっそり反対の手でエーテルグラフ通信に紙切れをしまった。

「わたしがこのことを予測していたとお思いなら、アケルダマ卿、それは買いかぶりすぎです」ライオールはビフィの〈アヌビスの形〉をあごで示した。

「では、ビフィ、この件について何か言いたいことはあるかね？」アケルダマ卿はかつてのドローンを見やった。にこやかな表情だが、どこかよそよそしい。

「ビフィはまいっています」ライオールが助け船を出した。

「おやまあ、なんと恐ろしい」

「まったくです。ビフィの心中をお察しください」

「これは、いとしのドリーよ、わたしの能力の限界を超えている。それで、わたしに何ができるというのかね、紳士諸君？　ひょっとして**衣服**が必要か？」

ライオールは小さく目をまわした。「それはのちほど。まずはあなたの飛行船を確かめさせてください」

「〈揺れっ子〉号を？　あの子は屋上に係留されているはずだ。もう幾日も飛んでおらん。いとしのアレクシアがいないゆえ、すっかり出番がない。なぜだね？」

「どうやらよからぬ目的に使用されたようです」

「本当かね？　なんと**わいせつ**な！　わたしがその場に招待されなかったとはどういうことだ？」

ライオールは無言だ。

「ああ、ひょっとしてBURの権限で来たのかね、かわいいドリーよ？」

よほど必要でないかぎりアケルダマ卿に情報を渡すのは危険だ。それくらいはライオールもよくわかっている。

「違う？ では団の問題か？ わたしのかわいい〈揺れっ子〉号がもうひとりのベータの不幸なできごとに関係したとでも？」アケルダマ卿は牙にちっと舌を打ちつけた。「それは残念だ」

ライオールからはなんの反応もない。ましてビフィからは望むべくもない。アケルダマ卿は屋上に続くはしごのような階段に向かって淡い緑青色の手袋をはめた手を寛大に振った。

「さあ、遠慮はいらんよ」

三人が屋上にのぼってみると、はたして〈スプーンに載ったタンポポの綿毛〉号はなかった。見上げると、少し離れた空高く、エーテル流に乗って南に向かって飛んでゆく小型飛行船が見えた。ライオールとビフィは驚かなかった。アケルダマ卿は怒ったふりをして見せたが、内心ただならぬことが起こったと気づいたようだ。

「おやまあ！ なんと不埒なことよ――承諾も得ずに人の飛行船に乗りこむとは！ きみたちはわたしのかわいい子ちゃんを失敬したのが誰か、見当がついているのだろう？」

二人の人狼は視線を交わした。

「フルーテです」ライオールが答えた。アケルダマ卿のことだ。じきに真実を突きとめるだろう。

「ああ、なるほど、少なくともあの男なら念入りに手入れし、最高の状態で返してくれるはずだ。執事というものはそういうものだ、だろう？　それにしてもどこに向かったのだね？　**あまり遠く**でないとよいが——わたしのちっちゃなダーリンは長距離飛行用ではない」

「おそらく途中で郵便飛行船に乗り換えるつもりでしょう」

「いとしいいとしいアレクシアを追いかけるつもりか？　ジッピーまで？」

「おそらく」

「これは、また、なんと」

「まったくです」

「かわいそうに、あの子は乗り捨てられるのか。当局に飛行船が行方不明になったことを知らせておこう。まんいち**大事な**何かにぶつかった場合、責任を取らされたら厄介だ。もっとも**わがいとしのドリーよ**、BURが責任を取るというのなら話は別だが……」

　ライオールは首を横に振った。

「ああ、ではブーツを地元の警察に行かせ、うちのかわいいボーイたちには警官よろしく銀のピンをつけさせるとしよう」

　ライオールはうなずいた。「それがよろしいかと。しかし、誰のしわざかは言わないでください。いまはまだ。いまのところ、あるのは偶然と推測だけです」

　アケルダマ卿は見さだめるようにライオールを上から下までながめまわした。「きみの情報管理ぶりは、ドリーよ、昔のスパイのようだ。吸血鬼的だと言う者さえいるかもしれん。そして言うまでもなく**わがいとしのアレクシア**は気に入らんだろうね——有能な執事に逮捕歴が加わるとは」

「まったくです。レディ・マコンの感情も考慮に入れなければなりません」

「それで……レディ・キングエアは？」アケルダマ卿がさりげなく宙で指を動かした。

ライオールは目を伏せただけだ。

「いや、それは人狼の問題だ。いや、まさしく。しかし、ドリー・マイ・ラブ、まさかきみたち人狼の問題で**わたしの飛行船**が盗まれるとは」

「その件については心からお詫びを申し上げます、アケルダマ卿」

「いや、気にすることはない。うちのボーイたちに仕事ができて何よりだ。アレクシアのいないロンドンは平穏すぎてつまらない。さて、そろそろ夜が明ける。これで失礼するよ、ベータ」アケルダマ卿はライオールに小さく頭を下げ、それからビフィに向かって意味ありげに言った。「**アルファ**」

ビフィとライオールは裸のまま、アケルダマ邸の屋上で夜明けを見つめた。太陽が地平線をゆっくりとそめるにつれてビフィは少しずつライオールの細い身体に近づき、やがて二人は肩を寄せ合った。地平線から最初の光が射しこんだ瞬間、ビフィは〈アヌビスの形〉から完全な人間に戻った。ライオールにはそのときの震えが伝わったはずだ。

太陽の光は強く、皮膚が乾いて引っ張られる感じがした。人狼は日中でも外にいられるが、この不快な感覚は避けられない。でも今は鼻や目が引っ張られる感覚をふたたび感じられることにほっとした。ビフィはおそるおそる顔に手をやり、狼の顔ではなく自分の顔であることを確かめた。

「ぼくはアルファにはなりたくありません」それが、声帯がちゃんと機能するかを確かめるためにビフィが口にした最初の言葉だった。

ライオールはビフィの肩をこづいた。「ああ、どんなに優れたアルファでも最初からなりたい者はいない」

二人はたがいの視線を避け、目覚めはじめた街を見つめた。とっくに見えなくなった小型飛行船の姿を見つけようとするかのように。

「中継地まで行き着くでしょうか?」長い沈黙のあとビフィがたずねた。

「フルーテのことだ。しくじるはずがない」

「かわいそうなレディ・マコン。人殺しの執事に、裏切り者の父親に、死にたがる夫」

「マコン卿がエジプトに行きたがった理由はそれだと思うか?」

「違うんですか? 正気を失いたい男がどこにいます? ぼくには、〈神殺し病〉はアルファの不死性が抱える問題の何より優れた解決策に思えます」もちろんビフィは自分の将来のことを考えていた。

「ものは言いようだ」

「これまでにこの病を利用しようとした人狼が一人もいなかったなんて信じられません」

「そうかな？　疫病の拡大に関して、きみがあれほど興味を持った資料をいったい誰が集めたと思う？」

「ああ、そうか」

「そうだろう？　これで安心したか？」ライオールがビフィのほうを向いた。ビフィはハシバミ色の気づかうような目が自分の横顔に注がれているのを感じた。それでもじっと遠くの地平線を見つめていた。少なくとも横顔には自信がある——ビフィは自分をなぐさめた。

「これで、ぼくはもうアルファってことですか？」ビフィは自分でこの問いを考えた。ぼくはいま人狼として安全に死ねる場所があると知って安心している。かつては吸血鬼になって永遠に生きることを考えていたのに？　いまとなっては、それもはるか昔のことのようだ。ビフィは小さくため息をついた。「ええ、どうやらそのようです」一瞬の間。「ぼくにはどれくらいの時間があるんだろう？」

　ライオールは愉快そうに小さく笑った。「少なく見積もっても数百年、うまくいけばそれ以上だ。これから軍役にもつかなければならない。つねに危険はある」

「闘いかたを学ぶんですか？」

「そうだ。だが心配はしていない、マイ・ダンディ。マコン卿という最高の教師がいる」

「では、マコン卿は戻ってくると？」

「戻ってくるだろう。少なくとも過去の罪についてわたしをどなり散らさなければ気がすまないはずだ」

「悲観的だな」

「この件については、パピーよ、わたしはきみよりマコン卿のことをよく知っている」

「マコン卿はぼくの存在に耐えられるでしょうか、つまりぼくが……」ビフィは自分の頭を指さした。

「もちろんだ。きみはまだ若い。彼ほどのアルファにとっては脅威でもなんでもない」

「変だな、なんだか急に歳をとったような気分だ」

ライオールが小さく笑った。「では一緒にベッドに行こう。そうすればきみがどれだけ若いか、最高の方法で思い出させてやれる」

「いいですね、サー」

「ああ、ビフィ、いまやそれはわたしのセリフだ」

ビフィは笑い声を上げて背筋を伸ばし、ライオールの手を握った。「よし、行こう」

「了解、サー」ライオールはこの短い言葉に、地位の逆転と、これからのお楽しみと、愛弟子《まなでし》の成長を喜ぶ師匠のような気持ちをすべてこめた。

16 ナイル川浴の効能

アレクシア、マコン卿、プルーデンスの三人はエジプトの気球遊牧民とともに五日間、空に浮かんで南に向かい、長いロープのようなナイル川上空をかなりの速度で飛行した。ナイル川は、昼間は深い濃い青緑色、夜はより合わせた銀色のひものように見える。この間《かん》、満月が訪れたが、マコン卿は数百年ぶりに丸い月の下で変身せずにすみ、おかげで自由にプルーデンスと遊ぶことができた。なによりアレクシアが喜んだのは、夜となく昼となくなんの心配もなく娘の世話をまかせられることだ。ただ、伸び放題のあごひげには大いに閉口した。

「男の魅力はあごひげにある」と、マコン卿。

アレクシアは答えた。「そして女の魅力は首から胸もと《デコルテ》にあるのよ。それなのにあなたは最近ちっとも魅力を発揮させてくれないのね？」

「とかく浮き世はままならん」マコン卿はぼそりと答えた。

アレクシアは空の旅を大いに楽しんだ。たしかに気球内の生活には不自由もあるし、窮屈だが、気球の旅でしか味わえないすばらしい時間がある。そのうち二日間はザイドの血縁集団らしき人々と交流した。同じように鮮やかな紫色の気球を持つ彼らは、ザイドの気球に接

近して は少し離れ、同じエーテル流に乗って浮かぶ。するとザイドが巨大な円形の網を広げ、新たな気球が近づいてはその網の一部を拾い上げる。そうやって次々に気球が網でつながり、それぞれの気球の下とそのあいだから巨大なハンモックがぶらさがった。この空中網がたがいに行き来する通路となってさまざまな交流が行なわれ、子どもたちにとっては格好の遊び場になるというわけだ。いまだに浮遊感に慣れないマコン卿はそっけなく手を振って見向きもしなかったが、アレクシアはこんなにおもしろそうなものに尻ごみするような女性ではない。地上から双眼鏡でのぞかれたらスカートのなかが丸見えだと思いながらも、網の上に足を踏み出した。そして何歩も行かないうちにぴょんと跳ね上がり、広い網の上に尻もちをついた。網渡りは見た目ほど簡単ではない。かたやドリフターの女たちは頭の上に大量の食糧をバランスよく載せ、なめらかな、跳ねるような歩きかたで、英国の家庭婦人がたがいの家を行き来するように気球から気球を自由に歩きまわっている。

もちろんプルーデンスは大喜びだ。変異したての吸血鬼が血に夢中になるように空中ハンモックに夢中で、新しくできた世界でいちばん好きな友だちアニトラと一緒に跳ねまわっている。アレクシアはそれほど心配してはいなかった。アニトラは〝エーテルに浮かぶハンモック〟というとんでもない場所で育った子だ。ふつうの幼児よりも落ちないための知識があるに違いない。それに、よく見ると網の端のほうには年かさの子どもや母親たちがつねに目を光らせている。アレクシアは監視の目をいくぶんゆるめたが、夫はそうはいかなかった。恐怖に凍りついた目を最初は娘に、次は妻に向け、交互にこう叫んだ。「こら、プルーデンス、そんなに高く跳ねるな！」……「アレクシア、もし落っこちたらきみを殺す！」……「おお、妻よ、ちゃんと娘を見ててくれ！」……。プルーデンスは父親の心配をよそに嬉々として跳ねつづけ、アレクシアは夫の大げさな言葉を、つねに足が――二本であろうと四本であろうと――地面についていなければ落ち着かない男のたわごとと無視した。

　五日間の旅の途中、ちょうどほかの気球とつながっていたときに一度だけザイドの判断で地上に降りた。休息と、燃料と水の補給のためだ。気球団は日没後にゆっくりと下降し、網を引き上げながら小さなオアシスのそばに着陸した。砂漠では〈神殺し病《ゴッド・ブレーカー》〉のちくちく感がかなり強い。飛行中は感じなかったので、気分が悪くなるほどだ。アレクシアはかすかに押されるような奇妙な感覚を覚えはじめた。壊れた輪つき十字《アンク》つきの小型ミイラの前で初めて感じた反発と同じような。プルーデンスも地上は気に入らないらしく、「そら《アップ》、ママ、そら《アップ》！」とせがみつづけた。喜んだのはマコン卿だけだ。服を脱いでオアシスで水浴びをする前に、小犬のように砂のなかを転げまわっている。どうやら〈神殺し病〉をもってしてもコナル・マコン卿から完全に狼の性質を消すことはできないらしい。

　二日後、一行はナイル川の湾曲部に到着した。

　アレクシアは上空にいるときからその場所に魅せられていた。早朝なので、気球はゆっくり、慎重に下りてゆく。空からだと、砂漠のなかで大きく湾曲する川が何かの形に似ているように見えた。最初は雲のなかの形を見わけるようにぼんやりしていたが、やがて気球が地面に近づくにつれ、それが何かがはっきりわかった。

アレクシアは横柄な態度で巨体の夫を手招きした。「コナル、ちょっと。あれを見て？」

マコン卿はいかにも不機嫌そうに妻を見た。「アレクシア、わたしは下を見ないようにしている」そう言いながらもそばに近づいた。

「ええ、わかってるわ、でもちょっとだけ。ほら、あそこ。ザイド、ちょっといいかしら？ あれはいったい何？」

ザイドはマコン夫妻に近づき、アレクシアがカゴから身を乗り出して熱心に見下ろしている場所を見た。

ザイドがうなずいた。「ああ、あれは〈砂の生き物〉です」

アレクシアはまったく興味がなさそうな夫のために指さした。「ほら、あそこの、川が湾曲している場所を見て。あれが頭で、ほら、こっちの砂漠に何本もリボンのように伸びているのが脚みたいでしょう？ あれは何かの通り道なの、ザイド？」マコン卿は〝地面を観察するなんぞまっぴらだ〟とばかりに色とりどりの毛布の山の上に横たわって目を閉じた。夫には砂漠がこっちに押し寄せてくるような気がするのだろう。

ザイドはアレクシアの言葉にうなずいた。「〈砂漠に続くゴーストの跡〉です」

「まあ、本物の幽霊《ゴースト》によってできたの？ だとすると疫病が広まる前ね？」

「そう言われています。それもただのゴーストではありません、レディ。王と女王と、彼らの召使たちのゴーストです。そうに違いありません、レディ。砂漠の砂のなかを歩きたがる生者がどこにいます？」

「八本の道筋……八本の脚」アレクシアは考えこんだ。まさしくタコだ。でも、タコはタコでも逆さまのタコ？　当然よ、だってナイル川は反対方向に――南から北に――流れているんだもの！　アレクシアは質問を続けた。「では、あれは？　目のように見えるのは何？」

「ああ、レディ、あれは、ええと、なんと言ったか……そう、神殿です」

「古代エジプト神の？」

「ああ、いえ、神のものではありません、レディ。女王です。王になろうとした女王の」

古代エジプトの歴史でそれに当てはまる人物が一人しかいないことはアレクシアも知っている。「ハトシェプスト女王？　まあ、おもしろい」

ザイドはいかにも不思議そうにアレクシアを見た。「ええ、レディ。あなたがここを訪れたと言ったら、あのかたはなんと言うでしょうね？」

「あら、ハトシェプスト女王の意見がどうしてそんなに重要なの？　まだ正式に発掘されていないのかしら、あの神殿は？」

ザイドが答える前に、いくつかのことが同時に起こった。気球が高度を失い、川に近づくにつれて――まさにいま話していた〈タコの目〉に向かって下降するにつれて――空気が冷たくなり、アレクシアはまぎれもない反発を感じた。これまで反異界族のミイラからしか感じたことのないような激しい反発。しかも、今回はその十倍はありそうなほど強い。まるで押されるような、文字どおり何百もの見えない手で押し返されるような感覚だ。たくさんの見えない手が皮膚をぐいぐいと、まるで肉と骨のなかに溶かそうとするかのように内へ内へと押してくる。あまりの恐ろしさにアレクシアは思わず〝もういちどエーテル域まで上昇して〟とザイドに頼みそうになった。しかし、これまでの謎の答えがすべてこの下にあることもわかっていた。

同時にコナルが「おお、ずいぶん気分がよくなった」と半身を起こした。

プルーデンスが泣き叫んだ。「ママ、ママ、ママ。ノー！」

アレクシアは激しい抵抗感に眩暈《めまい》を覚え、カゴの縁からかすかに身を乗り出して頭を下げた。そのとたん、恐ろしいタコの目のそばに近代的な大型のナイル川船《ダハビヤ》がつなぎとめられているのに気づいた。

アレクシアの内なる混乱を知らないザイドが答えた。「女王の意見を軽んじるべきではありません。しかし、あの女王は世界の道筋を変えました」

アレクシアは何かを見落としているような気がした。同時に、地球が回転し、氾濫するナイル川の銀色の濁流のようにみるみる遠ざかっていくような気がした。ますます圧力は強まり、まるで糖蜜の入ったたらいに顔を突っこまれたかのような気分だ。

気球はハトシェプスト女王の神殿から十メートルも離れていない場所にゴトッと着陸した。だがアレクシアには知るよしもなかった。大人になって二度目の失神で完全に気を失っていた。

アレクシアは顔に冷たい水がかかり、全身が水につかっている感覚に目覚めた。

誰かがナイル川に投げこんだらしい——完全に服を着た状態で。

アレクシアは口から水を飛ばして叫んだ。「ちょっと、いったいなんの真似?」

「わたくしのアイデアよ」マダム・ルフォーのかすかになまりのある、なめらかな声が頭の後ろから聞こえた。アレクシアが流れに乗って浮かんでいられるよう、後ろから肩をつかんでささえている。

はるか頭上でまたたく星空をさえぎって、目の前に夫の心配そうな顔がぬっと現われた。

「気分はどうだ?」

アレクシアは体調を確かめた。押し返されるような圧力と反発感はまだあるが、いまは頭と顔のまわりだけだ。水につかっている部分はまったく何も感じない。「ずいぶんいいわ」

「そりゃよかった。まったく驚かさないでくれ!」

「あら、コナル、これはあたくしのせいじゃないわ!」

マコン卿は容赦ない。「失神なんぞ、まったくアレクシア的じゃない」

「あたくしだって予想外の行動に出るときもあるのよ」

マコン卿は聞く耳を持たなかった。「二度とこんな真似はやめてくれ」

夫は納得しそうもない。アレクシアはあきらめて頭を後ろにそらし、上下逆さまにルフォーを見た。「たしかにいいアイデアね、ジュヌビエーヴ。でも、このままずっとナイル川に浮かんでいるわけにはいかないわ。調査しなければならないタコがいるのよ」そこで大事なことを思い出した。「プリムローズ! ジュヌビエーヴ、プリムローズを誘拐して連れまわしているのはあなた？」

「いいえ、アレクシア。十分前にマコン卿から同じ質問をされるまで、プリムローズが行方不明だってことも知らなかったわ」

「でも、てっきり……」

「違うの、誤解させてごめんなさい。あわててホテルを出たのは、重要な情報を見つけて、一刻も早くここに来たかったからなの。誘拐のことはまったく知らなかったわ。無事だといいけど」

「無事だといいどころじゃないわ！　ああ、なんてこと。てっきりあなたが何かを目撃して誘拐犯を追っているとばかり。誘拐にも気づかないほど重要な情報って何？」アレクシアは遠慮なくたずねた。

ルフォーはため息をついた。「とにかく、こうしてあなたたちと合流した以上、協力したほうがよさそうね。あなたたちが足りないパズルの一片をにぎっているかもしれないし」

「それはこっちのセリフかもしれん」と、マコン卿。

ルフォーはマコン卿のセリフなど聞こえなかったかのように続けた。「わたくしはいま新進気鋭の考古学者エドワール・ナヴィーユ（一八四四～一九二六。スイス人エジプト学者）とともに調査をしているの」

「〈真鍮タコ同盟《OBO》〉の会員？　あなたがエジプトに来たのには別の理由があると思ってはいたけど」

ルフォーはOBOとの関係については触れなかった。つまり、認めたということだ。「彼はつい最近デール・アル・バハリの調査許可証を手に入れたのよ」

「あら、そう」アレクシアはなんのことかわからないまま先をうながし、激しく水をかいて上体を起こし、両脚で立った。足もとはどろどろの川底のようだが、ウォーキング・ブーツをはいているのでよくわからない。アレクシアはできるだけ水につかっていられるよう膝を曲げた。

マコン卿が体勢を変える妻を手伝った。ふと見るとコナルは真っ裸で、ルフォーは水着がわりの紳士用下着のようなものを着ている。まあ、ひどい――あたしだけドレスのまま放り投げるなんて。背後の岸辺に、ほとんどしぼんだザイドの気球と数人の影が見えた。ザイドの家族とルフォーが雇ったダハビヤの乗組員たちに違いない。物々交換か、食事か、その両方が行なわれているようだ。例のごとく水にはまったく興味のないプルーデンスの甲高い笑い声が聞こえた。プルーデンスは母親の不調にも、それにともなうびしょぬれ状態にもまったく無頓着だ。

ルフォーが背後の岸辺を指さした。「こ、ここがデール・アル・バハリよ。人影の向こうに神殿の遺跡が見えるでしょう？　あの後ろが〈王家の谷〉。でも、これは……これは〈タコの目〉よ」

アレクシアがうなずいた。「ええ、そうだと思ったわ」

「ナヴィーユはまだ若いけれど、いずれここを発掘するつもりよ。わたくしは、その……出、どころを調査するために送りこまれたの」

アレクシアが先まわりして言った。「〈神殺し病〉の出どころね。あなたもなの？」

マコン卿が言葉をはさんだ。「いま誰の神殿と言った？」

「はっきりとはわからないわ。でもムシュー・ナヴィーユによれば、ハトシェプスト女王の葬祭殿じゃないかって」

これを聞いたとたん、マコン卿は意外にもとどろくような大声で笑いだし、その声は川を越えて響きわたった。「これは、これは。女王はわれわれに訪ねてほしくはないだろうな」

アレクシアは眉をひそめた。「ミスター・ザイドも同じようなことを言ってたわ」

マコン卿は続けた。「だいたい葬祭殿であるはずがない。変異殿ならわかるが、まちがっても葬祭殿じゃない」

ようやく夫の話が見えてきて、アレクシアは驚きのあまりナイル川にのけぞりそうになった。「それって、まさか……？」

「マタカラはハトシェプスト女王の別名だ。まあ、数多くあるうちのひとつだが。知らなかったのか？」

「当たり前よ！　あたくしがそんなこと知ってるはずないじゃない？　そもそもどうして教えてくれなかったの？　まあ、なんてこと、だとしたら本当にとてつもない高齢だわ！」

マコン卿は、悪気はなかったと言いたげにハンサムな顔を困ったようにかしげた。「それほど重要だとは思わんかったんでな」

「あら、思わんかったですって？　よく言うわ。でも今となっては重要だと思わない？」アレクシアは必死に頭を働かせたが、反発力が強すぎて考えがまとまらない。バシャッと頭を水につけると、たちまち気分がよくなった。ふたたび顔を出しながらアレクシアは思った。きっと髪は目も当てられない状態だろう。でも川に投げこまれる前に誰かが帽子とパラソルを取ってくれただけでも助かったわ。「でもコナル、前に古代エジプトは人狼が統治していたと言わなかった?」

「吸血鬼が古代ローマを統治したのと同じくらい、ほんの短いあいだだ。当時もエジプト周辺には吸血鬼がいた。女王の台頭はとんでもない番狂わせで、腹を立てた者も多かった。どうしてマタカラその後トトメス三世がすべてをもとに戻したがな。彼はわれわれの一族だ」

「わけがわからないわ。どうしてマタカラ女王の神殿が〈神殺し病〉の発生地なの? どうして吸血鬼がそんなことに手をそめなければならないの? 自分たちの種族も死に絶えるかもしれないのに」

ルフォーが口をはさんだ。「まずは科学的証拠と状況を調べて、推測はそのあとでいいんじゃない?」

「あら、神殿内の調査はまだなの?」アレクシアは驚いた。

「わたくしも着いたばかりなの。船をつないでいたら、あなたたちの気球が下りてきて。それにしてもいったいどうやってドリフターの気球に乗せてもらったの?」

「父のあやまちを正さなければならないからよ」アレクシアはあいまいに答え、不快そうに顔をゆがめた。

「あら、いったいどのあやまちかしら？」ルフォーは興味をひかれたようだ。「ともかく神殿はまったくの手つかずで、砂に埋もれているの。発掘には数年かかるでしょうね。どこから手をつけていいかもわからないわ」

アレクシアがルフォーに水をかけた。「ねえ、ジュヌビエーヴ、あたくしには答えが神殿のなかにあるとは思えないわ」

「そう？」

「ええ。これまでのことを思い出してみて。反異界族の接触が作用するには空気——それも乾いた空気が必要よ。死んだ反異界族にも同じ性質があるとは思わない？」

「死んだ反異界族？　それが出どころなの？」

アレクシアは苦々しげに唇を引き結んだ。

「いつからそのことに気づいていたの？」

「スコットランドに行ってから」

「人間化病を引き起こした遺物はミイラだったの？」

「ええ、反異界族の」

「どうしてそのとき教えてくれなかったの？」

アレクシアはルフォーを疑るような目で見た。

ルフォーは視線の意味を理解した。アレクシアがそんな危険な科学的事実をＯＢＯの会員に話すはずがない。「つまり、疫病の発生地は神殿の外にあるってこと？」

「ええ、そう思うわ」

「こんな状態で、あなたに突きとめられるの？」

アレクシアは顔をしかめた。「最後に答えが見つかるのならなんだってやるわ」

失神したばかりの妻の状態を考えてマコン卿が提案した。「川の水を汲み出して、できるだけドレスを湿らせておこう。そうすればなんとかなるかもしれん」

「あら」アレクシアはさっき心のなかで夫をなじったことを後悔した。「そのために服のままあたくしをナイルに投げこんだの？」

マコン卿はけげんな顔をした。「当然だろう、妻よ」

岸に泳ぎついた三人は土手をよじのぼった。川から上がったとたん、ふたたびアレクシアはひどい反発を感じはじめた。

「今夜は川のなかで寝たほうがよさそうね」アレクシアは誰にともなく言った。

「きみはこれまで、それよりはるかにとっぴな真似をしてきたと思うが」夫が答えた。


翌朝早く、太陽が照りつける前にアレクシアとマコン卿とマダム・ルフォーはハトシェプスト女王神殿上方の丘を——アレクシアはぐしょぐしょ音を立てながら——のぼった。眠っているあいだに落ちないよう川に吊したハンモックもどきのなかで一夜を過ごしたアレクシアは疲れていた。川のなかでぐっすり眠れるはずもなく、睡眠不足でいらだち、不機嫌だ。三人のあとからナイル川の水を入れた大壺や水筒を抱えたエジプト人の列が続き、アレクシアが合図するたびに一人が進み出て、真剣な表情で水をかけた。プルーデンスは大喜びだ。

「ママ、びしょびしょ！」

「ええ、そうね」アレクシアには娘の赤ちゃん語の裏にある大人のコメントが聞こえたような気がした——〝あたしは遠慮しておくわ、お母様〟。

一行は砂におおわれた丘をのぼった。この丘が、切り立った崖をくりぬいて造られた神殿の屋根の奥につながっている。濡れたドレスに足を取られながらもアレクシアは焼けつく太陽にパラソルをさして先頭を歩き、あとからルフォーとマコン卿とプルーデンスが続いた。ザイドと家族は野営地に残してある。

頂上に近づくにつれて死体の山が見えはじめた。正確に言えばミイラだ。もっと正確に言えば、丘の頂上でマコン卿がはるか昔に死んだ反異界族をうっかり踏みつけ、反異界族のミイラが乾いた、もの哀しい、砕けるような音を立て、茶色の埃が小さく舞い上がった。

「コナル、気をつけてちょうだい！　吸いこんだら永遠に死すべき者になるかもしれないのよ！　そうでなくても同じくらい恐ろしいことになるわ」

「ああ、わかってる」マコン卿は鼻にしわをよせ、ブーツから埃を振り落とした。

ルフォーが片手を上げると、全員が立ちどまって視線を向けた。丘の反対側の斜面から八本の長い筋が伸び、砂漠のなかに続いている。

「〈ゴーストの跡〉」アレクシアがザイドの言葉を繰り返した。

「そうは思えないわ。むしろ、彼らを打ち消すものじゃないかしら？」ルフォーはしゃがみこみ、死体のひとつをしげしげと見つめた。すべてがミイラだ。少なくともそう見えた。筋のひとつをたどって丘をくだると、やがておびただしい数の剝き出しの死体が現われた。乾燥した砂漠の太陽に焼かれ、焦がされ、すべてがミイラ状態だ。薄く砂が積もっているが、さっと払うと、これらの死体がタコの触腕を形作っていることはひと目でわかった。何百体ものミイラが少しずつ枝分かれするように間隔を空けながら砂漠のなかに広がっている。できるだけ遠く広く拡大させるためかしら？その一体一体に、切り出した岩や木でできた墓標が立ててある。碑銘もなければ、死者の名前もない。そして墓標はすべて同じ形――正確に言えば二種類の形からなる壊れた輪つき《アン》十字《ク》の形――だ。

　アレクシアは遠く砂のなかに伸びて消えてゆく煙のようなミイラの筋を見やった。「あたくしの仲間たち」

　ルフォーはしゃがんでいた場所から立ち上がり、別のミイラを調べはじめた。「反異界族なの、これが全部？」

「これだけあれば可能だわ」

「可能って、何が？」

「疫病を引き起こすことよ。乾いた砂漠の空気と何百もの反異界族の死体。この組み合わせは基本的に――ああ、どう表現したらいいか――いわばガスを放出するみたいなものよ」

「それにしてもものすごい数だ」と、マコン卿。

「何百年もかけて世界じゅうから集めたのね。もともと反異界の数はそれほど多くない。おそらく最初はすべて積み上げてあったものを約四十年前に誰かが広げはじめたのよ」

　マコン卿がルフォーを見やった。「ずいぶん大がかりだな」

　アレクシアが続けた。「そして作戦は二段階で行なわれた。一度目は最初にこれを始めたこと。二度目は四十年前にふたたび始めたことよ」

　ルフォーは緑色の目をこわばらせ、茶色い髪を振ってマコン夫妻を交互に見た。「わたくしじゃないわ！　こんな話を聞いたのはこれが初めて、本当よ！」

「そうでしょうね」と、アレクシア。「でも、こんなことは秘密組織の関与がなければとてもできないわ。巨大な地下秘密組織――それも世界じゅうから死体を集め、それをあつかうのに抵抗のない科学者たちの」

「ＯＢＯのしわざだと言いたいのね！」ルフォーはこの発想にひどく驚いた。

「なにしろタコだもの」と、アレクシア。この手のおふざけには感心できない。

「いいえ、誤解よ。たしかに同盟は〈ヒポクラス・クラブ〉を生み出した。報告書も読んだわ。ひとつ間違えば極悪非道なことをしでかす力があることも知っている。でも、これが同盟のしわざとはどうしても思えない。こんな知識がありながら――反異界族の遺体に何ができるかを知りながら――仲間に告げないなんて？　たしかに天才を集めた秘密組織があったかもしれない。でもこんな情報をほかのメンバーに秘密にするのはＯＢＯの目的に反するわ。言語道断よ。考えてもみて？　わたくしがこのことを知っていたとしたら、とっくに吸血鬼や人狼に対する武器を造り出しているはずじゃない？　いいえ、これは同盟のしわざじゃない。別の何かがしかけたことよ。おそらくテンプル騎士団ね。彼らにはそうした行動を起こすための活動基盤と傾向があるわ」

アレクシアは眉をひそめた。「テンプル騎士団がこのことを知っていたら、もっと過激な行動に出るんじゃない？　この技術を使って、それこそ武器を開発するとか。それどころか祖国を守るためにイタリアに死体を集めるはずよ。拡散させるより、〈神殺し病〉そのものを移動させるわ」

マコン卿が口をはさんだ。「ちょいと思ったんだが」

アレクシアとルフォーはマコン卿がそこにいたことに驚いたかのように振り向いた。マコン卿は娘を腰にひょいと載せて立っていた。いかにもむさくるしく、見るからに暑そうだ。死体の山を前にしたプルーデンスはいつになく静かで神妙な表情を浮かべている。ふつうなら恐怖に叫んで泣きだしそうなものだが、ミイラを見てやけにおとなしく「ママ」とつぶやいたきり、父親の首に顔をうずめた。

「何を思ったの、人狼どの？」アレクシアがたずねた。

顔じゅうひげだらけなので表情は読めない。「思うに、すべては何千年も前にマタカラ女王が始めたんじゃないだろうか？　最初は人狼を排除するために始めたが、やがて手に負えなくなった。アレクサンダー大王の命令だったとも考えられる。なんといってもエジプトを征服したギリシア人は過激な異界族反対主義者だ。マタカラ女王は契約を結んだのかもしれん。自分ひとりを残し、アレクサンドリアからすべての吸血鬼を追い出すという契約を」

「仮説としては悪くないわね」と、アレクシア。

「そして？」ルフォーが先をうながした。

「そして誰かが女王の計画をかぎつけた。疫病を広めようとしていた誰かだ」

アレクシアにも見当がついた。「あたくしの父ね」

ルフォーが仮説を続けた。「間違いないわ。アレッサンドロ・タラボッティにはコネがあった。テンプル騎士団と決裂したあと、OBOは彼を雇おうとしたの。彼のこうした目的に手を貸す協力者は――わたくしの父も含め――ヨーロッパじゅうにごまんといたわ。想像してみて？　異界族大量撲滅計画よ？　こうして世界じゅうで反異界族の遺体を集めはじめたんだわ」

「なんて恐ろしい」アレクシアはタラボッティ家の恥ずべき過去に顔をしかめた。「どうしてあたくしの父はいつもこんなに厄介なの？　とっくに死んでいるのに。どうしておとなしくしてくれないのかしら？」

「厄介ごとを引き寄せる性格は、きみも誰かから受け継いでいるようだが」マコン卿が考えぶかげに言った。

「あら、それはどうも、あなた。光栄だわ」反発力と皮膚への圧力が強くなり、高く昇った太陽がさっきからアレクシアを乾かし、苦しめていた。アレクシアは一人のエジプト人に言った。「かけて」

男は近くに横たわるミイラを指さした。

「ああ、そうね、水がかかるとまずいわね」アレクシアがミイラから離れるのを待って、男は全身に水をかけはじめた。

「レディ」男が言った。「水がなくなりそうです」

「あらまあ。少なくともあたくしはそろそろ戻ったほうがよさそうね」アレクシアは探るような目で夫とルフォーを振り返った。「あなたたちはどうする？　ここにはもう学ぶものはあまりなさそうよ」そのときアレクシアはふと思った。「阻止するべきかしら？」

マコン卿とルフォーがけげんそうに顔を見合わせた。

「疫病を終わらせるべきかってことよ。やるだけやってみるべきじゃない？　方法はわからないけど。スコットランドではパラソルの酸が効果的だった。でも、これほど大量のミイラを溶かすにはとうてい足りないわ。たしかに水はミイラを分解するのに有効かもしれない。ミイラを保存しているのは乾燥した空気ですもの。考えてもみて——もしかしたら今この場で〈神殺し病〉を根絶できるかもしれないのよ」

ルフォーは複雑な表情を浮かべ、「でもこのミイラのすべてを失うなんて。科学的価値を考えると……」と言葉をのみこんだ。

アレクシアは首をかしげた。「あなたはウールジー吸血群に年季奉公している身よ？　女王どのの利益を最優先させるべきじゃないの？」

ルフォーは顔をしかめた。

マコン卿が言葉をはさんだ。「まあ、少し待て、アレクシア。いまは現状を知るだけで充分だ」

アレクシアは解《げ》せない表情だ。「どうして?」

「〈神殺し病〉にも利用価値はある」

「拡大してもいいの?」

「そういうわけじゃない。それについては疑問の余地がある。きみの父親はミイラが水に弱いことを知らなかったのかもしれん。そもそも〈神殺し病〉は地中海を越えられるのか?」

「でも、あたくしたちがここにきて真実を突きとめたんだから、ほかの人たちにも可能じゃない?」

マコン卿は譲らなかった。「世界には異界族がいない地域も必要だ」

「どうして?」アレクシアはますます首をかしげた。破壊行為に反対するなんてコナルらしくない。だが、いよいよ反発力が強まってきた。議論の続きは野営地に戻ってからだ——できればナイル川のなかで。「続きはあとにしましょう。そろそろ戻らなきゃ」

ルフォーは去りがたい表情で、「いくつか調査用にサンプルを持って帰れないかしら、何がこのミイラを……」と言いかけてまたしても言葉をのみこみ、マコン夫妻の背後——神殿上方の丘の上——を見つめた。

一人の男がこちらに向かって狂ったように手を振っている。

「レイディーー!」男が叫んだ。「やつらがやってきます!」

「あれはザイド？　いったい何を……？　まあ、あれはなんなの！」ザイドが指さすほうを振り返ると、砂漠の向こうからずんぐりした何かが猛スピードで近づいてくるのが見えた。まるでマダム・ルフォーの設計図から出てきたかのようなしろものだ。見かけは巨大なカタツムリで、眼柄から空中に炎を噴き出している。蒸気で動いているとは思えない——こんな砂漠のどまんなかで水を調達できるはずがない。殻の下には農機具のような複数の車輪がついているらしく、真鍮製の車体が太陽を浴びてぎらぎら光っている。

カタツムリの動きは、その外見をあざわらうかのように速く、何人もの男たちが頭と首にまたがり、あるいは甲羅から両脇にぶらさがっていた。全員が白いローブを着てターバンを巻いている。

アレクシアとマコン卿とルフォーはつかのま、砂漠の向こうからすべるように近づいてくるカタツムリを見て呆然と立ちつくした。

「わたくしの読みが正しければ、あれはメタンガス式高圧縮空気砂上車よ」

「それってなんなの、ジュヌビエーヴ？」

「腹足類型移動装置の一種よ。以前から理論はあったけど、実用化されたとは知らなかったわ」

「明らかに実用化した人がいたようね」アレクシアは車体に反射するまぶしい光をさえぎるように額《ひたい》に手をかざした。

カタツムリ型砂上車が両脇に砂を吐き出し、タコの触腕のあいだをずるずるとすべるように――横たわるミイラを蹴散らさないように――近づいてきた。

「まずいわ」と、アレクシア。

「ここで何が起こっているかを知っているんだわ」と、ルフォー。

「走れ！」マコン卿が叫んだ。

アレクシアは言われるままにパラソルを閉じて腰の鎖につけると、慎みをかなぐり捨て、スカートを高くたくし上げて丘に向かって駆けだした。足首が見えようとかまってはいられない。

「待て、アレクシア！　プルーデンスを頼む」マコン卿が背中から叫んだ。

アレクシアは立ちどまり、片手をのばした。

「ノー！」プルーデンスは叫んだが、母親の手に移動したとたん、コルセットで締めた腰まわりに小さな手足を巻きつけ、巻き貝のようにしがみついた。

アレクシアは夫のこわばった、決然とした顔を見つめた。「いいこと、コナル、無茶しないで。わかってる？　あなたはいま人間なのよ」

マコン卿は真剣な目で妻を見た。「娘を安全な場所に連れていって、自分の身を守ってくれ、アレクシア。わたしは……」そこで言葉を探すように言いよどみ、「きみにはまだ腹を立てている。だが、いまでも心から愛しているし、きみにまんいちのことがあったらとても……」そしてエジプトの太陽のように熱く、激しい、焼けつくようなキスをするや、くるりと背を向け、近づいてくるカタツムリに身構えた。

カタツムリが一陣の炎を噴きつけた。マコン卿はそれを軽々とかわした。

「コナル、このバカ！」

アレクシアは後ろからどなり返し、当然のごとく夫の指図を無視してパラソルに手を伸ばした。

ルフォーが近づき、丘の斜面を押し上げるようにアレクシアの背中を強く押した。

「嫌よ、さあ、プルーデンスをお願い」アレクシアはルフォーに娘を押しつけた。

「ノー、ママ！」プルーデンスが抵抗した。

「わたくしにはクラバットピンと手首発射器があるわ」ルフォーもこのまま引き下がる気はない。

「いいえ、あなたはこの子を安全な場所に連れていって、ザイドに気球を上げるよう伝えて。誰かがあのバカ夫の面倒を見なきゃならないの」アレクシアは恐怖に青ざめていた。「あの人は自分が本当に死ぬかもしれないことがわかってないわ」

「本気？」

「行って！」

ルフォーが駆けだし、プルーデンスがルフォーの腕の下で叫び、もがいた。「ノー、ママ。ノー、フォー！」だが、幼児に振りほどけるはずもない。ルフォーは細身だが、長年、機械を持ち上げてきたおかげで、しなやかで力が強い。

アレクシアは腰の鎖からパラソルをはずして振り上げ、腹足類を迎えうつべく振り向いた。

17　腹足類の急襲

それが誰であれ、男たちは銃や炎を放つより行く手に一人で立ちはだかる大男と素手で闘いたいらしく、目の前で腹足類型砂上車を止めて飛び降りるやマコン卿めがけて駆けだした。アレクシアの夫は両手を腰に当てて突っ立ち、襲撃者たちを待ちかまえた。あたしはとんでもないバカと結婚したらしいわ──そう思いながら、彼の愛する妻は猛然と丘を駆け下りた。

とんでもないバカはカタツムリから降りてきた敵をにらんでいた。もつれてぼさぼさの髪。ひげだらけの顔。獰猛な表情。まるで地獄から砂漠の民の前に現われた山男のようだ。

一人目の白服男が襲いかかった。

マコン卿は軽くなぐり飛ばした。人間に戻ってはいても闘いかたは知っている。アレクシアが心配なのは、異界族のときほど強くもなければ不死身でもないことを本人がどこまで理解しているかわからないことだ。

アレクシアが駆けつけたとき、マコン卿はさらに二人の白服男と組み合っていた。アレクシアはパラソルを開いてねらいをさだめ、片方の男に麻酔矢を放った。

この反撃に男たちはたじろぎ、何やらアラビア語で激しく言い合いながら再攻撃に備えようと、いったんカタツムリの背後に後退した。

「飛び道具は予想外だったようね」アレクシアが得意げに言った。

「逃げろと言っただろう！」マコン卿は援護した妻をどなりつけた。

「あら、あなた。あたくしが今までおとなしく命令にしたがったことがある？」

マコン卿は不満そうに鼻を鳴らした。「プルーデンスは？」

「マダム・ルフォーと一緒よ。気球を上げてくれるといいんだけど」アレクシアは夫の隣で身構え、パラソルの秘密ポケットから小銃エセルを取り出して夫に渡した。

「もしものときのために」アレクシアが言いおわらないうちに銃声が響き、鋭い銃弾がマコン卿の足もとの砂を跳ね飛ばした。

二人は地面に身を伏せた。高い場所にいるという利点はあるが、敵からすれば丸見えだ。アレクシアは〝装甲機能はあったかしら？〟とすばやく思いめぐらしながら新しいパラソルを開いて身を隠した。

マコン卿が慎重にねらいをさだめてエセルを発砲した。

カーンという音がした。銃弾はカタツムリの金属殻に当たったものの、軽く跳ね返されたようだ。

「どうみてもまずい状況だわ」

マコン卿が恐ろしい形相で妻を見た。「こっちは丘の上に追いつめられ、人数も武器も足りない」

またしても銃弾が降りそそぎ、マコン卿の頭の真横をかすめた。二人は地面に這いつくばり、丘の斜面を後ろ向きにのぼりはじめた。アレクシアが身をよじるたびにバッスルが前後に意味ありげに動く。スカートがはしたないほど上までめくれ上がったが、いまはそんなことを気にしている場合ではない。

アレクシアは不安になった。かなりまずい状況だ。容赦なく照りつける太陽のせいで身体も乾いてきた。水運び人たちはカタツムリの姿をひとめ見るなり逃げだした。周囲のミイラの反発力がじわじわと押し寄せ、集中できない。全身が押し返されるようだ。あたしがここにいるべきではないことだけは間違いない。死者たちはあたしの存在をこばんでいる。そして白服のカタツムリ男たちの様子からすれば、おそらく生者たちも。

またしても銃声が響き、一発がマコン卿の上腕部に当たると同時に鋭い悲鳴が上がった。

「ほら、だから気をつけてって言ったじゃないの！」アレクシアはひやりとした。アレクシアの〝心配〟は、言葉にすると十中八九〝文句〟になる。

「説教はあとだ、妻よ！」マコン卿がクラバットをむしりとり、エセルを反対の手に持ち替えるあいだ、アレクシアはクラバットを夫の腕の傷に巻いた。

「あたくしがやるわ」アレクシアが銃に手を伸ばした。

「利き腕じゃなくても、まだきみよりねらいはたしかだ」

「あら、それはどうも」アレクシアが背後の丘を見上げると、ザイドの紫色の気球が丘の頂上から上昇するのが見えた。

「ここまで助けには来ないわね。銃弾が飛び交う場所に近づくはずがないわ。気球に穴が開いたら大変だもの」

「ならばこっちから近づくしかない」

アレクシアはむっとして答えた。「ええ、そのようね。最初からそうすればよかったんじゃない？」

「きみたちが逃げる時間を稼ぐつもりだった。すべてはきみのためを思ってのことだ」

「まあ、なんて気高いこと。それじゃあ、あたくしが武器もないあなたをたった一人でカタツムリに立ち向かわせたみたいじゃないの？」

「いま議論することか？」またしても銃弾が周囲の砂を跳ね飛ばした。

アレクシアとマコン卿はじりじりと丘をはいのぼりながらカタツムリに応戦した。いや、応戦したのはマコン卿だけだ。パラソルの麻酔矢はすでに尽きている。

アレクシアはパラソルを閉じてねらいをさだめ、持ち手のいちばん手前のこぶをひねって磁場破壊フィールドを発射した。カタツムリの一部に鉄が使われていたらしく、たちまちエンジンが停止し、叫んでいた操縦者が驚いて息をのんだ。

このすきに二人は立ち上がり、マコン卿は後ろから妻を押しながら気球に向かって猛然と丘を駆けのぼった。

頂上は目の前だ。高く浮かんだ気球から長い縄ばしごがぶら下がり、砂に先端をずるずると引きずっている。アレクシアは自分でも驚くほどの速さで縄ばしごに向かった。丘の頂上にははるかに大量のミイラがある。反発力も半端ではない。膨大な反異界族の死体に頭蓋骨を締めつけられ、目の前が真っ暗になりそうだ。

いま失神するわけにはいかない。いまだけは。たとえふだん失神するタイプだったとしても——アレクシアは自分に言い聞かせた。

マコン卿が足を止め、振り向きざまに発砲した。磁場破壊フィールドの効果が切れ、ふたたびカタツムリが動き出した。マコン卿が立ち止まって発砲すると同時に、敵の何人かが二人を追って丘を駆けのぼってきていた。

マコン卿が叫び、背中からアレクシアに倒れかかった。夫の巨体をなかばささえつつ、ケガの具合を確かめようと夢中で振り向いた瞬間、足もとが崩れ落ちたような気がした。脇腹に真っ赤なしみが広がり、シャツをそめていた。コナルはベストを着ていなかった。

「コナル・マコン！」アレクシアは目前に迫りくる暗闇を振り払いながら叫んだ。「死んだら許さないから」

「バカ言うな。このくらいなんでもない」マコン卿はあえぎつつエセルを落として脇腹をつかんだ。ひげ面《づら》は真っ青だ。

アレクシアは身をかがめて銃を拾い上げた。

「ほっとけ。どうせ弾切れだ」

「でも！」

マコン卿は痛みに身体を折り曲げるようにして丘をのぼりはじめた。あとを追おうとしたとたん、白服の男に腰をつかまれ、アレクシアは怒りの叫びとともにパラソルを振り上げると、振り向きざまに男の脳天に鋭い一撃を浴びせた。男は手を離した。

麻酔矢は切れたが、パラソル武器は麻酔矢だけではない。アレクシアはまわす方向と出てくる液体が正しいことを祈りながら布地にいちばん近いこぶをひねった。吸血鬼用の酸と人狼用の亜硝酸銀はどちらも人間にも効果があるが、酸のほうがより強力だ。でも、どっちがどっちだったか覚えていない。あとは酸が出るのを祈るだけだ。

パラソルの先端ごしに男と目が合った瞬間、アレクシアはハッとした。この男には見覚えがある。ウールジー行きの列車にいた男だ。

「どういうこと？」アレクシアは一瞬、動きを止め、すぐに夫の傷を思い出して噴射した。同じように驚いた男は噴射域からさっと後ろに飛びのき、その拍子に長いローブの裾を踏んで転び、立ち上がるまもなく丘を転がり落ちた。そして追跡をやめてくるりと背を向けると、両腕を激しく振りまわしながらカタツムリに向かって駆けだした。

男の言葉はまったくわからなかった——ただひとつの単語を除いて。男はアラビア語ではなく、イタリア語らしき言葉を叫びつづけていた。〝パネトーネ〟。

意外な退却がもたらした平和も長くは続かなかった。男の激しい身ぶりにもかかわらず、ほかの白服男たちは攻撃をやめず、数人が列車男の前を駆け抜けて執拗に追ってくる。

先に縄ばしごにたどりつき、先端をつかんでいたマコン卿がアレクシアの悲鳴に振り向いた。さらに顔面は蒼白で、脇腹からはアレクシアがこれまでに見たこともないほど大量の血が流れている。

視界がだんだんせばまってきた。反発力が目頭を圧迫し、まるで暗いトンネルのなかにいるかのようだ。アレクシアは全身に力をこめて身体を前に押し出し、夫が待つ場所までの短い距離を一歩一歩、這うような思いで進んだ。ようやくはしごの下にたどりつくと、夫はアレクシアの両手にはしごを握らせた。

「急げ！」マコン卿が叫び、妻を空中に押し上げるかのように後ろからバッスルを押した。深い傷のせいでそれさえもつらそうだ。

アレクシアはパラソルの布地を口にくわえ、歯のあいだにしっかりはさんでからはしごをのぼりはじめた。半分ほどのぼったところで夫がついてきているかを確かめるため、一瞬、後ろを振り返った。

ついてはきている。だが、苦しそうだ。思うようにはしごを握れないのだろう。とくに撃たれたほうの腕がつらそうだ。

二人がはしごにつかまった瞬間、救世主ザイドが熱を加え、気球を上昇させた。

またしても下のほうで銃声が聞こえた。一発がアレクシアの耳もとをかすめ、ドスッと音を立てて気球のカゴに突き刺さった。

ルフォーとプルーデンスがカゴの縁から顔を突き出した。二人ともおびえた表情だ。だが

「ジュヌビエーヴ、プルーデンスの身を隠せ！」マコン卿が叫んだ。

さっと二人の顔が消え、今度はルフォーの顔だけが現われた。

ルフォーが手首を突き出し、小型毒矢発射器を下に向けたとたん、アレクシアはぎょっとした。あたしたちをねらうつもり？　ああ、またしてもあたしはこのフランス人にだまされたの？

しかしルフォーが放った毒矢はアレクシアの耳の脇をかすめ、次の瞬間、足もとから悲鳴が上がった。矢は、アレクシアがいまのいままでそこにいることに気づきもしなかった男に命中した。はしごの先端にぶらさがっていた白服男は手を離し、叫びながら落ちていった。

気球が上昇するにつれて、おぞましい反発力が軽くなり、視界のまわりの黒いトンネルが遠ざかりはじめた。アレクシアはもっと速く動いてと願ったが、いまとなっては空にすべてをまかせるしかない。

銃弾がうなりつづけるなか、ようやくカゴの縁にたどりつき――それは永遠にも思える時間だった――転げるようになかに入った。そしてパラソルを口から吐き出すと、すぐにはしごを見下ろした。

傷のせいで夫はまだかなり下にいた。地上ではカタツムリが砂を蹴散らし、なおも気球を追ってくる。まだ安心はできない。アレクシアは引っかけ鉤を発射しようとパラソルに手を伸ばした。

相変わらず銃弾は飛んでくるが、この高さまで上昇すれば射程外だ。そのとき敵の一人が新たな銃を取り出した。大型動物をしとめるためのものとおぼしき、大きくて厚みのある銃だ。男が発砲した。ねらいが気球を撃ち落とすことだったにせよ、そうでなかったにせよ、弾はマコン卿に当たった。

どこに当たったのかアレクシアにはわからなかった。だが夫の顔が——すでにひげの下で蒼白だった顔がアレクシアを見上げたのはわかった。そして整った顔立ちに深い驚愕の表情が広がり……夫は手を離した。アレクシアは夢中でパラソルの引っかけ鉤を放ったが、ねらいははずれた。マコン卿は何マイルにも思える距離を、静かに、叫びもせず、声ひとつ上げず落ちてゆき、はるか下方に広がる砂漠の崩れた山のなかに沈んだ。

ビフィは不安にかられていた。本来なら師の教えをおろそかにするような男ではない。長年アケルダマ卿のもとで、ここ数年はライオール教授のもとで、現実的であること、証拠を重視すること、よく観察し、決して憶測で判断しないこと、そしてつねに優雅であることをみっちりしこまれてきた。それでもビフィは心配でいても立ってもいられなかった。何かよからぬことが起こったに違いない。もう三晩つづけてレディ・マコンから通信がない。ビフィは毎晩、言いつけどおりにエーテルグラフ通信機のある屋根裏部屋にのぼり、通信を待った。最初は十五分程度だったが、日がたつにつれて待つ時間はどんどん長くなった。

ビフィは不安をライオールに話した。ライオールは同情するような言葉をつぶやいたが、いったい彼らに何ができよう？　二人が受けた命令は、ロンドンに残って、事態を収めることだ。だが、フルーテを誰かに追わせるべきだと主張するレディ・キングエアをなだめるのと、ビフィの新しい地位について嘘つき呼ばわりするチャニング少佐を納得させるだけでも困難をきわめた。

「だったら証明してくれ！」ライオールが団員に告げたとたん、チャニングが叫んだ。「さあ、〈アヌビスの形〉を見せてもらおうか！」

「〝はい、これです〟と見せられるようなものではありません。まだ自在にはできないんです」ビフィは冷静に答えた。

チャニングは信じなかった。「おまえがアルファなものか。おまえはただの伊達男だ！」

「まあ、まあ、チャニング。わたしがこの目で見た。レディ・キングエアもだ」ライオールがなめらかな落ち着いた声で言った。

「あたしは知らねぇよ」シドヒーグはそっけない。

「ほらみろ？　聞こえただろう？」チャニングがビフィを振り返った。形のいい唇は苦々しげにゆがみ、整った顔立ちはいかにも不服そうにこわばり、青い目は冷ややかだ。「だったらやってみせろ。頭を見せられないのか？　アルファになるというのなら力で証明しろ」チャニングはビフィが嘘をついていることを証明するためだけに、本気で食堂のまんなかで服を脱ぎ、変身しそうなそぶりを見せた。

「ぼくがこの地位を望むと思いますか？」でっちあげと非難されたビフィが怒りをあらわに

した。「ぼくがアルファの地位をほしがるような男に見えますか？」

「おまえなんぞこれっぽっちもアルファのようには見えん！」

レディ・キングエアやマコン卿を見ればわかる。人の衣装部屋をめちゃめちゃにする、これこそ文句なしのアルファだ！」

ふたたびライオールが言葉をはさんだ。「二人ともよせ。わたしの言葉を信じろ、チャニング。狼の姿を制御するのにどれだけ長い時間がかかるかはきみも知っているだろう。ましてやふたつめとなればなおさらだ。若者にチャンスをあたえてはどうだ？」

「なぜわたしが？」チャニングがすねたようにたずねた。

「なぜならわたしがそう言ったからだ。いずれビフィはきみのアルファになる。きみも出だしから関係をこじらせたくはなかろう？」

「このようなことをマコン卿が許すとでも？」

「マコン卿はエジプトにいる。いまきみに命令するのはわたしだ」

ライオールがこれほど強い口調で話すのを見るのは初めてだ。ビフィはほれぼれした。チャニングも引き下がった。このひとことは効いたらしい。チャニングはビフィと闘う気はあってもライオールと闘う気はない。それだけは確かだ。

「まったくいけすかない男だ。しかも魅力的ときている。だからよけいに質《たち》が悪い」その晩おそく、ビフィがライオールに感想を述べた。

「まあ、チャニングのことは心配するな。そのうちうまくあつかえるようになる。彼は魅力的か？」

「あなたほどじゃありませんよ、もちろん」

「うまい答えだ、マイ・ダンディ。じつにうまい」

誰かが叫んでいた。

それが自分だと気づいたのは、ずいぶんたってからだった。気づいたとたんアレクシアは叫ぶのをやめ、カゴの縁からザイドに駆け寄った。

「気球を下ろして！　彼を助けなきゃ！」

「レディ、太陽が真上に昇っています。昼間は下降できません」

アレクシアはすがるようにザイドの腕をつかんだ。「お願い！　お願いだから下ろして」

ザイドはアレクシアの手を振り払った。「すみません、レディ。いまは上昇しかできません。いずれにしても彼は死んでいます」

アレクシアはなぐられたかのようによろよろとあとずさった。「頼むからそんなこと言わないで！　お願いよ」

ザイドは淡々とアレクシアを見た。「レディ、あの高さから落ちたら誰も助からない。別の男性を見つけることです。あなたはまだ若い。これから子どもも産める」

「コナルはただの男なんかじゃないの！　お願いだから戻って」アレクシアはザイドの手をつかんだ。気球がどうやって動くのかはわからない。でも、なんとかしてみせる。

ルフォーが近づき、アレクシアをそっとザイドから引き離した。「離れて、アレクシア、お願いだから」

アレクシアはルフォーの手を振り払うと、カゴの端によろよろと近づき、首を伸ばして下を見た。気球はぐんぐん上昇している。もうすぐエーテル流にぶつかるだろう。そうなったらどうあがいても戻るすべはない。

砂のなかに横たわるコナルが見えた。カタツムリが気球を追いかけるのをあきらめ、夫の横で停止するのが見えた。白服の男たちが砂上車から飛び降り、夫を取りかこんでいる。

アレクシアはパラソルを開いた。これがあれば飛び降りられるかもしれない。パラソルが空気をとらえ、ゆっくり下りられるかもしれない。

アレクシアはカゴの縁によじのぼり、パラソルを開いた。

その瞬間ルフォーが体当たりし、アレクシアをカゴのなかに引きずりこんだ。

「バカな真似はやめて、アレクシア！」

「誰かが助けにいかなきゃ！」アレクシアはルフォーの腕のなかでもがいた。

ザイドが気球の操縦から離れて近づき、アレクシアの脚の上に座って動きを封じた。「レディ、死んではなりません。ゴールデンロッドが悲しみます」

ルフォーは両手でアレクシアの顔をつかみ、緑色の目に視線を向けさせた。「マコン卿は死んだわ。たとえ落下の衝撃に耐えられたとしても彼は重傷を負っている。しかも象撃ち滑腔銃の弾よ。このふたつに耐えられる人間はいない。人狼だって厳しいわ。そして彼はいま人狼ではない」

「でもあたくしはまだ一度も〝愛してる〟って言ってないの。どなっていただけなの！」アレクシアには、ルフォーの緑色の瞳以外、何ひとつ現実のものとは思えなかった。

ルフォーがアレクシアを抱きしめた。「あなたたち二人にとっては、それが愛していることだったのよ」

コナルが死んだなんて信じない。あたしの、大きくて強い、山のような男が。あたしのコナルが死ぬなんて。まわりには砂漠の熱気が立ちこめていた。太陽がまぶしく明るく輝いている。押し返されるような感覚はすっかり消えた。でもアレクシアは寒かった。頬がこけ、顔が深く沈みこんだような感じがした。そして心にはぽかんと穴が開いていた。

プルーデンスの柔らかい小さな手が凍える頬に触れた。「ママ？」

アレクシアはパラソルで気球から飛び降りようと考えるのをやめた。

心がふたつに引き裂かれたかのように、感じることをやめた。ありもしない魂がもぎ取られて足から抜け落ち、一筋の細い渦となってはるか下界の砂の上に横たわる男に吸いこまれたかのように、感じることをやめた。

アレクシアはすべての感情を遮断した。

気球がかくんと揺れ、最初にルクソールまで気球を運んだ南方気流にのった。ザイドの巧みな操縦で気球はさらに上昇し、より高層にある西方気流をとらえた。〝これに乗れば北航路に接続できます〟――アレクシアはザイドがルフォーにそう説明するのをぼんやり聞いていた。

二人は頭の真上で話していた。ルフォーはなおもアレクシアをきつく抱きしめ、プルーデンスは茶色い大きな目で不安そうに母親の顔を見ながらぴたりと寄り添っている。でも、すべてははるか遠いできごとのように思えた。

アレクシアは抵抗しなかった。無感覚を受け入れ、何も感じない状態に身をゆだねた。

五日後、夜が明ける数時間前の暗闇のなか、気球はアレクサンドリアに到着した。

18 タコの裏にある真実

周囲の状況はなお混乱していたが、レディ・アレクシア・マコンは深い無感覚の海にただよっていた。アレクシアはすべてをマダム・ルフォーにまかせた。ルフォーはタンステル一座にマコン卿の死を伝えた。科学的に正確な言葉で何が起こったかを説明し、プリムローズが見つからなかったことも報告した。

アイヴィとタンステルは十日間待ちつづけたが、誘拐犯からの連絡はなく、アレクシアとマコン卿が娘を見つけてくれることだけに望みをつないでいた。だが、いまやアレクシアは夫を失い、プリムローズの行方もわからないままだ。

そしてアレクシアは？　アレクシアもまた行方不明だった。どんな呼びかけもアレクシアには届かなかった。話しかけられれば答えるが、弱々しい静かな声で、言葉もとぎれとぎれだ。食べ物にも興味を示さない。これにはアイヴィも自分の心配を忘れるほど動揺した。

それでもアレクシアはなんとかやっていた。アレクシアはつねになんとかする女性だ。誰かにやるべきことを示されれば、やるべきことをやった。

アイヴィは、レディ・マコンの代理人と主張して通信を受け取ろうとしたが担当者に認められなかったと涙ながらに説明した。そこでアレクシアはベッドに行き、落ちてゆく夫の顔ばかりが出てくる夢を見て昼間じゅう眠り、目を覚まし、機械的に身なりをととのえて通信を受け取りに行った。ビフィから九通の伝言が届いていた。アレクシアが街を留守にした十日のあいだ、日没のたびに届いていたぶんだ。最近の伝言は〝いまどこ？〟と、こちらの状況を案ずる内容ばかりだが、最初に届いたほうにはショッキングな事実が書かれていた。こんな重大事にも動揺しないほど感覚がまひしていたのは、かえってさいわいだったかもしれない。

まさかフルーテが。

あたしのフルーテが。

つねにそばにいたフルーテ。ほしいときにいつでも一杯の紅茶と、ほっとするような〝かしこまりました、奥様〟のひとことで応えてくれたフルーテ。赤ん坊のあたしのおむつを替え、娘時代はルーントウィル家をこっそり抜け出すのに手を貸してくれたフルーテ。まさか、あのフルーテが。でも、考えてみたら恐ろしいほどつじつまが合う。フルーテ以外に、これほど手まわしのいい人間がどこにいる？ フルーテ以外に、人狼の殺しかたの訓練を受けた人間がどこにいる？ かつてフルーテが吸血鬼をその手でしとめるところを見たことがある。あたしは彼にその能力があることを知っていた。

アレクシアは片手で紙束をつかみ、つい十日前にはどこよりも親しげで魅力的に見えたにぎやかなアレクサンドリアの通りを自動人形《オートマトン》のようにすり抜けてホテルに戻った。受付ロビーの奥にある個室にルフォーとアイヴィがいるのが見えたが、挨拶もせずに行きかけた。もはやアレクシアのなかには社会的儀礼に対する気づかいすら残っていない。そもそも自分がどこかに行ってしまったような感じだ。アレクシアはふわふわとただよっていた。自分を呼び戻せるものなど何もないというように。たとえどんなにおいしい紅茶でさえも。

それでもアレクシアはルフォーに手招きされ、ゆっくり個室に入った。そして体調を気づから友人の問いかけに〝すべてはフルーテのしわざだった〟と答えた。

ルフォーは困惑の表情だ。

アイヴィは息をのんだ。「でも、フルーテはここにいたのよ。あなたを探して。だからあなたを追ってナイル川に行かせたの。てっきり……ああ、わたしったらなんてことを。フルーテは一緒じゃないの？　てっきりあなたたちに追いついたとばかり。ああ、わたしったら何を考えていたのかしら？」

アイヴィの言葉もアレクシアを現実に引き戻すことはできなかった。「フルーテがあたくしを探していたの？　きっと弁明するつもりだったのね」

ルフォーが話をうながした。「弁明するって、いったい何を、アレクシア？」

「ああ、ほら、例の〈神殺し病《ゴッド・ブレーカー》〉よ。それからダブ殺し。そういったこと」アレクシアは通信所で受け取ったパピルス紙の束をルフォーに向かってぽんと投げた。「ビフィが言うには……」そこで言葉はとぎれ、アレクシアはルフォーが通信文を読むあいだ無言で立っていた。

「まあ、アレクシア、とにかく座って!」と、アイヴィ。

「ああ、そうね」アレクシアは腰を下ろした。

そこへプルーデンスが駆けこんできた。「ママ!」

アレクシアは目も上げない。

プルーデンスが母親の手をつかんで言った。「ママ、わるいひと! またきた」

「あら、そう? またベッドの下に隠れたの?」

「うん!」

乳母が震える胸にパーシーを抱いて現われた。「連中が戻ってきました、ミセス・タンステル! 犯人です!」

アイヴィは青ざめ、両手で喉もとをつかんだ。「ああ、なんてこと。パーシーは、パーシーは無事?」

「ええ、奥様。このとおり」乳母が赤毛のパーシーを渡すと、アイヴィはぎゅっと抱きしめ、パーシーは何ごともなかったかのように満足そうにげっぷをした。

「みて」プルーデンスはなおも母親の注意を引こうとしている。

「ええ、そうね、とても賢かったわ。ベッドの下に隠れるなんて、いい子ね」アレクシアはぼんやりと宙を見つめるだけだ。

「ママ、みて!」プルーデンスがアレクシアの顔の前で何かを振ってみせた。

ルフォーがそっと取ってみると、ひもで結んだ分厚いパピルスの巻紙だった。ルフォーはひもをほどき、手紙の内容を読み上げた。

「〝赤ん坊を返してほしければレディ・マコン一人で来たれ。本日、日没後〟。そのあとに住所が書いてあるわ」

「ああ、プリムローズ！」アイヴィがわっと泣きだした。

「どうやらあたくしが戻るのを待っていたようね」と、アレクシア。

「初めからあなたが目的だったの？」ルフォーは困惑している。

アレクシアは目をぱちくりさせた。脳みそがカタツムリのように――本物のカタツムリのように――ゆっくり、ねばねばと動いている感じだ。「そうかもしれないわ。でも、やっぱり誘拐する子どもを間違えたんじゃない？」

ルフォーは眉を寄せて考えこんだ。「ええ、おそらくそうだと思うわ。でも、そうだとしたらどうなるの？　もし目的がプルーデンスだったとしたら？　あなたを身代わりにするつもりだとしたら？　いまも、誘拐したのがプリムローズではなくプルーデンスだと思いこんでいるとしたら？」

だがすでにアレクシアは立ち上がり、ゆっくりと確かめるような足取りで扉に向かっていた。

「どこに行くの？」

「もう日没後よ」アレクシアは〝わかりきったことを聞かないで〟と言いたげだ。

「でもアレクシア、冷静になって。誘拐犯に言われるままのこのこ出かけるなんて無謀よ！」

「どうしていけないの？　それでプリムローズが戻ってくればいいんじゃない？」

アイヴィは震えて言葉を失い、アレクシアとルフォーを交互に見やった。こみあげる激しい感情に、キノコ形のターバンもどきの帽子の後ろについたクジャクふう扇形の羽根かざりが揺れている。

「危険よ！」ルフォーが反対した。

「いつだって危険よ」アレクシアは淡々と答えた。

「アレクシア、バカ言わないで！　死にたいなんて思っちゃダメ。あなたは悲劇のヒロインじゃないのよ。コナルはもういないの。あなたは彼がいなくても生きて行かなきゃ」

「ええ、行ってくるわ。これからプリムローズを取り戻しに、誘拐犯のところへ」

「そういう意味じゃなくて！　プルーデンスはどうするの？　プルーデンスには母親が必要よ」

「あの子にはアケルダマ卿がいるわ」

「それとこれとは話が別よ」

「いいえ、そのほうがいいの。アケルダマ卿は母性と父性を兼ね備えているし、当分、死ぬ心配もない」

「お願いよ、アレクシア、お願いだから待って。この件についてはよく話し合って計画を練るべきよ」

アレクシアは次に何をすればいいかわからなくなって足を止めた。

そこへホテルの従業員が現われ、ルフォーに近づいた。

「ミスター・ルフォー？　ご面会です。ミスター・ナヴィーユとおっしゃるかたです。どうしても伝えなければならない重要な知らせがあるそうで」

ルフォーは立ち上がり、前を行き過ぎながら声をかけた。「ちょっと待っていて、ね、アレクシア？」

アレクシアは無言で立ちつくし、ルフォーが受付ロビーを横切って数人の男たちに近づいてゆくのを見つめた。一人はとても若い男だ。別の一人はタコのシンボルを押した革のかばんを抱えている。ルフォーが首をかしげ、短い髪をかき上げてクラバットと襟を引き下ろし、首の後ろをさらした。タコの入れ墨を見せているようだ。アレクシアの脳みそが言った――あれは〈真鍮タコ同盟《OBO》〉の会員たち。そしてアレクシアの現実的一面がこう言った――どうかルフォーが反異界族のミイラのことを話しませんように。あのことが知れたら、武器に利用しようとミイラ争奪戦が起こるわ。不死者の数を減らすために。そして、さらに現実的な一面は、白服の男たちが命がけでミイラを守ろうとしていたことを思い出した。コナルの命を奪ってでも守ろうとしていたことを。

それ以外のアレクシアはルフォーの言葉を無視して歩きだした。腰の鎖からはパラソルがぶらさがっている。向かうべき場所の住所を書いた紙も手もとにある。ルフォーは、アレクシアが受付ロビーを突っきって外に出たことに気づかなかった。

通りに出てロバ使いの少年を呼び止め、住所を渡すと、少年は力強くうなずいた。アレクシアは軽々とロバにまたがり、少年はアラビア語でロバに声をかけて歩きはじめた。

ロバは街の見知らぬ地区に入り、税関所の裏にある、うち捨てられたようなさびれた建物の前で足を止めた。アレクシアはロバから降りて気前よく代金を払い、そのまま待とうとしていた少年を帰らせた。それから建物の階段をのぼり、筵《むしろ》を敷いた戸口を通ってなかに入った。何かの倉庫のようだ。この甘いにおいからするとバナナだろうか。

「どうぞなかへ、レディ・マコン」薄暗い部屋の奥から、礼儀正しい、かすかになまりのある声がこだまのように響いた。

次の瞬間、この種族に特有の羽ばたくような速さで吸血鬼が真横に――近すぎるほどそばに――立ち、牙を剥き出した。

「こんばんは、大法官ネシどの」

「一人か」

「ごらんのとおり」

「よろしい。なぜあの子に効果がないのか説明していただこう」

「その前にプリムローズが無事であることを見せてちょうだい」

「わたしがあの子をここに連れて来るとでも？　まさか。赤ん坊は残してきた。無事だ。だが、〈いまわしき者〉の名は〝プルーデンス〟ではなかったか？　あなたたち英国人にはたくさんの名前があるが」

「たしかにプルーデンスよ。あなたはあたくしの娘がほしかったの？　だとしたら誘拐する赤ん坊を間違えたようね」

ネシはよろよろとあとずさり、目をぱちくりさせた。「本当か？」

「本当よ。あなたが誘拐したのはあたくしの友人の娘。彼女がどれほど心配していることか」

「〈いまわしき者〉ではないと？」

「〈いまわしき者〉ではないわ」

長い間《ま》。

「では、プリムローズを返していただけるかしら？」

吸血鬼大法官ネシの表情は困惑から怒りに変わり、やがて決意になった。「だめだ。〈いまわしき者〉が使えないとなれば、あなたを使うしかない。あのかたをこれ以上、苦しめるわけにはいかない」

「マタカラ女王のこと？」

「いかにも」

「それともハトシェプスト女王と言うべき？」

「その名を使うとすれば、ハトシェプスト王と言うべきだ」

「あなたがたの女王があたくしの娘に何を望んでいるの？」

「女王は解決策を望んでおられる。簡単なことだ。子どもをこっそり連れ去り、誰も気づかないうちに返す。だが、それほど簡単ではなかった。まさか濃い髪の英国の赤ん坊が二人いたとは。そしてわれわれは連れ去るべき赤ん坊を間違えた。今となってはあなたしかいない」

「あたくしは簡単には連れ去られないわよ」

「そのとおりだ、レディ・マコン」

「ええ、でも、なぜ?」

「一緒に来てもらえればわかる」

「プリムローズは?」

「来てくれれば用なしの赤ん坊は返す」

ネシはアレクシアの先に立って建物を出ると、吸血群に向かって歩きはじめた。街なかを抜け、長い道のりを無言で歩きながら、アレクシアはいつもの空白感に身をゆだねた。

それでも気がつくとマタカラ女王のことを考えていた。椅子にくくりつけられた女王の目は、これまでに見たことも感じたこともないほど悲しげだった。あれは死を望んでいる者の目だ。気の毒に。

そこでアレクシアは足を止め、静まりかえった夜の街に向かってつぶやいた。「マタカラ女王なのね」

ネシも足を止めた。

「最初に〈神殺し病〉を始めたのも、もういちど始めたのも。マタカラ女王とあたくしの父」アレクシアは驚くべき真実に思わず声を上げた。「二人は契約を結んだんだわ」

ネシが続けた。「父君は重大な事実を会員の誰にも告げずにOBOと決別した。テンプル騎士団にも話さないことで合意した。その代わり、やがてはわが女王も犠牲になることを知りつつ疫病を拡大させた」

「どうしてさっさと反異界族のミイラを女王の部屋に持ってこなかったの？ 効果がなかったの？」アレクシアはふたたび歩きだした。

ネシがいらだたしげに答えた。「わたしがやってみなかったとでも思うかね？ しかし、父君の命令は鉄壁だった。どんなにすばやく行動しても、われわれは誰ひとり反異界族の死体を手に入れることはできない。まるですべてのミイラが網目状につながっているかのように。誰かが世界じゅうの反異界族に目を光らせているかのように。父君は最初の契約を守りつづけた――墓のなかからも」

アレクシアは首をかしげた。前にフルーテは〝お父上は火葬されました〟と言ったけれど、本当かしら？ もしかしてアレッサンドロ・タラボッティはハトシェプスト神殿の上で剝き出しになって横たわるミイラの一人？ 「だったら、なぜてっとりばやくあたくしに頼まなかったの？ あたくしは女王の目の前にいたわ。喜んで触れてあげたのに」

「ほかの者たちの前では無理だ。女王が死にたがっていることを彼らに知られてはならない。間違っても知られてはならない。時期を間違えば、彼らは巣移動《スウォーム》する――女王なきスウォームを。それはまずい、レディ・マコン。子どもなら誰も気づかぬうちにこっそり触れさせることができる。しかし、あなたの場合は、レディ・マコン、こっそりとはいかない。それに、英国人レディ・マコンがマタカラ女王を殺したとなれば国家的問題にまで発展しかねない」

「だったらこのまま当初の計画どおり、疫病が拡大するのを待ったらどう？　すでにアレクサンドリアの郊外まで達しているわ」

「ＯＢＯが感づいた。神殿の発掘許可が出されたのだ。もう時間がない。あなたの娘の話を聞いたとき、これですべては簡単に解決すると思った。あなたの娘にこっそり触れさせさえすれば、ついに女王は自由になると。夜明け前にひそかに連れ去り、その後ドローンが誰にも気づかれずに戻しておけば、それですむはずだった」

「でも、なぜあなたが、大法官どの？」

「女王はわたしを信頼している。わたしは女王と同じくらい高齢だ。死ぬ準備はできている。しかし、それ以外の者はまだ若い」

またしてもアレクシアは歩みを止めた。「そういうことなの？　知らなかったわ。女王が死ねば、群の全員があとを追わなければならないの？」

「しかるべきときが来れば穏やかに」

「あなたは群のためにこんなことをしようと？」

「召使とともに来世に旅立つ――これがファラオのやりかただ。王とともに死ぬのは、われわれ全員の義務なのだ」

アレクシアには話の展開が見えた。ネシはあたしを女王に引き合わせ、触れさせる。そして女王が死ぬ。そしてあたしも死ぬ。痛みと喪失のただなかにある吸血鬼たちが即座にあたしを殺すからだ。そして、おそらくプリムローズも。

「これを考えたのはあなた、大法官どの？」

「そうだ」

「あなたはこの最後の手段で吸血鬼たちの恨みをすべてあたくしに向けさせ、あたくしを見殺しにするつもりね」

「そうだ」

「ちょっと待って。今からでもプルーデンスを貸すことはできるわ。あの子なら小さいから、こっそり忍びこませて連れ出すのは簡単よ」

「もう遅すぎる、レディ・マコン」

「不死者にとって遅すぎることなどないと思っていたわ。そこが重要な点じゃないの？　あなたたちはみな時間だけは持ってるわ」

ネシは無言で吸血鬼屋敷に向かった。

しかたなくアレクシアはあとにしたがった。

屋敷の様子は前回とほとんど変わらなかった。召使の一団が現われて靴を脱がせ、ネシが女王にレディ・マコンの来訪を告げに行った。

しかし、劇団を連れていないアレクシアに対する待遇はあまりよくなかった。アレクシアが玉座室の入口に現われると、内容はわからないが、ドローンやほかの吸血鬼たちが怒りもあらわに大声でネシに詰め寄った。

見上げると、マタカラ女王が血の玉座の上に、なかに、取りこまれたかのように座り、すべてを苦しげな目で見つめていた。

アレクシアは少しずつ女王に近づいた。

ネシがどこか秘密の場所からプリムローズを連れてきた。たしかに無事のようだ。片手に金とトルコ石でできた大きな首飾りを握り、アレクシアに向かって小さな腕を振りまわしている。

アレクシアが女王に近づいていることにドローンの一人が気づき、阻止しようと近づいた。細身だが、ひきしまった筋肉質の男で、女性の動きを封じるくらいの力は充分ありそうだ。アレクシアはパラソルに手を伸ばそうと思った。女王に駆け寄り、素手で額《ひたい》に触れようと思った。プリムローズを抱え、ここから逃げだそうかとも思った。ドローンの腕を振りきろうかとも思った。やろうと思えばできただろう。この手のとっくみあいはお手の物だ。上品な英国女性に似合わず、アレクシアは敵の急所に肘と足を叩きこむ術《すべ》を知っている。アレクシアはいくつもの可能性を考えた。だが、実際には何もしなかった。無感覚のなかに引きこもり、身をまかせ、生まれて初めてまったく手を下さず、ただじっと待った。

なおも口論は続いている。

廊下で騒々しい音がして、二人のドローンが暴れるマダム・ルフォーをつかんで現われた。

「アレクシア！　やっぱりここだったのね」

「あらまあ」

「これが唯一の論理的な説明よ。〝吸血鬼はつねに永遠の生を願う〟という考えを捨てたとたん、答えが見えたわ。疫病を広めたのはマタカラ女王ね、二回とも。最初は人狼を殺すため、二度目は吸血鬼と自分を殺すため。そして、それほど死を望んでいるのなら、あなたかプルーデンスに触れさせようとするはずだって」

「それで、こんなところにのこのこやってきて、いったいどうするつもり？」アレクシアは困惑したが、怒りは沸いてこなかった。いまのアレクシアには腹を立てるだけの感情もない。

「援軍を連れてきたの」

その声と同時にプルーデンスがメカテントウムシにまたがり、ゴロゴロと部屋に入ってきた。「ママ！」

これにはさすがのアレクシアも怒りを覚えた。「ジュヌビエーヴ、あなた何を考えてるの！　プルーデンスを吸血群に連れてくるなんて。ここには、もともとこの子を連れ去ろうとしていた誘拐犯がいるのよ？　ここは死を望む女王のいる吸血群よ。女王が死んだら正気を失う吸血群なのよ」

ルフォーはにっこり笑った。「あら、連れてきたのはプルーデンスだけじゃないわ」

その言葉と同時に、劇団員がどやどやと現われた。全員が一様に真剣な表情を浮かべ、舞台用の剣と小道具で武装している。先頭に立つのはタンステル夫妻だ。アイヴィは頭頂部にとびきり大きなダチョウの羽根のついた白と黒の小ぶりの英国海軍帽をかぶり、タンステルはいつものようにぴちぴちの、しかし今回は闘いにそなえた革のズボンをはいていた。

アレクシアの現実的な部分が言った――役者一座が吸血群との闘いで援軍になるとはとても思えない。

派手な役者集団の闖入《ちんにゅう》に部屋は大混乱におちいった。役者たちが決闘劇を演じはじめると、あたりには色鮮やかな布地と人が飛び交った。若い女優はバレエを踊って敵陣をかわし、あたりは叫び声に包まれ、ミスター・タムトリンクルがオペラふうの鬨《とき》の声を上げた。

タンステルはシェイクスピアを引用しはじめ、アイヴィはアレクシアが誇らしく思うほどみごとにパラソルを振りまわしてプリムローズに近づいた。そしてプリムローズを抱いていたドローンが小さく口をぽかんと開けて立っている間に脳天をげんこつで力まかせになぐり、娘を奪い取った。アレクシアは、アイヴィが自分の大胆さに失神するのではないかと恐れたが、意外にも片手で娘を腰に抱え、片手でパラソルを構え、しっかりと脚を踏ん張って立っている。それを見てアレクシアのわずかに残る無感覚でない部分は大いに満足した。

吸血鬼とドローンが一大活劇に気を取られているまに、アレクシアはふたたび女王にじりじりと近づきはじめた。マタカラ女王は死にたがっている。マタカラ――すべてを始めた女王。愛するコナルが死んだのはあなたのせいよ。このレディ・アレクシア・マコンがあなたを死なせてあげるわ。喜んで！

アレクシアはおぞましい椅子を載せた台座にたどりついた。ネシと目が合うと、ネシはうながすようにうなずき、別の吸血鬼との口論に戻った。いま何が起ころうとしているのか、ネシ以外のいったい何人が知っているのだろう？

しかし台座にのぼりかけたとき、一人の吸血鬼に後ろから腰をつかまれた。とたんに吸血鬼は異界族の力を失ったが、つかんだ手は離さず、アレクシアを台座から引きずりおろして床に押し倒した。床に倒れこみながら、アレクシアはルフォーの突入作戦が失敗だったことをさとった。

アイヴィはプリムローズを抱いたまま果敢に二人のドローンをパラソルでかわしていたが、それもドローンがアイヴィのいでたちに呆気にとられていたあいだだけだ。勇気だけで女性が勝てるはずがない。タンステルがプルーデンスのメカテントウムシを高々と持ち上げ、振りまわした。吸血鬼に対峙したミスター・タムトリンクルは予想どおり苦戦していた。悲劇《ハムレットと焦げたポークパイ》じこみのみごとな剣さばきも、不死者からすれば速くもなければ強くもない。はっきり言って茶番だ。

鋭い悲鳴に振り向くと、吸血鬼がアイヴィの首に飛びかかり、アイヴィと闘っていたドローンもろとも後ろに倒れた。

アレクシアはパラソルをはずし、ねらいをさだめてから麻酔矢が切れていることを思い出した。そこで持ち手の真ん中のこぶをひねり、先端から木の釘を出して振りまわした。太陽《ソラリス》の石《ラピス》を使う勇気はない。これを使えば、味方の役者にも危険がおよぶ。

アイヴィの悲鳴に、乱闘を避けて小型テーブルの下に隠れていたプルーデンスが這い出し、アイヴィに襲いかかる吸血鬼に駆け寄るや小さな拳《こぶし》で吸血鬼の足首を叩いた。プルーデンスが吸血鬼に、吸血鬼が人間になるには、それで充分だった。吸血鬼は牙の消えた口でアイヴィの血だらけの首をくわえて呆然とし、プルーデンスは異界族の能力を備えた、目にもとまらぬ速さで飛び跳ねる興奮した幼児に変身した。といっても戦力にはならない。自分の力を知らないプルーデンスはただ走りまわり、吸血鬼だろうとドローンだろうと役者だろうと誰かれかまわず飛びのかせるだけだ。プルーデンスの背後には、プリムローズを抱えたアイヴィが倒れている。ショックのせいか、失血のせいか、その両方のせいか苦しそうだ。

そのとき下の通りから巨大な獣がバルコニーに飛び上がり、開いた窓から部屋に飛びこんできた。獣の背には、狼にまたがる男に可能なかぎり執事ふうの威厳をかき集めたフルーテがまたがっている。

アレクシアはマタカラ女王に触ろうと上げた手を止め、ゆっくりと大儀そうに振り返った。見るもの、感じるもの、すべてが水中のできごとのようだ。

「コナル・マコン、死んだんじゃなかったの!」

マコン卿は吸血鬼の脚を噛んでいたあごをはずして顔を上げ、アレクシアにひと吠えした。

「この一週間、あたくしがどれだけ苦しんだと思うの？　よくもそんな真似を？　いままでどこにいたの？」

マコン卿がふたたび吠えた。

アレクシアは夫に飛びつき、両手と両脚で抱きしめたかった。パラソルで脳天を思いきりなぐりたかった。でも、コナルが生きて目の前にいる——そう思ったとたん、すべてが動きはじめた。無感覚は消え、周囲の状況が頭に入ってきた。一週間まるまる休んでいた脳みそがフル回転しはじめた。

「フルーテ、あなた何をしたの？」

フルーテは答えず、銃を取り出して吸血鬼に発砲しはじめた。

「プルーデンス」アレクシアが鋭く叫んだ。「ママのところにいらっしゃい！」

その瞬間まで、驚いたドローンの腕から血を吸うのに夢中だったプルーデンスが動きを止め、母親を振り返った。「ノー！」

アレクシアはとっておきの声で呼びつけた。めったなことでは使わないが、プルーデンスもこの声を聞けば何かよからぬことが起こっているとわかる。「**いますぐに、お嬢さん《ヤング・レディ》！**」

目下、吸血鬼になっているプルーデンスにとってのいますぐは実に速く、またたくまに母親のそばにやってきた。アレクシアは娘をつかんでふたたび人間に戻すと、なんのためらいもなく抱え上げ、アレクサンドリア吸血群の女王——マタカラ女王の膝に載せた。

プルーデンスは「ああ、ダマ」とひどく悲しげな声で言い、老吸血鬼の苦しげな目をじっとのぞきこんだ。その小さな顔は戦場の負傷兵を手当てする看護婦のように真剣で慈愛に満ちていた。プルーデンスは女王のかぼそい膝の上に立ち、顔に手を伸ばした。

事態をさとったルフォーが騒乱のあいだを縫って女王の背後に近づいた。そして状況をみきわめると、てばやく女王のマスクの下にある留め釘と留め金をはずした。恐ろしいマスクがぱかっとはずれ、超異界族のプルーデンスの手が届く部分が剝き出しになった。

マスクの下から現われたマタカラの肌はあごの骨に張りつくようにくぼんでいたが、かつてはさぞ美しかったに違いない。ハート型の顔。わし鼻。広く離れた目。小さな口。

プルーデンスは新たに現われた肌に魅入られたように、ぷっくりした小さな手を女王のあごに載せた。それはとてもやさしく、親しげなしぐさだった。なぜかわからないが、プルーデンスはいま自分が何をしているのかを正確に理解している──アレクシアはそう確信した。

その瞬間、あたりは途方もない混乱におちいった。

室内にいた吸血鬼全員が、その直前まで闘っていた──もしくは血を吸っていた──相手を放し、いっせいに向かってきた。いまやふたたび吸血鬼になったプルーデンスはぎょっとして軽々と膝から飛びおり、部屋じゅうを混乱に巻きこみながら駆けまわった。

死すべき者となってもなお椅子に固定されているマタカラ女王が、身体をつなぎ留めるひもとチューブを引きはがさんばかりにガクンと動き、かすかに苦悶の叫びを上げた。

一人の吸血鬼がアレクシアに振り向いた。「おまえ！ ソウルレス。いますぐ止めろ！」

狼の姿で、口から古くて黒い吸血鬼の血をしたたらせたマコン卿が妻を守ろうと身を躍らせた。首まわりの毛を逆立て、歯を剝き出している。

「死なせるわけにはいかない」別の吸血鬼が叫んだ。どうやら思ったより英語を話せる吸血鬼は多そうだ。「われわれには新しい女王がいないのだ！」

「そしてあなたたちも死ぬのね」アレクシアがそっけなく言った。

「その前に全員が狂気におちいる。アレクサンドリアを道連れにすることになる。たとえ六人の吸血鬼でも、ひとつの街にどれだけ損害をあたえられるか考えてみるがいい」

アレクシアは周囲を見まわした。ルフォーは帽子をなくした以外は無傷で、玉座の裏側で美しい女性ドローンと取っ組み合っている。ミスター・タムトリンクルは部屋の隅に倒れていた。息があるかどうかはわからない。それ以外の役者たちもひどい状態だ。若くて美しい女優の一人は何度も首を嚙まれ、大量に出血している。フルーテは木製の剣を片手におよそ執事らしくない恐ろしい形相で乱闘の中心に立っていたが、アレクシアと目が合ったとたん、いつもの無表情に戻った。そのとき部屋の奥から首を絞められたような苦しげな声が聞こえ、見ると、タンステルがぐったりしたアイヴィの身体に赤毛を近づけ、すすり泣いていた。

アイヴィが血まみれで横たわっていた。首は嚙みちぎられてずたずただ。しかしプリムローズは傷ひとつなく母親の動かない腕のなかで泣き叫んでいる。タンステルはプリムローズを抱えあげ、泣きながら胸に抱きしめた。

新たな悲鳴にアレクシアは悲劇的場面から目をそらした。別の吸血鬼がプルーデンスを捕まえていた。吸血鬼は〝卵スプーン載せ競争〟よろしくぴんと伸ばした腕の先でもがくプルーデンスをつかみ、こちらに走ってくる。あたしに手渡して、女王を吸血鬼に戻すつもりだわ。アレクシアは男をよけた。娘を愛していないからではない。だが、いま触れるわけにはいかない。

アレクシアのジレンマを理解したマコン卿がうなり、攻撃をさえぎった。

「待って！」アレクシアが叫んだ。「考えがあるわ。大法官どの、あなたたちに新しい女王を提供すると言ったらどう？」

ネシが前に進み出た。「ありがたい申し出だ――もしマタカラ女王に変異させる力があり、志願者がいるならば。どうすると言うのか？」

アレクシアが考えぶかげにルフォーを見た。

美しいドローンとの接近戦のさなかにあっても、ルフォーは激しく首を振った。この発明家はこれまで一度として不死を望んだことはない。

「心配しないで、ジュヌビエーヴ、あたくしが考えているのはあなたじゃないわ」

アレクシアが部屋の隅に向かって歩き出すと、あたりはしんと静まりかえった。部屋の隅に横たわる大親友アイヴィの息は浅く、顔はぞっとするほど真っ青だ。もうこの世に長くはないだろう。アレクシアにも、友人に死が近づいていることくらいわかる。アレクシアはこみあげる悲しみを必死に呑みこみ、アイヴィの愛する夫を見た。「さあ、タンステル、吸血鬼女王の夫になる気はある？」

タンステルの目は真っ赤だが、決断するのに時間はかからなかった。タンステルはもと人狼のクラヴィジャーで、不死者の世界をまぢかに見ながら暮らしてきた男だ。変異を望んでいたが、ミス・アイヴィ・ヒッセルペニーと結婚するために断念した。だから不死者になることに良心の呵責やためらいはない。妻が死ぬか、それとも吸血鬼になるかと問われたら、喜んで吸血鬼を選ぶだろう。タンステルはアレクシアがこれまで出会ったなかでももっとも進歩的な男だ。

「やってみてください、レディ・マコン。お願いします」

アレクシアがいつもの高慢な態度で一人の吸血鬼を呼びつけると、吸血鬼は言われるままに近づいた。つい数分前ならその場でアレクシアを殺していたかもしれない。吸血鬼はぐったりしたアイヴィを抱えてマタカラ女王の膝に載せ、腹話術の人形のように固定すると、女王の口につくようアイヴィの首をそらせた。アイヴィの頭がだらりと後ろに垂れ下がった。

ネシが鎖の輪のついた革ベルト一式を取り出してアイヴィのまわりに巻き、しっかりと女王の身体にくくりつけた。それからアレクシアのほうを向き、うなずいた。

アレクシアがプルーデンスを抱いた。

マタカラ女王が吸血鬼に戻った。

女王が一連の言葉を発しはじめた。アラビア語とは違う、どこかの古代語のようだ。その声は堂々として、なめらかで、とても明瞭だった。ネシがさっとかたわらに駆け寄り、身をかがめて女王の耳に何やら熱心にささやいた。ほかの吸血鬼は無言でなりゆきを見守っている。

アレクシアは首をかしげた。吸血鬼たちは目の前で起こっている事態を理解しているの？　いずれにせよ女王が死ぬ運命にあるとわかっているの？　大法官ネシが結んだ契約を知っているの？　彼らは古代語がわかるの？　それともまだ望みがあると思っているの？

ネシが台座から飛び降り、アレクシアに近づいた。うなり、近づけまいとするマコン卿にアレクシアが言った。「心配ないわ、あなた。彼の望みは充分、理解しているつもりよ」

ネシは、なおも逆毛を立てる狼の前を通ってアレクシアににじり寄った。「女王は確約を欲しておられる、ソウルレス。この変異が成功しようとしまいと、あなたが任務を果たすことを」

「約束するわ」アレクシアはナダスディ伯爵夫人のことを考えていた。まだ若く、力のある吸血鬼女王。あのナダスディでさえ新しい女王を生み出すのに失敗した。それでもアレクシアはアイヴィ・タンステルが余分の魂を持っていて、マタカラ女王にそれを引き出すだけの力があると確信していた。

19 郊外に引退する方法

大法官ネシが一度だけ女王に向かってうなずいた。それを合図にマタカラは大きく口を開き、身体を前にかがめた。ナダスディ伯爵夫人とは違い、事前に液体を飲む必要はないようだ。女王の牙はとびきり長く、生み出す牙は、むさぼる牙よりさらに長い。おそらく、これは年齢によるものだろう。あまりにも高齢になると、女王にできるのは新女王を生み出すことだけだ。そしてそれこそが問題だった。つまりマタカラ女王にはむさぼる必要以上に生み出す必要があった。だからこれほど長いあいだ生かされつづけてきたのだ。アレクサンドリア吸血群は新女王を生み出すために、せっせとマタカラ女王に女性を提供すべきだったのよ――アレクシアは思った。でも、そうすればマタカラはそのために膨大な数の女性を食べつくさなければならなかっただろうし、地元警察も黙ってはいなかっただろう。

老吸血鬼マタカラは、すでにずたずたになったアイヴィの首に二種類の牙を深々と沈めた。腕でアイヴィをささえる力はない。あごの力と、アイヴィと自分を縛りつけているひもだけでかろうじて牙を埋めている状態だ。落ちかかるアイヴィの栗色の髪ごしに女王の茶色い目が見えた。永遠の嘆きがわずかに消え、まるで瞑想しているかのようだ。女王はまったく筋肉を動かさずに吸いつづけた。ナダスディ伯爵夫人のときと同様、やつれた首がぴくぴくと不気味に上下に動くだけだ。

アイヴィは長いあいだぴくりとも動かなかった。室内の全員がかたずをのんで見守っている。マコン卿だけが部屋をうろうろしては誰かにうなっていた。どんなときも、つくづく落ち着きのない性格だ。

やがてアイヴィがびくっと全身を引きつらせ、驚いたようにぱっと目を大きく見開いてまっすぐにアレクシアを見つめ、そして叫びはじめた。タンステルが駆け寄ろうとしたが、吸血鬼の一人が引きとめた。アイヴィの瞳孔が広がり、だんだんと色が黒くなって飛び出し、ついに両方の眼球が濃い血の色になった。

これからどうなるのかアレクシアにはわかっていた。両眼から血が流れだし、口から血があふれ、悲鳴がごぼごぼという音になるまで叫びつづけるに違いない。アイヴィに余分の魂があるはずないじゃない！　こんなことを考えるなんて、あたしはなんてバカなの。

しかし、アイヴィの目から血は流れなかった。眼球のどす黒い色が引きはじめ、やがてビロードのような茶色――アイヴィのもともとの目の色――に戻った。アイヴィは叫ぶのをやめて目を閉じ、発作を起こしたかのように左右に激しく身体を動かしはじめた。顔のまわりで豊かな茶色の巻き毛が上下し、激しい乱闘のあいだも落ちなかった小さな海軍帽がついに頭からはずれて床に転げ落ち、白い羽根飾りがさみしげにだらりと垂れ下がった。

アイヴィがふたたび口を開いた。だが今度は悲鳴ではない。血がしたたっているが、牙からしたたる血だ。歯茎を突き破って伸びた四本の牙がロウソクの光をあびて光った。もともと色白の顔はさらに抜けるように白くなり、髪はさらに弾力とツヤが出たようだ。アイヴィは目を開けて小さく肩をすくめると、分厚い革と金属のひもを薄絹か何かのように易々と引きちぎり、玉座から軽々と床に飛び降りた。

アイヴィは新しく生えた牙のせいで舌足らずだった。「まあ、なんて奇妙な感覚かひら。いとひいタニー、わたひは気を失ってたの？　あら、まあ、わたひのぼうひ！」そう言って身をかがめ、海軍帽を拾ってしっかりと頭にかぶった。

背後では、マタカラ女王が前よりさらにくぼんだ血の気の失せた顔でがっくりとうなだれていた。女王の身体をささえているのはいまや椅子の装置だけだ。

大法官ネシがアレクシアに言った。「約束を、ソウルレス？」

アレクシアはうなずき、今度は誰にも邪魔されずに女王に近づいた。そして台座にのぼり、女王の腕の、ひもとチューブにおおわれていないわずかな場所に片手を載せた。

その瞬間、マタカラ女王ことハトシェプスト王——最後の偉大なるファラオにして最高齢の吸血鬼は息を引き取った。ファンファーレもなければ、苦痛の叫びもない。女王は小さなため息をもらし、ようやく不死のカゴから解き放たれた。それはアレクシアが反異界族の能力を行使したなかで最悪の行為であると同時に最善の行為だった。なぜなら女王の黒い瞳にようやく完全なる安らぎの表情が浮かんだからだ。

驚嘆の沈黙のあと、ドローンと吸血鬼が新女王を受け入れて絆を結ぶあいだに、ネシはプルーデンスを抱え上げ、またしてもプルーデンスは吸血鬼になった。そして誰かが止めるまもなく、短い小さな脚がバルコニーに続く窓から突き出すようにプルーデンスを座らせると、自分はバルコニーの縁を越え、下の通りに身を躍らせた。

ネシが死ぬと同時にプルーデンスは普通の子どもに戻った。プルーデンスに可能なかぎり普通に。アレクシアはこの事実を記憶にとどめた。これでまたひとつわかった。娘の能力を打ち消すのは母親と太陽光と一定の距離と――死だ。


その後はやらなければならない大量の後始末と説明と取り決めと議論が待っていた。いくつかの正式な紹介に加え、あちこちで骨折と血まみれの首の手当が必要だったことは言うまでもない。残された五人の吸血鬼は一瞬、顔を見合わせたあと、いっせいに新女王のまわりに駆け寄り、激しい手ぶりを交えながらアラビア語でべらべらと話しかけた。

困惑したアイヴィは帽子の白い羽根を揺らして吸血鬼たちを交互に見ていたが、ついにアイヴィらしからぬ声を上げて黙らせた。新しい吸血鬼女王は、プリムローズを胸に抱いて泣きながら立っている夫を見つめ、それから助けを求めるようにアレクシアを振り返った。

「アレクヒア、いったいどういうことなのか説明ひてくれない？」

アレクシアはできるかぎり状況を説明し、英語を話せる美しい女性ドローンが内容を吸血鬼たちに通訳した。アイヴィに夫と子どもがいることが判明したとたん、吸血鬼のあいだに狼狽の声が広がった。変異を求める者が家族を持つのはタブーだ。これに対しアイヴィは

〝わたしはもともと変異を求めていたわけじゃないから非難される筋合いはない〟と反論した。アレクシアも〝やってしまったことはやってしまったことだ。こぼれた血がもとに戻らないように、いまさらつべこべ言ってもしかたない。いまやミセス・タンステルが吸血鬼女王となったのだから、おまけでついてきた夫と双子の子どもを最大限に利用したほうがいい〟と有無を言わさぬ口調で言った。

アイヴィはひどく落ち着かない気分がすると言い、これから一生アレクサンドリアで過ごさなければならないのかとたずねた。

アレクシアは前にアケルダマ卿が、新しい女王が新しい場所に落ち着くには数カ月かかると言っていたことを思い出した。〝そうでなければ、どうやって吸血鬼が世界じゅうに移住できたと思う？〟と。それを伝えるとアイヴィは〝わかった、そういうことならいますぐロンドンに戻りたい〟と言った。

エジプトの吸血鬼たちは猛反対した。アレクサンドリアはわれわれの故郷だ――もう何百年も！　だがアイヴィは聞く耳を持たなかった。〝それを言うならロンドンはわたしの故郷だし、これから永遠にどこかに住まなければならないとしたら、まともな帽子が買える場所でなきゃ我慢できないわ！〟アイヴィはまつげをぱちぱちさせ、少女のような舌ったらずの口調で懇願した。アイヴィの性格は、魂ほどは変異しなかったようだ。女王らしい威厳はなくとも、アイヴィの泣き落とし作戦は功を奏し、驚くほど短いあいだに全員が準備に取りかかった。新女王にしたがって転居を望むドローンたちは荷物をまとめ、翌朝、汽船が出発する波止場で落ち合うことになった。吸血鬼たちは、ややうろたえながらも身のまわり品をまとめると、アイヴィのまわりにぴったりとはりつき、新女王とその夫と娘と劇団員をホテルまで護衛した。

吸血群の屋敷にはアレクシアとマタカラ女王の亡骸《なきがら》とマダム・ルフォー、プルーデンス、そしてマコン卿だけが残った。プルーデンスは一連の騒ぎに子どもの限界を超えたらしく、くたびれ果て、床に座りこんで泣きじゃくっている。夫は狼のままだ。そしてフルーテはアイヴィの変異のあいだに姿を消していた。

ルフォーはアレクシアをじっと見つめたあと台座にのぼり、女王の身体と椅子を熱心に調べはじめた。アレクシアに家族との時間をあたえようという気づかいだ。

アレクシアは泣きじゃくるプルーデンスを抱え上げ、きつく抱きしめた。そして片足で床をコツコツ叩きながら夫をにらんだ。

ようやくマコン卿は人間に戻った。

「説明してちょうだい」アレクシアがきつい口調で命じた。

「フルーテが重傷を負ったわたしを見つけ、やつの手下どもとともに拘束し、感染域の外に連れ出せるようになるまで手当てをしてくれた」マコン卿が説明した。

アレクシアはもと執事に思いをはせた。「フルーテの手下？　なるほどね。あなたの傷を手当てしてくれたことには大いに感謝するけど、わからずやの旦那様、そもそもフルーテの手下こそがすべてのゴタゴタの原因じゃないの？」

「フルーテの話では、連中はきみが誰かを知らなかったらしい。フルーテはやつらに新しい指示をあたえた」

「つくづくそう願いたいわ」そこでアレクシアは次の手を考えあぐねたかのように言葉を切り、「フルーテを見つけられると思う？」とたずねた。

マコン卿は首を横に振った。「本人が見つかりたくないと思えば見つからないだろう。フルーテはエジプト全土に情報網を持っている。地形にも詳しいし、わざわざ〈神殺し病《ゴッド・ブレーカー》〉の感染域まで追いかけようとする人狼はいない」

「おかげで人を殺してまわる執事をどう処罰するかで悩む手間ははぶけるってことね。こんなことが表沙汰になれば、わが家の使用人たち全員の顔に泥を塗ることになるわ。それでもきっとさみしくなるわね。あれほどおいしい紅茶のいれられる人はめったにいないもの」長年の相棒を失ったことはさみしいが、おそらくこれが最善の解決策なのだろう。フルーテを裁判にかけたくはないし、レディ・キングエアに突き出したくもない。

「フルーテは、すべてあたくしの父とマタカラ女王のあいだの契約にもとづくものだったことを話した？」

「ああ」

「それで、あたくしたちのことはどうなの？」

マコン卿はためらいがちに近づいた。妻はわたしが死にかけたことをまだ怒っているのか……わたしは妻が嘘をついたことをまだ怒っているのか……自分でもよくわからない。

妻は夫の迷いを感じ取った。こんなくだらない気づかいはもうたくさん。アレクシアはプルーデンスをあいだにはさんで裸の夫に近づき、プルーデンスが父と母の両方にくっつくように身体を押しつけた。

プルーデンスが満足そうに小さくつぶやいた。

マコン卿はわだかまりを捨てたようにため息をつくと、たくましい腕で妻と娘を抱きしめ、アレクシアのこめかみとプルーデンスの頭に小さくキスした。

マコン卿は妻をきつく抱いたまま咳払いした。大きな胸に押しつけた耳に夫の声がとどろくように響いた。「ずっと引退のことを考えていた」

「まあ、あなたらしくもない。異界管理局《BUR》から？　それとも人狼団から？」

「両方だ。ここに着いてからすぐカイロに土地を買った」

アレクシアは顔を離し、驚いて夫を見上げた。「コナル、それってどういうこと？」

「戦略的退却だ、マイ・ラブ。プルーデンスが成人したら二人でここに住むってのはどうだ？　ゆっくり散歩をして、焼き菓子を食べて、遊んで、その……バックギャモンとかで」

「でもここは〈神殺し病〉感染域……こんなところにいたら、あなたは歳を取って死んでしまうわ！」

「ああ、きみと同じようにな」マコン卿はなだめるように妻の背中をなではじめた。

「あたくしはもともと歳をとって死ぬ運命よ！」

「ここならそれが一緒にできる」

「あなた、それはたいそう騎士道的発想ね。でも、あたくしのためにバカなことを考えるのはやめて」

マコン卿は愛撫をやめて少し身体を離し、見上げる妻の顔を見つめた。茶褐色の目は真剣そのものだ。「マイ・ディア、わたしは歳を取りつつある。きみが思っているよりもずっと。わたしは彼らのようなアルファにはなりたくない。すでに二人のベータに裏切られた。統率力を失いつつある証拠だ。あと十年後かそこらで勇退するのがちょうどいい。ここに移住するよりいい考えがあるか？」

とことん現実的なアレクシアは本気で提案を考えはじめた。「そうね、これ以上の名案はなさそうだわ。でも、あなた、本気なの？」

「きみはここが気に入ったんだろう、マイ・ラブ？」

アレクシアは首を傾けた。「そうね、暖かいし、食べ物は美味しいし」

「じゃあ決まりだ」

だが、そうすんなり夫の提案を受け入れるのはしゃくだ。「移住するとなれば大量の紅茶を持ちこまなきゃ」この点だけは絶対に譲れない。

「じゃあ紅茶輸入業でも始めるか。きみにも老後の楽しみが必要だ」

「輸入業ですって！まあ、あたくしにそんなことできるはずが……」アレクシアは言葉をのみこみ、考えこんだ。

その瞬間まですっかり忘れられていたルフォーが台座から飛び降りて話に加わった。「なんともロマンティックね、〝きみと一緒に死にたい〟だなんて」

「むしろあなたの言いそうなことね」

「わたくしも移住しようかしら？」ルフォーはアレクシアにすり寄り、ウインクした。

「ジュヌビエーヴ、あなたって本当にあきらめが悪いのね」

マコン卿はやりとりをおもしろがって見ている。

「異界族や政府の介入がないときのわたくしがどんなものを作るか、知りたくない？」

「冗談はやめて、考えるだけでぞっとするわ。訪問は歓迎だけど、ジュヌビエーヴ、移住はお断わりよ」

「まあ、興ざめね」

「そろそろ行こう」マコン卿が出口を指さした。

四人はいまや空き家となった吸血群の屋敷を出た。アレクシアは立ちどまって振り返り、考えぶかげに見つめた。この屋敷も何かに利用できないかしら？　いずれにせよアレクサンドリアは港町だ。もし紅茶を輸入するとしたら……。「あら、プルーデンス、ママったらもうすっかり商売人になった気分だわ」

「ノー」プルーデンスが答えた。

マコン卿が通りに出た。アレクシアは裸であることを言おうとしてやめた。何をしようと、あたしたちはアレクサンドリアの見せものだ。

アレクシアは、刺激的な一夜の騒動に疲れ、半開きの目でうとうととしているプルーデンスを反対の腰に抱えなおした。「さあ、行くわよ、かわいいプルーデンス」

「ノー」プルーデンスが小さくつぶやいた。

「プルーデンスが〝ノー〟と言うのは、ひょっとして自分の名前が嫌いだからじゃないかしら？」と、ルフォー。「だって、愛称で呼びかけたときは決してノーとは言わないもの」

アレクシアはルフォーの言葉に驚いて足を止めた。「そうかしら？　ねえ、本当なの、かわいいハリモグラちゃん？」

アレクシアがアケルダマ卿お気に入りの愛称で呼びかけると、プルーデンスは「イエス」と答えた。

「プルーデンス？」

「ノー！」

「まあ、なんてことかしら、ジュヌビエーヴ、あなたの言うとおりかもしれないわ。だったらこれからなんと呼べばいいの？」

「まあプルーデンスはたくさん名前を持ってるから、もう少し大きくなるまで待ってみたら？　きっと自分で選ぶわよ。そうよね、スウィートハート？」

「イエス！」プルーデンスはきっぱりと答えた。

「ほら、ね？　しっかり母親の血を受け継いでいるわ」

「それってどういう意味？」アレクシアがむっとしてたずねた。

「わが道を行くってことよ」ルフォーはえくぼを浮かべた。

「なんのことかさっぱりわからないわ」アレクシアはつんとすまして答え、欠けはじめたエジプトの月の下、通りをゆっくり歩いてゆく夫の形のいいお尻を見ながら、すたすた歩きだした。

20 ときの流れのなかで

行きよりもいくらか平穏な船旅のあと、マコン夫妻とその娘、タンステル夫妻とその双子、タンステル一座と乳母、そして五人の吸血鬼と七人のドローンがサザンプトン港に着いたのは、強風吹き荒れる一八七六年の四月も末のことだった。船の大半を占領した一大旅行団は、長い船旅のあととは思えない元気のよさで引きつづきロンドン行きの列車に乗りこんだ。

ロンドンは彼らの帰還に動揺したが、そのロンドンもまた彼らが出発したときと同じではなかった。

まず自団に戻ったマコン卿は、かつてのベータが期間不定の奉公契約書にもとづいてスコットランドに移籍したことと、アルファの資格を持つ若き伊達男が後任のベータとしておずおずと待っていることを知った。

ビフィは涙をうかべてライオールからの手紙をマコン卿に渡した。アレクシアは遠慮なく夫の腕ごしに手紙を盗み読んだ。

〝親愛なるマコン卿。わたくしにはつぐなうすべもございません。謝罪さえ侮辱以外の何ものでもないことはよくわかっております。わたくしの力のおよぶかぎり若いビフィを訓練しました。きっと優秀なベータになるでしょう。しかし、すでににおいからお気づきでしょうが、ビフィは〈アヌビスの形〉を成功させました。彼の次なる役割——すなわちあなたの後任——のため、あなたが訓練を引き継いでくださると信じております。あなたがわれわれのもとを去り、ご自分で選ばれた引退の地エジプトに向かわれるときが近づいたおりには〟

読むなりアレクシアがたずねた。「ライオールはどうしてあなたの計画を知ったの？　事前に相談したわけじゃないでしょ？」

「ああ、だが、ランドルフというのはそういう男だ」

二人は続きを読んだ。

〝われらがビフィは新しい時代の申し子です。時代が変わればロンドン団にもロンドンの伊達男が必要です。どうか、親愛なるマコン卿、ビフィをあなたのアルファ的能力の視点から判断しないでください。彼は決してあなたのようなタイプの狼にはなりません。いずれにせよ、ビフィは来《きた》るべき将来、わが団に必要となる人物だとわたくしは確信しております〟

アレクシアはビフィを見上げた。若き人狼はアレクシアが思った以上にライオールがロンドン団を去ったことに打ちひしがれているようだ。あたしたちがエジプトにいるあいだ、何かがあったのかしら？

「ビフィ」遠慮知らずのアレクシアがずばりとたずねた。「あたくしたちが留守のあいだ、あなたとライオール教授のあいだに何かあったの？」

ビフィはうなだれた。「教授は、いずれぼくのもとに戻ってくると約束してくれました。

ぼくたち全員の準備が整ったときに。十年後か、二十年後か。不死者にとってはそう長い時間ではありません。ときの流れ——そう彼は言いました」

アレクシアは急に自分が歳をとったような気がしてうなずいた。「それでも、あなたにはとても長く感じられるのね？」ああ、これぞ若き愛。

ビフィがさみしげにうなずいた。

ビフィの悲しみが痛いほどわかるマコン卿は、若きダンディがこれ以上、質問攻めにあわないよう妻の関心をライオールの手紙に引き戻した。

手紙はこう続いていた。

〝ビフィにはまだ告げないでください。彼はまだ自分の将来を受け入れる用意ができていません。わたくしが彼に思い描いていた将来像とは違います。しかしビフィは団を率いる術《すべ》を学ぼうとしています。そしてあなたは、マコン卿、この上なき教師となってくださるでしょう。何があろうとも、わたくしはこれからもあなたの友人です。

プロフェッサー・ランドルフ・ライオール〟

「そういうことね」アレクシアはうつむく二人の男をひとしきり交互に見くらべてからこう言った。「実に優雅な解決法だわ」

「あいつはいつだって優雅な解決が得意なやつだ」マコン卿は小さくつぶやき、それから気合いを入れた。「さて、ビフィよ、おまえがベータとなれば、二度とクラバットなしでは出かけられそうもないな」

ビフィは愕然とした。「当然です、マコン卿！」

「これでおまえとの関係をどこから始めればいいかがわかった」マコン卿はビフィに向かってにっこり笑った。

そこへランペットが顔をのぞかせた。いったんは人狼団の執事を引退したが、フルーテの後釜として呼び戻されたのだ。吸血鬼たちにウールジー城を乗っ取られたあと、ランペットは北ヨークシャーのピカリングにある宿屋の主人として働くことになっていたが、かつての職場に戻らないかとの誘いに、ふたつ返事で応じた。実際のところ、ピカリングと宿屋経営は当人の望みとはまったく違ったらしい。

「レディ・マコン、紳士がご面会です」ランペットが唇をゆがめた。アレクシアの経験からしてこんなときの紳士は一人しかいない。

「あら、では表の応接間に案内してちょうだい。失礼するわ、ビフィ。あなたがたにはいろいろと相談することがあるでしょう？　何はなくとも問題はチャニング少佐ね」

「くそっ、チャニングか」マコン卿がつぶやいた。

アレクシアは部屋をあとにした。

表の応接間ではアケルダマ卿がシルクのズボンをはいた脚を組み、きらめく青い目にかすかに非難の色を浮かべて待っていた。今夜の色は黄緑とサーモンピンク。ここ数日つづく灰色の天気に対抗するかのような軽やかな春色の競演だ。

「アレクシア、わがいとしの棒ボタン《トグル》よ！」

「アケルダマ卿、ご機嫌いかが？」

「今宵は愛しい娘を取り戻しに来たのだよ」

「ええ、ええ、もちろんよ。ランペット、プルーデンスを連れてきてくれる？　いま奥の応接間で眠っているわ。あの子がいなくてさみしかった？」

「それはもう、帽子が羽根飾りを恋しがるようにね、ダーリン！　わたしもドローンたちもさみしくて、まったく心にぽっかり穴が開いたようだった！」

「でもあの子はあの子なりにとても役に立ったのよ」

「そうだろうとも、それで、マタカラ女王のことだが――噂は本当か？」

「アイヴィがどこで新しい吸血群を手に入れたと思う？」

「たしかにそうだ、小鳩じるしのアレクシアよ、その件に関してはきみと話さねばならんと思っていた。それにしても全員を連れてくる必要があったのかね？」

「新女王と、五人のエジプトの吸血鬼と、よりどりみどりのドローンたちってこと？　あら、エジプトみやげが気に入らないの？　海外旅行をしたら誰でもおみやげを持ち帰るものよ。いい、いい、なってしまったものはしかたないわ」

「いや、露玉よ、おみやげという行為そのものに不満があるわけではないが……」

アレクシアはいたずらっぽくほほえんだ。「アイヴィは吸血群の屋敷をウィンブルドンあたりに選んだみたい。ここことは近すぎて落ち着かないかしら、アケルダマ卿？」

アケルダマ卿はつんと金色の片眉を吊り上げた。「ナダスディ伯爵夫人はお喜びあそばさ

ないだろうね」

「そうでしょうね。上流階級でのかつての地位を事実上、奪われたようなものですもの」

「それにしてもアイヴィ・タンステルとは」アケルダマ卿は白いなめらかな額《ひたい》に完璧なしわを浮かべて眉を寄せた。「彼女はファッションになみなみならぬ興味があるようだが？」

「ああ、そういうこと」アレクシアは笑みをこらえた。「ファッション界もあなたの縄張りですものね。不安になるのも無理ないわ」

「しかも**女優**とは、わたしの小さなブルーベリーよ。いやはや、まったく。彼女の帽子を**見たかね？**」

「訪問したの？」

「もちろんだとも！　なんといっても新女王だ。礼儀は**守らねば**ならん。それにしても」──

──そこでかすかに身震いし──「あの帽子ときたら」

アレクシアはライオールの手紙を思い出した。「いまは新しい時代よ、いとしのアケルダマ卿。そうしたことも、ときの流れの結果として受け入れることを学ぶべきじゃない？」

「**ときの流れ**か、なるほど。いかにも人狼が言いそうなことだ」

ランペットが扉を開けると、プルーデンスが眠そうな顔でとことこ入ってきた。

「おやまあ、**いとしいハリモグラちゃん**、気分はどうだね？」

アレクシアはプルーデンスが養父に飛びつく前に小さな腕をつかんだ。「ダマ！」

アレクシアがうなずくのを待ってアケルダマ卿は身をかがめ、プルーデンスを抱きしめた。

そのあいだアレクシアは娘の腕をしっかりつかんでいた。

「お帰り、**かわいいお嬢ちゃん！**」

「ダマ、ダマ！」

アレクシアは二人をいとおしげに見下ろした。「あなたのことでいくつかわかったことがあったのよね、プルーデンス？」

「ノー」

「ひとつは、自分の名前が嫌いだってことよ」

「嫌い？」アケルダマ卿は妙に真剣な表情で言った。「やはりそうか。気持ちはよくわかるよ、ハリモグラちゃん。わたしもたいていの名前には**賛同**できない」

アレクシアが笑い声を上げた。

長椅子の隣に座ったプルーデンスがふとアレクシアのパラソルに興味を示した。

「あたしの？」と、プルーデンス。

「そのうちね」と、アレクシア。

プルーデンスをしみじみと見ながらアケルダマ卿が言った。「ときの流れか、親愛なる**ひらひらパラソル**よ？」

アケルダマ卿がどうやって暗号名を知ったのか、アレクシアはあえてたずねなかった。その代わりアケルダマ卿の顔を正面から見つめ、いつものようにあっさり答えた。「ときの流れよ、ゴールデンロッド」

訳者あとがき

変わり者のオールドミスだったアレクシア・タラボッティが人狼のコナル・マコン卿と恋に落ち、マコン伯爵夫人となってはや数年。その間、自慢のパラソルで脳天をぶったたいた相手は数知れず、マッド・サイエンティストにテンプル騎士団、果ては巨大自動タコ《オクトマトン》に正義の拳を振るい、いまや無敵の〈議長《マージャ》〉の名をほしいままにするアレクシア女史が、まさかわが娘――プルーデンス・アレッサンドラ・コナル・アケルダマ――にこれほど手を焼くとはいったい誰が予測したことか！　まして、この子の〝お風呂の日〟がこれほど困難かつ周囲の誰もが恐れおののく難事になろうとは！

〈英国パラソル奇譚〉シリーズ最終巻『アレクシア女史、埃及《エジプト》で木乃伊《ミイラ》と踊る』*Timeless* は、まさにそんな恐怖のお風呂の晩、アレクシアのもとに思いがけない知らせが届くところから始まります。ひとつはエジプトへ調査に送りこまれた人狼団ベータの失踪。もうひとつはアレクサンドリア吸血群の吸血鬼女王からの召喚状で、内容は〝娘を連れてエジプトに来たれ〟というものでした。世界最高齢と言われる吸血鬼女王が反異界族のアレクシアと超異界族のプルーデンスを呼び出した意図はなんなのか？　キングエア団のベータに何が起こったのか？　かくしてアレクシアは夫と娘と、なぜか友人夫妻の劇団をひきいて一路エジプトへ……。

物語は古代都市アレクサンドリアを舞台に珍道中を繰り広げるアレクシア一行と、ロンドンでベータ事件の調査を進めるライオール教授と新米人狼ビフィの奮闘ぶりが交互に語られてゆきます。われらがアレクシアは海を渡り（ときに落ち）、川に浸かったかと思えば空に浮かび、スカートをたくしあげては砂漠を駆けまわりと、ますますエネルギッシュ。さらに今回はいたずらざかりのプルーデンスとずっこけタンステル劇団が加わり、気の休まるひまもありません。いっぽうロンドンでも衝撃の事実が明らかになり、驚きの展開が……。やがてマコン夫妻にシリーズ最大にして最悪の危機が訪れます。二人の運命やいかに！　そしてプルーデンスお得意の〝ノー！〟の真意は？

笑わせどころも泣かせどころもたっぷりの最終巻――どうぞ最後の一行まで存分にお楽しみください。

さて、〈英国パラソル奇譚〉シリーズはこれで完結したわけですが、気になるゲイル・キャリガーの次の作品について少しご紹介しましょう。新シリーズは〈Etiquette & Espionage〉というタイトルで、全四巻の第一部が二〇一三年二月に本国で刊行予定となっています。〈英国パラソル奇譚〉の約二十五年前が舞台で、主人公はお茶の正しい作法より時計の分解や木登りに興味がある十四歳の少女。彼女は立派な貴婦人になるべく花嫁学校《フィニシング・スクール》に入れられますが、そこは礼儀作法《Etiquette》だけでなくスパイ学《Espionage》を教える、いっぷう変わった終わらせかた《フィニシング》スクールだった……という設定で、本シリーズでもおなじみの、若き日のあの人、この人が登場するというお楽しみもあり、こちらもいずれご紹介できればと思います。

　さらに著者のブログ等によれば、一八九五年を舞台に、プルーデンスを主人公としたParasol Protectorate Abroad〈パラソル保護領・海外篇〉というシリーズも執筆中とのこと。こちらは二〇一三年末か二〇一四年頃に本国で刊行予定だそうです。〈ローカス〉紙のインタビュウでも〝〈英国パラソル奇譚〉は完結しても、まだまだこの世界で遊ぶつもりよ〟と答えていますし、彼女の専門分野である考古学の知識を生かした新たな構想もあるようです。今後も精力的に作品を発表してくれるに違いありません。なお、〈ローカス〉紙によるインタビュウ記事の全文は『SFマガジン』二〇一二年七月号に掲載されていますので、興味のあるかたはご一読ください。アレクシア・シリーズの裏話などもたっぷり語られています。

　本シリーズを訳すにあたり、超多忙ななか、いつも丁寧に訳者の質問に答えてくださったゲイル・キャリガー氏に心から感謝します。また毎回、貴重なアドバイスをいただいた編集部の皆様にも厚くお礼申し上げます。

　最後に、ここまでお読みくださった読者の皆様へ、著者の謝辞の言葉と愛すべきアケルダマ卿のセリフを拝借してご挨拶申し上げます。

「わが心やさしきジャパンの本読みくんたちよ、いつか、きっと、またどこかで」

二〇一二年九月

訳者略歴　熊本大学文学部卒，英米文学翻訳家　訳書『サンドマン・スリムと天使の街』キャドリー，『アレクシア女史、女王陛下の暗殺を憂う』キャリガー（以上早川書房刊）他多数

HM=Hayakawa Mystery
SF=Science Fiction
JA=Japanese Author
NV=Novel
NF=Nonfiction
FT=Fantasy

英国パラソル奇譚

アレクシア女史《じょし》、埃及《エジプト》で木乃伊《ミイラ》と踊《おど》る

〈FT548〉

二〇一二年九月二十日　印刷
二〇一二年九月二十五日　発行
（定価はカバーに表示してあります）

著者　ゲイル・キャリガー
訳者　川野《かわの》靖子《やすこ》
発行者　早川浩
発行所　株式会社 早川書房
郵便番号　一〇一 - 〇〇四六
東京都千代田区神田多町二ノ二
電話　〇三 - 三二五二 - 三一一一（大代表）
振替　〇〇一六〇 - 三 - 四七七九九
http://www.hayakawa-online.co.jp

乱丁・落丁本は小社制作部宛お送り下さい。
送料小社負担にてお取りかえいたします。

印刷・精文堂印刷株式会社　製本・株式会社フォーネット社
Printed and bound in Japan
ISBN978-4-15-020548-5 C0197

本書は活字が大きく読みやすい〈トールサイズ〉です。